U0523826

宋明炜 著

康凌 肖一之 樊佳琪 廖伟杰 译

少年中国

民族青春与成长小说

（1900—1959年）

生活·讀書·新知三联书店

Young China: National Rejuvenation and the Bildungsroman, 1900-1959, by Mingwei Song, was first published by the Harvard University Asia Center, Cambridge, Massachusetts, USA, in 2015. Copyright © 2015 by the President and Fellows of Harvard College. Translated and distributed by permission of the Harvard University Asia Center.

Simplified Chinese Copyright © 2025 by SDX Joint Publishing Company.
All Rights Reserved.

本作品简体中文版权由生活·读书·新知三联书店所有。
未经许可，不得翻印。

图书在版编目（CIP）数据

少年中国：民族青春与成长小说：1900—1959 年 / 宋明炜著；康凌等译. — 北京：生活·读书·新知三联书店，2025.4
ISBN 978-7-108-07847-6

Ⅰ.①少… Ⅱ.①宋… ②康… Ⅲ.①现代小说—小说研究—中国 Ⅳ.① I207.42

中国国家版本馆 CIP 数据核字 (2024) 第 106827 号

责任编辑	卫 纯	
装帧设计	鲁明静	
责任印制	卢 岳	
出版发行	生活·讀書·新知三联书店	
	（北京市东城区美术馆东街 22 号 100010）	
网　　址	www.sdxjpc.com	
图　　字	01-2022-6275	
经　　销	新华书店	
印　　刷	河北松源印刷有限公司	
版　　次	2025 年 4 月北京第 1 版	
	2025 年 4 月北京第 1 次印刷	
开　　本	635 毫米 × 965 毫米　1/16　印张 23.25	
字　　数	255 千字　图 8 幅	
印　　数	0,001－6,000 册	
定　　价	60.00 元	

（印装查询：01064002715；邮购查询：01084010542）

目录 Contents

序幕：旅途的开始 / 1

第一章 "青春"及其现代形式：青春话语研究导论 / 11
  解读"青春" / 21
  重审青春与老年的关系 / 28
  返老还童：一个魔法时刻 / 33
  青春与现代性 / 38
  关于传统的问题 / 43
  中国的成长小说 / 48

第二章 "老少年"冒险记：晚清的旅行家和改革者 / 59
  青年前史：留美幼童 / 68
  发明少年中国 / 74
  "老少年"的双重生活 / 81
  少年的形塑过程 / 97
  尾声：黄远庸的最后一次远行 / 112

第三章　"新青年"的成长："五四"与现代小说的诞生 / 117
　　启蒙的情节 / 120
　　"新青年"的激进化 / 125
　　老去了的"新青年" / 128
　　循环往复的开端和终结 / 137
　　作为教育小说的《倪焕之》/ 143
　　尾声：茅盾的新希望 / 152

第四章　把青年写进历史：茅盾的早期小说 / 155
　　青春之"蚀" / 161
　　"现在的教徒" / 169
　　北欧女神 / 178
　　革命女青年的学习时代 / 182

第五章　生命的开花：巴金无政府主义小说中的青春 / 195
　　一个中国无政府主义青年的成长 / 203
　　从《灭亡》开始 / 212
　　牺牲的神秘剧场 / 225

第六章　走向内面的旅途：主观主义与抒情自我 / 251
　　主观主义及其论争 / 259
　　《财主底儿女们》：精神界的青年战士 / 266

荒原上的抒情自我 / 282
　　《未央歌》：自由教育及其不满 / 289
　　尾声：抒情与历史 / 300

第七章　规训与狂欢的叙事：社会主义成长小说 / 305
　　社会主义成长小说 / 311
　　《青春之歌》：自我修正的叙事 / 316
　　来自年轻人的挑战 / 333
　　《青春万岁》：流动的圣节 / 339

结语：永恒青春的乌托邦 / 355

中文版后记 / 363

序幕：旅途的开始

> 青年如初春，如朝日，如百卉之萌动，如利刃之新发于硎，人生最可宝贵之时期也。青年之于社会，犹新鲜活泼细胞之在人身……予所欲涕泣陈词者，惟属望于新鲜活泼之青年，有以自觉而奋斗耳！
>
> ——陈独秀《敬告青年》（1915年）

1928年，现代作家、教育家叶圣陶（1894—1988年）发表第一部长篇小说《倪焕之》。小说的叙事起始于一段旅途：年轻的主人公在黎明时分起身离家，沿着吴淞江泛舟而下，前往上海附近的一个小镇。这段旅途掀开他人生中一个新篇章。虽然他乘坐的小船笼罩在漆黑的夜色中，他却感觉自己正沐浴在光明之中。他感叹："新生活从此开幕了！"[1]此时此刻，他幻想着一切行将发生的变化。毫无疑问，这是一个富有寓意的时刻。旅途和梦想、热忱和允诺、希望和未来，这些元素组成了有关青年的中国现代小说叙事主线的基础。

---

[1] 叶圣陶：《倪焕之》，《叶圣陶集》第三卷，江苏教育出版社，1987年，第9页。

《倪焕之》是中国现代文学史上第一部展现现代青年成长经历的重要的长篇小说。在此，我强调倪焕之人生旅途的开端，为的是试图召唤作家叶圣陶，以及前后几代中国作家寄予"青年"的丰富含义：在20世纪的中国，作为重要文化象征的"青年"，与国家和现代的观念紧密联系。我致力于研究青年的象征意义的话语构造，以及探索这些意义如何塑造有关青年个人成长的现代中国小说叙事。我的工作是文化史和小说分析的结合，接下来，我将在中国不断变化的政治、思想文化背景下，探讨"新青年"和"少年中国"这些理想形象在小说中的表现形式，更重要的是，读解它们在小说形式中呈现的多姿多彩、难以简单归纳的丰富内涵。

《倪焕之》的故事情节大抵是基于民国早期的叶圣陶在新式学校当老师的个人经历。[1]主人公也是一个年轻的教师，努力尝试新的教学方法，他的远大理想是通过教育将其学生（以及自己）塑造成为一代"新青年"。最终，他希望通过引进新思想、启蒙群众、组织变革，甚至煽动革命，发起一场全面的社会变革。在旅途的开始，倪焕之激情澎湃，充满抱负，在心中构想远大前程。他坐在伸手不见五指的漆黑的小船中，被自己内在的活力鼓舞着。这样的开端，借用爱德华·萨义德（Edward Said）的语句，构成了"一个思想框架、一种工作、一种态度和一种意识"，从而成为"最为重要的活动"。[2]至此，倪

---

[1] 关于叶圣陶做教师的早年生活，见其子叶至善所著的人物传记。叶至善：《父亲长长的一生》，《叶圣陶集》第二十六卷，江苏教育出版社，1987年，第38—43页。

[2] Edward Said（萨义德），*Beginnings: Intention and Method*（《开端：意图与方法》），Columbia University Press, 1985, p.15.

焕之对于自己正处在人生新开端的自我意识，是他心理成长中最具革命性的部分：对传统感到幻灭，渴望改变，期待着一个从本质上不同于过去的未来。

通过将倪焕之的热忱与其旅伴兼好友金树伯的精明做一个对比，倪焕之洋溢着青春气息的个性被进一步凸显。两个朋友多年不见，在旅途中展开一段愉快的对话。然而在某个瞬间，我们的青年主人公突然发现金树伯已然成为一个"中年人"："老练，精明，世俗，完全在眉宇之间刻画出来。"[1]我们在小说早先部分得知，倪焕之比金树伯"年轻"，但是对于后者明显变老了的发现，其实还有更深的意义，因为比起生理上的老化，树伯态度上的老态更多反映出思维方式的狭隘。这两个朋友对于"理想"的意义，抱有截然不同的态度：倪焕之在说出这个字眼时，"眼里透出热望的光"，而金树伯却将理想的意义简化为"弄着玩"。倪焕之对于"弄着玩"三个字颇为不满，他"想树伯家居四五年，不干什么，竟养成玩世不恭的态度了"。[2]也正是在此刻，倪焕之的内心涌入一种异样的情感：树伯变"老"了。在倪焕之的脑海中，青春与热情和理想密不可分，年轻人应当在自己的生活，以及为国家变革的斗争中，时刻准备着打破传统并拥抱新的开始。因此，叶圣陶是利用自己笔下人物来为新青年一代的精神发声，青年不仅是一种年龄上的类别，更是体现了一系列崇高理念：新颖、进步、民族重获青春（National Rejuvenation）。

只要将倪焕之的人生故事和叶圣陶的生活经历略做对比，我们就

---

[1] 叶圣陶：《倪焕之》，第12页。
[2] 同上书，第9—12页。

可以知道，倪焕之的这段旅途，大概发生在20世纪10年代中期。[1]也就在这个时候，陈独秀（1879—1942年）的杂志《新青年》开始在知识读者中发生一定的影响。[2]《新青年》是新文化运动（1915—1919年）最重要的期刊，是对中国传统发动的全面文化战争，对"德先生"（民主）和"赛先生"（科学）等西方文化思想的引进，对中国社会各方面的改革，对中国文学的现代化变革，都在这本杂志上发生。[3]这本由陈独秀于1915年创办的杂志（当时叫《青年杂志》），使得"青年"成为流行的文化形象，是中国社会变革的中流砥柱，同时也在启蒙知识分子中创造了一种青年崇拜，他们将对中国进步的希望寄托在年轻人身上。正是这本杂志及新文化运动造就了中国青年的新身份——"新青年"。陈独秀在该刊第一卷的开篇就大声疾呼（本文开篇所引段落），青年不仅是生命中最宝贵的年华，更是他所设想的那种改变社会的新鲜力量，"犹新鲜活泼细胞之在人身"。[4]有趣的是，陈独秀把"新青年"比作新鲜活泼的细胞，暗示了一种有关重

---

[1] 叶圣陶原名叶绍钧。1917年春，叶绍钧受教育家吴宾若之邀，在甪直的一个小城的新式学堂教学。他儿子所著的叶绍钧传记中提到，小说《倪焕之》的开头便是基于叶绍钧自己从苏州到甪直沿河行走的经历。见叶至善《父亲长长的一生》，第88页。关于叶绍钧前往甪直的旅途，见商金林《叶圣陶年谱长编》第一卷，人民教育出版社，2004年，第208—209页。

[2] 当《新青年》最早于1915年创办时，它被称作《青年杂志》，并有着一个法文的标题"La Jeunesse"。但后来陈独秀不得不将其更名为《新青年》，因为另一家名为《青年杂志》的期刊起诉他盗用标题。

[3] 见Lin Yü-sheng（林毓生），*The Crisis of Chinese Consciousness: Radical Antitraditionalism in the May Fourth Era*（《中国意识的危机》），University of Wisconsin Press, 1978; Vera Schwarcz（舒衡哲），*The Chinese Enlightenment: Intellectuals and the Legacy of the May Fourth Movement of 1919*（《中国的启蒙运动》），University of California Press, 1986。

[4] 陈独秀：《敬告青年》，《青年杂志》第一卷第一号（1915年9月）。

获青春的科学见解：强调民族文化改革的必要性，就如同身体新陈代谢的必要过程。[1]

从思想史的角度来看，青年具有代表性意义这一点，无论是就科学还是政治而言，都是反传统的，正如舒衡哲(Vera Schwarcz)所述，"在中国这样以年龄作为智慧根源的环境下，把青年当作最珍贵的社会创造力的源泉，便意味着要推翻传统"。[2]通过"新青年"的崇高形象，陈独秀和他的同志们向中国传统宣战，开创了一场文化革命，这场革命由于对民族重获青春的活泼泼的想象而蓬勃发展。这种想象第一次出现在晚清改革派的政治思想中，此后在中国知识分子的文化想象中占据中心地位，并且在中国几次现代转型中不断演变。

《倪焕之》的发表时间（1928年），距离凝聚在"新青年"形象中辉煌的新文化运动过去已经十年：青年男女们听从启蒙的号令，拥抱西方化的科学思想和民主理念，力求将理想付诸直接行动。倪焕之这个形象是"新青年"的典范，他"试图在他人生中教育、爱情和政治这三个舞台都注入新的活力，但每次结果都不遂人意"。[3]他梦想、斗争、胜利过，小说的后半部分又呈现他的怀疑、妥协，最终失败，继而悲惨死去。小说结构包含着希望与幻灭、理想与行动、渴望与绝望的轮回。情节展开为主人公实现其理想的过程，继之又被挫折、失

---

[1] 有关从微生物学的角度解读"五四"知识分子对于青年的迷恋，见Carlos Rojas（罗鹏），"Of Canons and Cannibalism: A Psycho-Immunological Reading of 'Diary of a Madman'."（《经典与吃人》），*Modern Chinese Literature and Culture* 23:1 (2011): 47—76。

[2] Vera Schwarcz（舒衡哲），*The Chinese Enlightenment*（《中国的启蒙运动》），p.59.

[3] Marston Anderson（安敏成），*The Limits of Realism*（《现实主义的限制》），University of California Press, 1990, p.110.

图1：《新青年》封面（作者摄）

败和致命危机袭扰。这样的情节设计，在讲述青年心理发展的现代中国小说中将一直持续下去。《倪焕之》追述了主人公一生的旅途，但最为美妙的时刻仍是故事的开始，那时的倪焕之忘我于青春的魔力，受到青春的诱惑，要在这世上找寻自己独一无二的道路。在小说后面的部分，倪焕之不停地试图在人生不同阶段重新发现这样的新开端，或者简言之，他的奋斗是在延长那"伟大开端"蕴含的能量。

这样一部小说，对旅途的开端投注非同寻常的意义，好似歌德笔下威廉·迈斯特（Wilhelm Meister）的离家出走，巴尔扎克描绘外省青年前往巴黎追逐梦想，以及狄更斯那些想要成长为绅士的年轻人所怀有的远大理想,[1]抑或借用莱昂内尔·特里林(Lionel Trilling)的话,这一系列的小说构成一个传统,描写那些"从一开始就对生活有着巨大要求,并对生活的复杂性、未来的期许充满惊奇感"的青年经历成长、精神发展。[2]这是一种被称为"成长小说"(Bildungsroman)的特别文类,叙事聚焦于青年的心理发展——对于自我的教养、个性的塑造,以及在历史运动的背景下寻求自我理想的实现。对于许多哲学家和文学家来说,成长小说在根本上是现代小说的基本形式:巴赫金(M. M. Bakhtin)将其看作现实主义小说最新、最高级别的发展。[3]格奥尔格·卢卡奇(Georg Lukács)在其中看到黑格尔式主体自我实现的情节展开,并且以此为例来说明现代小说叙事的内在形式。[4]而弗朗克·莫瑞蒂(Franco Moretti)则从文化史的角度,将其定义为现代性的"象征形式"。[5]

作为中国的成长小说,《倪焕之》通过一个试图改变自身生活和国家命运的新青年的旅途,表现个体发展和社会改革的现代构想。倪

---

[1] 这些情节可依次见于歌德的《威廉·迈斯特的学习时代》、巴尔扎克的《幻灭》,以及狄更斯的《远大前程》。

[2] Lionel Trilling(特里林),"The Princess Casamassima."(《卡萨玛西玛公主》), In *The Liberal Imagination*, New York Review Books, 2008, pp.58–92.

[3] M. M. Bakhtin(巴赫金),"The Bildungsroman and Its Significance in the History of Realism (Toward a Historical Typology of the Novel)."(《成长小说及其意义》), In *Speech Genres and Other Later Essays*, edited by Michael Holquist and translated by Caryl Emerson and Michael Holquist, University of Texas Press, 1986, pp.10–59.

[4] Georg Lukács(卢卡奇), *The Theory of the Novel*(《小说理论》), The MIT Press, 1971, p.80.

[5] Franco Moretti(莫瑞蒂), *The Way of the World: The Bildungsroman in European Culture*(《世界之道》), Verso, 2000, p.5.

焕之仅仅是现代中国小说诸多青年主人公最早的一个,现代中国小说兴起于五四运动之后,将"新青年"一代的生活置于为国家未来而斗争的舞台中央。[1]在倪焕之的背后,还有一系列中国作家创造的青年主人公,一些最著名的例子包括梅行素、高觉慧、蒋纯祖以及林道静。[2]倪焕之青年形象的背后,闪耀着"少年中国"灿烂、崇高的光辉。少年中国是现代中国民族主义话语的核心象征符号,表达了对于民族重获青春孜孜不倦的追求。这也是从清末到共和、从"五四"到左翼运动、从国民党政治到社会主义变革,20世纪许多改革和革命的总体目标。

《少年中国》从一个青年在黎明踏上旅途作为开头,进入到一个"青春"的世界。青春,这个一度充满了中国传统意味的词语,继而在现代中国,作为一个宏伟的象征符号,始终占据塑造了中国现代性的文学形式和知识话语的中心地位。本书追溯青春话语在现代中国的起源及发展,探讨将个人成长融入民族重获青春的现代小说,以及其中的青年形象。这是一次航向美丽新世界的旅途,寄托了希望和未知,这也是一个关于少年中国的故事,包括它的闪亮与阴影。

---

[1] 见Chow Tse-tsung(周策纵), *The May Fourth Movement: Intellectual Revolution in Modern China*(《五四运动》), Stanford University Press, 1960; 以及Fabio Lanza(蓝泽意), *Behind the Gate: Inventing Students in Beijing*(《城门后面》), Columbia University Press, 2010。

[2] 他们依次是中国有关青春的现代小说中的主角:茅盾《虹》(1930年)、巴金《家》(1931年)、路翎《财主底儿女们》(1945—1948年)以及杨沫《青春之歌》(1958年)。

第一章 『青春』及其现代形式：青春话语研究导论

吾心目中有一少年中国在！

——梁启超《少年中国说》（1900 年）

因为身外的青春倘一消灭，我身中的迟暮也即凋零了。

——鲁迅《希望》（1925 年）

你们青年人朝气蓬勃，正在兴旺时期，好像早晨八、九点钟的太阳，希望寄托在你们身上。

——毛泽东《在莫斯科对中国留学生与实习生的讲话》（1957 年）

青年的兴起是现代中国最具戏剧性的故事之一。传统儒家思想将青年定义为孝顺长辈，一切改变长幼之间权力关系的尝试，都会被斥为忤逆之举。但自 20 世纪以降，中国的激进知识分子中出现了一种青年崇拜，它改变长幼之序，激发了社会的变革与革命，并对现代中国知识界发生深刻影响。

本书的中心论点是，近百年以来，青春作为一种话语实践的产物，

图2：梁启超，约1903年（Homer Lea研究中心，www.homerlea.org）

在中国的现代化之路上扮演了主导性的角色，占据着一个象征性的核心位置。在现代性文化中，青春代表着新意、未来和改变；它所获得的象征意味，超越了它的生理规定，即青春期这个脆弱而不成熟的时期。在20世纪中国的文化转型中，变动不居的青春构成了革命潜能的基础意象：它既包含拆解陈规的力量，又指向理想的愿景。青春这一别具一格、充满活力的形象，激起各种新鲜的政治、文化与文学想象范式。对一代代中国知识分子和政治家而言，青春是他们用以表达对启蒙、变革和革命的期望，以及想象美好生活与光明未来时的不二之选。他们在青春中发现的，或者说他们写入其中的那些意义，使得青春成为一种新的历史动能，不断延续着振兴国家、激发进步的民族使命。

民族重获青春的理想第一次被清晰表达，是在晚清改革者梁启超（1873—1929年）开拓性的《少年中国说》（1900年）一文中。这篇文章恰巧发表于20世纪第一个农历年的一月。梁启超摛藻雕章，吁求民族复兴，将中国的形象由老大帝国改写为少年中国。他为青年——包括青年个体，以及象征意义上的少年中国——赋予了未来发展的无限前景。[1]在梁启超发明"少年中国"之后的几十年里，尤其是在民国最初十年里，当新一代青年从新文化运动的倡导者们那里接受了启蒙理念，青春成为现代中国几乎一切社会变革和文化政治革命的核心象征。

在整个20世纪，中国经历王纲解纽、民国肇造，最终变成社会主义国家。在此期间，青年这一形象始终充满活力，且变化万千：从反清"少年军"到启蒙"新青年"，从左翼"革命青年"到国民"青年军"[2]、到"少年布尔什维克"，甚至是红卫兵……在中国政治与文化史上那些最具标志性的事件中，中国青年都是一股驱动性的力量：国民革命、五四运动、共产主义革命、"文化大革命"。中国的20世纪，是名副其实的青年世纪。

在中国的政治家和知识分子中间，对于青春革命能量的信念使得一种青春崇拜生生不息，左右着现代中国的政治文化。毛泽东（1893—

---

[1] 梁启超《少年中国说》。本文最早发表于1900年2月10日的《清议报》，当天是农历庚子年一月十日。

[2] 这里的"青年军"指的是蒋介石的口号"十万青年十万军"。1944年，他以此号召中国青年加入抗日战争的队伍。根据蒋介石的计划，他要招募十万十八至三十五岁之间的健康中国青年，组建一支号为"青年远征军"的队伍。蒋介石：《告知识青年从军书》，《蒋公思想言论总集》，中国国民党中央委员会党史委员会，1985年，第三十二卷，第89—95页。

1976年)的著名语录就将青年比作朝日,[1]他宣称青年具有定义国家未来的权威,并赋予青年以全部的力量来创造变革,改造社会。有趣的是,毛泽东的政治对手蒋介石(1887—1975年)也发表过类似的言论:"青年是国家的主人,是民族的生命,也是革命的后备。国家和民族,一切艰难巨大的责任,都付托在青年同志的双肩。"[2]国共双方领袖所共享的主张,是半个世纪的思想实践的结果。梁启超、孙中山(1866—1925年)和陈独秀都已经将青年意象融入他们关于国家未来的愿景之中,毛泽东和蒋介石所赞颂的,至多不过是一种被"再发明"出来的青年特质:在民族振兴的过程中,它具有同时成为变革的动力和机制的潜能。对青春的革命潜能的政治挪用引发了种种问题,因为它必然意味着某种意识形态的灌输。依据阿尔都塞的意识形态机器论,[3]毛泽东和蒋介石对青年的政治号召可以被理解为询唤的过程,它将青年建构为一个主体,这个主体既回应着那些超个人的存在(民族、国家、革命),又成为它们的表征。青年被标举为国家的主人,既被时代的意识形态需求所编织、塑造、规训,也作为一股强大而独立的力量登场亮相。

或许,只有像章士钊(1881—1973年)这样的保守派知识分子,

---

[1] 毛泽东:《在莫斯科对中国留学生及实习生的讲话》,《毛泽东文选》英文版第二卷,第773—774页。这段话最早出现在1957年11月20日的《人民日报》上。"文革"中,它成了毛泽东最著名的语录之一,被收入《毛主席语录》第三十章,中国人民解放军总政治部,1965年,第249页。

[2] 蒋介石《青年底地位及其前途》,《蒋公思想言论总集》第十卷,第426页。

[3] Louis Althusser(阿尔都塞),"Ideology and Ideological State Apparatuses."(《意识形态与意识形态国家机器》)In *Lenin and Philosophy, and Other Essays*(《列宁与哲学》), translated by Ben Brewster, Monthly Review Press, 1978, pp.127–186.

才能最好地证明青年被赋予的绝对权威。他把新文化运动看成一场赛跑，包括当时已成文化老兵的梁启超在内的所有人都参与其中。那些不肯跑的，被訾为"落伍"、"反动"或"僵死"："千人所指，不疾自僵。"[1] 在章士钊的描述中，包含了一种单向度的青年意象，它将早先梁启超对活力四射的少年中国的展望，与五四运动所释放出来的青春理想主义和激进主义联系了起来，进而又与毛泽东对共产主义社会中青年所具有的先锋位置的官方认可联系了起来。所有这些以青年为导向的运动，都交汇于同一种欲求，就是要将青春的能量用于全面而持久的社会改良与革命之中。当政治家和知识分子将青春提升到意识形态的崇高形象时，它的象征主义活力便开启了一场持久的革命，使得现代化的中国"永葆青春"。

但年轻究竟意味着什么？像这样貌似简单的问题，却不会有一个确定的答案。单纯以某个年龄范围来定义青春显然是不够的，毕竟不同的文化与时代对此都会有不同的看法。认为青春意味着某种特定的青少年时期的特质——精力无穷、躁动难安、尚不成熟——也是不够的。更重要的是，在象征层面，就像《倪焕之》的故事所表明的，年轻不仅是个年龄问题，它蕴含着衍生自话语挪用和话语实践的一系列复杂意义。

比如，本章开头的前两段引文所涉及的关于青春的意涵，就远超其字面含义。梁启超充满热情的宣言将青春作为一个政治隐喻，意指中国复兴，或更具体地说，意指中国在一个变化了的历史语境中崛起的新起点。在梁启超笔下，青春是一个与20世纪民族主义话语有关的比喻，它不仅通行于日常语汇中，其象征力量也随着中国知识分子和

---

[1] 钱基博：《现代中国文学史》，中国人民大学出版社，2004年，第422页。

改革家在政治、文学话语中的反复使用而日益增长。相对于梁启超的文章中的清晰与自信，鲁迅（1881—1936年）沉思式的诗意反省，意在打破个体生活中老少之间的自然顺序，他同时表达了对青春的抽象永恒性的信念，和对它生命力的怀疑。[1] 鲁迅对青春的"希望"或许听上去有些暧昧，它隐隐地包含着一种年龄的辩证法，却在象征与存在这两个层面，都揭示出了青春的稍纵即逝和难以捉摸。

在这里，更多的问题接踵而至：是什么东西强化了现代人对青春的那些信念？是它具有的发展活力、可塑性，它对成熟的拒绝，或是它内在的躁动不安与变化无常？当然，青春的革命潜能源于它对既成秩序和社会规范的抵抗。青春变动不居，稍纵即逝，它的象征能量不断对抗着稳定与构型，由此激发历史的变革。因为这样的原因，青春被反复用来强化关于社会变革的政治愿景。但是，一个拒绝构型的形象如何成为转型的力量呢？无形（formlessness）与转型（transformation）这两种冲突的力量，如何能够在青春这一象征形象中调和起来？此外，在政治层面，意识形态如何以及为何能够驯化青春，又是在何种条件下，青春能够抵抗、挑战、拒绝政治询唤？在民族重获青春的话语中，把中国这样一个具有至少三千年历史的国度视为少年，究竟意味着什么？所有这些问题都要求我们去探究，关于青春的再现方式，是如何既塑造了现代中国知识分子的政治和文学想象，又同时被后者塑造的。

为了尝试回答这些问题，我将考察青春话语在现代中国的谱系。由于无法涵盖完整的现代中国青春文化史，我的重点将主要放在关于青春的文学再现上，并结合历史语境对其做出分析。不过，我的工作

---

[1] 鲁迅：《希望》，《鲁迅全集》第二卷，人民文学出版社，1981年，第181—182页。

受益于许多关于中国青春文化的先行研究，尤其是政治学和社会学领域中的讨论。[1]我自己的研究思路结合了文化研究和文本分析，聚焦于关于现代主体性的话语建构或小说建构中，青年意象被使用的方式——少年中国，或是它的理想化的年轻国民。[2]

青春看起来是"自然而然"的事，但这一观念的文化和历史建构值得认真探索。在本书中，青春既被视为一种经验现象，又被视为一种象征形式。我认为，青春应当首先被看作是一个话语产物，各种意象、符号、表征模式的创造、挪用和调整使它获得自己的历史。我研究的目标，是去理解青春话语为何以及如何适应各种冀图改变中国的思想实践，如何在不同的历史条件下演进，以及关于青春的文学再现，如何催生、概述、重构，乃至挑战关于民族属性、文化动力、个人主体性的愿景。

就历史时段而言，我的叙述涉及晚清最后十年到共和国早期的时间段。在我所勾勒的中国"青春转型"史的起点，是梁启超的"少年中国"

---

[1] 从社会学的角度分析中国青年主体的代表性研究包括斯图尔特·科比（E. Stuart Kirby）的《中国的青年》（*Youth in China*），它是一部自晚清至民国期间的中国青年简史。鲁道夫·瓦格纳（Rudolf Wagner）的《当代中国散文研究》（*Inside a Service Trade*）的第一章也考察了20世纪50年代早期的青年社会史，对这一时期青年文化与中国政治气候的变动之间的互动，做出了深入的观察。我自己的写作也受益于关于现代中国的学生运动和启蒙文化的研究，包括舒衡哲的《中国启蒙运动》（*The Chinese Enlightenment*）、华志坚（Jeffrey N. Wasserstrom）和裴宜理（Elizabeth Perry）的《群众抗议与政治文化》（*Popular Protest and Political Culture*）、蓝泽意（Fabio Lanza）的《城门后面》（*Behind the Gate*）。更晚近的一部研究"文革"后的中国青年文化的著作是保罗·克拉克（Paul Clark）的《中国的青年文化》（*Youth Culture in China*）。

[2] 最近出现了一些从文学和文化研究的角度来讨论青年话题的学术研究著作，我从中获益匪浅，如钟雪萍的《青春万岁》和梅家玲的《发现少年，想象中国》。还有两部将青年作为现代中国文学的一个主题来处理的中文专著，分别是樊国宾的《主体的生成》和刘广涛的《百年青春档案》。有关中国文学中的青年再现的最近的学术研究，是梅家玲的《二十世纪中文小说的青春想象与国族论述》。

（1900年），这一满怀憧憬的发明，是中国民族主义者的一声号角；而它的终点，则定在共和国成立十周年（1959年）的庆典之夜，此时，在杨沫的《青春之歌》这样的流行小说中，青春的意象已经被转化为一则国家寓言。在这约六十年的时间里，民族重获青春的理念所占据的核心位置，成为现代中国的青春话语的最大特征。青年和国家的结合，将前者提升为一个光辉的象征形象，而这反过来也将民族文化的重构，界定为一场以青年为导向的运动。在这里，我将青春视为现代中国的一个民族神话。这个神话看起来虽然宏阔而壮丽，但它包含着一个将意识形态可能性隐藏起来的机制。[1] 在其整洁无瑕的外表下，潜藏着不同意义间的相互冲突所带来的复杂与暧昧。

在本书中，我将特别关注青春与国家、现代性这些理念之间的关系，它们被结合到了以民族主义语汇表达的关于复兴（rejuvenation）的观念之中。这一核心母题应当同时从它的正题和反题中来加以理解，即中国现代性的辉煌的自我形象和它历史上的复杂传统。两者之间的区分殊为不易，在一些宣传口号里，它们会共同出现。它们亦步亦趋的共存关系使得传统与现代的问题变得复杂起来。一方面，复兴意味着一个新的自我的重生，但是，正如我在第二章分析晚清文学中的"老少年"形象时所表明的，重生并不总是意味着能够完全摆脱传统的阴影。另一方面，复兴也有失去自我的风险。躁动不安的青春是革命年代的特征。青春和新时代一样难以定型，转瞬即逝是它的标志。新的时代，

---

[1] 我在这里引述的是罗兰·巴特对于神话的解读，它是一种貌似不言自明的表达，但事实上始终与持续的意识形态介入相关联。见Roland Barthes（罗兰·巴特），*Mythologies*（《神话学》），Hill and Wang, 1972。

或者说现代,源于对过去、对传统的毁坏,但从中诞生的东西不那么容易确定,甚至可能始终抵抗着定义。因此,青春的话语建构总是在某种程度上伴随着持续的重构或解构,质疑与问题从中涌现,揭示出表意和挪用过程中的裂隙和参差。这些裂隙和参差表现为大量的意象,丰富了青春的现代含义,同时也扭转、破坏了某些意识形态所支持的青春象征。

最重要的是,我们要理解青春在中国兴起所需要的条件,理解在中国从老旧文明向现代民族国家的转型中,青春话语演变所需要的条件。为了澄清使青春得以成为现代性的最佳隐喻的那些变化着的文化意涵,我们有必要对"青春"一词,及其在文学作品和思想话语中的各种表达方式,进行语文学的考察。因此,让我们转向对这一词语的基本意义的阐释,转向它在传统及现代文化语境中的多样而复杂的含义。

解读"青春"

在汉语中,"青春"一词在本质上是一个隐喻。它的字面意思是"青色的春天"。1916年,《新青年》9月号刊登了一篇题为《青春》的文章。它的作者是李大钊(1889—1927年),他在新文化运动中扮演了重要的角色,而且很快就成为中国共产党的创建者之一。他的文章起首,就是一段关于这个标题意义的迷人描述:

春日载阳,东风解冻,远从瀛岛,反顾祖邦,肃杀郁塞之象，一变而为清和明媚之象矣；冰雪沍寒之天，一幻而为百卉昭苏之天矣。每更节序，辄动怀思，人事万端，那堪回首，或则幽闺善怨，或则骚客工愁。当兹春雨梨花，重门深掩，诗人憔悴，独倚栏杆之际，登楼四瞩，则见千条垂柳，未半才黄，十里铺青，遥看有色。彼幽闲贞静之青春，携来无限之希望，无限之兴趣，飘然贡其柔丽之姿于吾前途辽远之青年之前，而默许以独享之权利。嗟吾青年可爱之学子乎，彼美之青春，念子之任重而道远也，子之内美而修能也，怜子之劳，爱子之才也，故而经年一度，展其怡和之颜，饯子于长征迈往之途，冀有以慰子之心也。纵子为尽瘁于子之高尚之理想，圣神之使命，远大之事业，艰巨之责任，而夙兴夜寐，不遑启处，亦当于千忙万迫之中，偷隙一盼，霁颜相向，领彼恋子之殷情，赠子之韶华，俾以青年纯洁之躬，饫尝青春之甘美，浃浴青春之恩泽，永续青春之生涯，致我为青春之我，我之家庭为青春之家庭，我之国家为青春之国家，我之民族为青春之民族。斯青春之我，乃不枉于遥遥百千万劫中，为此一大因缘，与此多情多爱之青春，相邂逅于无尽青春中之一部分空间与时间也。[1]

---

[1] 我的英文版翻译以鲍夏兰（Claudia Pozzana）的译本为基础，这是对李大钊的文章的充满诗意的转译，收入Tani Barlow（白露），*New Asian Marxism*（《新亚洲马克思主义》），Duke University Press, 2002, pp.291-310。我做了一些重要的调整，并根据上下文，换用green spring、youth和youthful三个词来对应李大钊"青春"这个关键词。早先本文有个不全的译本，由戴乃迭和杨宪益翻译，1959年刊登在北京的一份刊物*Chinese Literature*上。原文引自李大钊：《青春》，《李大钊选集》，人民出版社，1962年，第65页。

我们可以找到很多理由，来解释为什么李大钊和其他参与了《新青年》编辑、写作的知识分子可以作为时代的代言人，代表那种旨在于未来几十年间改变中国的新文化。而其中一个原因，我相信，就在于他们成功地把自身关于时代精神的看法，以一种清晰而生动的方式，凝练成了一个简单而具有普遍吸引力的符号——"青春"。用一种醉人的诗意话语，李大钊的文章凸显了"青春"的生机与美妙，这个关于年轻的汉语隐喻，具有一种焕发新生的巨大力量，它被用来表达希望与未来，它们不仅对于个人成长而言意义非凡，同时也为中国的发展和进步打开了新的历史愿景。在对万象更新的呼吁中，作者把青春变成了一个无所不能的变革符号，它具有无穷的象征力量，影响无远弗届：从自我到家庭，到国家，再到人类，乃至整个宇宙。

当然，"青春"这个概念在中国古典哲学和文学中存在已久。首先，对于中国读者来说，"青春"一词有其字面意义，指的是青葱的春日。上文所引李大钊文章的开头事实上就清晰地暗示着这层原初的、字面的意义。他的第一句"春日载阳"，就让我们想起了这个词的词源，它可以追溯到中国早期的文学经典《楚辞·大招》中的"青春受谢，白日昭只"一句。类似的用法在古典诗歌和散文中都能见到。杜甫（712—770年）的诗句"青春作伴好还乡"就是一个有名的例子。

这个词另一个衍生的、隐喻性的用法，是对青少年时期的一种诗意的命名，把年轻的时光视为"一生中的春日"，凸显其生机和活力。关于这种用法的早期例子，来自公元3世纪的文人潘尼（约250—311年）的一首诗，他对比了朋友陆机（261—303年）的年轻朝气和自己的年迈状况后说："予涉素秋，子登青春。"[1]在这种理解里，青春总是代表着一生中最好的时光，人人都永远向往、挽留、珍惜着它。但同时，它所代表的东西就像青少年时期本身一样，也是短暂而易逝的。对失去青春的悔恨构成了关于青春的传统文学话语中另一个重要的面向。比如，传统文人最喜欢的母题之一，就是年轻女子的伤春之情，它也象征着对自身的青春将逝的伤感。这个母题在《牡丹亭》和《红楼梦》都出现过。在李大钊文章的开头，我们也读出了同样的情绪。

"青春"的第二个隐喻性的用法慢慢地取代了它的字面意思。这个变化发生在民国初期。李大钊1916年的文章依旧包含着"青春"的这两种意味，虽然它的重点显然已经从春日转向了青春的活力。在20世纪三四十年代，至少在所谓新文学中，"青春"明显已经只具有隐喻性的含义，而失去了其指代春日的字面意义了。这样的例子汗牛充栋，因为"青春"是写于这一时期的文学作品中最常用的词语。最值得注意的例子包括巴金（1904—2005年）在其鸿篇巨制《激流》（1931—1940年）第二卷中的宣言"青春是美丽的"[2]。这个词还成了许多流行作品的标题，如张资平（1893—1959年）的畅销小说《青春》，[3]李健吾（1906—1982年）1944年的一部话剧《青春》，[4]以及向培良在30年代初编辑的一份流行刊物《青春月刊》。

---

[1] 潘尼：《赠陆机出为吴王郎中令》，萧统编，李善注，《文选》第二十四卷，上海古籍出版社，1986年，第1157页。

[2] 巴金：《春》，《巴金全集》第二卷，人民文学出版社，1986年，第514页。

[3] 张资平：《青春》，现代书局，1930年。

[4] 李健吾：《青春》，文化生活出版社，1948年。

与"青春"相关的另外两个词是"少年"和"青年",它们一同构成了本书的关键概念。"少年"指的主要是男孩子或年轻男子,但也可以作为形容词来表示年少的特质。"少年"一词源于单字"少",它可以和其他许多字组合,来指代不同的年轻身份,如"少艾"指美丽的年轻女孩,"少从"指年轻的侍从,更为普遍的像是"少男"(年轻男孩)、"少女"(年轻女孩),至今仍在日常语言中被使用。在传统文学里,"青年"的使用频率要低于"少年"。它在古时的用法和"青春"一样,更具体地指代一个人年轻的特质,正如唐代轶事集《酉阳杂俎》所云,"况乃青年对芳月"[1]。"青年"的另一个更晚出现的意思是指代任何年轻人,不论男女。

在梁启超写下《少年中国说》时,"少年"依旧是指代青春的标准用词。这篇文章暗指清代诗人龚自珍(1792—1841年)的长诗《能令公少年行》(1821年),诗中为青春描绘了一幅光辉、崇高的文学形象。[2]当梁启超追步龚自珍,决定将自己的笔名从"哀时客"改成"少年中国之少年"时,他同样召唤着"少年"的蓬勃力量,通过这一举动,他希望摆脱因戊戌变法的失败而带来的幻灭感。[3]这个充满朝气的笔名为梁启超的职业生涯和中国的改良运动带来崭新的开端。他用这个新笔名发表的第一篇文章,就是《少年中国说》。它在晚清进步知识

---

[1] 段成式:《酉阳杂俎》,《唐五代笔记小说大观》,上海古籍出版社,2000年,第738页。

[2] 龚自珍:《能令公少年行》,《龚自珍诗选》,郭延礼编,齐鲁书社,1981年,第32—41页。

[3] 梁启超和他的导师康有为一起领导了戊戌变法运动,这一运动意在对中国的政治体系进行宪政改良。梁启超因为在运动中的积极作为而获得了全国性的声誉,包括编辑重要的报纸以及在新式学校里任教。这次运动最初得到了皇帝的支持,但后来被慈禧太后挫败。她将年轻的皇帝软禁在家,推翻了变法百日间推出的改良政策。因为这次运动仅持续了约一百天,故而后来它被称为"百日维新"。

分子中流传甚广,把"少年中国"变成了一个世所公认的,用于推广民族复兴之理念的新名词。与此同时,"少年"一词本身也在晚清政治话语和文学写作中流行开来。梁启超的同辈们竞相自称"少年",以彰显他们激进的政治觉悟,不论他们实际上分属何种政治阵营。[1]

世纪之交以降,"少年"始终是一个重要的能指。1912年民国建立之际,黄远庸(1884—1915年)以"新中国之少年"为笔名,创办了政治周刊《少年中国》。[2]尽管他1915年遇刺时尚不足三十岁,但他以文艺复兴来革新国人之思想的理念,激励着新一代的中国知识分子去创造新文化。黄远庸死后不久,受他感召的陈独秀创办了《新青年》杂志,他宣布,一场新的文化革命已然开启。就连黄远庸所创办的杂志的名称后来都复活了。王光祈(1891—1936年)创办了《少年中国》月刊,作为少年中国学会的官方刊物,传播了各种激进的思想,并在五四运动期间对中国青年产生了普遍的影响。[3]

民国初年,"青年"渐渐取代"少年",成为指代年轻人的标准语词,"少年"则慢慢被窄化为特指青少年人群的符号。触发了这一变化的,无疑包括《新青年》的崛起,以及这份杂志所吸引、塑造和询唤的特定青年群体,尤其是学生。根据历史学家钱穆(1895—1990年)所言,

---

[1] 甚至像是在政治上与梁启超的改良主义立场针锋相对的反清革命作家陈天华(1875—1905年),也在他的小说《狮子吼》里创造了一个名唤"新中国之少年"的角色。文本的一条注解中特别提醒读者注意。这个"新中国之少年"如何与住在横滨的那位(显然指的是梁启超)有所不同。见陈天华《狮子吼》,百花洲文艺出版社,1991年,第83页。

[2] 黄远庸:《忏悔录》,《远生遗著》,商务印书馆,1920年,第8页。更多关于黄远庸对新文化运动的影响以及他最后一次赴美之旅的讨论,见本书第二章。

[3] 郭正昭、林瑞明:《王光祈的一生与少年中国学会》,环宇出版社,1974年。

"青年"一词的风靡，应当归因于"大学时期身受新教育具新知识者"的出现。[1] 桑兵曾把现代学生在中国的出现，与1906年科举制度的废除联系起来，后者使得现代学堂成为接受教育的唯一选择。1902年，入读现代学堂的学生人数是6912人，而到了1919年五四运动爆发时，这一数字已增至5744254人。[2] 随着中国城市地区出现大批学生，日益频繁的激进活动将学生变成了"躁动不安的标志"，以及"新的（且不断更新的）自我定义的政治主体性"[3]。

这是新一代的"青年"，他们在新文化运动的影响下追寻自身的理念，拥抱《新青年》所倡导的启蒙思想。在这一语境中，当"青年"被用作现代学生或"新青年"的专有代名词时，它就成了"民国以来之新名词，而尊重青年亦成为民国以来之新风气"[4]。这意味着一种全新类型的青年的出现，他们与先前的世代截然不同，像梁启超那样的晚清"少年"，首先在中国的旧学传统中得到训练。自新文化运动起，"青年"代表了一种比"少年"更激进的现代身份。当"青年"被普遍视为中国现代变革先锋的代名词后，在流行小说里，它也偶然会被赋予贬义的描写，譬如张恨水（1895—1967年）的《现代青年》（1934年）[5]，就把典型的"青年"写成了一个不负责任、狂妄自大、自命不凡的人物。

五四运动之后，中国青年中如火山爆发的政治激进行动很快使新

---

[1] 钱穆：《中国文学论丛》，生活·读书·新知三联书店，2002年，第26页。

[2] 桑兵：《晚清学堂学生与社会变迁》，广西师范大学出版社，2007年，第2页。

[3] Fabio Lanza（蓝泽意），*Behind the Gate*（《城门后面》），p.14.

[4] 钱穆：《中国文学论丛》，第26页。

[5] 张恨水：《现代青年》，《张恨水全集》第二十五卷，北岳文艺出版社，1993年。

文化运动升级为全国性的现象，而"新青年"也逐渐成了一个集体名称，指向了不断增长着的抛弃儒学传统、追寻更富个人自由的生活方式的进步青年。作为一个集体身份，"新青年"的形象是新文化运动、五四运动的话语实践和政治实践的产物，后者为前者抹上了激进的政治色彩。在这一时期的新文学中，"新青年"常常指的是启蒙知识分子，他们或是教育者，或是革命者，拥抱民主与自由的新思想，就像叶圣陶《倪焕之》里的主人公一样，眼中灼烧着理想主义的火焰，执迷于对生活的新开端的渴求。自20世纪20年代起，这种青年主人公在现代中国小说中出现，并主导了它的情节发展。

上文对"青春"的语文学意涵的讨论远谈不上全面完善，但我希望能清楚地表达出两点：一、这个词有着漫长的历史，它过去的意义未必已在现代时期全然消失；二、它的现代意义也要比简单的词典定义丰富得多。我所提到的这三个词，"青春"、"少年"和"青年"，在英语中可以被译成"youth"或"young"。在本书中，我会在具体的语境里关注三者之间的细微区别。同样值得注意的是，这三个词在从传统语境走向现代时，其意涵也发生了变化。这一变化首先发生在晚清，当时的中国知识分子开始在正统的文学文化之外寻找新的灵感。

重审青春与老年的关系

尽管"青春"对传统文人具有很大的吸引力，但儒家的孝道依旧居于古代中国传统中的核心位置。孝道与道德情操相关，被认为是维系社会稳定的必要前提。在这种文化里，年轻人应当服从长辈的教化，正如《易经》蒙卦所示："匪我求童蒙，童蒙求我。"卫德明（Hellmut Wilhelm）指出："在传统文献中，长与幼被视为一个连续的发展过程中的两个阶段，后者是准备，前者是目标。"[1]这种对"蒙"卦的解读被传统儒家学者广泛接受，并定义了历代中国的社会结构。

但是，儒家思想并不总是为人所严格遵守，而且传统的自我教化也非仅有儒家一途。道家关于永葆青春、寻求永生的理念，以及与之截然不同的佛教关于世界的空幻本质的讨论，都应被视为传统的青春文学意象中不可或缺的组成部分。[2]至少自唐以降，中国文学中就充斥着浪荡公子和失意考生，他们对儒家思想感到幻灭，试图沉浸在释道二家的精神境界中，以寻求别样的自我教化之道。这类青年形象中最著名的例子可能就是18世纪经典小说《红楼梦》中的年轻主人公贾宝玉了，他勘破了爱情、家庭、红尘俗世、儒家秩序，寻求自我发展的真谛。[3]

这些思考无疑有助于我们理解传统文化语境中青春的多元特质，但儒家的自我教化之道依旧在正统的青春话语中占据核心位置。在某些故事中，青年的经历似乎反抗着包括科举入仕在内的儒家教义，譬如唐传奇《李娃传》和《莺莺传》。这些故事可以用来展现传统青年

---

[1] Hellmut Wilhelm（卫德明），"The Image of Youth and Age in Chinese Communist Literature."（《长幼之象》），*The China Quarterly* 13 (1963): 180–194.

[2] 对前现代中国各种关于青春的哲学话语的更完整的讨论，见Hsiung Ping-chen（熊秉真），*A Tender Voyage: Children and Childhood in Late Imperial China*（《慈航》），Stanford University Press, 2005。

[3] 关于《红楼梦》中的觉悟问题，参见Wai-yee Li（李惠仪），*Enchantment and Disenchantment: Love and Illusion in Chinese Literature*（《幻与悟》），Princeton University Press, 1993。

意象的复杂之处。它们突出地表现了年轻学子的离经叛道，他们暂时抛弃了常规的入仕之道。它们也因为描写了年轻主人公与各类风尘女子或古怪精灵之间的奇遇而赢得读者的喜爱。尽管如此，这些遭遇总是暂时的，传统的读者依旧期待看到一个圆满的结局：这位书生终会回归正道，明媒正娶，金榜题名，做符合社会要求的职业，光耀门楣。唐传奇尽管吹皱一池春水，但归根到底还是符合儒家思想的，年轻的主人公在故事结尾终归要迷途知返，他们年轻时的探索，也终将面对既成道德规范的惩戒或是开解。自此，离经叛道之举被儒家情感结构收编：人们在克服了自己的青春冲动之后，走向了成熟。

在晚清的中国思想中，长幼之间的尊卑秩序第一次发生了颠倒。当时，改良派知识分子正面对西方霸权的入侵给中国文化带来的前所未有的变化，试图寻找新的应对之道。老大帝国日渐衰落，传统的种种弊端不断暴露与被发现，儒学教义则遭遇严峻审视。风靡中国文人的"新学"广泛借鉴西方思想，传播着各式"非正统"的新概念，如进化、革命、男女平等、长幼平等。在这种思想氛围里，异端的儒教学者康有为（1858—1927年）宣称："长幼平等，不以人立之法施之。"[1]他提议将其作为"实用公理"之一，实则挑衅般地重写了关于长幼尊卑之序的儒家戒律。

要进一步阐明康有为建立长幼之间的平等关系的想法，就要把它和年轻的光绪皇帝（1871—1908年）与年迈的慈禧太后（1835—1908年）之间围绕戊戌变法而产生的种种冲突放在一起理解。在康有为及其学生们（包括梁启超）在运动失败后留下的大量资料和回忆中，光

---

[1] 康有为：《康有为大同论二种》，朱维铮编，生活·读书·新知三联书店，1998年，第19页。

绪被描绘成一位追求进步的青年领袖,而他的努力则被由慈禧和她的大臣们所代表的因循守旧的老一辈人所破坏。[1]在这里,青年与老年被视为两种社会力量的代表。这种看法重构了由老与少所表征的价值,并带来了一种新的政治意识,它呼吁人们沿着由光绪帝这样的年轻领袖所开辟的道路"前进"。康有为和他的追随者(包括梁启超)所推动的改革要实现,首先就要与所有的陈规决裂。这样一种激进的改良运动威胁着传统中国社会里的贵族成员,在保守力量和军队的支持下,慈禧太后很快做出了回应。她囚禁了皇帝,并开始处决那些年轻的激进改革者。康有为和梁启超逃亡日本。

尽管戊戌变法失败了,青春的象征意义却在进化论思想的帮助下得到了加强。得益于严复(1854—1921年)的《天演论》(即赫胥黎著 *Evolution and Ethics* 的中译本)的巨大影响,这一思想在19世纪的最后几年风靡改革者之间。[2]进化论创造了一种新的知识体系,正如安道(Andrew Jones)最近指出的,它"提供给中国读者和作家的不仅是一套新的术语,更是一种新的叙事模式,一种讲述国族与国族主体在他们与其他国族、与自然世界的关系之中成长、进步的故事的方法"[3]。进化的叙事以有机体的生物性成长为基础,它包孕着一种线性的、目的论的视野,以此为发展与进步的方向规定了某种既定的目标。严复的《天

---

[1] 梁启超:《戊戌政变记》和《光绪圣德记》,《饮冰室合集》第一卷,中华书局,1989年,第1—157页。

[2] Benjamin Schwartz(本杰明·史华兹), *In Search of Wealth and Power: Yen Fu and the West*(《寻求富强:严复与西方》), Harvard University Press, 1964, pp.91-112.

[3] Andrew F. Jones(安道), *Developmental Fairy Tales: Evolutionary Thinking and Modern Chinese Culture*(《发展的童话》), Harvard University Press, 2011, p.7.

演论》尽管加剧了中国传统所遭遇的文化困境,但它同时也在知识分子中引发了一种普遍的乐观主义:它将绝望限于当下,将希望留给了未来。严复对中国知识分子的激励,可以用鲁迅的话来总结:"我一向是相信进化论的,总以为'将来必胜于过去,青年必胜于老年'。"[1]

二十年后,李大钊写下了《青春》。他对青春的信仰无疑深刻地关联着严复所引入的进化论思想。文中包含着一个清晰意图,即"越过关于历史循环的陈词滥调,找到一种关于时间的理论分界,让我们得以思考时间的独特性和它与永恒的关系"[2]。在引述"消长、盈虚、吉凶"这一道教式的循环来总结中国古代的历史观之后,李大钊满怀热情地写下这段话:

> 青年锐进之子,尘尘刹刹,立于旋转簸扬循环无端之大洪流中,宜有江流不转之精神,屹然独立之气魄,冲荡其潮流,抵拒其势力……故能以宇宙之生涯为自我之生涯,以宇宙之青春为自我之青春。……此之精神,即生死肉骨、回天再造之精神也。此之气魄,即慷慨悲壮、拔山盖世之气魄也。惟真知爱青春者,乃能识宇宙有无尽之青春。惟真能识宇宙有无尽之青春者,乃能具此种精神与气魄。惟真有此种精神与气魄者,乃能永享宇宙无尽之青春。[3]

---

[1] 鲁迅:《鲁迅全集》第四卷,第5页。

[2] Claudia Pozzana(鲍夏兰),"Spring, Temporality, and History in Li Dazhao"(《青春,李大钊的时间与历史》), In *New Asian Marxism*, edited by Tani Barlow, Duke University Press, 2002, p.274.

[3] 李大钊:《青春》,《李大钊选集》,第67页。

李大钊的这篇《青春》可以看成是对世纪之交以来中国知识分子所执迷的进化论思想的一个清晰回应。它为历史运动描绘了新的图景，用乌托邦愿景取代了传统的永恒轮回，这一愿景指向一往无前的进步，并承诺永不止息的青春活力。[1]

在20世纪的转折点上发生在中国思想界的，是老与少之间的价值颠倒。它偏离了传统儒家的轨迹，为青年的自我教化开辟出新的道路。进化论思想的兴起进一步将历史进步定义为朝向未来的运动，凸显出青春的主动能量。由此，这一思想进一步深化、强化了这样一种信念：与传统的彻底决裂是进步的先决条件。在这一政治和思想背景下，现代中国的青春话语作为传统的对手第一次登上了舞台。

返老还童：一个魔法时刻

说到返老还童的故事，徐念慈（1875—1908年）的《新法螺先生谭》（1905年）这个奇特却极具代表性的作品，是一个比较早的例子。[2] 这个以文言写成的小说充满新意。它描述了一位饱读四书五经的传统

---

[1] 更多关于李大钊对青春的活力的这些反思的讨论，见Claudia Pozzana, "Spring, Temporality, and History in Li Dazhao"。

[2] 见东海觉我（徐念慈）及吴门天笑生（包天笑）：《新法螺先生谭》，《小说林》，1905年，第22—23页。Nathaniel Isaacson（那檀霭孙）的英译本题 *New Tales of Mr. Braggadoci*，见Mingwei Song（宋明炜），*Chinese Science Fiction: Late Qing and the Contemporary*（《中国科幻小说：晚清及当代》），*Renditions*，第77/78号，第15—38页。对这个故事的分析见David Der-Wei Wang（王德威），*Fin-de-siècle Splendor: Repressed Modernities of Late Qing Fiction*（《被压抑的现代性：晚清小说新论》），Stanford University Press, 1997, pp.295-301。

文士决定走出书房去探索宇宙的太空之旅。在他中途飞经水星时,小说的第一人称叙事者目睹了一次不可思议的变形过程:只见一位干瘦的白发老人眼闭口合,脑汁被取出,并在头颅中注入了一种神秘的物质。眨眼间,这个貌似垂死的老人变得容光焕发,手动足摇起来。在继续飞往火星的途中,叙事者认为老去的水星人都会用这种方法重获青春,他断定这必然就是那返老还童的复生之术。继而他瞬间顿悟到,这种外星奇术,或是技术,正是他的故乡中国目前所当学习而使用的东西。

徐念慈的奇思妙想凸显出了现代性文化中的一个核心母题,它或许最早出现在《浮士德》这样的欧洲文学作品中。这就是"重获青春"(Verjüngen)的概念。[1]重获青春是浮士德受到魔鬼诱惑后要求的第一个礼物,是他得以变成伟大的冒险家和开拓者的先决条件。在西方文化的语境中,浮士德式的重获青春意味着获得一种更新、更年轻的自我,其生活的动力来自马歇尔·伯曼(Marshall Berman)所谓的"对发展的渴望"[2]。这个恶魔般的时刻反转了人类衰老的自然过程,却为自我发展和进步的意志注入生机和力量。徐念慈未必直接从西方文学中获得灵感,道教中关于"返老还童"的神话早已是传统文学中的既存母题。但正如我在下文的分析所示,有好些因素将法螺先生的启悟与传统的返老还童的故事清晰地区分开来。徐念慈的故事尽管较诸歌德的悲剧而言过于简单,但它依旧包含着一些具有现代特征的激进信息。

---

[1] Johann Wolfgang von Goethe(歌德), *Faust*(《浮士德》), Edited and translated by Stuart Atkins, Suhrkamp/Insel, 1984, p.101.

[2] Marshall Berman(伯曼), *All That Is Solid Melts into Air*(《一切坚固的东西都烟消云散了》), Penguin Books, 1988, p.39.

在见证了水星人重获青春的魔力后,法螺先生表达的愿望,也正是他同时代大多数进步知识分子所共享的普遍理想:要建立一个新的国家,就必须首先召唤青春的魔力。这正是梁启超在《少年中国说》中所提倡的理念,它为现代中国知识分子创制了一种共通的文化策略,即将"重获青春"作为国家进入现代世界的隐喻。在进入这个以国与国的无情竞争为特征的新世界秩序之前,中国是一个衰落中的帝国。如果中国想要进入新的全球化时代,面对更年轻、更强大的众多国家,它就必须重获青春,必须在其老朽的躯壳中奇迹般地重铸青春的活力。只有这样,它才能取得类似的发展与进步。

将国家比诸个体的做法,赋予中国一种普遍的品质:青春的活力。也就是说,正如梁启超、徐念慈和他们的许多同代人所主张的那样,一个国家的自我变革所需要的,正是我们都曾拥有且将要重获的那种青春的品质。因此,法螺先生的故事唤起了晚清知识语境中的两种新意:第一,重获青春或许在个人层面上是传奇故事,但作为一种超个人的愿望,它表达了一种民族主义的憧憬,包含可以实现的发展与进步方案;第二,重获青春意味着青春在失去之后依旧能够被挽回,只是要经由某种特殊的方式,比如神秘的水星"技术",或是梁启超所倡导的全面的政治、制度和文化改良。在这个意义上,徐念慈的奇幻故事以一种科幻想象呼应了梁启超对民族重获青春的号召,其中,外星科技这一隐喻性的手段将助力政治变革。[1]

---

[1] 没有任何证据表明徐念慈和梁启超曾经见过面,但他们的政治思想和文学想象之间的关系清晰可见。1897年之后,徐念慈发起了一系列符合梁启超政治改革路线的社会和文化活动。1905年,他加入了《小说林》的编辑部,这是为了呼应梁启超对"新小说"的号召而创办的主要文学刊物之一。

法螺先生和浮士德之间共享的另一个特点，是他们在故事开始时都以老学究的面目登场。和《浮士德》一样，法螺先生掸去古籍上的灰尘，这一姿态激励着他去寻找新的意义——不仅为了他的个人生活，也为了他和同代人所生活其中的时代。徐念慈显然赞同他这一代普遍持有的观点，即中国是一个停滞而衰朽的社会，它在文化上的缺陷已将其拖入险境。徐念慈作为数学家及自然科学爱好者，在他的故事中加入了一些关于宇宙和人类的新奇有趣的激进理论，其中之一与"脑电"的神奇作用有关，它的力量据说可以激发国人灵魂飞升。不论是激活"脑电"，还是水星上见到的换脑术，都清晰地意指着以改良国人思想来变革或复兴中国。这种愿景正是催生了后来新文化运动那种文化逻辑的先声，后者意在改良中国的国民性。

要在徐念慈的短篇故事和歌德的伟大杰作之间做进一步的比较或许有些冒险。毕竟，前者所包含的仅仅是对返老还童技术的匆匆一瞥，而后者则在重获青春的情节中注入了重重丰富意蕴，规定了欧洲语境中的"现代进步文化"：在爱情、自我教化和社会变革等事物中的冒险精神；永远进步的乌托邦梦想；作为一种既创造又毁灭的恶魔之力的发展；以及伴随着自我实现的时刻而来的强烈的自我异化感。[1] 在《浮士德》中，重获青春在国家层面上的意义或许没有表现得那么直接，但如果我们把这部小说和歌德的另外两部耗尽一生心血的作品——《威廉·迈斯特的学习时代》和《威廉·迈斯特的漫游时代》，放在一起阅读，那么他的写作可以被认为是在19世纪德国统一进程中，为日益增长的

---

[1] 关于《浮士德》的分析，参考Marshall Berman, *All That Is Solid Melts into Air*, pp.37-86。

民族主义意识注入了指引性的文化精神。[1]

我在这里提及《浮士德》的宏大情节,以及普遍意义上的现代文化中的重获青春主题,是为了表明晚清的民族重获青春理念背后有一个更大的全球语境。对重获青春魔法的信念首先定义了现代欧洲的文化,后来,随着欧洲权力的扩张,它成为全球性的文化主题。它构想出一种与青春的力量相关的貌似普遍的"真理",它号称适用于一切国家:这些"年轻的国家们"被引入一个竞技场,作为现代民族国家而相互竞逐,力争胜利。这种"真理"强化了浮士德式重获青春及水星人似的复生的意义:在生物层面,从年老退回年轻的变化是可能的;在文化层面,这一过程可以被重写为一个从保守前行至进步的变化过程,或是在历史层面,从古代走向现代的过程。换句话说,重获青春的故事意味着青春可以被召回、被重塑、被重新发明。归根到底,"重获青春"不是一个自然的、有机的举动,而是奇迹的产物,或者更具体地说,是自觉的话语实践的结果。

不过,重获青春的故事依旧包含着一些暧昧,乃至一种内在的冲突。当青春在老朽的身体中重生时,那老朽的部分就这样消失了吗?有没有可能青春依旧是老朽的,只不过换上了一张新鲜的面孔?比方说,在重获青春之后,浮士德在多大程度上还是原来那个浮士德,水星人在多大程度上还是那个水星人?在文化意义上,重获青春的魔力使得传统与现代的关系更加复杂。传统是否仅仅是一个死去的躯壳,或者它依旧活在重获青春之后的现代人年轻的头脑中?回答这些问题

---

[1] Todd Kontje(孔杰),*The German Bildungsroman: History of a National Genre*(《德国成长小说》),Camden House, 1993, pp.19-20.

的方法之一，就像我在下一章中要做的，是去考察一种独特的"老少年"的形象，它出现在晚清文学之中，是传统及其反对者之间的复杂互动的产物。

青春与现代性

浮士德式的重获青春指向了现代青春故事展开背后的更大背景。青春话语在现代中国的出现应当被放在全球语境中来理解。自18世纪末以降，青年的崛起早已是一个全球范围内的现象，它首先出现在欧洲，然后传播到了亚洲、美洲和非洲。梁启超创造的"少年中国"一语显然借鉴了意大利民族革命家马志尼（Guiseppe Mazzini，1805-1872）发起的"少年意大利"运动。梁启超以各种类型的写作——传记、戏剧、政论——描述过马志尼的活动。[1] 日本思想家志贺重昂（1863—1927年）的"少年日本"这一概念或许也同样对梁启超产生过影响。[2] 在《少年中国说》里，梁启超借用了唐代诗人刘禹锡（772—842年）的名句"西风一夜催人老"，来表达他这一代人在重估长幼时受到的西方影响。尤其是他关于民族重获青春理念的构思，直接回应着西方以古代中华帝国的衰老来对照自身"青春"的文化取向。

---

[1] 梁启超：《意大利建国三杰传》，《饮冰室合集》第十一卷，第1—61页；另见梁启超：《新罗马传奇》，《饮冰室合集》第九十三卷，第1—27页。

[2] 梅家玲曾讨论过梁启超"少年中国"的命名和理解与现代日本青年话语的关系。见梅家玲：《发现少年，想象中国》，《汉学研究》19：1（2001），第249—276页。

十五年后，当陈独秀在青春意象中注入其启蒙理念时，他也将自己关于青春的看法放在中西对待年龄时的截然对立的态度中来理解："窃以少年老成，中国称人之语也。年长而勿衰，英、美人相勖之辞也。此亦东西民族涉想不同现象趋异之一端欤。"[1]这种看似过度简化的二元论支撑着新文化运动，它希望将中国的青年打造成西化、重获新生、经过启蒙的"新青年"，以此重振中国。《新青年》的头几期长篇累牍地介绍了青年日耳曼运动和英格兰、美国、法国的类似青年运动和组织[2]。

梁启超和陈独秀这样的中国知识分子显然意识到了青年在现代西方文化中扮演的重要角色。在欧洲，青年人口在18世纪末至19世纪初显著增长。[3]经历了这几十年间的多次革命之后，青年的力量"被发现"了，或者说是"被塑造"成了"一种文化现实，它被赋予了一系列象征价值和象征习惯"[4]。很多历史学家认为，欧洲文学文化中青年的发现是由法国革命带来的诸多变化所导致的，这次革命废除了身份社会，认为青年原来的那种"不可见""不重要"的状态是成问

---

[1] 陈独秀：《敬告青年》，《青年杂志》。

[2] 谢鸿：《德国青年团》，《新青年》第一卷第三期，1915年；李穆：《英国少年团规律》，《新青年》第一卷第五期，1916年；谢鸿：《法国青年团》，《新青年》第二卷第二期，1916年。

[3] 在1790年代末期，十五到二十五岁的人口与三十岁以上人口的比例为2∶3。从狂飙突进运动到1848年革命，德国青年的受教育和就业机会并没有跟上其数量的增长。见Mark Roseman（罗斯曼），*Generations in Conflict: Youth Revolt and Generation Formation in Germany, 1770—1968*（《冲突的代际》），Cambridge University Press, 1995, p.11。

[4] Giovanni Levi（列维），and Jean-Claude Schmit（施密特），eds, *A History of Young People*（《年轻人的历史》），2 vols, Harvard University Press, 1997, p.2。

题的。[1]学徒时代不再是通往成熟之路,它本身成了人的一生中最不稳定但也最重要的阶段。在青春话语的现代演变中最重要的事件,就是青春获得了一种超越于生理阶段意味之上的象征性意义。青春变成一个激进的文化符号,关联着新鲜与进步等观念,关联着未来与希望,也关联着国家这样的超个体存在的发展。在这个意义上,"青春"的现代转型使它变成了一个与"青少年时期"截然不同的范畴。后者依旧是一种社会分类方式,而前者则是一个文化主体。青春成了政治和文化动能的来源:它是梅菲斯特赠予浮士德的第一件礼物,而浮士德式重获青春,则是改变欧洲思想外观的那种新文化范式的标志性时刻。

在这个见证了青春的崛起的历史转型语境中,现代小说的核心人物往往是青年男女。正如莫瑞蒂所指出的,这也证明了青春在现代文化中的核心位置。他发现,法国大革命之后的欧洲小说中出现了一种新的小说英雄,一种立志在世间闯出新路的青年角色。现代小说中满是像威廉·迈斯特、伊丽莎白·班纳特、于连·索黑尔、大卫·科波菲尔和叶甫盖尼·奥涅金这样的年轻主人公。借由这些青年形象,欧洲文学为现代世纪创造出新的象征符号——"青年,或是欧洲小说

---

[1] 青年的发现应当至少与"童年的发现"同样重要。尽管这两个相对比较晚近的"发现"显然是彼此关联的,同时它们也都标志着现代性的到来,但青年的爆炸性的革命能量或许超越了童年,它助长了那些塑造了我们所知的现代世界的激进、变化的速度。关于儿童的文化史,见Philippe Ariès(阿利埃斯), *Centuries of Childhood: A Social History of Family Life*(《儿童的世纪》),Vintage, 1962。近来讨论中国思想史中的"儿童的发现"的著作包括Jon L. Saari(乔恩·萨里), *Legacies of Childhood: Growing up Chinese in a Time of Crisis, 1890-1920*(《儿童的遗产》),Harvard University Asia Center, 1990;Anne Behnke Kinney(金尼), *Chinese Views of Childhood*(《中国的儿童观》),University of Hawaii, 1995;熊秉真《慈航》。关于欧洲语境中青年的发现的历史研究,见利维(Levis)与施密特(Schmitt)《年轻人的历史》(*A History of Young People*)。

中数不清的青年形象,成为我们现代文化中握有'生命之意义'的年龄。"[1]

青年的象征形象肩负着两种宏大理念:现代性和民族主义。卡林内斯库(Matei Calinescu)对波德莱尔(1821—1867年)的现代性诗学的精简归纳中,包含了对文学现代性最生动的定义,其中提到青春的活力和流动性:"当下反叛过去——转瞬即逝的此刻反叛凝滞恒久的记忆,差异反叛重复。"[2]站在社会规范的对立面,"青春可以说是现代性的'本质'",莫瑞蒂写道,因为现代性,"用马克思的话来说,就是'不断革命',就是视堆积在传统中的经验为无用的负担,因此它不能被成熟所代表,更不能被年长者所代表"[3]。青春的隐喻因此成为现代文化的缩影,它反对一成不变,渴望不断进步。

与此同时,全球范围内的"青年民族"运动在拿破仑战争后横扫欧洲的革命中陆续涌现,在崛起的民族主义中,青年变成一个关键能指。从马志尼的"青年(少年)意大利"开始,一系列具有类似名称的政治运动开始重塑欧洲政治:青年日耳曼、青年波兰、青年瑞士、青年西班牙、青年爱尔兰。在20世纪初的亚洲,也出现了青年土耳其、青年印度、青年(少年)日本等类似的口号。所有这些可以被描述为"宗派民族主义运动"(denominational-nationalist movement[s])的青年民

---

[1]　Franco Moretti(莫瑞蒂),*The Way of the World*(《世界之道》),p.4.

[2]　Matei Calinescu(卡林内斯库),*Five Faces of Modernity*(《现代性的五副面孔》),Duke University Press, 1987, p.52.

[3]　Franco Moretti(莫瑞蒂),*The Way of the World*(《世界之道》),p.5.

族主义运动，都包含了对帝国主义或殖民主义的激烈的反抗。[1]"青年民族"运动追求独立、自主和完整的主权，依托青年的反叛性潜能来对抗既定秩序，由此驱使青年作为一种革命的精神进入现代政治想象之中，并为现代民族国家创造了一种新的集体身份。将国家重新想象为青年产生了重要的后果，其中之一便是要超越帝国主义扩张的图景，去重构一个理想化的世界新秩序。在世界史新篇章的开端，所有这些新生的民族国家都成了不分高低的同侪与兄弟。1900年，梁启超意识到中国也并不例外。

梁启超关于少年中国的论述寄托了他的政治理想，希望中国能够走上世界舞台，与其他年轻的国家一道竞争。他把自己的祖国命名为"少年中国"，由此为中国输入了一种新的民族主义理念，在20世纪的绝大多数时间中，这一理念都将居于中国政治思想的核心。它不仅意味着要克服中国面对西方崛起时的挫败，也意味着要依据新的世界历史时间表，将中国重塑为一个年轻的国家。这里的目标是重建中国，把它建成和意大利、日本一样富强的民族国家。[2]与此同时，在用"少年"来命名中国时，梁启超也提升了"年轻"所具有的意义，它不再仅仅是一个形容词。他为青春赋予的政治象征性把它变成了一个普遍的文化符号，其中包含着关于历史进步的现代愿景。青春的活力给民

---

[1] 见Rainer Elkar（埃尔卡），"Young Germans and Young Germany.", In *Generations in Conflict: Youth Revolt and Generation Formation in Germany, 1770—1968*（《青年日耳曼与青年德国》），edited by Mark Roseman, Cambridge University Press, 1995, pp.69–70。

[2] Xiaobing Tang（唐小兵），*Global Space and the Nationalist Discourse of Modernity: the Historical Thinking of Liang Qichao*（《全球空间与现代性的民族主义话语》），Stanford University Press, 1996, pp.37–41。

族复兴大业以力量，更激发了一种对时间的新的理解方式，它被历史化为一种自我维持的向前运动，或者换句话说，一场不断抵抗着记忆的凝滞（甚至包括它自己的记忆）的持续的革命。

在梁启超发明少年中国之后的一个世纪里，在中国追求自强的奋斗过程中，青春的象征力量被一再召唤。少年中国的理想作为源头，激发了国人最初关于民族主义和现代性的愿景。徐念慈的小说则以更好的方式，表现重获青春这个奇迹般的时刻，人们总是一再返回这个时刻，将其用于新的议程。20世纪中国，目标各不相同的改良与革命此起彼伏，但对青春的潜能的发现或再发现，始终是一个不断重临的起点，激励着新的变革、新的运动。

关于传统的问题

让我们重返徐念慈有关重获青春的想象，重新思考一下水星人复生过程中所发生的事情：那个从老者到青年的奇异变形过程。在梁启超的青春想象，抑或其后几代知识分子的青春话语中，传统不是能轻易抛在一边的。正如水星人重获青春所暗示的，民族重获青春的理念不仅意味着拥抱新人，更意味着返老还童。梁启超关于青春的讨论，和西方语境中类似话语之间的区别在于，前者关于年轻与年老之关系的看法要复杂得多。[1] 在貌似清晰的二元对立之下，两者事实上的关系盘根错节。

---

[1] 梅家玲：《发现少年，想象中国》。

首先，在梁启超等许多中国知识分子眼中，少年中国与它的欧洲同侪们不同，具有一个独特的漫长而古老的文化传统，可以被追溯到商朝（约公元前1600—前1046年）乃至神话中的夏朝（约公元前2070—前1600年）。西方思想家也持有类似看法，如黑格尔关于中国所表达的那个恶名远扬的刻板观点，即中国是一个毫无希望的古旧国家，处于历史之外。他发表关于中国的看法的时间，当然要远早于梁启超一代尝试要将西方历史概念融入中国政治思想。但将中国视为老大帝国的这个黑格尔式的定义，在明治日本被广泛接受，并成为推动梁启超反思全球舞台上的中国形象的直接刺激。梁启超力图转变这一看法，故而发明了少年中国这个概念。

然而，梁启超暧昧的文化策略使他的努力变得复杂，这一策略试图把中国的传统价值融入现代西方价值中去。正如他在其最著名的政论文章《新民说》（1902年）中解释的，人们应当对受人追捧的新潮保持警惕，并对传统的正确性保有信念："新民云者，非欲吾民尽弃其旧以从人也。新之义有二，一曰淬厉其所本有而新之，一曰采补其所本无而新之。"[1]在梁启超看来，改良的真意结合了两种努力：接受西方思想，以及复活悠久的中国传统。在追求民族重获青春的征途中，两者缺一不可。

黑格尔曾提出过一个明显具有悖论性的看法："就中国而言，它既是最新的，也是最老的。"[2]他这样说的时候，指的是中国人所实

---

[1] 梁启超：《新民说》，《饮冰室合集》第四卷，第5页。

[2] Georg Wilhelm Friedrich Hegel（黑格尔），*The Philosophy of History*（《历史哲学》），Translated by J. Sibree, Willey Book Co., 1900, p.116.

践的道德和哲学原则；他们有自己的漫长传统，但始终昧于"精神"（Spirit）——这个概念描述推动世界历史进程的绝对理性。黑格尔很多关于历史和自我意识的看法，后来都会作为西方"先进"思想的一部分，而影响现代中国文化，但他这则包含新旧辩证法的简短评论，意味深长地呼应着晚清改良者们的共通信念：中国这个古老的文明，将作为一个新的民族而出现，它既能掌握西方的工具，又将维系其古老传统的活力。

这样的信念建立在下述假设上，即普世价值具有横跨东西的正确性。不同于仅仅将西方的思想视为普遍"真理"的成见，这种假设意味着中国的传统思想也同样适用于现代事务。晚近的文化理论对普遍主义提出了严肃的质疑，它在晚清思想中的存在，尤其是它在融合中国传统和外来思想时所发挥的作用，促使史华兹（Benjamin I. Schwartz）、列文森（Joseph R. Levenson）、胡志德（Theodore Huters）、王德威、汪晖等学者在他们关于晚清文学和文化的讨论中，对现代性问题展开最为深刻的反思。[1]这些思考凸显中西对话过程中的差异和复杂面向，察知中国对西方思想的挪用过程中的那些扞格不入，或至少是文化相异的部分。自命为普遍性真理的意识形态在西方权力的全球扩张过程

---

[1] 见Benjamin I. Schwartz（史华兹），*In Search of Wealth and Power*（《寻求富强：严复与西方》）；Joseph R. Levenson（列文森），*Liang Ch'i-ch'ao and the Mind of Modern China*（《梁启超和现代中国思想》），Harvard University Press, 1965.；Joseph R. Levenson（列文森），*Confucian China and Its Modern Fate*（《儒家中国及其现代命运》），University of California Press, 1968.；David Der-Wei Wang（王德威），*Fin-de-siècle Splendor*（《被压抑的现代性：晚清小说新论》）；Theodore Huters（胡志德），*Bringing the World Home: Appropriating the West in Late Qing and Early Republican China*（《把世界带回家：西学中用在晚清和民初中国》），University of Hawaii Press, 2005；汪晖：《现代中国思想的兴起》，生活·读书·新知三联书店，2004年。

中来到中国,引发了各种地方版本的有关世界的见解,它们虽然是在西方刺激下发展起来的,却深刻地根植于对中国传统的思考。

晚清改革者大都乐于打造一种乌托邦信念,坚信整个世界终将和谐统一,将东西方的全部优长融汇其中。正如一位投身洋务运动的重要知识分子冯桂芬(1809—1874年)所相信的,现代西方所取得的成就,和中国上古三代圣王的理想统治之间异曲同工。[1]王韬(1828—1897年)也曾做过类似的比较,他曾远游英格兰和苏格兰,成为第一位开眼看西方思想和文化的儒家学者。王韬曾试图阐明中西圣人、文明和普通民众之间的共通性,指出"天下同心",寻找普遍之"道"来沟通东西。[2]严复这位晚清西学的主要提倡者,甚至也将他对西学的阐发,建立在对传统中国术语的复活与挪用上,西方思想激活了古老的中国语词,它们反过来又试图将西方理念融入中国的思想传统。[3]关于世界同一的终极想象来自康有为的《大同书》,他的大一统学说,将公羊学的非正统儒家历史观、佛教法界论、以数理为基础的欧洲科学主义教条,以及关于社会主义理念的含糊知识,结合成一种乌托邦愿景,体现了一统中国和世界的普遍之道。[4]在"大同"的宏伟外表下,是中国在遇到西方

---

[1] 冯桂芬:《校邠庐抗议》,上海古籍出版社,1995年,第1—2页。关于冯桂芬对现代西方与上古三代间的比较的讨论,见汪荣祖:《晚清变法思想论丛》,新星出版社,2008年,第14页。

[2] 王韬:《原道》,朱维铮编《弢园文新编》,生活·读书·新知三联书店,1998年。关于王韬文化观的讨论,见Paul Cohen(柯文),*Between Tradition and Modernity: Wang T'ao and Reform in Late Ch'ing China*(《传统与现代之间》),Harvard University Press, 1974。

[3] Schwartz, *In Search of Wealth and Power*, pp. 91-112;以及汪晖《现代中国思想的兴起》,第一卷,第834页。

[4] 康有为《康有为大同论二种》。关于康有为"大同"世界的政治方案的具体讨论,见Hsiao Kung-chuan(萧公权),*A Modern China and a New World: K'ang Yu-wei, Reformer and Utopian, 1858—1927*(《近代中国与新世界》),University of Washington Press, 1975, pp.435-513。

之际，晚清知识分子维持或复兴中国传统的集体焦虑和愿望。

晚清知识分子相信普世价值具有跨越东西的正确性，这使他们憧憬着中国能够与现代西方处在同一时间之中。他们审慎地选择、吸收西方因素，更重要的是，这些因素必须被儒家学说或其他中国思想学说所证实。除了西方民族主义的启发，梁启超的少年中国想象，其来源也出自对中国传统的反思。梁启超梦想着少年中国未来的繁荣能比肩西方国家，但在更深刻的层面，他想象中的这个青春形象和传统之间的关系，是要前者赋予后者以活力，而非以前者取代后者。两者应当相融无碍，和谐共存，而非彼此冲突。在另一篇与《少年中国说》差不多时间写下的文章里，梁启超提出这样一个一厢情愿的计划：

> 二十世纪，则两文明结婚之时代也。吾欲我同胞张灯置酒，迓轮俟门，三揖三让，以行亲迎之大典。彼西方美人，必能为我家育宁馨儿以亢我宗也。[1]

在梁启超这里，作为中西文明融合之产物的"宁馨儿"的中国血统和西方血统不相上下，正如民族重获青春这一文化母题，它既要求复活中国传统，也要求借西方的手段和方法以图自强。

既要改革又要保存中国的文化传统，这种复杂的结合塑造了现代中国青春话语的早期发展特色。当梁启超在如何将中国传统融入构建新中国的政治蓝图这个问题上不断调整立场的时候，他也不断给民族

---

[1] 梁启超：《论中国学术思想变迁之大势》，《饮冰室合集》第七卷，第104页。

重获青春这一理念带来更多的暧昧意义。[1]从一个与黑格尔相对的角度出发来说,进入了世界历史的少年中国,在遭遇西方新潮思想的同时,靠着不断复活其自身传统而获得力量。

中国的成长小说

在本书中,对现代中国青春话语发展的历史考察,将结合对一种特定叙事形式的小说建构的细致分析——这种形式就是成长小说,它描绘青年的心理成长,并在象征意义上,暗示着民族重获青春。成长小说蕴含深切的哲学与政治意味,这一文类最早出现于19世纪初的德国。对成长小说的影响最大的定义来自狄尔泰(Wilhelm Dilthey),他在分析歌德的《威廉·迈斯特的学习时代》和构成这一文类的其他德语经典作品时指出:成长小说描绘青年的教养过程,尤其是他们的精神成长。[2]自此,对这一文类的阐释,总是依据人文主义有关自我完善的理念展开,这一文学形式的意义,被认为是要建构一种现代主体性,及其自我生产的身份认同。[3]

---

[1] Joseph Levenson(列文森), *Liang Ch'i-ch'ao and the Mind of Modern China*(《梁启超和现代中国思想》), Harvard University Press, 1965, pp.84–169.

[2] 狄尔泰下定义的段落是这样的:"从威廉·迈斯特和赫斯珀洛斯开始,他们都描绘了那个时代的青年,他是如何在喜悦的眩晕中踏入生活,找寻灵魂的伴侣,遇见友谊和爱,之后他又是如何与世界的残酷现实斗争,从而在错综复杂的生活体验中走向成熟,找到自我,并明确了自己在世间的使命。"这一段落出现在狄尔泰的《经验与诗歌》(*Das Erlebnis und die Dichtung*)中。英译引自Todd Kontje, *The German Bildungsroman*, p.29。

[3] 关于德国成长小说的历史批评,见Todd Kontje, *The German Bildungsroman*。

很多古典哲学家和当代批评家都注意到成长小说（包括其原型《威廉·迈斯特的学习时代》）在叙事中的反讽和内在冲突。[1]问题常常指向叙事中蕴含的张力，这种叙事"关注一个完整的个体所展开的全部错综性和不可名状"[2]。或借助黑格尔的分析来说，成长小说的形式不得不在诗性的理念和散文化的现实之间协调："他们作为个体，具有爱情、荣誉、抱负等主观目标，具有改造世界的理想，而在他们对面，则是现存的秩序，是现实的散文，从方方面面在他们的道路上设置障碍。"[3]这些障碍有时过于强大，以至于小说呈现互相冲突的价值，导向反讽式的开放性结局，而非成长过程完成的完美闭环。

抛开其中的反讽和矛盾不谈，作为一种为"青春"赋予形式的叙事尝试，莫瑞蒂认为，成长小说自19世纪初起，就代表着"现代性的象征形式"。他把成长小说的观念和理论应用于非德语的文学作品，在他看来，成长小说这一文学形式将青年塑造成一个代表现代性的富有意义的形象："如果青春就此实现它在象征意义上的重要性，如果成长小说的'伟大叙事'变成现实，这与其说是因为欧洲不得不赋予

---

[1] 关于成长小说的复杂而暧昧的性质，比较晚近的批评文章见Martin Swales（斯沃尔斯），*The German Bildungsroman from Wieland to Hesse*（《从威兰到黑塞的德国成长小说》），Princeton University Press, 1978；Michael Minden（迈克尔·明登），*The German Bildungsroman: Incest and Inheritance*（《德国成长小说》），Cambridge University Press, 1997；Marc Redfield（雷德菲尔德），*Phantom Formations: Aesthetic Ideology and the Bildungsroman*（《幽灵的形式》），Cornell University Press, 1996。

[2] Martin Swales（斯沃尔斯），"Irony and the Novel: Reflections on the German Bildungsroman"（《反讽与小说》），In *Reflection and Action: Essays on the Bildungsroman* edited by James Hardin, University of South Carolina Press, 1991, p.49.

[3] 同上书，第50页。这一段出现在黑格尔*Vorlesungen über die Asthetik*（《美学讲演录》），Aufau，1995, p. 557。英文翻译来自斯沃尔斯。

青春以意义，毋宁说是不得不赋予现代性以意义。"[1]在莫瑞蒂的分析中，成长小说的形式化叙事，包括它的问题和反讽，完全展现出现代性的愿景，包括它全部的复杂性与难以捉摸。

巴赫金和卢卡奇这两位文学理论家定义了作为一种现代文类的成长小说的独特之处。对巴赫金来说，成长小说之所以在文类意义上是"现代的"，是因为不同于只有现成的英雄形象的古典小说，成长小说通过描绘"成长过程中的人的形象"而将时间历史化了。巴赫金强调，成长小说的核心特征在于一个生成中的主人公那流动而新奇的形象，他是一个浮现于历史运动中的新人："他不再属于一个时代之内，而是处在两个时代之间，处在从一个时代到另一个时代的转折点上……他被迫成为一种全新的、前所未有的人。"[2]以这样的定义，巴赫金强调了成长小说在铺展现代历史的时间方面所具有的代表性功能。

卢卡奇认为成长小说是小说的内在形式："它是成问题的个体走向自我的行旅，是摆脱昏暗的当下现实的禁锢——这是一个混杂纷乱，对个体毫无意义的现实——走向清晰的自我承认的道路。"[3]卢卡奇对这一文类的哲学分析特别指出了主体性与客体性、自我与社会、灵魂与世界之间的冲突。他一方面认为，对整体性的追求，即内在自我和外在世界的融合，是推动成长小说成为重要的文学形式的驱动力，同时也指出，很遗憾，以散文形式在小说里实现这种目的论式的统一

---

[1] Franco Moretti（莫瑞蒂）：*The Way of the World*（《世界之道》），p.5.

[2] M. M. Bakhtin（巴赫金），"The Bildungsroman and Its Significance in the History of Realism (Toward a Historical Typology of the Novel)"（《成长小说及其意义》）.

[3] Georg Lukács（卢卡奇），*The Theory of Novel*（《小说理论》），p.80.

体是不可能的。因此,在卢卡奇看来,成长小说的叙事机制同时呈现了成长(Bildung)的理念及其局限。

我将这一文类的定义用于想象中国构建过程中有关青年成长经验的叙事,同时我也关注中国和欧洲文学之间在现代性表达方面的文化差异。通过对中国成长小说的研究,我意在思考仅以西方范式为旨归的话,这个概念是否能够具有普遍适用性。在第三章至第七章,我会对这一文类展开细致的个案研究,将其作为一种有效的批评工具,来引导我对中国现代性在小说形式上的展开进行文本和文化分析。

成长小说这个名词最早在"五四"时期被引入中国文学,之后对德国文学怀有浓厚兴趣的作家和批评家继续阐发它的意义。其中最著名的是诗人、批评家冯至(1905—1993年),他在20世纪40年代将《威廉·迈斯特的学习时代》译成了中文。冯至在翻译之初,曾用"修养小说"这个词来定义这部作品。[1] 后来,他在为一部1982年的中国百科全书撰写"歌德"这一词条时,使用了"教育小说"一词。它后来成为"Bildungsroman"最常见的翻译。[2] 但是,能更好传达出"教育小说"这个意义的,其实是另一个德语词语"Erziehungsroman",因为它更明确地聚焦于通过接受教育而展开的自我完善过程。"Bildungsroman"则偏重主人公的心理成长。因此出现了第三个词——"成长小说"。在汉语中,这个词或许最为准确地把握了原文的意义。

尽管作为一个批评术语,成长小说对现代中国哲学和文学批评的

---

[1] 见冯至:《冯至全集》第十卷,河北教育出版社,1999年,第4页。
[2] 同上书,第十一卷,第339页。

影响有限，[1]但中国的小说家们早就在阅读欧洲小说的过程中熟悉了成长小说的叙事结构：歌德《少年维特之烦恼》、狄更斯《大卫·科波菲尔》、屠格涅夫《父与子》、托尔斯泰《战争与和平》、罗曼·罗兰《约翰·克利斯朵夫》，以及奥斯特洛夫斯基《钢铁是怎样炼成的》——这些小说启发不同时代的中国作家探索成长小说的叙事形式，讲述个人如何在现代中国的社会和文化变革中进行自我塑造的故事。以某个中心人物的精神发展过程为核心的现代中国小说，无疑是在这些西方作品的影响下出现的。正如青春话语在少年中国背后，有着全球范围内民族主义的崛起，关于青年的中国叙事，也处于世界文学的现代全球语境中。跨文化挪用的过程，同时也是一个创造性转化的过程，是中国作家试图将这个外来文学形式本土化的过程。比如，在本书讨论的许多小说中，民族重获青春所具有的核心位置就标识出清晰可辨的中国"主题"，塑造着独特的叙事"形式"，它们指向中国成长小说独有的意识形态或美学面向。在中国的语境里，各式各样关于民族重获青春的理念，都在这一文类的不同变体的叙事形式中，留下了自己的印记。

讲述青年成长经验的中国小说开始出现时，青春依旧是现代中国文化中新的主题。在"五四"作家创作的早期现代长篇小说——如叶圣陶的《倪焕之》和茅盾（1896—1981年）的《虹》里，叙事重心放在年轻主人公的心理成长上，情节围绕着主人公实现特定理想的努力

---

[1] 成长小说最近才被用于中国的文学研究，见王炎《小说的时间性与现代性》，外语教学与研究出版社，2007年。关于后毛泽东时期的当代中国文学中这一文类的最新研究，见Li Hua（李桦），*Contemporary Chinese Fiction by Su Tong and Yu Hua: Coming of Age in Troubled Times*（《苏童和余华的当代中国小说》），Brill, 2009。

过程而展开。在不同程度上，这些理想总是与改变自我、改变外在世界有关，这位青年人也总会遭遇挫折甚至失败。这类故事常常融入更大的、关于国家的故事之中，搬演关于启蒙、革命和社会改革的情节，其中青年的个人成长与民族重获青春的主题紧密联结起来。

我将具有这些特征的小说视为中国的成长小说，我选择了20世纪20年代至50年代一些最能反映上述特征的作品，作为本研究的主要对象：叶圣陶《倪焕之》（1928年）、茅盾《虹》（1930年）、巴金的无政府主义小说——《灭亡》（1928年）、《新生》（1932年）和《爱情三部曲》（1931—1933年）、路翎《财主底儿女们》（1945—1948年）、鹿桥《未央歌》（1959年）、王蒙《青春万岁》（1956年）以及杨沫《青春之歌》（1958年）。在这些小说中，现代中国青年的故事，被叙述为一个建构自身主体性的意味深长的过程。它常常被表现为一段旅程，或者在更具象征意义的层面上，被表现为一个青年的人生之旅，他们四处漂泊，居无定所，走过不同的历史场景与时代，去找寻自我——或是找寻内在的自我，或是找寻一个能够汇入更大的历史运动之中的新的自我。个人通往自我认知的旅程成为核心情节，在无数次危机、无数次重燃希望的过程里，现代青年的个人发展过程，嵌入中国民族经验的历史语境之中。在这些小说里，成长小说的文本打开一个话语空间，各种意识形态在其中竞逐——包括各种民族建设的理想、对中国青年的律令。折冲斡旋于自我与社会、理想与行动、形式与现实之间，这种叙事既表达又搅乱了现代中国史的不同阶段中铭刻在青年身上的文化象征意味。

推动讲述青年成长故事的，常常是一种要为青春赋形的冲动，即给予青春一个既在发展中,又在确定中的形式。青春常常是革命的、无形的,而对它的文学再现,既要显示出青春的活力,又要为其赋予形式。在青春的文学再现中,它对各种现代性愿景的象征作用,转译成朝向特定结局而行进的小说叙事和情节发展。譬如《青春之歌》这样的经典社会主义成长小说中,意识形态进步的要求既驯化了主人公,也驯化了文本,一个构造齐整的结论性的"大团圆"最终出现,使青年的个人发展叙事落实为一则民族主义式的寓言。

在文类意义上,成长小说的叙事设计则规定,青年的赋形化过程最终完成于代表特定理想的个体性的充分发展之中。但正如许多欧洲成长小说所表明的,这种理想化的景象很少能在现代小说的散文形式中得到实现;当我们转向如现代中国这样的历史环境,《青春之歌》或许是少有的几部能够彻底演绎其目的论修辞的小说之一。茅盾的《虹》早于《青春之歌》约三十年,它同样试图借由为叙事赋予一种目的论修辞,来为其年轻的主人公梅女士——她和《青春之歌》里的林道静一样,是一位女性知识分子——构造新的主体性。但它没能创造出"大团圆"结局。《虹》以略显突兀的方式,终结于一个反高潮的时刻,这个时刻暴露出自我与社会、理想与现实之间的鸿沟,更具体地说,它暴露出如下两者之间的鸿沟:一边是女性主人公的青春作为革命的身体所具有的象征意义,另一边,青春的身体所具有的性意味,逾越了革命成长小说的语义范围。正如我在第四章和第七章将会详述的,《青春之歌》可以被视为在更加严格的意识形态机制之下,对《虹》的一次重写,它把《虹》(以及之前许多与青春有关的中国小说)当中拒绝被文本构型所驯化的青春,转变成一个国家神话,根据社会主义意识形态，造就了一种定型的青春形象。

至少自"五四"时期以降，中国成长小说的叙事设计，就向启蒙知识分子、文化改革者、政治革命家展现了一种试图为青年的发展确立一种固定叙事形式的努力。但是，在本书所讨论的那些作品中，这种理想化的形式不断地发生着变化。在《虹》这里，同一种力量既激活了将新的自我融于国家之中的愿望，也引起青春对体制性束缚的反抗。青春的解放性力量有可能转化为革命的政治诉求，但也与革命的规训有所冲突，后者为自我发展预先设定了一个走向特定目的论结局的情节安排。事实上，《虹》的"问题性"在主人公的旅途进行到一半的时候就出现了。旅途的设计本是茅盾苦心经营的情节，他要将青年的自我发展从令人困扰的过去拯救出来，使其走向富有意义的未来。但在旅途中间，女主人公的青春体现出来的当下时间拒绝融入历史化的时间，后者将青春放置在线性进化历史运动过程之中。可是在茅盾的小说中，时间结束在中途，虽然革命行动已达高潮，塑造历史的时间滚滚前行，但主人公却已身处历史之外。茅盾或许原本真诚地要在《虹》里写一位中国革命者融入历史的学徒时代，但小说没能赋予革命主体性以一个确定的形式，或者说，小说对青春规训和文本驯化的双重抵抗，潜在地挑战着施加在青春上的意识形态束缚。

在其他的个案里，叙事设计常常遭遇理想破灭的严峻现实。再一次借用卢卡奇的话来说，"成问题的个体走向自我的行旅"，常常终结于现代自我的精神危机，他们身陷"昏暗的当下现实的禁锢——这是一个混杂纷乱，对个体毫无意义的现实"[1]。无意义侵入小说叙事

---

[1] Georg Lukács（卢卡奇），*The Theory of Novel*（《小说理论》），p.80.

之中，背后常常是现代中国的历史危机。这种无意义破坏了成长小说的整体性，即建构理想个体性的清晰连贯的叙事形式。正如我在序言中已经提到，并将在第二章更为深入讨论的，在第一部可以称为成长小说的现代中国小说——叶圣陶的《倪焕之》里，已经表达出主人公人生之旅所具有的不确定性。尽管这个年轻人出发时心怀远大期望，但他的旅程却在幻灭中搁浅——在理想主义的彻底失败和他自己青春生命的丧失之中。

此外，正如第五章会谈到的巴金的早期无政府主义小说所示，历史危机削弱了原本意在加强作者政治信仰的叙事设计。在巴金的第一部小说《灭亡》里，主人公实现自身理想的努力流于自我毁灭。在"爱情的三部曲"里，出现了一种道德神秘主义，演绎着理想与现实之间的戏剧性冲突，并将青年的自我完善，转化为"生命的开花"的寓言。讽刺的是，这却导致了自我牺牲，从而终结了青年自我发展的道路。在一个更为深远的意义上，巴金的叙事偏离典型的成长小说结构，正如他的无政府主义思想抵抗着任何形式的压迫束缚。

对比欧洲成长小说的经典模式，我关注这一文类在中国文化语境中诸种变体所带来的冲突和问题。成长小说的情节，或许建筑在政治和文化愿景之上，但成长小说的文本特性，往往暴露这类计划在历史和心理层面引起的重重问题。有关青春变动不居、转瞬即逝的主体叙事，常常难以驯化，它鲜能抵达情节设计中的终局——那个理想化自我发展的成熟阶段。青春的形式化叙事过程中，总是出现一种内在冲突，施加于青年心灵的体制性和规训性束缚，和他们对此的反抗之间的冲突，或是严峻的现实和高度理想化自我形象之间的冲突。当叙事设计意欲将青春融入宏大的对象之中，如集体、国家、政党、社会革命、教育运动或是民族文化的时候，总会有主体性和外在束缚之间的冲突发生。这些冲突使得成长小说的叙事变得愈发紧张，充满暧昧，指向超越意识形态制约意义的可能性。

这种状况在小说里随处可见：在《虹》里，女性主人公青春的爱欲表达，与革命律令之间发生矛盾；在《未央歌》里，个人的自发性和文化教养之间产生复杂而微妙的张力；在《青春万岁》里，小说释放出的青春热情本是新生共产主义政权催生，却对既成社会秩序发生挑战。这些矛盾强化之后，使青春的塑形过程无法完成，由此成长小说变成一种"反成长小说"。在《财主底儿女们》的后半部，主人公反抗一切社会的、情感的、体制的形式束缚，以至于形式化的叙述本身变得难以为继。

成长小说中不可驯化的青春主体，或许证明了现代性的终极形象是流动的，也证明了现代人对稳定性的抵抗，以及渴求不息的进步。中国成长小说很少为青春赋予确定的形式，它的叙事往往被一种内在相反的力量所驱动——它抵抗着规定、结论、和解，可能将叙事转化成一场持续的重想自我、重构自我、复生自我的过程，反反复复，没有尽头。在这个意义上，成长小说将现代性的青春特质书写成为一个没有结局、没有结论、永远发展的故事。

借由对中国成长小说特质的观察，本书探究这一文类与现代中国各种青春话语之间的动态关联。正如青春本身，成长小说的文本特性被驯化，但也总是难以被驯化。在本书以下章节，我将以中国现代知识分子和作家关于民族重获青春的想象为背景，分析青春的文学再现。

我希望对中国成长小说的解读,将有助于阐明各种表述的"少年中国",以及它们对理解中国现代性而言所具有的各不相同的审美、伦理、政治作用。在这本书中,我希望借由重返现代中国文学中的那些青春时刻,来讲述少年中国的变形记。

第二章
『老少年』冒险记：晚清的旅行家和改革者

对青年来说，成人仪式是一次冒险之旅。正如法国人类学家克罗德·列维-施特劳斯（Claude Levi-Strauss）注意到的：

> 制度和习俗两者对他们来说都像是一种单调运行的机制，没有任何机会、运气或者能力能够改变它们。他们也许认为唯一可以让命运屈服的方法就是冒险去到那些险恶的边缘地带，在那里社会规范不再有任何意义，集体的保护性法律和要求也不再适用；一直走到普通的、有秩序生活的边缘，走到身体力量将要崩溃之地，走到生理和道德痛苦的极致。在这个不稳定的边缘地带，有跌落到可以接受的范围之外，永远不能回归的危险，但同时也有可能从围绕着有组织社会的巨大的没有被利用过的力量之海中汲取个人的力量源泉，而借这一力量，这个赌上了一切的人可以希望能够改变一个除此之外无法改变的社会秩序。[1]

---

[1] Claude Levi-Strauss（克罗德·列维-施特劳斯），*Tristes Tropiques*（《忧郁的热带》），translated by John and Doreen Weightman, Atheneum, 1974, p.40.

要成为一个成年人,我们必须走到规范化社会之外,借助已经确立的秩序之外的考验来强健自己的身心。这里描述的是一种特别的旅行,它的特点是要与未知遭遇,面对不同之物,还要背弃传统习俗和社会秩序。跋涉踏入未知之地的男孩会成长为一个可以为自己的世界带来改变的新人。虽然列维-施特劳斯的研究对象是美洲的原始部落,他关于由类似历险所带来的文化突变的洞见,指明了青年在现代世界中充满活力的形象。列维-施特劳斯所面对的读者早已习惯(战后法国)规范化社会的"秩序与和谐",他重新激发了属于"真正的旅行"时代的那种"盛大场面的全部光彩"[1]。在探索未知的道路上,青年突破进入域外之地。正是这样的历险才让这个世界变得现代。

在清朝最后的几十年间,中国的青年们开始远行。他们在一个前所未有的扩大了的全球舞台上进行着地理和文化之旅。从19世纪中叶开始,中国留学生第一次远渡重洋,去北美、欧洲及日本追求新知。在1872—1875年间,清廷启动第一个海外留学计划,派出一百二十名中国幼童赴美留学[2]。几乎在同时,七位年轻军官到达德国接受军事训练(1876年),还有三十多名士官生(其中包括严复)去往英国和法国留学(1877年)[3]。在1895年中国战败于日本之后,海外留学生的数量激增——到了1906年,至少有八千名清朝留学生在中国的东邻接受教育[4]。出国远行的还有想在异国追寻新生活的大量年轻劳

---

[1] 克罗德·列维-施特劳斯:《忧郁的热带》,第43页。
[2] 高宗鲁译注:《中国幼童留美史》,华欣文化事业中心,1982年,第1页。
[3] 王红:《近代中国的首次军事留学》,《军事历史》,2010年第6期,第65—68页。
[4] 黄福庆:《清末留日学生》,"中研院"近代史研究所,2010年,第1页。

工、学徒、商人、政治流亡者、难民和移民，以及受命考察列强制度和技术优势的官员及外交人员。

晚清海外旅行者撰制的大量游记、书信、诗歌和公文报告造就了一种新型的文学，它记录中国"走向世界"的旅程。[1] 这些旅行把中国青年带到传统和新经验之间"不稳定的边缘地带"。正如田晓菲所说："第一代到西方世界的精英旅行者不得不在现有的概念和新的现实之间进行大量的来回交锋。"[2] 通过这些异域之旅，古老帝国看似不可变动的社会秩序开始解体、走向崩塌。与此同时，全球范围的旅行剧烈地重构了中国青年的自我认同。正如梁启超在《夏威夷游记》（1900年）的自传性前言中所说，仅仅在离开故乡十年之后，他从只知故乡省份的十七岁"乡人"变成忧国忧民的"国人"，最后变成跨越太平洋、远望地平线彼端的二十七岁的"世界人"[3]。

新的地平线同样在中国境内展开。在晚清，将青年从传统社会的单调机制中拯救出来并让他们接触到"巨大的没有被利用过的力量之海"的历险，同样发生在境内旅行中。[4] 随着中国经历巨大的社会变革，中国青年在国内也遭遇了一个新世界。到20世纪第一个十年结束时，传授"新学"的新式学校已经吸引成百万的青年前往正经历现代化的各省省城，如南京、成都、长沙和广州，以及半殖民地化的上海。[5]

---

[1] 钟叔河：《走向世界》，中华书局，1985年。

[2] Xiaofei Tian（田晓菲），*Visionary Journeys: Travel Writings from Early Medieval and Nineteenth Century China*（《神游：早期中古时代与十九世纪中国的行旅写作》），Harvard University Asia Center, 2011.

[3] 梁启超：《夏威夷游记》，《饮冰室合集》第二十二卷，第185页。

[4] 克罗德·列维-施特劳斯：《忧郁的热带》，第40页。

[5] 桑兵：《晚清学堂学生与社会变迁》，第2页。

这些城市给予青年的，不仅是新文化和新观念，还有充满吸引力的物质文化。

大都市的现代魅力孕育时代潮流，正是这些潮流塑造了新一代的中国青年，这些青年离开故土，经历冒险，步入新世界，最后成长为和自己祖先不同的新人，他们的经验开始进入中国文学，成为主导性的现代小说情节。正如米列娜（Milena Doleželová-Velingerová）所述，在晚清小说中，"故事现在最经常发生在东部沿海的国际化大都市，尤其是上海，而非内地小城市"[1]。上海以"冒险家的乐园"而闻名，是那些渴望新经验的人最向往的目的地。"在中国的流行想象中，上海和'现代'是天然的同义词，"李欧梵这一论述是有事实支撑的，"大多数城市生活的设施都在19世纪中叶之后不久就被引入了租界中。"[2]

一位青年来到上海，倾倒于它时髦的都市氛围，这成为晚清小说中常见的主题，这些小说大多出版于上海，这里出现的新媒体圈造就了现代印刷文化的繁荣发展。[3]在韩邦庆（1856—1894年）的《海上花列传》（1892年）里，乡下后生赵朴斋"闯入"上海的时刻，就被描写得如此具有戏剧性，正当他跑过"上海地面华洋交界的陆家石桥"

---

[1] Milena Doleželová-Velingerová（米列娜），*The Chinese Novel at the Turn of the Century*（《世纪转折的中国小说》），University of Toronto Press, 1980, p.9. 关于晚清小说中旅行表现的分析，见唐宏峰：《旅行的现代性》，北京师范大学出版社，2011年。

[2] Leo Ou-fan Lee（李欧梵），*Shanghai Modern: The Flowering of a New Urban Culture in China, 1930—1945*［《上海摩登：一种新都市文化在中国（1930—1945）》］，Harvard University Press, 1999, p.6.

[3] 在此我借用了"媒体圈"这个概念去描绘上海作为现代视觉和文学作品国际文化中心的地位。见Alexander Des Forges（戴沙迪），*Mediasphere Shanghai: The Aesthetics of Cultural Production*（《媒体圈上海：文化生产美学》），University of Hawaii Press, 2007。

时，他狠狠一跤摔得趴到了地上。[1]这一跨越边界的时刻凸显出西化现代都市与本土传统乡村之间的空间差异。晚清小说家们浓墨重彩地描绘了青年们刚刚抵达上海的现代空间时所遭遇的文化冲突，把这一瞬间看作引领他们走入现代文明的启蒙时刻。在李伯元（1867—1906年）的《文明小史》（1903—1905年）的第十四章至第二十章，来自乡下的贾家三兄弟为他们在上海所见的新鲜人物而痴迷。尽管他们遇到了形形色色的骗子，他们在上海经历一通壮游之后，还是觉得自己脱胎换骨变成了现代人。[2]

渴望在新的现代空间壮游一番的愿望，甚至激发许多晚清作家去想象去往外太空和未来世界的旅行。在徐念慈的《新法螺先生谭》里，主人公在外太空历险中获得启蒙，产生通过激发同胞的"脑电"来让民族重获青春的新愿景。[3]吴趼人（1866—1910年）的《新石头记》则让一个重生在现代的贾宝玉变成时间旅行者，他先去了摩登上海，然后又到达文明境界，后者被描写成一个乌托邦式的未来中国。[4]这些前往未知世界的奇思妙想之旅，其中倾注了渴求中国走向富强的强烈憧憬。

然而这两个故事的主人公都可以很明显地被辨识为传统的文学形象：徐念慈的新法螺先生是一个传统士人，而宝玉上一次出场还是在曹

---

[1] Bangqing Han（韩邦庆），*The Sing-song Girls of Shanghai*（《海上花列传》），translated by Eileen Chang, Columbia University Press, 2005, p.1.

[2] 李伯元：《文明小史》，岳麓书社，1998年，第72—107页。关于贾氏三兄弟上海之旅的分析，见王德威《被压抑的现代性》，第221—227页。

[3] 东海觉我：《新法螺先生谭》，《小说林》，1905年，第35页。

[4] 吴趼人：《新石头记》，中州古籍出版社，1986年，第166页。

雪芹（1715—1763年）的古典小说《红楼梦》中，他从跨越古今的长眠中醒来。尽管奇幻的旅行把他们送到了一个完全不同的世界，他们毕竟还是一个更古老世界上的居民。实际上，上面提及的所有晚清旅行者，不论是真实的还是虚构的，都处在同样的境地中——横跨两个世界的边界，他们期待新世界，却又不能彻底离开旧世界。在列维-施特劳斯对历险旅程的革命效果——一个秩序替代另一个秩序——的思考中，他所引用的一句话使他对自我塑造的转变过程的记述更加复杂："'每一个人，'夏多布里昂（François-René de Chateaubriand）写道，'都在他心里存着一个世界，它是由他所见所爱的一切所构成的，他总是会回到这个世界里，即使当他正在游历，或者看起来是生活在某一个不同的世界。'"[1]

夏多布里昂对过去的乡愁或许在晚清知识分子之间也能找到共鸣。比如说，梁启超是一位到访过许多国家的世界公民，但他永远都不能背弃儒学传统；相反，他总是试图通过把自己在国外学到的新观点融入儒学从而让它重获新生。而最早的留学生之一的严复则在把西方思想翻译成中文时，始终都忠于古典学术语言。他让古典重获价值的努力也许暗示了一种晚清知识分子共有的文化态度，而支撑这种态度的，正如胡志德所指出的，是一种"恐惧，那就是如果太轻易地接受了外来的方法就会给改革本要拯救的那一套体制带来不可挽回的破坏——而那就是作为统一的整体、其延续性可以上溯数千年的中国文化"[2]。

吴趼人在《新石头记》连载时署名"老少年"。评论家报癖（本

---

[1] 克罗德·列维-施特劳斯：《忧郁的热带》，第44页。
[2] 胡志德：《把世界带回家：西学中用在晚清和民初中国》，第2页。

名陶佑曾，1886—1927年）认为吴趼人将自己等同于小说中的角色"老少年"——他是宝玉在文明境界中的导游兼导师——借此展露他要通过老少年之口来陈述自己政治理想的意图："先生亦现身说法，为是书之主人翁，书中之老少年，先生之化身也。"[1]老少年的故事无疑是吴趼人创作出来以推广其文化立场的寓言。要理解吴趼人为什么要用"少年"这个身份，这或许不难，因为在梁启超发表其影响深远的《少年中国说》之后，"少年"已经在中国知识界中间变成一个代表进步的流行符号。但为什么是"老少年"而不是"少年"？一个年老的少年，这究竟意味着什么？我认为创造"老少年"这一形象，以及吴趼人对它的自我认同，暗指的正是"返老还童"将改良主义和传统主义刻意结合起来的寓意，这一观念在晚清文人中并不少见。正如我在第一章所提及的，在梁启超自己的思想中也能发现此类结合，而这正是支持他创设出少年中国理想的基础。在吴趼人的小说里，返老还童的魔法在文明境界中遍地皆是：那里的老人都重新获得了青春；他们都寿高几百岁，但看起来和年轻人一样精力旺盛。当老少年将文明境界大多数的科技和政治奇观，解释为古典中国理念的再生与更新之后，这一理想化的未来竟然也和老少年的形象有着共同的逻辑。后者成为前者的象征符号：他们都同时既新又旧，充满传统经久不衰的活力和生命力。

晚清青年的现代冒险记不仅引领他们走向域外世界，同样也带着他们回到被重新想象过、重获新生、经历变革的故国。在这一章里，我将"老少年"作为一个关键形象，其中体现了现代中国青春话语在

---

[1] 见报癖对于《新石头记》的评论，于《说小说》专栏，《月月小说》第6期（1907年3月28日）。

其源头所具有的复杂和多义。我把它读作一个揭示了晚清知识分子在传统与现代性之间交锋效果的形象，而我的讨论聚焦在"年轻"尚未彻底被现代文化所定义的时刻，从文化角度分析"老少年"的多层引申意义。我的叙事建构在真实历史和文学中"老少年"们的冒险旅途之上。我将重温梁启超的海外旅行，并更详细地分析少年中国话语的内涵和语境。吴趼人寄托在"老少年"形象中的微言大义，将会置于梁启超试图通过召唤传统活力来改良中国的知识背景下讨论。接下来是对青年文化如何在晚清最后几十年间被重构的历史钩沉。这一章先从讲述清廷在洋务运动高潮时启动的第一次跨越太平洋的教育计划开始，然后以另一次跨越太平洋的旅途结尾，这次旅行不幸地以"新中国三少年"之一黄远庸的遇刺为结局，而他留下的知识遗产又直接启发了新文化运动的鼓吹者们。

青年前史：留美幼童

在梁启超为"少年"阐发新意的几十年前，晚清历史中还曾有另一个词——"幼童"。这个词特指在19世纪70年代跨越太平洋到美国求学的第一批一百二十个中国男童。[1]我将这一事件作为"老少年"这一文化概念的历史对应物加以思考。

---

[1] 有关幼童出洋肄业局的学术研究，见高宗鲁《中国幼童留美史》；Stacy Bieler（毕乐思），"Patriots"or"Traitors": A History of America-Educated Chinese Students（《"爱国者"还是"卖国者"？》），M. E. Sharpe, 2004；石霓：《观念与悲剧》，上海人民出版社，2000年。

1871年，领导中国洋务运动的两位权臣曾国藩（1811—1872年）和李鸿章（1823—1901年）劝服同治皇帝相信，中国可以通过学习西方强大起来，因此需要选派中国学生出洋留学。[1]同时美国第一任驻华公使蒲安臣（Anson Burlingame，1820-1870）提出"闪光的大门"政策（gleaming gates policy），也向清廷保证美国所有的学校包括大学都会向中国学生开放。[2]1872年春，清廷批准设立驻美"幼童出洋肄业局"。负责洋务的恭亲王奕䜣（1833—1898年）特别强调要求选拔非常年幼的学生——年龄低至十二岁到十六岁——这样他们才能轻松地适应并学习外国文化。[3]因为这个原因，自此之后选拔出来的学生就被称为"幼童"。清廷的计划是在1872年至1875年的四年间，每年选送三十名男童赴美留学。这些男孩预期在美国度过他们整个青春期，十年之后当他们步入人生的壮年时刻，再回国为清廷效力。

　　从1872年到1875年，总共有一百二十名平均年龄在十二岁的男童被选拔出来送到美国留学。被任命为副监督来管理这个项目的容闳（1828—1912年）才是这个留学计划真正的设计者。容闳是第一个从美国著名大学获得学位的中国人，有着和他的同胞相比非同寻常的教育背景。他十九岁时被一位传教士带到美国，而在新英格兰学习的七年时间为他提供了足够多的文化熏陶，让他从农民的儿子变成西化知识分子。1854年容闳从耶鲁大学一毕业就决定马上回到中国，他如此

---

[1] 见曾国藩与李鸿章给同治皇帝的上书（1871年9月3日），见陈学恂、田正平《留学教育》，上海教育出版社，1991年，第86—90页。

[2] 事实上，美国的陆军和海军学校都将中国学生拒之门外。这也可能是李鸿章后来放弃了留美幼童计划，转而将学生送至英国和德国的原因之一，在那里中国学生可以进入陆军和海军学校。

[3] 见恭亲王对曾国藩、李鸿章两总督的第二次回信（1871年5月17日），《留学教育》，第92—93页。

阐述自己这样做的理由：

> 我下定决心要让中国未来的一代人享受到我享受过的优秀教育；而通过西式的教育中国或许可以获得新生，变得开明而强大。完成这一目标变成了指引我事业的明星。[1]

容闳用英文写成的自传《我在中国和美国的生活》(*My Life in China and America*，1909) 是这类叙事文本的早期范例之一，其着重描写一个中国青年因为接受西式教育而产生的思想转变。这一转变有深远的意义，它不仅是西化的自我塑造过程，同时也是民族重获青春的有效途径。在回到中国之后，容闳坚信西方文化的转变力量，他努力劝说清朝官员接受他明显偏向西化的教育主张。他早在1863年就向曾国藩提出了留洋学习计划。十年后，他带领首批三十名中国男童前往美国。

1872年夏，留美幼童从上海出发，离开了中国。在日本横滨短暂停留之后，他们搭乘一艘刚好叫"中华"号的明轮蒸汽船。[2] 跨越太平洋的漫长旅程就此开始。这一旅程将幼童们和养育他们长大的传统社会分割开，带他们走入一个新的世界。这些幼童跨越太平洋的旅程是史无前例的：他们搭乘的轮船名叫"中华"号，在幼童的回忆中，连这一点也充满象征意味，仿佛他们背负着一个国家的希望，在一条新航线上远航；这条新航线将让中国走向富强之路，而前提是把中国的青年从传统束缚中剥离出来，把他们送入一个有着新知识、新情感

---

[1] Yung Wing, *My Life in China and America*, Henry Holt and Company, 1909, p.41.

[2] 温秉忠：《一个留美幼童的回忆》，《留学教育》，第113页。

和新挑战的陌生世界。在接下来的四年里先后到达美国的一百二十位幼童，就和《新石头记》里的贾宝玉一样，成为时间旅行者。他们被移植到一个作为新中国理想形象的美丽新世界；他们在美国居停期间，这个世界上最年轻的国家的新奇和繁荣让他们五体投地。

到达容闳在康涅狄格州哈特福德市设立的出洋肄业局总部之后，这些幼童们激动地见识了友善、整洁且明亮的新环境，正如其中一位幼童后来回忆道，他们因为"自由和独立的空气"而兴奋。虽然清廷批准这一计划的目的无疑是为了从美国获得现代科技，容闳管理下的教育计划想要成就的，却是更为全面的脱胎换骨。幼童们被送到美国家庭中生活，他们和美国男孩们一起在本地学校上学，而且很快就接受了"美国思想和理想"[1]。他们适应了美国生活方式；擅长棒球、溜冰和跳舞，乐意接受美国女孩们的关注，甚至还开始尝试对他们的美国同龄人来说都是全新的冒险。例如，据说一位姓张的中国男孩就是在哈特福德市本地学生中骑自行车的第一人。[2] 他们是来自清朝的康涅狄格男孩，他们的转变是巨大的。

以下两张照片里的对比可以揭示这些中国男孩在美国仅仅生活数年之后发生的变化。在他们出发去美国之前在上海拍的照片里，这些包裹在满洲长袍马褂里的幼童，看起来阴郁、消瘦，就像"小老头"一样（见图3）；在另一张几年后拍摄于哈特福德的照片里，他们都已经长成健壮的青年，穿着美式运动服，手握棒球棒，看上去健康、活泼、自信（见图4）。在新英格兰居停数年之后，他们成长为充满活力、思

---

[1] 温秉忠：《一个留美幼童的回忆》，《留学教育》，第115页。

[2] 刘真：《留美教育：中国留学教育史料》第一卷，台北编译馆，1980年，第33页。

图3：中国幼童赴美之前在上海拍摄的集体照，约1873—1874年（CG_211-1-13.Thomas La Fargue文稿1873-1946［255号箱］，图片由华盛顿州立大学普尔曼校区的手稿、档案和特藏部提供）

图4：1878年在康涅狄格州哈特福德市加入了一个男子棒球队的中国幼童（CG_211-1-13.Thomas La Fargue文稿1873-1946［255号箱］，图片由华盛顿州立大学普尔曼校区的手稿、档案和特藏部提供）

想开放的青年。一位学生后来回忆道,他在康涅狄格的海岸和森林里度过的数年是他人生中最快乐的时光。[1]成长于新英格兰,这些中国青年彻底享受了"年轻"的美好。

然而幼童出洋肄业局在多大程度上影响了中国的现代化进程是存疑的,因为它在1881年就夭折了。虽然容闳毫无疑问地成功把这些男孩变成了西化的青年,但参与这一计划的保守官员却说服皇帝相信他们都变成了"洋鬼子"[2]。出洋学生被召回。他们没能如容闳所设想的那样成为中国未来的领袖。他们被迫回到北京之后,被当作"卖国贼"来对待,[3]先是被监禁,然后仅仅被任命为低级政府官员。他们中的大多数都没能活到民国建立之时,而是在贫穷和失意中死去。其他人则要熬过三十多年后,才能用他们在美国大学获得的知识来为国效力。在他们中有詹天佑(1861—1919年)这样的土木工程师,唐国安(1858—1913年)这样的教育家,唐绍仪(1862—1938年)这样的政治家,以及梁诚(1864—1917年)这样的外交家。等到他们可以对中国政治和社会施加影响的时候,他们早就已经步入中年了。

这些幼童的故事是现代中国青年历史上失落的一节。这些中国男孩在康涅狄格绽放的青春,虽然在个人回忆里生动而有意义,却被排除在将青年作为历史主体的话语建构之外。幼童的命运是可悲的:他们的青春被浪费了,从历史进程中被剥离和放逐,而这一历史进程本应赋予他们的青春以与他们的留学计划所承载的伟大期望相匹配的价

---

[1] 见罗国瑞的信,见高宗鲁《中国留美幼童书信集》,珠海出版社,2006年,第55页。
[2] 见保守派留学监督陈兰彬向朝廷的报告,《留学教育》,第147—148页。
[3] 毕乐思:《"爱国者"还是"卖国者"?》,第11—16页。

值。当他们的才干在20世纪早期终于被承认时,这些老人们尽管还是被人尊敬地称为"幼童",但这个称呼却凸显出他们身份中的尴尬。这种尴尬指向"老少年"的一种可疑的含义,一种时代错置之感,还混杂着尽管青春不再,却还要维持青年身份的渴望。

1903年春,梁启超去哈特福德市拜访容闳。在《新大陆游记》(1903年)里,梁启超对年迈的容闳表达了极高的敬意,并对幼童出洋肄业局赞誉有加。可在哈特福德市中心见到废置的出洋肄业局总部时,梁启超表达了"舍叹息之外,更无他言"的哀伤。[1] 梁启超也许有充分的理由希望容闳的计划能够成功,但很明显的是,当梁启超提出少年中国理念之时,他的改良计划并非简单继承容闳西化中国青年的教育主张。梁启超想的是如何把老大帝国转变为少年中国,他憧憬的是不一样的"发现青春"的方法,他并不会完全依赖西方文化的转变力量,而更多是要让中国的传统重获青春——已经沉睡好几个世纪的古老中国的青春活力,将会在现代的刺激之下重生。

发明少年中国

1900年是梁启超流亡海外的第三个年头。从1898年10月到1899年12月,他在日本停留十四个月,自学日文,研究各种现代政治和哲学思想,并忙于把自己新近所学介绍给同胞。流亡的经历拓展了梁启超的视野,而来自外国书籍神奇的"烟士披里纯"(inspiration)充盈

---

[1] 梁启超:《新大陆游记》,《饮冰室合集》第二十二卷,第47页。

着这位年轻政治家的心。到了1899年年底,他已经在去美国的路上,途中他在夏威夷看见20世纪的第一次日出。

没有证据显示梁启超是在跨越太平洋的途中写成《少年中国说》的。很有可能,他在从横滨出发之前就已经写好此文。从1898年12月开始,梁启超在横滨出版他的政治刊物《清议报》,这篇文章是新世纪第二期的卷首之作,当天也正是中国旧历大年初一。这篇文章流动着强烈的感情,开篇就非常有气势,表达了一个强烈的观点:

> 日本人之称我中国也,一则老大帝国,再则老大帝国。是言也,盖袭译欧西人之言也。呜呼!我中国其果老大矣乎?梁启超曰:恶,是何言,是何言,吾心目中有一少年中国在![1]

这里很清楚地透露出梁启超少年话语背后的全球语境。中国之所以为"老",是因为与西方遭遇,被迫登上世界舞台,它的老迈和西方国家的年轻形成强烈对比。"老"与"少"于是获得政治意义,成为身处全球政治之中国家的喻体。

梁启超要说的不止于此。他要把中国的形象从一个垂暮的帝国转变成一个青春的国家。此处看出他对中国在世界上地位的认识有了根本变化。通过反驳日本人和西方人将中国贬称为老大帝国的言论,梁启超气势磅礴地宣布了"少年中国"的诞生。毫无疑问,对"少年中国"的想象融入了梁启超最近获得的民族主义思想。基于他在这一时

---

[1] 梁启超:《少年中国说》,《饮冰室合集》第五卷,第7—12页。

期的大量写作，我们可以确定世纪之交时梁启超受到一批民族主义思想家的影响，其中包括瑞士政治哲学家伯伦知理（Johann K.Bluntschli, 1808-1881），梁启超介绍并翻译了他的《国家论》（*Die Lehre vom modernen Staat*, 1875），[1]以及明治政治家加藤弘之（1836—1916年），梁启超曾与他会面并将他视为导师。[2]更重要的是，正如我在第一章已经提及过，马志尼的"少年意大利"运动直接启发梁启超创造"少年中国"一语。

列文森认为，在梁启超流亡初期，他的政治思想主要是试图提出一种融汇的文化主义，这一思想的焦点是用儒学认可的普世主义来整合传统中国与西方的价值观。然而，"只有在思想上认为世界是分裂的"的前提之下，接受民族主义观点才成为可能。于是，列文森这样总结梁启超有关全球政治知识的新知："作为一个国家而不是一个世界，中国接受了一种新的世界观：历史不再是关于一个伟大社会的故事，而是关于独立社会之间冲突的故事。"而对晚清的中国人来说，"敌对意识就是民族主义的精髓"。[3]当以中国为中心的儒学世界观在西方的扩张面前崩溃之后，且当新的政治模型将"帝国"压缩为"国家"之后，梁启超发现了一个让中国和其他主权国家重新确立平等关系的机会。面对其他国家，中国可以在现代世界的全球图景中占据一个新的位置。在《少年中国说》里，梁启超提出一个离经叛道的说法："夫

---

[1] 见梁启超：《政治学大家伯伦知理之学说》，《饮冰室合集》，第十三卷，第67—89页。

[2] 有关加藤弘之对于梁启超的影响，见郑匡民：《梁启超启蒙思想的东学背景》，上海书店出版社，2003年，第200—227页。

[3] Joseph R. Levenson（列文森），*Liang Ch'i-ch'ao and the Mind of Modern China*（《梁启超与近代中国思想》），Harvard University Press, 1965, pp.109–112.

古昔之中国者,虽有国之名,而未成国之形也。"[1]也就是说,只有在现代的全球语境里,中国才可能被认作一个国家。梁启超并且将古代中国比作古罗马,仿照马志尼命名"少年意大利"这一革命性举动,暗示如果每一个中国人都复生青春精神,中国也将会重获青春,从垂暮急转而成为年轻的国家。正如马志尼宣称的,"国家属性问题注定要如此为它命名"[2]。梁启超通过将自己的故国命名为少年中国,也重新发明了中国作为一个现代国家的国家属性。

借着将中国命名为少年,梁启超也将"少年"这个词的意义擢升到高于其形容词含义的高度。他在文章里提到清代诗人龚自珍致敬青春之美的《能令公少年行》,并以类似的豪迈风格,借用多种熟悉或有异域风情的比喻来形容青春的活力、创造力和美好:少年被比喻为朝阳、汪洋的河流、腾渊之龙、啸谷乳虎、奇花之苞,还有闪耀的宝剑,同时也是活泛的戏文、白兰地、珊瑚岛,甚至西伯利亚铁路。在文章结尾,梁启超赞道:"美哉我少年中国,与天不老!壮哉我中国少年,与国无疆!"[3]所有这些形象都用来说明青年在创造新生事物和现代世界方面的能动性,而梁启超也为之赋予深远的象征意义:能量、流动性、进步、希望、未来,以及最重要的,那就是民族的重生和复兴。把中国重新创造成一个"少年",尤其意味着中国有了一个作为民族国家的新起点,也指向它作为一个新选手加入现代国际政治角逐的潜

---

[1]　梁启超:《少年中国说》。

[2]　Hans Kohn(汉斯·科恩),*Prophets and Peoples: Studies in Nineteenth Century Nationalism*(《先知与民族:19世纪民族主义研究》), Macmillian, 1952, p.85.

[3]　梁启超:《少年中国说》。

力。作为一个新的国家，少年中国被置于世界历史的新时间线上，它的未来充满无限发展与进步的可能。

梁启超并不是第一个使用"少年中国"这个名词的人。孙中山两年前就在一本用英文写成的书里声称，他的革命组织可以被称为"少年中国党"[1]。但的确是梁启超首先将它构建成一个有着丰富象征意义的名词，使它作为政治譬喻和进步符号获得崭新的内涵。中国历史上破天荒第一次，民族重获青春的口号明确标识青年在创生发展和进步的信仰过程中所起的重要作用。出现在20世纪晨曦中的这篇文章，标志着现代中国青年话语的肇始，以及这一话语对中国文化长远影响的开端。

然而少年中国和它的欧洲对应物之间是有区别的：少年意大利和少年波兰可以说主要是反抗外国统治，而少年中国这一理念意指的是对自身传统的扬弃。在《少年中国说》里，梁启超呈现了一种二元对立，毫无保留地赞美青年，同时彻底否定老年：一切老的，都是落后衰朽之物，而青年，则象征着活力和进步。粗粗看来，他的修辞似乎在暗示，在象征过去的中国传统和他为未来所构想的现代中国之间有着概念上的分野。但是更仔细地研读梁启超的修辞，就会揭露出他对"老"的复杂态度。梁启超虽然驳斥那种将中国称为"老大帝国"的命名，他仍然提了一系列古代中国的光荣时刻：上古三代的治世、秦皇汉武的强大帝国、汉唐蓬勃的文章、康乾年间的武功。梁启超感叹说："何一非我国民少年时代良辰美景、赏心乐事之陈迹哉？"[2]正如梅家玲

---

[1] Sun Yat-sen（孙中山），*Kidnapped in London*（《伦敦蒙难记》），Bristol, 1897, p.13.

[2] 梁启超：《少年中国说》。

在讨论梁启超话语里的老与少辩证法时所注意到的:"老少新旧对立的表象之下,是否,以及如何,偷渡着少年们对老大者欲拒还迎的欲望与焦虑?"[1]

关键是需要理解梁启超创立的少年话语,也许不像它乍一看上去那样泾渭分明的老少对立。当梁启超看向西方,寻求让中国重获青春的灵感时,他对中国传统的记忆却依然鲜活。反讽的是,把传统视作活力十足这一点,常常在他的写作中被用来解释,正是因为中国文明曾经一度充满青春活力,少年中国才有可能重现朝气。这种让中国传统重获青春的愿望也被投射到关于未来的叙事中,而这也是晚清新小说一个主要的情节设置,新小说是梁启超在 1902 年发起的文化事业,用以辅助他的政治改革。[2] 在他自己的小说《新中国未来记》(1902 年)中——这也是第一部新小说——梁启超创制了一部乌托邦叙事,开篇就以华丽的辞藻来描绘强大繁荣的未来中国。作为他建设少年中国政治蓝图的虚构载体,这本小说令人瞩目地描写了一位孔子的后人,他参与中国改革,并起到积极作用,这证明了儒学的活力,而且儒家文化正是中国崛起为超级大国的部分原因。[3]《新中国未来记》没有完成,所以有关中国如何复兴的叙事还有待讲述。但在梁启超影响下,

---

[1] 梅家玲:《发现少年,想象中国》,第251页。

[2] 在梁启超于1902年在横滨创办的《新小说》首卷的卷首文中,他阐述了革新"小说"以对中国人,特别是青年,产生正面的政治、文化以及道德影响的必要。梁启超批评传统中国小说让青年变得迷信颓废,呼吁新小说要有进步和启蒙性。他将这篇文章的题目定为《论小说与群治之关系》。梁启超更进一步地用四个比喻来形容小说的力量:熏、浸、刺、提。关于这四个比喻的解读,见C. T. Hsia(夏志清), "Yen Fu and Liang Ch'i-ch'ao as Advocates of New Fiction."(《新小说的倡导者:严复和梁启超》), in *C.T. Hsia on Chinese Literature,* Columbia University Press, 2004, pp.223-246。

[3] 梁启超:《新中国未来记》,第7—9页。

乌托邦叙事在晚清盛行一时，于是出现了大量关于中国未来的小说。[1]在这些作品中，传统与改良、过去与未来、中国和西方都常常被组合成意义复杂的综合体。

梁启超在他的小说中创制的乌托邦想象，让返老还童的意象充分呈现，正如我们已经在徐念慈对水星魔法的奇幻描写中所见过的那样：这是一次恐怖又神奇的蜕变，让老人重又变成精力十足的青年。这一想象清楚地显示，虽然在中国发明的青春意象受到欧洲的影响，但又与后者判然有别。对梁启超和他的同代人来说，"老"是可以再变"少"的。重获青春的理想让青春意象与传统复兴结合在一起。它暗示一种微妙的现代性愿景，这一愿景并不能简单归纳成对传统的否定。

如此复杂的文化态度，如我在第一章中分析过的那样，在诸如王韬、康有为和严复这样的晚清知识分子中间并不罕见。正是在新与旧的复杂交锋中，中国发生从传统到现代的转变，而这一转变非但没能回答如何"淬厉其所本有"的问题，反倒提出更多问题。[2]由此，中国现代性意识的源头及其结构上的复杂性，是"受了西方现代意识的启发和刺激，但同时也是由想要实现中国的主体性并将其置于本身的历史和现实中的努力所塑造的"[3]。由这样的知识背景所生发的青春话语，虽然将中国重获青春视作进步，却无意将传统抛入梁启超所说的"忘川"之中。由此发明的少年中国可以被认作是一个"老少年"，中国自己的"新天使"（Angelus Novus），即瓦尔特·本雅明（Walter

---

[1] 王德威：《被压抑的现代性：晚清小说新论》，第301—312页。
[2] 梁启超：《新民说》，《饮冰室合集》第四卷，第5页。
[3] 张新颖：《20世纪上半期中国文学的现代意识》，生活·读书·新知三联书店，2001年，第4页。

Benjamin）命名的历史天使，他的脸转向过去，但是我们称之为进步的罡风却不可阻挡地将他推向未来。[1]

"老少年"的双重生活

在梁启超创造了"少年中国"这一名词五年之后，吴趼人为曹雪芹的经典小说《红楼梦》（又名《石头记》）作了一部新的现代续集，在其中让贾宝玉这个古典青年偶像复活。在吴趼人的《新石头记》里，宝玉成了一个时间旅行者，他先是在20世纪初游历现代上海，在小说第二部分，宝玉的历险进入更远的未来。他到达一个理想化的未来世界，在那里遇到了一个自称"老少年"的人。老少年在故事中的角色与但丁笔下的维吉尔类似。他引领宝玉游遍"文明境界"——这是吴趼人心目中的未来中国乌托邦。借助老少年详尽的介绍，文明境界的各种长处都被展现出来。他不光教给宝玉各种先进的科学知识，同时还详细阐释了改良中国的政治计划，从而可以通过重振中国自身的传统而非一味照抄西方来改良中国。

《新石头记》可以被读作比梁启超《新中国未来记》更具文学性、更为成功的升级版本；与梁启超未完成的小说相较，《新石头记》展示了更为丰富的关于少年中国的文化想象，以及作为文学人物更具复杂性

---

[1] 关于瓦尔特·本雅明对于Paul Klee（保罗·克利）的画作 *Angelus Novus*（《新天使》）哲学意义的讨论，见Walter Benjamin（本雅明），"Theses on the Philosophy of History", in *Illuminations: Essays and Reflections*（《历史哲学论纲》），edited by Hannah Arendt and translated by Harry Zohn, Schocken Books, 1968, pp.253–264.

的青年形象。最近如韩南（Patrick Hanan）、王德威、明凤英、胡志德和安道等学者对这本小说的叙事逻辑、乌托邦愿景、民族主义话语、对科技和道德的科幻小说式的再现，以及有关文明和发展的新认识论模式等展开了批评讨论。[1]我的讨论主要聚焦于"老少年"这个形象，我认为这个身份不局限在宝玉的向导身上，而且从象征意义上说，这个身份也属于建立在传统美德之上的文明境界、宝玉本身乃至作者的叙述声音。我认为吴趼人创造的"老少年"形象在传达晚清知识分子对青春的痴迷之外，还在梁启超发明的少年话语中加入了一丝反讽。如上所述，吴趼人这本小说署的笔名是"老少年"，这在中国刚刚兴起的青年文化语境下应该是时髦的姿态。他将宝玉的向导——也是他自己政治观念的代言人——称为"老少年"的决定，也将他自己置于时代的先锋位置。然而，这个少年同时也是"老"的，这暗示他在用相当成熟的眼光看待进步及反动之间的交锋。除了"老少年"本人，文明境界还有其他一些年老的少年。当宝玉最终发现另一位"老少年"也是他在《红楼梦》原作中的"分身"（double）时，这其实暗示他自己也是某种另类的"老少年"，因此，这部小说把一种忧伤的反讽引入青春形象及少年中国的愿景中。"老少年"的意象与梁启超在象征意义上运用少年形象召唤的历史主义和民族意象既相符合又相背离，而它丰富的含义使得我们可以

---

[1] Patrick Hanan（韩南）, *Chinese Fiction of the Nineteenth and Early Twentieth Centuries*（《19世纪和20世纪初期的中国小说》）, Columbia University Press, 2004, pp.172-177；王德威：《被压抑的现代性：晚清小说新论》，第271—284页；Feng-ying Ming（明凤英），"Baoyu in Wonderland: Technological Utopia in the Early Modern Chinese Science Fiction Novel"（《仙境中的宝玉》），in *China in a Polycentric World: Essays in Chinese Comparative Literature*, edited by Yingjin Zhang, Stanford: Stanford University Press, 1998, pp.152-172；胡志德：《把世界带回家：西学中用在晚清和民初中国》，第151—172页；安道：《发展的童话》，第28—33、51—62页。

理解现代中国青春话语中一些根本性的悖论。

这本小说的前十一章于1905年在上海《南方报》连载,当时标注为"社会小说",这是吴趼人凭此已获大名的文学类型,让他成为20世纪第一代白话小说作者中的代表人物。他们这一代作者响应梁启超"小说革命"的号召,把社会批判融入小说写作中。晚清最后十年,社会小说占据上海文坛。众所周知,鲁迅后来将这一种小说称作"谴责小说",吴趼人的《二十年目睹之怪现状》(1903—1910年)就是其中四大名作之一。[1] 仅凭开头来看,《新石头记》也是这样一本小说,书里有对晚清政治和经济状况的直接批判,尤其谴责上海的崇洋媚外和中国普遍的道德沦丧。

有关吴趼人为什么把这本小说设置为《石头记》的现代续作,而他这样做显然加深了这本小说的社会批判力度,韩南对此解释说:"选一个像宝玉这样的人物还有一个好处,他本来就生活在所有人的想象中,是一个来自安定的过去的人物,那里没有国家或者文化的危机,他本身就是稳定文化的象征,结果他却被投入了现代的困境中。"[2] 这一评论指出宝玉的人物设置的本质:作为一个经典文学人物,他属于一个传统的世界。在吴趼人的小说里,当他从漫漫长睡中醒来时,宝玉的第一个冲动是听从仆人焙茗的建议,去寻找回家的路。[3] 但是他很快就意识到,自己如今置身一个完全不同的世界,而他的家已经永远消失了;此外,他亲爱的姐妹们,还有他和黛玉的爱情故事,也

---

[1] 鲁迅:《中国小说史略》,《鲁迅全集》第九卷,第294—295页。
[2] 韩南:《19世纪和20世纪初期的中国小说》,第173页。
[3] 吴趼人:《新石头记》,第6页。

已变成家长里短的聊资。宝玉被从舒适安稳的传统世界中赶了出来——这也是许多晚清文人共同的命运。

在吴趼人讲述的宝玉的现代历险中，宝玉扮演了和伏尔泰的赣第德（Candide）类似的角色，他的天真、他体现出来的理想化的过去，让他保持道德的良知，而这一品质在他周围的现代环境中无处可寻。[1] 借强调宝玉这一品质，我想指出吴趼人笔名"老少年"的第一层意思，它明显指的是宝玉这个"老少年"有潜力能从古老传统的视角来评判中国的现代转变。作为古典中国文学中最受人喜爱的青年人物，读者皆知宝玉拒绝接受儒家教育。在曹雪芹原著中，宝玉被描写成一个有才情的少爷，他完全不想遵从预先设计好的人生轨迹，自己不要做有为青年，像他父亲那样参加科考，取得功名，光宗耀祖。他对儒学厌恶至极，以至于现代的文学研究者把他视作一个早期的青年反叛者。但在吴趼人的小说里，宝玉批评的是中国放弃传统、盲从西方，对此他也毫不留情。

如果考虑到小说中的自传成分，不难看出宝玉的文化态度反映的是作者吴趼人自己的想法。作为一位思想开放的知识分子，吴趼人曾在江南制造局短期工作过。[2] 江南制造局是洋务运动期间在上海成立的重要的现代企业，但吴趼人是怀着失望离开这里的——这在他对宝玉访问江南制造局而悻悻离去的描写中有所反映。[3] 吴趼人失望的主要原因是中国的改革者们过度依赖西方科技。在1900年的义和团运动

---

[1] 王德威：《被压抑的现代性：晚清小说新论》，第272页。

[2] 王俊年：《吴趼人年谱》，北方文艺出版社，1998年，第13—20页。

[3] 吴趼人：《新石头记》，第70—82页。

和接下来的八国联军入侵之后,吴趼人的思想越来越表现出激进民族主义和文化保守主义的结合。等到他开始为梁启超的文学刊物《新小说》写作之时,吴趼人很可能已经受到梁启超既要改革,也不愿放弃传统的思想影响。[1]

在《新石头记》前半部分,宝玉的人物设定犹如吴趼人的化身,他在上海的经历所引发的是对中国现状的尖锐批判。正如胡志德所说,宝玉对上海洋化的社会发出惊世骇俗的批判,这已经将他从一个传统"文人"转变成一个现代的"文化人",这也就是现代知识分子,不盲目追随社会潮流并拥有反思能力的人,这一能力让宝玉能用批判的眼光看待周边的变化。[2] 吴趼人很清楚地证明这种反思能力——对自己所处的文化境况有自省能力——在当时的文人中间是非常罕见的。

由此可见吴趼人的续书和《石头记》原著的主要区别:吴趼人笔下的宝玉对儿女情长毫无兴趣,而这本来是原书的主题;他不再朝思暮想地爱林妹妹,而是有了爱国之心。宝玉从古代的梦境中醒来,接受一种新的情感教育,这种教育聚焦的是爱国主义,而不是爱情主义。小说开篇写宝玉重回人间,依然想着要完成补天之愿,而吴趼人写明之所以要让宝玉重生,是为了再给他一次完成心愿的机会,这就是书中所言的"定国安邦,好少年雄心何壮"。[3] 在晚清的文化语境中,宝玉补天之愿有明显的政治象征意义,那就是要将中国从当前的困境

---

[1] 关于吴趼人和梁启超的关系,见夏晓虹《吴趼人与梁启超关系钩沉》,安徽师范大学出版社,2002年,第636—640页。
[2] 胡志德:《把世界带回家:西学中用在晚清和民初中国》,第160页。
[3] 吴趼人:《新石头记》,第2页。

中解救出来。

在小说第一部分,宝玉通过吸收新知识、探索新世界来学习如何成为一个现代人。他被写成一个充满好奇心的年轻人:他对火柴的原理好奇,乐于品尝西洋菜和咖啡,他向人询问蒸汽船的结构,并阅读各种介绍西方科学知识和政治思想的书报。同时他对整个社会环境里中国主体性的缺失表示忧虑。宝玉因为中国传统文化在西方文化和科技的重压下遭到贬值而感到难过。一开始,他还试图辩解说,如果洋人能造蒸汽船,那么头脑并不亚于洋人的中国人肯定也能造出自己的蒸汽船。[1]后来,他对追捧洋货的潮流的蔑视,让他认为许多西洋物品,比如说音乐盒与留声机,都毫无用处。[2]

在吴趼人的叙事中,宝玉的成长让他渐渐趋向于重估中国和西方价值,以及构建作为一个生活在西方强权阴影下的中国人的个体身份。虽然他对西方某些思想也并非无动于衷,比如说他认同民族主义——他甚至会引用这一思想来批判那些一味崇洋但对祖国没有多少爱国热情的人——他更热衷于借用民族主义的精神,重新确立被舶来的"普世主义"所削弱的中国的民族特殊性。然而在摩登上海,宝玉为着同胞们全都缺乏批判性思考能力而感到愤懑,他的补天之愿似乎又变成了一场空。

还没等吴趼人写完,这部小说在《南方报》上的连载就中断了。三年之后,《新石头记》作为一部完整的小说以书籍形式面世,此时它被包装成"理想小说"。在小说后半部分(第二十二章以后),吴

---

[1] 吴趼人:《新石头记》,第26页。
[2] 同上书,第37页。

趼人的叙事完成了一次神奇的时间飞跃：当宝玉行至山东——正好是孔子的故乡——突然遭遇一个魔法时刻，将宝玉传送到未来世界。从这里开始，谴责小说变成了某种奇幻或科幻文学。文明境界被描述成一个极其先进的国度，在科学、技术、教育、政治，以及道德方面都领先世界。在宝玉与老少年相遇之后，他的惊奇冒险才真正开始：他驾驶飞车腾上云霄，乘坐潜艇直下深海，他探索着未来世界的完美系统——前所未见的现代化工厂，先进无比的实验室，令人惊叹的博物馆，强大有序的军队，辉煌壮丽的建筑，还有仁爱而又高效的政府。

宝玉进入文明境界之后，立即就不再像之前那样担忧在现代世界中丧失中国性了。文明境界中的各种技术发明、科学新发现，以及行政上的美德，小说中给予生动的描写，其中在在强调所有科技新知、典章制度其实源自中国传统。事实上，吴趼人笔下许多惊人的科学发现，似乎更像是借自凡尔纳（Jules Verne），这位法国作家的好几本小说都在20世纪初叶就翻译成了中文，并对中国新小说家们影响深远。[1]例如宝玉坐潜艇历险和在空中游猎的情节，都明显在模仿凡尔纳小说中的类似情节。然而，作为向导的老少年从来不忘向宝玉指出，文明境界这些科技和景观都有"中国"性质：飞车——以及其他的发明——是受中国神话启发而创制；中医被证明远胜西医；最高效、仁慈的政治体系，完全基于儒家道德。[2]宝玉一路的冒险记，不断在验证中国的传统知识：宝玉在非洲的空中游猎让他见到真正的鹏，就是道家经

---

[1] 吴趼人小说中从儒勒·凡尔纳那里借鉴来的科幻小说主题以及形象见明凤英：《仙境中的宝玉》，第157—172页；安道：《发展的童话》，第28—33、51—62页。
[2] 吴趼人：《新石头记》，第201页。

典《庄子》里描述的神鸟。[1]而在他前往南极的旅途中，宝玉见识了古代地理传说《山海经》中提到的神奇生物和异域景色。由此，宝玉马上议论道："我最恨的一班自命通达务的人，动不动就说什么五洲万国。说的天文地理无所不知，却没有一点是亲身经历的。不过从两部译本书上看了下来，却偏要把自己祖国古籍记载，一概抹杀，只说是荒诞不经之谈。"[2]

《新中国未来记》是梁启超写于更早时候的未完成小说，它是晚清乌托邦小说的奠基性作品，影响了许多后来的新小说，其中包括《新石头记》。梁启超的小说里同样也有对中国未来的华丽描写，以及对传统中国文化毫不掩饰的赞扬。因为没有生动的画和流畅的情节发展，批评家们倾向于把梁启超的小说当作政治论述而不是文学叙事来阅读。它仅存的五个章节主要由一系列激烈的辩论构成，这些激辩发生在对中国现代化持不同政治构想的人物之间。[3]《新中国未来记》的叙事结构遵从的是梁启超在《少年中国说》和《新民说》，以及其他政治写作里曾经用抽象语言表述过的线性进步历史观。这本小说的整个叙事推向预定的终点，那个终点就是中国作为世界强国的光辉未来形象，由此实现梁启超的民族主义愿景。新中国未来历史的叙事者是孔子的一位后裔，他也不遗余力地强调中国文明的优越性，尽管这一未来世界的"中国性"看起来很可疑，因为它明显有和西方文化不可避免的

---

[1] 吴趼人：《新石头记》，第212页。

[2] 同上书，第236页。

[3] 唐小兵将梁启超小说中不同政治意识形态的源头解读为对应着梁启超的改良派与更激进的为《民报》撰稿的反满革命者之间的辩论。见唐小兵：《全球空间与现代性的民族主义论述——梁启超历史思想论》，第121—137页。

互动,因而呈现出混杂的状态。[1]

《新中国未来记》采取倒叙的形式。第一回就交代故事的终局:有关中国未来的叙述以中国在1962年的崛起为大结局。从第二回开始,小说的时间回到过去,开始讲述中国是如何逐渐展开变革、走向富强的,但整个叙述没有越过"现在时间"——梁启超半途而废,小说情节永远停留在1902年。由此说来,梁启超的乌托邦叙事只有一头一尾,缺乏"让未来变得可以触及可以解读的进步叙事和历史时间"。[2]在象征意义上,这一未完成却提前预告结局的叙事,可以抽象为历史愿景逆向投射的时间模式,这一模式有两个相关却又对立的特点:它的重心在未来而非过去,于是给历史强加了一种目的论的形式;然而在叙事断裂处出现的神秘空缺,又暴露了未来和过去、理想和现实、计划和历史之间的难以越过的深渊。一方面,《新中国未来记》呈现出一个最是灿烂夺目的乌托邦盛景,但另一方面,这个乌托邦计划的实现过程因为叙事中断而完全缺席。类似的问题在许多晚清乌托邦叙事中都有发现:少年中国的未来之旅,往往在它的出发点就搁浅了,因而也暴露出未来理想是一种奇妙的幻境而非可能的现实。

在受梁启超新中国未来叙述启发的诸多晚清小说中,吴趼人的《新石头记》显得与众不同。它的乌托邦愿景也是发生在同一个叙述中断时刻,故事同样也突然神秘地从现在跳到未来。然而,吴趼人比梁启超更为艺术也更加令人信服地处理了时间消失的问题。他用宝玉的冒险旅程将现在和未来相连,把历史发展的时间性转化成为地理分布的

---

[1] 梅家玲:《发现少年,想象中国》。
[2] 王德威:《被压抑的现代性:晚清小说新论》,第304页。

空间性。从当代中国到文明境界的转变，类似一次在全球化空间中的旅行，自从鸦片战争打开中国的国门之后，这样的旅程并不陌生了，吴趼人只是将更先进的西方置换成复兴后的幻想中国的形象。在叙述设置上，吴趼人描述了一个更可信的在不同世界之间的过渡——正如许多人走向西方时所体验的一样，例如幼童们在19世纪70年代前往美国的旅途——在吴趼人的乌托邦愿景里，文明境界被写得更像一个"异托邦"（heterotopia），但也是一个太虚幻境，宝玉闯了进去，发现了一个不同凡俗的中国。[1]

通过创造"老少年"的形象，《新石头记》比《新中国未来记》表现出更成熟也更复杂的历史理解力。我认为吴趼人小说里的"老少年"形象有两层隐晦纠缠的意义。第一层重申返"老"还童的象征意义。例如，宝玉的导师"老少年"看起来像四十来岁的人，精力旺盛，活力十足，但后来小说中揭示他原来是一个真实年纪一百四十岁的老人。此外，除了老少年，这个故事里还有许多"老少年"，而"老少年"是这样向好奇的宝玉解释的："我们境内的老者，没有一个不返老还童呢。"[2]文明境界中体现仁义道德的儒家领袖东方文明，也是一个"老少年"。在宝玉眼里，东方先生一头白发，长须如雪，长眉低垂，双眼狭长（就像一位年迈老人的样子）；可他又唇红齿白，看起来还像一个年轻人一样精力充沛。[3]然而，在小说的结尾，宝玉震惊地发现东方文明原

---

[1] 异托邦的概念见Michel Foucault（米歇尔·福柯），"Different Spaces", in *Essential Works of Foucault*（《福柯选集》）, vol. 2, The New Press, 1998, pp.175–185。

[2] 吴趼人：《新石头记》，第310页。

[3] 同上书，第304页。

来已有两百多岁，至少在历史时间的意义上，是和宝玉一样老的。

这些老人的青春样貌揭示出"老少年"的第一层意义：虽老但已经返老还童。乍一看，这样写出来的"老少年"形象是对晚清少年崇拜的戏仿，因为它展现的不完全是青春，而是包含青春的反面老年在内的一种活力。但吴趼人意图让"老少年"成为一个严肃的符号，象征传统的复活。通过解释文明境界里科技和政治发明皆有来自传统文化的根源，吴趼人希望展示中国古代文明不息的生命力，这样的文明应是青春永驻的。在此，老与少的想象性的结合，很明显呼应了梁启超关于少年中国的理想，两个作者共享的信念基础同样是激活中国的古老传统。如果吴趼人的乌托邦叙事可以读作少年中国愿景的具象化，这样的中国也同样可以被认作是"老少年"，既"老"又"年轻"。"老少年"们，以及他们治理的文明境界充满着来自传统永恒的活力，但它也被移植到一个现代或说是未来的语境中。

"老少年"的第二层意义则指向了宝玉。作为吴趼人小说的主人公，与那些"老少年"相比时，宝玉看似是个真正的少年。他是作为从《红楼梦》的世界中重生的少年，进入这个故事的。置身现代世界中，宝玉积极学习，有自省的精神，而且大多时候都忙于追求新知和进步，这也就多少让这部小说呈现出成长小说的样态。然而，当他到达文明境界后，他的成长故事被与老少年们的遭遇打断了。成长小说出了问题，宝玉的身份变成老少年的镜像，甚至他也可以被认作是一种不同的"老少年"，一个被剥夺了成长故事的"老少年"。

在《新石头记》中，宝玉的"补天"之志转化为强国之梦，其叙述中也就具备了国家寓言的层面。宝玉的"成长"本身具有反讽的意味，因为在曹雪芹原作中，宝玉的成长是很成问题的；这块通灵宝玉本是女娲补天之时采炼的三万六千五百零一块石头之一，而女娲只用了三万六千五百块，单剩这一块就成了多余，这便决定了宝玉作为孤独个体的"零余"（superfluous）命运，他在后来的经历中始终拒绝成长，保持其"天"外（社会之外）的天真，而其"补天"之志乃成一种自嘲。吴趼人复活的贾宝玉却有意违反了原作中的性格造型，他变成一个理想主义者，大作"补天"之梦，因此他的成长按照小说叙述的逻辑应该是补天或救国之志的逐渐实现，在动作中体现他的理想，他因而被期待着在理想与现实的磨合之中长大成人，进入社会。

《新石头记》写宝玉从晚清社会进入"文明境界"，经历了他的学习与漫游时代，最终他决定重回上海，去拯救"现在"的中国。但就在此时，小说发生了一个突兀的情节逆转：宝玉一路到了上海，却发现上海已经实现共和，浦东正在举行万国博览大会，而在万国和平会上各国公使推选中国皇帝做会长，宝玉或许是"天上一日，地上千年"，在"文明境界"耽搁得太久了，竟然错过了他的理想实现机会——因为他的理想已经全都实现了。而此时的中国皇帝，也即万国和平会会长，竟然又是东方文明老先生，宝玉听罢他的精彩演说，顿足感奋之际，突然坠入深渊，才知刚才竟是一场大梦。宝玉醒来之后，于清晨步出户外，遇到东方文明，两人一番对话，令他的补天理想又遭打击——原来东方文明不是别人，正是金陵甄家的宝玉。

> 文明道："东方是老夫本姓，初因甄氏无嗣，承祧过去。后来甄氏自生了儿子，我便归了家。那一年相见时，

老夫说了几句经济话，世兄便面有不满之色。那时老夫便知世兄不是同调，不期一别若干年，又得相会。然而世兄是无忧无虑，从不识不知处过来，所以任凭历了几世几劫，仍是本来面目。老夫经营缔造了一生，到此时便苍颜鹤发，所以相见就不认得了。"宝玉听了如梦初醒，暗想："他不提起，我把前事尽都忘了。我本来要酬我这补天之愿，方才出来。不料功名事业，一切都被他全占了，我又成了虚愿了……"[1]

宝玉遂决定再出人间，将通灵宝玉留给老少年，而那石头幻化成巨石，上面便记载了《新石头记》的故事。吴趼人的小说如是结尾，算是回归了《红楼梦》的主体情节，而宝玉的补天之愿重又失落，他的成长也就无法为继，于是他又回复了《红楼梦》中作为孤独个体的"零余"命运。正如王德威所述："那块灵石曾经错过了女娲补天的最初用场，他在凡世以泪水浇灌的情史也不能弥补恨海情天。如今他遨游未来，却已经预见他将第三度失去'补天'的机会。吴趼人的贾宝玉陷在过去与未来之间，仍然只是那块闷闷不乐的零石，一个在历史轨道以外孤独、迷惑的旅行者，不知何去何从。"[2]

在这一结局的烛照之下，我们遂可发现宝玉的另一层身份：甄宝玉（即东方文明）与他作为双身（double），实际上，老少年作为故事记载者——现在的曹雪芹，也可与宝玉算作双身，在这两重双身的参

---

[1] 吴趼人：《新石头记》，第523页。
[2] 王德威：《被压抑的现代性：晚清小说新论》，第362页。

照之下，宝玉暴露出他亦作为"老少年"的身份。他与甄宝玉同岁，此时实在也足有一两百岁了，但与另外两个老少年不同的是，他依然是个的的确确的少年，他虽然年岁已老，却因身在世外，而保持了不老之身。对比第一层意义上的"老少年"的延续古今却又虚象重生的历史内涵，贾宝玉这第二层意义上的"老少年"却是象征着个体所面临的历史虚无。在甄贾宝玉的对话中，前者告诉后者，他"经营缔造了一生"，因而变老，而后者"从不识不知处过来"，所以依然是少年本色。这里隐隐透露出了"青春"与历史之间的悖论："青春"作为历史的象喻与动力，恰恰因为它永无止境的活力，因而具有除旧布新的巨大能量，但另一方面，历史作为线性的演进发展，其连续的时间性则必然要衬托出"青春"的转瞬即逝、方生即死。甄宝玉将自己的青春奉献给历史事业，因而他的失去青春、逐渐变老意味着他已经成为历史的一部分，他的青春转化为历史，而他神话般的鹤发童颜是在象征的意义上表征着历史动力本身的永恒"青春"。创造了历史的东方文明遂可如一个老年的浮士德那般心满意足。相比之下，贾宝玉是被历史拒之门外的零余个体，而他的青春在历史失重的状态下得以无限延续，而如此"青春"却成为贾宝玉这个"老少年"的烦恼根源，因为他的被排斥在历史之外的"青春"变得毫无意义。

在吴趼人的小说中，"老少年"贾宝玉是一个来自过去的忧伤时空旅行者，在整本小说中，他都是一个格格不入的人物，他置身现代世界的进步时间线之外。"老少年"的第二重意义指向他在现代历史条件下不可能成长的失落感。在这个意义上，宝玉的人物形象给梁启超提倡的少年话语增加了复杂暧昧的意义，并破坏了它作为时代象征的文化潜能。"老少年"的第二重意义给少年中国的青春活力抹上了阴影。于是,就在《少年中国说》展开宏伟的青春论述不过五年之后,吴趼人笔下的贾宝玉因飘零于历史之外,成为现代中国青春想象中的第一个异数。在这层意义上的"老少年"是一个被放逐的雅努斯,他虽有两面,但既不属于过去,也不属于未来,而只有无限延续却毫无意义的现在。作为"老少年"的贾宝玉因之以其自身的无意义揭露出了历史之外的个体位置。就梁启超发明的"少年中国"符号的过度象征而言,可以说第二层意义上"老少年"是对其所做出的一种反讽的表达:作为历史和国家的双重表征的"青春",在贾宝玉的被浪费的青春中化为多余的幻象。但同时也正是在这一层面上,"老少年"将青春还原为一种个体性的经验,这一个体性的意义即在于历史的异己界定了一己的存在。尽管对于贾宝玉——以及此后中国文学中无数有"补天"之志的青年形象——来说,这一个体性有其不能承受之"轻",然而,在现代中国的青春想象中,贾宝玉式的"老少年"经验却是第一次在作为国家神话的"青春"形象中,撕开了一道无法弥补的裂隙,暴露出了个体青春的时间体验。

我借用《新石头记》中隐含的"老少年"的这第二层意义,指称一种被排斥在历史时间之外的青春体验:它或许包含着对未来主义的线性历史演进的无限憧憬(位于历史之外的"老少年"或许不能终止对"补天"——进入历史——的渴望),却无法在时间中将其憧憬付诸实现。由此引申的另外一层意义是:历史之外的"青春"可能会因其虚无而丧失了"青春"的名义——这一名义当然是建立在历史进步的想象之中;不过颇为吊诡的是,"青春"相对于历史之为虚无,却又暗示着它处于历史利用之外，反而"重获"了它无时间性的永恒状态。鲁迅有关青春的暧昧表达，正是凭借这种虚无的时间观来召唤一种有别于宏大历史想象的"青春"："倘使我还得偷生在不明不暗的这'虚妄'中，我就还要寻求那逝去的悲凉缥缈的青春，但不妨在我的身外。因为身外的青春倘一消灭，我身中的迟暮也即凋零了。"[1]

到了"五四"时期，陈独秀等人的"新青年"论述以"舍本求新"为鹄的，标志着新文化主张者在文化态度上与中国传统的决裂。从表面看来，随着"新青年"兴起，现代中国的青春话语似乎获得了更为明晰的时间和历史图像，它挣脱了过去和传统，自由地跃向未来的虚空。但在此我想指出，我们无法忽视的一个基本事实是："五四"之后的现代青春话语中不免继续存在着"新"与"旧"、"过去"与"未来"的辩证或暧昧关系，而其未来主义式的时间观念中无法摆脱"老少年"的阴影——但可能更多是贾宝玉而不是东方文明的阴影。"青春"的激进意义相对"老迈"而存在，新旧相反相成，这使得它的意义系统实际上依赖于对一切"旧"事物的指认而存在。另一方面，它的进步意义也在于它面向未来的无限推衍，但有趣的是，面对尚未发生的未来，每一个当下的时刻都有可能迅速老去。"青春"转瞬即逝，于是使得它的符号意义处在无止境的滑动之中；而"新青年"的文化想象不断推陈出新，一系列的"老迈"者被不断指认出来，新一代的青年先锋在他们的"尸体"上树立起新的青春理想，同时又面临着自己被更新一代指认为"老迈"的危险。在这个意义上，所有的"新青年"都有可能被改写为"老少年"。

---

[1] 鲁迅：《希望》，《鲁迅全集》第二卷，第181页。

在青春想象不断推陈出新的左右之下，历史的起点不断被重新命名，无数"过去"的时间被抛入虚空，也包括每一个"新青年"自身的"过去"——这种被排除到历史之外的时间感受，在"五四"之后迅速被一些身份转为"老少年"的人体认到了。这类人物形象是中国现代青春文学中的主流造型，而"失落了青春"的悲剧性人物极大地激发着现代文学想象的活力：一方面，他们的存在使"青春"暂时脱离了在历史运动中无止境的意义滑动，因其虚无但又"永恒"的面目而成为文学的审美主体；另一方面，"追忆逝水年华"的冲动推动着新的小说叙事时间的形成，"过去"的时间变成可叙述的对象，而它的回溯式的展开与（联结过去和未来的）历史景观相互映照或冲突，由此制造出现代"青春"在经验与形式之间的情节张力。"老少年"如一个在历史时间中旅行的鬼魂，还将在贾宝玉出世之后的一个世纪中不断归来。

少年的形塑过程

到了吴趼人开始写作《新石头记》的 1905 年，由于梁启超对中国读者的深远影响，"少年"一词的新鲜意义及"少年中国"的概念已经随着新刊物的流传，成为中国知识分子熟悉的词语。许多革命家、作家都模仿梁启超使用少年作为笔名，争先恐后地将自己称为"少年中国之少年""新中国之少年"。在梁启超主编的《清议报》上，能发现不少标榜"少年"的笔名，如"同是少年""铁血少年""今日少年""突飞少年"。少年甚至吸引着不同政治立场的知识分子和革命者。例如,政治上反对康梁改良立场的反清革命者陈天华(1875—1905年),就在他的小说《狮子吼》中创造了一个名为"新中国之少年"的角色,但他也提醒读者,不要将其与横滨的那位——即梁启超——"少年中国之少年"相混淆。[1]少年话语一时风靡,无疑给晚清知识界带来一股新浪潮。

命名先于行动。这些在晚清涌现的"少年中国之少年"如何在20世纪初的中国知识文化变动中扮演自己的角色,这个话题需要对晚清巨变中青年文化的各种因素仔细考察,这一次的青年文化早于"五四""新青年"一代,并对后者有深远影响。有关近代的青春文化史,值得另外写一本书,但在此只能略加勾勒。在本章剩余部分,我的主要任务是考察从清末到民初,青年成长经验的一些方面,以及它们如何与本书后面章节所关注的中国成长小说的主题、心理和叙事元素相关联。

晚清是一个人们对现实感到失望和颓唐的年代,但也是一个充满乐观精神的年代。尤其是那些仍怀有对传统的信念,渴望通过重振传统来促使国家振兴的进步知识分子,旧制度的崩溃也带来了时代的机遇,让他们睁开眼睛看到许多不同的社会和政治前景。大清帝国的败亡,也预示着作为民族国家的新中国的孕育成长。中国被迫面对的挑战同时也提供长远改变的机会。"白头再少年",正如梁启超激情澎湃地写到的那样,时钟重置,时间有了新的开始。从1900年开始,中国文化方方面面都出现变革,这些变革引起一个以青春/青年为中心的潮流,这一潮流在新型教育、政治和文化议程的推动下,穿透了中国社会的

---

[1] 陈天华:《狮子吼》,百花洲文艺出版社,1991年,第83页。

许多层面。

在20世纪20年代晚期出现的中国成长小说中,青年接受新式教育的成长经验构成了情节发展的出发点。在像《倪焕之》这样的现代小说中——它在出版时被命名为"教育小说"——教育改革在叙事结构中起到关键作用。《倪焕之》和其他小说所反映的中国教育改革,其实早在晚清就开始了。在1860年的洋务运动期间,北京和上海都成立了传授外国语言、西方科技和现代军事知识的学校。其中最著名的有同文馆(1862年)以及在上海和广州与之类似的广方言馆(1863年)和广州同文馆(1864年)。然而中国的教育体系直到1898年才发生系统性改革,当时梁启超亲自参与创立京师大学堂(后改名北京大学),代替古老的国子监。

虽然1898年戊戌变法很快就失败了,但新式教育并未停止。1901年,清廷核准湖广总督张之洞(1837—1909年)的提案,在全国实施系统的教育改革,这一提案要求每个省成立一座大学,每个市成立一所中学,每个县要成立一个小学[1]。这些新式学校按照西制设立,课程除了传统学问之外,还有包括科学知识在内的各科西学。1905年,清廷正式宣布废除科举考试,这一以儒家学说为根本的考试制度已经存在一千三百多年,曾经控制中国古代读书人的思想,到此落下帷幕。新式学校及其现代化的课程和教学法,给中国年轻的读书人带来崭新的学习方式;新学改变他们个人的心路历程,培养他们新的思维方式,以及催生出积极参与社会活动的新的生活方式。

让我们来看看三位著名知识分子在新学教育中的成长。1898年,

---

[1] 桑兵:《晚清学堂学生与社会变迁》,第68页。

当时还名叫周树人的鲁迅，离家来到南京，求学于一所现代学校——江南水师学堂，此时他才第一次"知道世上还有所谓格致，算学，地理，历史，绘图和体操"[1]。后来学过德语、成为小说家的鲁迅，从来没写过德国式的成长小说，但在他的许多散文里，他将自己现代意识的发展，置放在学习生涯中。他对世界新的认知，发端于在新式学校阅读诸如严复所译的《天演论》等书籍的经历。他解释说这样的阅读标志了他自己的启蒙开端，让他理解现代科学和思想观念可以改变一个人的生活，以及重塑一个国家的命运，就像这些西方知识在明治时期的日本所做到的那样。

六年后，时年十三岁的胡洪骍（1891—1962年）来到上海，他后来考取中国公学，在那里他了解到严复和梁启超所宣传的进化论，这种新鲜的学说如此深刻地影响了他，以至于他把自己的名字改成"适"，用的就是严复用来翻译社会达尔文主义信条"适者生存"的"适"字。[2]如此改名之后，胡适后来成为新文化运动领袖之一，这个名字显示了他的雄心壮志，他要让中国变得强大，使其成为世上最"适"之国。

1905年，也就是清廷宣布废除科举考试那年冬天，十三岁的郭沫若（1892—1978年）被父母送到四川本地的一所小学。在一本照德国成长小说风格写成的极其详尽的自传中，郭沫若描述了自己的启蒙时刻：新学校的生活唤醒了他的自我意识，而且，用他在四十多年后的话说，他转变成了一只出水蜻蜓，在中国社会的蜕变中也蜕去自己的皮。很明显，这一启蒙时刻是由他后来的反思所重构的，这个时刻是超越

---

[1] 鲁迅：《〈呐喊〉自序》，《鲁迅全集》第一卷，第438页。
[2] 胡适：《四十自述》，《胡适全集》第十八卷，第3—120页。

个人的：新式教育的浸润使他能够和"新时代的出现"同步成长。[1]郭沫若后来成为中国最著名的现代诗人和剧作家，他翻译了包括歌德的《少年维特之烦恼》和《浮士德》在内的众多西方文学作品，他后来也成为一个马克思主义历史学家，以及毛泽东时代革命文化的代言人。

在世纪之交，上百万的中国青年有着和鲁迅、胡适还有郭沫若类似的经验，他们入读新式学校，开始了解新学。[2]这三位著名知识分子回忆自己在新式学校学习的经历，都特别强调他们的启蒙时刻，这暗示晚清中国青年成长体验的范式转变。他们所受的教育与他们的父辈有本质的不同，他们不再被传统规约，必须走在儒家修身治国的漫长道路上，他们从这条路上逃逸出去，不再只能扮演预先安排好的角色。这一代青年，突然有了自由，他们可以寻找崭新的、独立于传统之外的自我塑造（self-fashioning），由此他们可以大胆去培养自己对社会问题的敏感意识，以及开始用行动来介入国家大事。本质上，他们的教育经历被重构成一种超越个人的对民族重获青春的追寻过程。他们既是旅行者，也是改革者，他们经历的成人之旅是一场思想觉醒，不仅让他们脱胎换骨重生为"现代人"，也让他们进步到融入历史、变成历史变革主体的先锋位置。

接受现代教育的中国青年（包括留学生在内）成为1911年辛亥革命前夜中国社会变革的中坚力量。在钱穆看来（见第一章引文）现代青年本质上就是新式学校出来的"学生"。关于接受西式教育的"学生"

---

[1] 郭沫若：《少年时代》，《郭沫若全集》第十一卷，人民文学出版社，1982年。

[2] 自1902年到1912年，在现代高中和大学求学的中国学生从七千增长到三百万。见桑兵《晚清学堂学生与社会变迁》，第2页。

(也被称为"洋学生")的故事,甚至成了晚清小说中一个新的类型,大量出现题目如《学究新谈》《未来教育史》《苦学生》《学界镜》这样的流行小说。讽刺的是,这些小说在展示中国教育变革的同时,也揭露这一变革引发的问题,比如说那些自命为新潮先锋的洋学生也有虚荣、虚伪、假进步的一面。[1]

中国教育的现代化迅速引发大范围的变化,它创造了进步的机会,同时也使人不由得思考传统和现代的修身方式之间的关系。对现代教育最深刻的批评也许是由章太炎(1869—1936年)提出的,他是一位对现代化持有复杂态度的革命思想家。鉴于章太炎一面热情支持革命,同时又热衷于复古和国粹,他也可以称为一位"老少年"。在戊戌变法和辛亥革命之间,章太炎的思想经过几次转折,他对全球化的西方霸权有批判,同样也对中国现代思潮提出最为发人深省的批判,即使在今天的文化语境下,他的批判也仍有意义。[2]这里我只关注他对现代教学方法的批评。他发现新式教育有一种有限制的规训,要学生服从学校的限制,而不是给他们提供机会来成长为有自我意识、能自我反思的个体。他将"眼学"和"耳学"加以对比,认为前者是通过自己的眼睛来探究学问的传统问学方法,使学生可以主动求知并探索学问的根源,而后者是现代学校兴起之后的新式教学方法,只能让学生

---

[1] 吴蒙:《学究新谈》,广雅出版有限公司,1984年;悔学子:《未来教育史》,广雅出版有限公司,1984年;杞忧子:《苦学生》,广雅出版有限公司,1984年;赝叟:《学界镜》,广雅出版有限公司,1984年。

[2] 有关章太炎对于现代性的思考,见木山英雄:《文学复古与文学革命》,北京大学出版社,2004年。以及Viren Murthy(慕唯仁),*The Political Philosophy of Zhang Taiyan: The Resistance of Conciousness*(《章太炎的政治哲学:意识的反抗》),Brill, 2011。

接受有纪律的训练，或者更糟的情况是，用说教蒙蔽他们。[1]

也许章太炎的警告过于超前，而中国教育只会在后来几十年里经历更多变革，变得越来越体制化。但即使从相当简化的总结之中，我们也可以理解章太炎的目的是揭示现代教育的矛盾——如果我们用当代术语来表述，那就是他凸显了自主性和制度限制之间的张力。这一矛盾此后成为一些重要的中国成长小说中的核心冲突，比如《财主底儿女们》《未央歌》，以及《青春万岁》。

现代学校的成立为学生运动铺平了道路。激进的青年通过接受现代教育完成自我塑造的过程，也同时是他们参与革命活动的过程。这两者都是中国革命期间成长小说的情节必要元素。这一情节设置的真正历史基础可以上溯到晚清。早在20世纪初就出现了现代学生运动，这不仅体现中国青年的爱国热情，也将他们的个人发展融入国家进步的宏大叙事之中，这类叙事在推翻清王朝之后越来越激进化。

虽然孙中山早在1895年就开始了反清革命起义，但"革命"这一概念直到十年之后，当新式学生大规模出现后，才对中国产生普遍的吸引力。[2] 历史学家桑兵指出晚清学生运动背后的政治动机，以及学生在推动中国革命、使之成为举国关注的焦点过程中所扮演的关键角色。[3] 在现代学校的环境中，青年学生从父权家族的控制中解放出来，追寻激进方法拯救国家的共同信仰激发与合法化了青年人的反叛。毕

---

[1] 章太炎：《救学弊论》，《章太炎全集》第五卷，上海人民出版社，1986年，第98页。更多章太炎对教育的思考，见陈平原：《中国现代学术之建立》，北京大学出版社，1998年，第70—115页。

[2] 关于中国思想中"革命"概念的根源研究，见陈建华：《"革命"的现代性：中国革命话语考论》，上海古籍出版社，2000年。

[3] 桑兵：《晚清学堂学生与社会变迁》。

竟学生们就是梁启超曾经呼唤的"新民"。当他们受到激励，关心国家命运并且胸怀政治理想主义时，学生们便转化成为革命者，对抗和打破既有的秩序。晚清新式学校中越来越壮大的学生群体，很快就为接下来要发生的革命提供了人力。

在中国，第一次重要的现代学生运动发生于1902年，当时南洋公学的学生不顾当局反对组织了"少年中国之革命军"。学校敦促这一组织立即停止政治活动——这些活动包括秘密集会和公开演讲——南洋公学全体学生宣布退学。由于上海当时已经具有现代媒体，对这一事件的全面报道让南洋公学的学生运动很快变成举国皆知的热点新闻。它甚至成为全国各地持续出现越来越多的学生抗争和爱国抗议活动的典范。

在各类进步组织的支持下，一百四十五名前南洋公学的学生创立了爱国学社。一时之间，这里成为革命青年的培训基地，而一些年长的知识分子，如蔡元培（1868—1940年）和章太炎也在其中担任导师。1903年，一位叫邹容（1885—1905年）的年轻人加入学社，并在同年出版一本题为《革命军》的小册子。这本两万余言的小书向全中国的青年宣布：只有流血革命才能救中国。邹容用激昂的语言，号召同胞参加政治革命，终结清廷的奴役。邹容在首先阐释了民主、人权和国家主权的原则之后，立刻向清朝统治者的暴政、专制宣战。他的语言简单明了，充满感染力。他宣告"人性的普世原则"，将历史进步描述为人从原始上升到文明的过程，并强调了革命之必要性。这本小册子开篇第一段是这么写的：

扫除数千年种种之专制政体，脱去数千年种种之奴隶性质，诛绝五百万有奇被毛戴角之满洲种，洗尽二百六十年残惨虐酷之大耻辱，使中国大陆成干净土，黄帝子孙皆华盛顿，则有起死回生，还命返魄，出十八层地狱，升三十三天堂，郁郁勃勃，莽莽苍苍，至尊极高，独一无二，伟大绝伦之一目的，曰"革命"。巍巍哉！革命也！皇皇哉！革命也！[1]

这滚滚而来的对旧帝国的强烈恨意，以及自然坦率表达出的少年理想，都深深打动了章太炎，他为邹容的小册子写了序言以示支持。章太炎和十八岁的邹容成了朋友，在随后被称为"《苏报》案"的事件中，清廷要求上海租界查封《苏报》，并逮捕了有关的作者。按照对这一事件通行的记述，在邹容已经安全躲藏之后，听说章太炎被捕的消息，立即就勇敢地站了出来，向巡捕房自首。此后邹容和章太炎囚禁在同一个囚室中，在那里因为折磨和疾病，邹容年仅十九岁就死了。[2] 章太炎幸存了下来。出狱后，他用各种方式悼念去世的青年友人。章太炎为邹容写了一篇传记，和《革命军》一起，成为反清革命青年传诵一时的名篇。

这是在1905年，中国共和革命的分水岭，革命从鲜为人知的地下运动变成全国范围的社会运动。通过章太炎的写作，邹容的牺牲使他一夜之间成为国民英雄、道德楷模。少年烈士邹容变成了永恒的传说，

---

[1] 邹容：《邹容文集》，重庆出版社，1983年，第41页。
[2] 王敏：《〈苏报〉案研究》，上海人民出版社，2010年。

以及最重要的，他成为一个偶像，可为后来的革命青年所效仿。邹容为革命事业牺牲自己年轻的生命，这也让他成为革命精神的化身，永垂不朽。最后，他赢得"青年之神"这一称号。[1]孙中山抓住机会，借用邹容的小册子和他的英年早逝，广为宣传革命青年的义务与作用，他以此动员中国青年参与革命。在这一年末，孙中山创立了中国革命政党：同盟会。

在1905年之后，孙中山发动了一系列起义。许多参加起义的青年革命者都在行动中献身牺牲了。当革命越来越暴力，邹容的神圣化无疑起到动员年轻人参加革命的作用，他的英年早逝被用来彰显"敢为革命献身"的道德勇气。在接下来十年间，有几百位革命者为革命事业献出年轻的生命。牺牲个人年轻生命的道德勇气，在当时另一位青年革命者汪精卫（1883—1944年）的诗里有着生动的体现。汪精卫在1910年行刺摄政王，失败入狱之后他写下名句："引刀成一快，不负少年头。"[2]这首诗将牺牲的青春（砍掉的头颅）升华为崇高的革命激情体验，由此凸显青年之死的崇高本质。此处，应该强调这种视死如归的青年理想中暗含的道德神秘主义（moral occult，详见第五章）。青年之死被视作光荣的归途；与此同时，通过牺牲，青春可以永存。在用死亡交换的精神永生中，青年烈士的诗化形象暴露出生与死的矛盾，但汪精卫的诗意表达将这种牺牲的道德神秘主义美学化了，仿佛牺牲年轻生命是让青春永存的方法，而青春永远停留在被暴力终结的

---

[1]　王敏：《〈苏报〉案研究》，第138页。

[2]　Jingwei Wang（汪精卫），*Poems of Wang Ching-wei*（《汪精卫诗集》），translated by Seyuan Shu, George Allen & Unwin Ltd, 1938.

瞬间。我将在第五章论述青年的牺牲如何导致在革命成长小说中——尤其是巴金的无政府主义小说中——产生一种神圣的道德情节剧场（melodramatic theater）。这一点将深刻影响20世纪中国文学中青春与死亡的烈士情结。

新式教育和革命活动共同构成了中国青年的启蒙计划——从容闳的海外留学计划到梁启超召唤新民的计划，从少年鲁迅获得现代自我意识的时刻，再到邹容化身成为青年革命之神，现代青年启蒙从教育到革命完成一个预设的轨迹。然而启蒙情节并不仅限于教育和革命；正如中国成长小说所刻画的那样，启蒙同样也发生在现代生活的多种层面，包括文化、物质、情感的层面。这一切都体现在清末影响中国青年的多种启蒙观点中。

首先，将启蒙理想引入中国知识语境，需要在哲学和文化层面上的理解，这种理解又是来自对欧洲思想文化作品的译介。例如，严复对近代欧洲的进化论以及其他多种学说的创造性阐释，打开了青年们接受现代西方哲学和政治科学的大门；与此类似的，还有自命为"东亚卢梭"的刘师培（1884—1919年），他对法国革命的平等思想的推崇，引向一种儒家化的社会主义和无政府主义宣传；[1]鲁迅早年试图通过模仿欧洲浪漫主义诗人，来提倡一种恶魔般的主观性的个人主义。[2]然而正如康德在回答"什么是启蒙"这个问题时所说的："Sapere aude（敢

---

[1] 见刘师培：《刘师培辛亥前文选》，生活·读书·新知三联书店，1998年。

[2] 见《鲁迅全集》中鲁迅早期文言论文，第一卷，第8—120页。

于求知)!要有勇气运用你自己的理智!这就是启蒙的真谛。"[1]在康德看来,启蒙意味着摆脱童稚状态,不再对他人有所依赖。这种精神应该也包括对西方启蒙思想不再一味依赖,而现代中国知识分子们,用舒衡哲的话说,"不得不用他们自己的话来提出并回答康德的问题"[2]。

对早期现代中国青年而言,中国的转变深受西方影响,将自己从"他人的教导"中解放出来意味着完成双重任务。首先,这意味着要求个人从传统社会方方面面的限制中解脱出来;其次,这个要求同时在意识形态的意义上存有内在的张力,因为个人的自决,是一个询唤的结果。每一个青年的个体自决,发生在自己响应更高道德律令的时刻,而个体自决,为的是融入"新中国"的历史主体之中。因此,对中国青年来说,通往启蒙的道路同时意味着自我的成立和献身于国家(历史),这两者的艰难磨合构成中国成长小说的文本特征,我们在后续章节中会再回来讨论个人主体性的建立和履行历史与政治义务之间发生的复杂情况。

启蒙也可以是通过物质生活的剧烈变化实现的,正如无政府主义革命家吴稚晖(1865—1953年)回忆自己在晚清中国的成长经历时提及的,对一个来自内陆省份的青年来说,遭遇一盏电灯,就可以成为他的启蒙时刻。[3]吴稚晖的自传揭示出启蒙更为欢快的一面,在很多时候,启蒙不是一种思想灌输,而是通过现代文明的物质便利就能潜

---

[1] Immanuel Kant, "What Is Enlightenment?" (《何谓启蒙》), in *The Portable Enlightenment Reader* (《便携启蒙读本》), edited by Issac Kramnick, Penguin Books, 1995, pp.1-6.
[2] 舒衡哲:《中国的启蒙运动》,第2页。
[3] 曹聚仁:《文坛五十年》,新文化出版社,1955年,第19页。

移默化的。这也可以解释，为什么像上海这样的摩登城市会吸引成百上千的青年离开乡村和小镇，启蒙的物质主义视角凸显出空间的异质化，比如都市和乡村在启蒙话语中判然有别。一位青年从故乡前往现代都市的旅行，就是通向启蒙的旅程。李伯元的《文明小史》中详尽地描写贾家兄弟在上海旅行的章节，尽管意在讽刺，却仍可读作启蒙在现代日常生活层面如何具象地展开的文学表达。这本小说"包含将会自称中国现代性的一种新话语的重要线索"[1]：上海浮华诱人的物质生活展示的正是一幅现代社会的图景。[2] 像吴稚晖这样的内陆省份青年，遭遇电灯这样的新奇物件可以启发他去寻找一种新的思考方式；而在更大的语境中，中国和现代西方的相遇也首先是一种文化冲击，这一冲击造成的心理就是对现代技术进步和物质文化的膜拜。

启蒙也可以是一种"情感教育"，它在青年内心培养一种情动能力，使得自我走向内面，发现抒情自我。李欧梵将从晚清到民国的现代中国作家称为浪漫主义一代[3]；浪漫主义为青年确立了一种多愁善感的现代自我形象。中国文学中浪漫主义以及感伤主义等情感新范式的出现，可以追溯到林纾（1852—1924年）对法国小说《茶花女》（*La Dame aux Camélias*）的创造性翻译上。[4] 林纾翻译这本小说意在宣泄

---

[1] 王德威：《压抑的现代性：晚清小说新论》，第223页。

[2] 李伯元：《文明小史》，第72—107页。

[3] Leo Ou-fan Lee（李欧梵），*The Romantic Generation of Modern Chinese Writers*（《中国现代作家的浪漫一代》），Harvard University Press, 1973.

[4] 关于林纾的译著在现代中国文化形成中所起的作用，见Michael Hill（韩嵩文），*Lin Shu Inc.: Translation and the Making of Modern Chinese Culture*（《林纾公司：翻译与现代中国文化的形成》），Oxford University Press，2012，pp.1-24。

自己因妻子去世而感到的巨大悲伤。林译小说有助于宣泄情感，在这个方面可以说非常成功，因为翻译这本小说不仅仅是让他自己一直涕泣，《茶花女》的成功也感染了举国上下的青年读者，以至于严复专门写了一首诗："可怜一曲茶花女，断尽支那荡子魂。"[1]在林纾这里，眼泪是重要的。涕泗滂沱的感伤正与传统儒家的克制相反，体现个人内心情感的过剩，也见证了个人正在形成的主体性。林译小说奠定了另一种现代小说——所谓"中眉浪漫小说"[2]——的出现，这一类小说后来被称为"鸳鸯蝴蝶派"。[3]

在晚清，感伤文学的崛起常常与革命并驾齐驱。在吴趼人的《新石头记》里，宝玉从浪漫故事的主人公变成爱国者；而在现实中，许多"鸳鸯蝴蝶派"感伤小说的作者，也是革命者。[4]比如说，最成功的感伤小说作者之一就是革命诗僧苏曼殊（1884—1918年），他的自传体小说《断鸿零雁记》（1912年）突出革命时代困于两段感情之中的主人公敏感内向的个性。小说采用第一人称，这是传统中国小说中极少使用的叙事手法，进一步强化主人公内心深处喷涌而出的过量情感。[5]甚至可以说"革命加恋爱"这一后来在二三十年代左翼文学中流行的

---

[1] 严复《甲辰出都呈同里诸公》中的这句诗，是从林薇的《百年沉浮》中引用，见林薇：《百年浮沉：林纾研究综述》，天津教育出版社，1990年。

[2] 中眉即middlebrow，这个词指中产阶级趣味，过去是lowbrow，但后来认为太居高临下，因而出现middlebrow。笔者认为林译小说影响的不完全是低俗小说，故用这个词来概括。

[3] Perry Link（林培瑞），*Mandarin Ducks and Butterflies: Popular Fiction in Early Twentieth-Century Chinese Cities*（《鸳鸯蝴蝶派：20世纪初中国城市通俗小说》），University of California Press, 1981.

[4] 有关感伤文学作家与共和主义之间的关系，见陈建华《从革命到共和：清末至民国时期文学、电影与文化的转型》。

[5] 苏曼殊：《断鸿零雁记》，《苏曼殊文集》第一卷，花城出版社，1991年，第73—150页。

情节模式，在清末民初已经出现在苏曼殊的小说中了。[1]感伤情绪的过度表达与激越的爱国热情并行不悖，两者都是为了在文学中建立现代自我的抒情主体。通过过度的情感反应，"情感教育"在个人爱情和国家革命两个层面都实现了对个体精神深层的启蒙，将青年的内在生活塑造成一种情感常在常新的所在，由此引发哀伤、愤怒、欢喜等各种情绪表达。

与这类感伤的自我表达相关的，是个人主体性的伦理自觉，由此建立的个人是独立的，不受儒家的道德和体制限制。感伤小说中的过度情感表达，可以认定是一种伦理上的革命，不受约束的泪水将抒情自我从压抑的道德教条中解放出来。此后，当"五四"时期的知识分子创造新青年的形象，发起伦理层面的最后觉悟，反对任何形态的压抑和限制，浪漫和感伤将会再次成为现代文学中的一种推动力量。

事实上，自从20世纪的黎明时刻，梁启超的"新民说"，以及早期中国无政府主义者的伦理诉求，革命者对自我牺牲的强调，这种种话语都表现出对"健全个体"（完人）的追寻。这些理想为中国青年构建了一个乌托邦愿景，未来的社会应该摒弃所有的权威、所有的压迫，将个体从一切形式的道德限制中解放出来，拥有绝对的自主性。例如，无政府主义革命的核心理想就是塑造一种全新的、前所未有的、拥有绝对个人自由的完人，这一伦理的核心是对人类善良本性的信仰。这一愿景是启蒙时代人文主义的高光时刻：青年可以通过努力实现理想，

---

[1] 关于这一模式的讨论，见Jianmei Liu（刘剑梅），*Revolution Plus Love: Literary History, Women's Bodies, and Thematic Repetition in Twentieth-Century Chinese Fiction*（《革命与情爱：二十世纪中国小说史中的女性身体与主题重述》），University of Hawaii Press, 2003。

达至个人品格的最完满的建构。这种青年主体性道德建构的激进观点，后来成为巴金无政府主义小说的主题，也是后来许多社会主义小说中塑造青年英雄的伦理基础。在更具体的语境中，伴随个人自由和伦理自觉而来的是更强烈的自我意识，最终新青年一代走出梁启超的时代，对中国父权体制及整个儒家传统宣战。这将成为新文化运动之后出现的中国现代成长小说的情节主线。

尾声：黄远庸的最后一次远行

在我们转向新青年一代之前，关于"老少年"跨越重洋进入别的文化的旅程，我还有最后一个故事要讲。1915年，黄远庸最后一次赴美。他是一位因为尖锐批评和客观报道而享有盛誉的记者。在民国初年，黄远庸常常被比作当年的梁启超；他也确实取代梁启超，成为最有影响力的政治记者。他跻身"新中国三少年"之间——三位宣传共和理想的年轻知识分子。[1] 1911年辛亥革命爆发，中国最后一个王朝终结，共和成为现实。在1912年1月，黄远庸创办《少年中国周刊》，在卷首文中称梁启超"少年中国"的理想终于成真，中国终于从老大帝国变成一个重新进入历史时间表、登上国际政治舞台的年轻共和国。

但民国梦很快就遭遇幻灭。黄远庸的报道和政论文章越来越多地批评由前清大臣袁世凯（1859—1916年）领导的民国政府。袁世凯篡夺民国大总统的职位，排挤更受欢迎的革命领袖孙中山。黄远庸发明

---

[1] 另外两位是翻译了康德的《纯粹理性批判》的蓝公武，以及中国现代科学的倡导者张君劢。

了"通讯"这种现代新闻体裁。这是一种简短易读的报道，通过通讯，他揭露政府腐败，讨论民国政治方方面面的问题，他调查政治丑闻，包括新成立的国民党领袖宋教仁（1883—1912年）遇刺案。和许多中国进步知识分子一起，黄远庸呼吁成立一个宪政政府。

然而黄远庸为后代知识分子留下的更重要的遗产，是从更根本的层面上改变中国社会和文化的新理想。当梁启超的少年中国愿景在民国初年因为政治阴谋和权力腐败而黯然失色之时，黄远庸开始思考如何解决中国的问题，他预想要进行一种全新的革命：政治上的革命不足以改变中国，应该在文化和社会层面开始一次更深刻的革命，这场革命的目的是改造中国人的思想，而这样做的前提是向中国传统全面宣战。

1915年9月，在获悉袁世凯试图复辟之后，黄远庸匆匆离开北京。他确实是在逃亡，因为袁世凯已经暗示要请黄远庸来起草诏书，昭告天下袁氏登基的计划。黄远庸一路逃到上海，在那里搭上一艘前往日本的船，然后再航向美国。这就是黄远庸最后的远航。在现代中国的思想史里，这是一次终极意义的远航。不是因为黄远庸的跨洋远航，再次重复老少年前往新世界的冒险之旅，而是因为这次航向是中国现代思想的转折点。一路上，黄远庸对中国文化做出深刻反思，为中国未来改革描绘了另一种蓝图。在一望无际的太平洋上，黄远庸为自己这代人以及康梁等更早一代人所进行的政治改革的无用，感到深深的失落；他深刻审视自己的"魂"，反思中国知识分子的弱点和问题。先是在日本，然后是从夏威夷，他把自己在旅途中写成的一系列文章寄回中国。他的五篇"忏悔录"发表在杜亚泉（1873—1933年）主编的《东方杂志》上,包括《忏悔录》《反省》《国民之公蠹》《新旧思想之冲突》《想影录》。[1]

在他最后写成的这五篇文章中,黄远庸对中国共和革命做出批判式的剖析。他认为中国知识分子应该放弃政治参与,因为政治生活已经沦为有形无实的功利营生。他将魂与形相区分,认为中国人已经变成"形不死而魂先死者"。[2] 为了唤醒中国人的灵魂,黄远庸凭着无畏的自我否定,呼吁要有一次"文艺复习"。这意味着每一个改革者都要反思自我,作为一个文化整体的国家主体需要进行一次深刻改造。黄远庸远远超越他的同代人,"给'思想'赋予了统摄人类活动并创造文化差异的关键作用"[3]。他所号召的是一次彻底的思想革命。

1915年圣诞节,到达旧金山之后不久,黄远庸遇刺。[4] 他的名字几乎被后来的知识分子完全遗忘了,但他对中国思想界的弱点毫无保留的批评,以及他对思想革命的强烈呼唤,与此后崛起的新文化运动者发生巨大的共振。黄远庸后来被胡适尊为中国新文化运动最重要的先驱之一,而胡适也更愿意把新文化运动称为"中国文艺复兴"。[5] 黄远庸对"毒"或传统中国文化的致命弱点的深刻反省,也直接影响

---

[1] 这五篇文章被收在黄远庸:《远生遗著》第一卷,商务印书馆,1920年,第123—166页。关于这五篇文章的阐释,见胡志德:《把世界带回家:西学中用在晚清和民初中国》,第211—216页。

[2] 黄远庸《忏悔录》,《远生遗著》第一卷,第123页。

[3] 胡志德:《把世界带回家:西学中用在晚清和民初中国》,第211页。

[4] 黄远庸遇刺仍旧是件疑案。在他死后人们认定是袁世凯下令刺杀他的,但是后来的研究指向孙中山才是真正的主谋。

[5] 胡适:《五十年来中国之文学》,《胡适全集》第二卷,安徽教育出版社,2003年,第309—310页。

了陈独秀。[1] 黄远庸最后的遗作之一，是一封致自由知识分子章士钊的信，章士钊将其发表在自己主编的刊物《甲寅》1915年11月号上，而当时陈独秀正是该刊的助理编辑和撰稿人。这封信宣布拯救中国的最终出路是"新文学"，或者在更广的意义上，是"新文化"[2]。

黄远庸对文化革命的呼吁受到章士钊的批判，后者鼓吹宪政改革，对"新文化"缺乏兴趣。但黄远庸的话在陈独秀心中得到共鸣，他在黄远庸来信刊登在《甲寅》最后一期时，已经创立自己的刊物《青年杂志》。陈独秀的刊物第二年更名为《新青年》[3]；很快，陈独秀就举起思想革命、文学革命和反对儒学的整体文化革命的大旗。黄远庸的思想被陈独秀和他的同志们延续下去了。1915年黄远庸最后的远航，标志着"老少年"历险的终结；与此同时，"新青年"的成长正要开始。

---

[1] 关于黄远庸对陈独秀的影响，见沈永宝：《黄远庸与陈独秀》，《复旦学报》1992年第3期，第57—64页；关于黄远庸对胡适的影响，见沈永宝：《〈文学改良刍议〉探源》，《上海社会科学院学术集刊》1995年第2期，第184—192页。

[2] 黄远庸：《远生遗著》第四卷，第189页。

[3] 关于陈独秀与《甲寅》撰稿人的关系，见孟庆澍：《〈甲寅〉与〈新青年〉渊源新论》，《中国现代文学研究丛刊》2010年第5期，第1—9页。

第三章 『新青年』的成长:『五四』与现代小说的诞生

对"五四"时期长大的青年一代来说，陈独秀主编的《新青年》杂志有着十分深远的影响。在一些著名的现代小说中，阅读《新青年》是一个重要的时刻，青年获取现代思想，并由此开始追寻一个更理想化、更进步，甚至更年轻的崭新自我。在巴金的《家》中，高氏兄弟热情地讨论《新青年》上的文章，就连唯唯诺诺、总是向族长低头的大哥觉新，也在阅读《新青年》后感到自己逝去的青春被唤醒了。[1]在《倪焕之》中，主人公经历一系列事业和家庭方面的挫败，理想开始熄灭，但各种新文化期刊重新激励了他，让他心中再次点燃理想，人生重新开始。[2]在茅盾的《虹》中，梅行素也是在阅读《新青年》后，深感自己脱胎换骨，变成了一个有着个体自觉和独立精神的新女性。

"新青年"是民国初期一代人共同的名字，在20世纪一二十年代，他们响应《新青年》的召唤，对抗自己的家长、当权者，乃至整个中国文化传统。"新青年"一代的自我塑造方式激发新文学的诞生，而

---

[1] 巴金：《家》，《巴金全集》第一卷，人民文学出版社，1986年，第36页。
[2] 叶圣陶：《倪焕之》，《叶圣陶集》第三卷，第186—187页。

新文学发展的顶峰正是中国"成长小说"的崛起。这样一种小说聚焦"新青年"的主体意识的发展，和一种新历史意识的形成，将青春写入历史，随着人生旅途而展开，在社会剧烈变动的背景下，既写出青年主人公的精神发展，也预言着民族重获青春的伟大前景。

本书第三章和第四章是一个整体，其中钩沉新文化运动兴衰过程中"成长小说"的出现与形成。讨论主要围绕两部讲述新青年生活的长篇小说《倪焕之》和《虹》展开。这两部小说都创作于20世纪20年代末期，距离新文化运动的高峰——五四运动——几乎过去十年。此时出现的"成长小说"最主要的特点是：回顾式的时间线索在青年成长过程中增加了自我反思的维度，这种叙述形式一方面让青春理想延续下去，但另一方面也表现出自我与社会、理想与现实之间不断加剧的矛盾。本章首先探讨《倪焕之》的历史背景和文学特征，这部小说第一次体现出将新青年的故事历史化的努力，此后茅盾的早期小说对此有所延续。[1]

启蒙的情节

"新青年"理想之所以吸引青年，或许是因为前所未有地强调其自主性。《新青年》创刊词开篇便是陈独秀对年轻读者的紧急号令："予所欲涕泣陈词者，惟属望于新鲜活泼之青年，有以自觉而奋斗耳。"正如林毓生所述，陈独秀敬告青年的呼吁可以总结为"要求独立，活力，

---

[1] 茅盾：《虹》，《茅盾全集》第二卷，人民文学出版社，1984年，第45页。

甚至激进,以期他们实现自我觉悟,开始斗争"[1]。在鲁迅的短篇小说中,传统是令人窒息的,甚至是吃人的,迫切的任务便是将中国青年从死亡的重压下解救出来。陈独秀为新青年确立的价值是自主、进步、进取、世界、实利、科学,正相对于他在中国传统青年身上看到的负面价值:奴隶、保守、退隐、锁国、虚文、想象。[2]

通过陈独秀及其同志们的努力,独立自主、自我意识和个人自由都写入了青春话语之中。至少在表面上,新青年话语迥异于梁启超的少年中国说。它不仅体现民族重获青春的欲望,更是在个人层面提倡自主性。陈独秀的最终目标是为中国的未来铸造一代强大的国民,[3]但他更迫切的目标则是废除儒教家长制,打破其他阻碍个人发展的传统枷锁。青年受到感召,去反抗既成秩序、追求个人自由,以及铸造强大自我。陈独秀们相信,民族重获青春的成功与否,取决于每一个体青年的自决。《新青年》最重要的初期撰稿者之一高一涵(1885—1968年),在《共和国家与青年之自觉》这篇长文中,解释受到启蒙的青年在中国政治前途中所扮演的具有决定性的重要角色:"惟在青年之能改造时势,不为旧说所拘。"[4]

和在《新青年》创刊那一年死去的黄远庸一样,陈独秀也进一步认识到,民族重获青春的办法,与其说是政治改革,不如说是文化革命。

---

[1] Lin Yü-sheng(林毓生), *The Crisis of Chinese Consciousness: Radical Antitraditionalism in the May Fourth Era*(《中国意识的危机》), University of Wisconsin Press, 1978, p.65.
[2] 陈独秀:《敬告青年》,《青年杂志》第一卷第1期。
[3] 陈独秀:《1916》,《青年杂志》第一卷第5期。
[4] 高一涵:《共和国家与青年之自觉》,《青年杂志》第一卷第1—2期。

"新青年"正是在"文化"启蒙——而非政治变革——中被构想出来的。从一个更大的历史背景的角度看,当袁世凯复辟的意图让投身政治事业的中国知识分子感到心灰意冷之后,波诡云谲的国家局势可被归纳为一次从政治角斗场到文化舞台的转移。如同李大钊、高一涵等其他撰稿者一样,陈独秀在这一时期也从政治活动家变成了文化领袖。

新文化运动的第一个重大成就,也正是为《新青年》所倡导和实施的"新文学"。《新青年》刊发用现代白话文写作的论述、短篇小说、自由体诗歌、话剧,造就了强烈自我表达的风格,中国现代文学由此登上舞台。陈独秀、胡适、钱玄同(1887—1939年)、鲁迅、周作人(1885—1967年),以及其他很多知识分子所创造的,是一种文学话语的新形式,强烈影响到年轻人理想、情感和意识的表达结构。"新文学",或是从更大意义上来说的"新文化",致力于创造中国前所未见的现代主观意识,这样的文化地震影响深远,打破了传统文化的既成制约,在情感、性别和身体等各个方面,覆盖所有思想及技术层面上对个人的建构。[1]

《新青年》中有讨论如何通过美育和体育来重塑青年"新"自我的议题。北京大学校长蔡元培的论文《以美育代宗教说》强调现代教育中的艺术感性,同时有一个名不见经传的作者写作《体育之研究》,强调了新青年强身健体的重要性,[2] 这位作者正是毛泽东,他当时

---

[1] 关于新文化理念在现代中国身体意义的讨论,见黄金麟:《历史、身体、国家——近代中国的身体形成》,联经出版公司,2001年。

[2] 蔡孑民(元培):《以美育代宗教说》,《新青年》第三卷第6期;二十八画生(毛泽东):《体育之研究》,《新青年》第三卷第2期。

二十四岁，在北大图书馆担任管理员。

说到情感和性，如郁达夫（1896—1945年）著名短篇小说《沉沦》（1921年）这样的新文学作品，为反抗社会教条的青年们的情感和性经历，打开了一个坦白、无畏的表达空间。周作人极力维护被批判为"不道德"的《沉沦》，将其称为"literature for the initiated"（受戒者的文学），并列出各种性欲的精神分析范畴，包括他苦（施虐）、自苦（受虐）、展览（暴露癖）和偷窥，并指出这些都是人生中的平常的性生活的基础。[1]对于年轻女性性意识和追求"自由恋爱"的大胆、前卫的描写，则可见于一些女作家们的作品，如冯沅君（1900—1974年）的《隔绝》，通过第一人称的角度，揭示恋爱中年轻女性内心的渴求。"五四"时期出现了具有理想主义精神的"新女性"和年轻的背德者，情爱话语在文学和大众想象中激活性别的动力。与其前后相比，这段时间或许是中国历史上对于性解放、女性解放，以及追求个人自由最为开放的年代之一。

如果说新文化运动可以被视为中国的"启蒙运动"，那么理论家们后来对启蒙的批评解析和解构，如福柯对"把自己作为一个独立个体"的质疑[2]，也从当代的视角启示了对新青年的重新思考。一个很重要的争论点是，康德要求从受人教导的状态中解放出来的律令，在陈独秀的中国境况中获得呼应，但或许与阿尔都塞所定义的"询唤"微妙

---

[1] 周作人：《沉沦》，《周作人散文全集》第二卷，广西师范大学出版社，2009年，第536—540页。

[2] Michel Foucault（米歇尔·福柯），"What Is Enlightenment?"（《什么是启蒙？》），in *Essential Works of Foucault*（《福柯选集》），vol. 1, The New Press, 1998, p.307.

地融合起来。[1]为了回应陈独秀的"敬告青年",《新青年》的读者个体,努力地成为一个合格、自主的新青年,从而满足普遍的新标准。"新青年"不仅仅是个人宣称的身份,而且是一种超越个人的身份,是所有人都渴望企及的理想楷模。就此而言,启蒙展开了一个吊诡的情节:个体自决是获取自我意识的过程,而自我意识又被外在于自我的技术所塑造。

为了更好说明我的观点,在此我引用中国现代文学中最著名的新青年形象——巴金《家》中的主人公高觉慧。与倪焕之一样,觉慧也是通过阅读《新青年》获得了青年的独立、反叛意识。《家》中的一个段落,冗长地表达了觉慧自我意识到要做一名青年的誓言:"他皱紧眉头,然后微微地张开口加重语气地自语道:'我是青年。'他又愤愤地说:'我是青年!'过后他又怀疑似地慢声说:'我是青年?'又领悟似地说:'我是青年,'最后用坚决的声音说,'我是青年,不错,我是青年!'"[2]这是一段笨拙的描述,将觉慧描写成一个严格要求自己、热情洋溢,又有些天真的人。在"五四"之后的新文化传统中,觉慧成为那些想要与传统父系社会决裂的年轻读者们所心仪的偶像。[3]然而,这一人物塑造很明显缺乏深度和复杂性。在以上引文中,对其新青年身份建立坚定信念,这件事并没有唤起他对这个身份的自省。相反,觉慧不断重复的自我辩论导向一种天启式的、不证

---

[1] Louis Althusser(路易·阿尔都塞),"Ideology and Ideological State Apparatuses"(《意识形态和意识形态国家机器》), *Lenin and Philosophy*, Monthly Review Press, 1971, pp.127–186.

[2] 巴金:《家》,第216页。

[3] 很多关于中国青年在20世纪30—40年代热议巴金《家》中高觉慧的例子,见辜也平:《巴金创作的接受研究》,《巴金:新世纪的阐释》,陈思和、辜也平主编,福建教育出版社,2002年,第76—81页。

自明的誓言，这并不是建立在理性和对现实理解的基础上。觉慧口中"我是青年"的誓言被放置在一个自我发掘的瞬间，但若将之置放在启蒙的情节中，以及新青年一代所接受的文化构造之中，这个瞬间的宣誓，不过是对"敬告青年"一个机械性的答复。

觉慧的例子显示了"新青年"话语的一个最重要的特征：青春的光芒只在宣誓的时候才会赋予个体，换言之，青春理想只有在被回应的时候，才会成为一个青年的特征。青春更是一种表演。启蒙的情节可以被看成一个交换行为，青年的个体自决，只有在服从一种文化律令之时，才会确立自我身份，但与此同时，也将自身投入了一个更大的机制或组织建构之中。

"新青年"的激进化

直至1919年年初，《新青年》依然主要是一份宣扬新文化的杂志。然而，由于"新青年"作为新文化的象征喻体是躁动不安的，新文化运动所释放的动能也摧毁了自身的连贯性和稳定性。《新青年》从一份起初致力于思想启蒙和文学革命的期刊，转变为一份纯粹的政治刊物，其原因并不是早期历史学家所认为的那样，仅仅是编辑部中不同观点所导致的突然改变[1]：1917年，当包括胡适、钱玄同、李大钊、鲁迅和周作人在内的几个重要新文化领袖都加入了陈独秀的事业，轮替担任《新青年》的编辑时，他们决定至少在二十年之内远离政治，

---

[1] 从1921年开始，《新青年》成为同年刚成立的中国共产党的机关报。

以便去进一步推进思想启蒙和文学革命。他们希望通过把自律的努力化为一种形式化的制约,为未来的政治事业奠定文化基础。然而,不到两年,陈独秀和李大钊在政治上表现出激进立场,公开宣扬马克思主义,《新青年》同事之间的思想裂隙开始出现。

然而,《新青年》编委会中的意见分歧,或许不似表面那般绝对。例如,胡适和陈独秀对于思想启蒙和政治参与的不同主张未必是相互对抗的。虽然胡适一心坚持对启蒙和文学现代化的追求,但他在1920年从《新青年》退出,于两年后创办的期刊《努力周报》,并非没有政治色彩,而是有着对"好政府主义"的热烈支持。发生在像陈独秀那样致力于政治斗争的激进主义者和像胡适那样试图与政治保持距离的自由主义者之间的分歧,并没有阻碍这看似针锋相对的两组人群在更深的层面上渐渐有所交集。事实上,陈独秀与胡适都是通过文化的路径抵达政治。正如王晓明在评价围绕《新青年》的知识分子的文化政治态度时所指出,"离开是为了更好地返回,从非政治的因子入手,目的却还在政治上面,这就把他们那份深藏的政治动机,表达得更明白了"[1]。

对于围绕《新青年》的知识分子来说,文学革命和思想启蒙虽在一开始就有着重大意义,但他们的计划却扎根于一项更加有野心也更有挑战的目的,即拯救和改革中国,以及把这个国家推向现代化。虽然文学是他们所选择的纪律约束,作为一个文化事业的运动却无法避免其内部的瓦解。新文化运动的性质并不像其倡导者所声称的那样确凿和可预期。

---

[1] 王晓明:《一份杂志和一个"社团"——重识"五四"文学传统》,《上海文学》1993年第4期。

就以上这一点，我并不打算深究《新青年》编委会的政策变化及其复杂的政治目的，我更感兴趣的是"新青年"在新文化运动中作为核心象征的意义。《新青年》的编辑致力于为中国启蒙运动赋予一个绝对形式，但从象征意义上来说，他们打造了一个内在无比躁动的"青春"喻体。在此，我对新文化运动的激进化转向，提供一个不同的解释：《新青年》编辑部文化政治的快速转变和最终瓦解，可以用一个平行的隐喻来理解，即想要给青春"定形"的意图与青春"无形"躁动对此的抵抗，这两者之间发生碰撞。

当陈独秀及其同僚第一次将"新青年"的形象呈现于世时，它便是作为一个民族重获青春和个体自决的"合体"出现的，即便陈独秀有意地强调后者。从更深的层面来看，当后来的社会批评家和文学家就文学（启蒙）跟政治之间的分歧发起辩论时，"新青年"的形象其实早已模糊了这两个领域之间的界限，并将它们融为一个看似"统一"的整体——青年的崇高形象将政治意图编码在启蒙话语之中。

新文化运动引发中国社会不同层面的连锁反应：从文学革命到伦理革命，从文化运动到不可避免的政治运动。倾注于"新青年"形象中的期待，最终指向致力于变革全社会的政治行动。"新青年"也走出其发明者的想象，化身为革命学生。1919年5月4日，成百上千的中国青年在北京集会游行，抗议北洋政府签订的《凡尔赛条约》。五四运动的开始既是新文化运动的高潮，也是其转折点。新文化运动作为一场启蒙运动，因为五四运动中的激进政治变得更加复杂化了。五四运动后不久，中国共产党建立，陈独秀和李大钊是其创始人，许多新文化运动的重要参与者也成为早期党员。

当有组织的政治活动开始将中国青年引导走向革命道路,"新青年"同时被这种更加具体的政治行动激化和感染。参与政治行动或许是宣泄年轻人反叛情感的最终途径,然而,当他们被鼓动并被作为革命的力量来使用时,青年们抵抗任何形式限制的冲动与革命组织所要求的服从之间的关系变得尤为紧张。当"新青年"转变成为"革命青年",中国青年们在此后数十年中,卷入一系列的政治运动中,他们永不止息的躁动将会在青春成为革命的象征时引发更多问题。正如我在下一章中进一步探讨的那样,在命令和自由之间、在服从党派政治和自决之间的种种冲突,将会成为中国成长小说的推进力,使其复杂化,并获得独异的特征。

老去了的"新青年"

直至五四运动之后的十年,叶圣陶、茅盾以及其他作家才开始以现代西方小说的形式来叙述新青年的成长经历。他们创作了最早的现代中国长篇小说,这从根本上区别于传统形式的中国白话小说。这些作品与众不同且极具"现代"特质的地方,不仅仅是它们与西方小说情节结构和人物塑造上的明显相似,而且还在于它们展现了一种必要性,即表现"新青年"在现代世界背景下成长经历的形式必要性。通过和传统文学叙述方式的对比,可以辨识这些小说的创新之处。个人与社会的和谐是传统要保护的,而个人和社会的分离及相互的激烈变化,则是描述"新青年"的成长小说所具有的标志特征,现代小说呈现的青年成长，被表现为精神上的旅程，与社会准则决裂，在传统观念以外建构新的主体性。与此同时，现代中国小说对"新青年"个体发展的聚焦，也体现出一种从老大帝国转变为现代中国的历史进步。

但是"历史进步"又是如何衬托"新青年"的成长经历呢？茅盾作为文学革命的主要倡导者，以及试图定义中国现代小说形式的最重要作家之一，他所给出的答案指向了一个复杂的状况。1929年5月4日是五四运动十周年，为纪念这个日期，茅盾写了一篇长文，评论一年前连载于《教育杂志》的《倪焕之》。[1] 茅盾的讨论聚焦于倪焕之的人生故事所表现的"时代性"，他高度评价这部小说，因其生动地展现"'五四'对于一个人有怎样的影响"[2]。这样说的时候，他脑海中或许还有他本人于1927年秋至1928年春创作的《蚀》三部曲。茅盾在文章开篇就对五四运动的后果做出十分悲观的评论：

> 现在是整整十年了！"五四"的壮潮所产生的一些"风云儿"，也早已历尽了多少变幻！沿着"五四"的潮流而起，又跟着"五四"的潮流而下的那一班人，固不用说；便是当时的卓然的"中坚"却也很令人兴感。病死的，殉难的，退休的，没落的，反动的，停滞的，形形色色，都在历史先生的跟前暴露了本相了。时代的轮子，毫无怜悯地碾毙

---

[1] 《倪焕之》自1928年1月至12月连载于《教育杂志》。它于1929年8月在上海开明书店以书的形式出版。

[2] 茅盾：《读〈倪焕之〉》，In *Modern Chinese Literary Thought*, edited by Kirk Denton, Stanford University Press, 1996，p.296。

了那些软脊骨的！只有脚力健者能够跟得上，然而大半还不是成了 Outcast！[1]

茅盾文章后半部分的详细分析表明，他对于五四运动的批判性态度主要基于五卅运动之后的社会激变，他将其定义为一个由无产阶级工人扮演领导角色的新时代。五卅运动发生于1925年，是一场全国范围的反帝示威运动，是中国革命的新篇章。如果说五四运动被看作新文化运动的政治化高潮，那么中国知识界进一步的激进化，可以理解为五卅运动的结果。

20世纪20年代末期，像茅盾那样的激进知识分子们，更加青睐共产主义理论家倡导的社会主义理想。新文化运动中的人文主义和个人主义色彩渐渐褪色。仅仅几年不到，中国新文学的口号便从"人的文学"变换为"普罗文学"。[2]正如批评家成仿吾（1897—1984年）所述，中国知识界的旗帜从"文学革命"变成了"革命文学"。[3]在五四运动全盛期塑造的中国青年，此刻卷入了革命的狂飙。一个新的历史方向被指出来，即左翼政治理念定义中历史进步的明确路线，如德里克（Arif Dirlik）所说："激进知识分子们在很短时间内，便把对人生意

---

[1] 《倪焕之》，《教育杂志》，第289—290页。

[2] "人的文学"是由新文化运动的重要知识分子周作人提出的。见周作人：《人的文学》，In *Modern Chinese Literary Thought,* edited by Kirk Denton, Stanford University Press, 1996, pp.151—161。"普罗文学"最早被创造社作家所主张，例如郭沫若和成仿吾。见成仿吾：《从文学革命到革命文学》，《创造月刊》1928年第9期。

[3] 成仿吾《从文学革命到革命文学》。

义的追求转变为政治机构的建立,其中所有相关意义问题都归结到一心闹革命这个目标之中。"[1]

1929年是中国共产党所资助的中国左翼作家联盟成立的前一年。[2] 左联旨在宣传普罗文学,将进步的左翼作家组织起来介入政治斗争。茅盾早已深知,迫在眉睫的革命将会永久改变他个人及其他许多人的生活。他将历史定义为"人们的集团的活力又怎样地将时代推进了新方向,换言之,即是怎样地催促历史进入了必然的新时代,再换一句说,即是怎样地由于人们的集团的活动而及早实现了历史的必然"[3]。在此,茅盾显然是以马克思主义对于进步运动的构想来理解历史的,并将引导革命的原则从个人主义更改为集体主义。

然而,定义历史的正确方向却不是茅盾写《倪焕之》评论的主要考虑。若仔细研读这篇文章,会得出一个暧昧的结论,因为即便他宣称自己获得了更"先进的"政治觉悟,他明显也对那些被视为"过时"和"落后"的人物心怀同情。他首先同情的便是倪焕之,一个他称为小资产阶级的知识分子的人物。依照茅盾的解读,这个人物完全明白历史的正确方向,并且用他的一生去适应这个方向,但是他显然是被"历史先生"的时代车轮碾毙的那些弃儿中的一员。虽然在小说的刻画中,倪焕之准备好拥抱"五卅的怒潮"带来的政治新思想,踏上前往上海参加运动的旅途,但"在局面陡然转变了时,他的心碎了,他幻灭,

---

[1] Arif Dirlik(阿里夫·德里克):*The Origins of Chinese Communism*(《中国共产主义的起源》),Oxford University Press, 1989, p.265.

[2] 关于中国左翼作家联盟的详细分析,见T. A. Hsia(夏济安):*The Gate of Darkness*(《黑暗的闸门》),University of Washington Press, 1968, pp.101-145。

[3] 茅盾:《读〈倪焕之〉》,pp.299-300。

他悲哀,他愤慨"[1]。

此处,茅盾笔下的"突变"暗指"大革命"的失败,即发生于1927年春夏的国共分裂。在两党合作讨伐军阀的北伐战争胜利后,国民党领导人蒋介石突然发起"清党",他计划将所有共产党从国民党军队和政府机关中清除出去。在上海、武汉等重要城市,共产党人被逮捕和残酷杀害。这或许是中国革命史上最黑暗的时刻,但也同时标志着一个新的革命起点,即共产党致力于独立建立自己的军事武装,并用独属于自己的意识形态去影响民众。文学被视为传播共产主义的最佳工具,1927年后,"革命文学"运动出现,并迅速繁荣。

然而,倪焕之无疑是被"突变"震惊的新青年之一,他并不知晓共产主义革命的新思想,无法从历史无常导致的绝望中自拔,他的死是最无意义的死。因此,茅盾在其文章中写道:"在近十年中,像'倪焕之'那样的人,大概很不少罢。也许有人要说倪焕之这个人物不是个大勇的革命者……但是他的求善的热望,也该是值得同情的。"[2]

茅盾的这份同情,预示着他会为另一种与"革命文学"截然不同的文学辩护。当《倪焕之》发表时,一个更进步的"革命青年"形象已经出现,它全身心投入政治运动,比"五四"新青年更加激进,甚至取而代之。持有这种立场的,是那些自称革命作家的年轻一代,毫不犹豫地抨击"落后"的老一辈"五四"作家。与鲁迅一起,茅盾也是他们的攻击对象。左翼批评家们指出茅盾最初的小说作品《蚀》三

---

[1] 茅盾:《读〈倪焕之〉》,pp.297。
[2] 茅盾:《读〈倪焕之〉》,pp.299—300。

部曲有着错误的政治立场。[1]通过对倪焕之的同情，茅盾写下的这篇长文实则所要辩护的不仅是叶圣陶的小说，也有他自己的创作努力——去表现如今被称为"老去了"的"新青年"一代的成长经历。

茅盾对理想幻灭的"新青年"一代的同情，将他对历史进步的构想复杂化了。在另一篇文章中，他指出五四运动是建立在资产阶级和小资产阶级的意识形态之上，并且已经在普罗革命中失去了其先进性，[2]此处无疑显示了茅盾赞同更激进的批评家们。但是，茅盾对于倪焕之人物性格的辩护，又体现出他对历史的另一层理解，即历史并不是向着未来的革命胜利这一预设目的展开的单向、线性的运动。

叶圣陶小说中的倪焕之，以及茅盾笔下的主人公们，似乎永远困在绝望和虚无之中，对他们内心的描写，与那些响应共产革命号召的进步青年形象截然相反。倪焕之和《蚀》里的人物代表理想幻灭的"新青年"一代，用茅盾的话来说，他们大多成了"历史的弃儿"（the outcasts of history）。对他们来说，历史是神秘、偶然、伤痛。在1927年春的残酷杀戮之后，倪焕之遭遇了残酷的死亡，茅盾《蚀》三部曲中的年轻知识分子则沉沦在绝望之中，再也不能重振他们的青春理想。叶圣陶和茅盾的小说都直接表现出作用于中国青年心理的历史暴力，由此书写出一个更具现实感的中国革命历史的复杂景象，这也是被"革命文学"常常遮蔽的。

在茅盾对从"五四"到"五卅"的历史运动的叙述中，存在着两种历史观的冲突，一种是左翼预设为历史进步的理想化大写的"历

---

[1] 钱杏邨：《从东京回到武汉》，《阿英全集》第一卷，安徽教育出版社，2003年，第258页。

[2] 茅盾：《五四运动的检讨》，《茅盾全集》第十九卷，第231—248页。

史",另一种是充满暴力和不确定性的历史。正如王德威指出,茅盾"可以说自己也在两条路中摆荡:一方面强调历史的神机妙算(deus ex machina),即总是朝向一个道德计划迈进;另一方面见证历史的偶然性,总是凸显了人生的反复无常。换言之,茅盾将他相信的历史与他所看见的、感觉到的历史混杂一处"[1]。这里面杂糅着茅盾对于"正确历史方向"信仰的踟蹰和他对自己亲身经历的直接感受。他所理解的历史应有的样子,体现了他对共产主义思想的接受,而他对中国现代历史的文学描述,却指向他在"五四"之后的创伤经验。

赞美《倪焕之》并自己也在创作小说的茅盾,勾勒出一个迥异于新青年的另类青春意象。真正让茅盾与批判他的那些批评家区别开来的,是他无法忘怀过去发生的事,正是后者造就了他对青春的文学描述。在《读〈倪焕之〉》中,茅盾批评那些一意孤行的"革命文学"的倡导者们有着不切实际的乐观理想,指出一味相信理想与现实会合二为一的天真想法,已经不能为历史带来一种理性认识。他认为《倪焕之》及自己的《蚀》表达出历史运动的复杂景象和参与者们的心理深度。按照茅盾的观点,倪焕之及《蚀》中的人物都驻足于历史的交叉路口,无法跨越过去与未来的界限,即便他们并非没有对过去的不满,也不是没有对未来的渴望。这是一个沉沦在苦楚之中的青年形象。虽然他很想毁掉过去,但他唯一能够诉说的也正是对过去的伤逝——那个已经变得陌生却让他无从逃逸的世界。

茅盾对倪焕之的讨论让人想起鲁迅笔下肩起黑暗闸门的古代英雄。

---

[1] David Der-wei Wang(王德威):*Fictional Realism*(《写实主义的虚构》),Columbia University Press, 1992, p.40.

正如夏济安所述，在这样一个文学形象中，"过去活在当下，魑魅侵袭理性"[1]。鲁迅如同他笔下的古代英雄一样，用他的一生肩起黑暗的闸门，救那些不属于黑暗时代的孩子，让他们去宽阔光明的未来。鲁迅于1919年写下这些话时，[2]是五四运动刚发生五个月之后，他笔下的"孩子"明白地指向新青年一代。然而仅仅十年后，"新青年"一代也"老去了"，或如茅盾所说，他们已经有了足够的过去而为之感到痛楚。他们也被困在了黑暗的闸门下，他们不是鲁迅那样的文化英雄，没有力量去肩起黑暗的闸门，也无法去明亮的未来。

就这点来说，这种"老去了"令人想到另一个文学形象，那便是处身于历史时间之外的"老少年"，吴趼人《新石头记》笔下的复活的贾宝玉。在作为"老少年"的宝玉身上，与历史时间交错的感受来自他已经被剥夺的青年身份，宝玉在小说描绘的时空中已然不算是一名少年，却仍然向往自己是年轻的，能够赶得上历史的步伐。在此，我想要借用吴趼人"老少年"的第二层意思，去理解《倪焕之》及《蚀》对青年知识分子们的虚构呈现，在20世纪20年代后期的历史背景下，叶圣陶和茅盾小说中所刻画的人物也变成了"老少年"，他们的青春已经无法融入新的历史方向，历史的发展已无须他们参与其中，他们被放逐于更为"进步"的未来历史的演进之外，陷于失去了意义的时间的围困之中。他们身陷忧伤和绝望的过去之中，成为永恒的无目的的流浪者。

"新青年"没有在变成熟的意义上"老去"。成熟意味着一个人

---

[1] T. A. Hsia（夏济安）, *The Gate of Darkness*（《黑暗的闸门》）, p. 147.
[2] 鲁迅：《我们现在怎样做父亲》，《鲁迅全集》第一卷，第134—149页。

经受了苦难的折磨,完成了自我修养,预期最终能从过去跨越到未来,从天真跨越到经验。然而,茅盾用虚构小说刻画的"新青年"一代变成的"老少年",却从未在完成成长的意义上变得"成熟",历史对他们来说是陌生而暴力的,真实的世界无从对付,也不可理喻。从更深的层面上讲,"老少年"不算是一种负面形象,而是"新青年"停滞不前的形象。青年因其可塑性与变动性,永远在一个"形成"(becoming)的过程中,对静态和形式化有着永远的挑战。但"老少年"并不是"形成"过程的终点,他只记得自己曾经要成为什么,却从未完成,虽然那是令人神往的,他却最终失去了它。"老少年"所想象的时间是过去式的,他只能通过回顾已经发生的事情来认识和理解自己。在这个层面上,"老少年"是对于曾经有过的青春的追忆。重要的是,在现实世界失去青春活力之后,"老少年"更能够认知"曾经年轻过"的感受,并不断在想象中让它重现。因此,我们也可以说,"老少年"给予"新青年"一个可观可感的形态,而"青春"原本是无法被形式化,也无从保留的。

"新青年"到"老少年"的转变使青春成为可以叙述的形式。对比活在当下的无形之中的"新青年"或"革命青年","老少年"面对已逝的过往和未知的将来,这一形象停在过去与未来的间隙。在"老少年"的形象中,经验获得可以感知的形式。从"新青年"到"老少年"的转变,是描述现代中国青年成长的小说叙述最初的动力。这样一个重构的叙述,主要受到"新青年"未实现的理想驱使,在内心与经验、抽象与物质、叙述与历史错开的境况中"老去",从而使现代小说展开一个更为复杂的情节。

因此,在五四运动过去十年之后,"新青年"一代的成长经历有了被叙述的可能，也在"新青年"被视为"老去"之后，变得不可或缺。正如茅盾所说的那样，叶圣陶的《倪焕之》是在"五四"影响下，用虚构小说描述历史背景下青年心路历程的第一个有意义的"果实"。在这部小说中，从"新青年"到"老少年"的转变，是小说情节设计中的一个关键因素，因而定义了中国成长小说的叙述模式。

循环往复的开端和终结

倪焕之人生故事的叙述，开始于他沿着吴淞江前往一座小城的旅行，他即将在那座小城开始一段教书事业。正如本书开头所述，这个年轻人想象着未来，人生新的一页的"开端"让他兴奋不已。"开端"的意义被放大为一个绝对的符号，喻示着他对新的人生饱含青春热情的渴望，无论是自己的人生，还是国家的命运，都将随着"开端"的到来，而开始变得美好。

在现代中国的文化语境中，"开端"是最直观的符号，标志着新的历史意识，在更大的意义上，开端喻示着国家与民族的复兴。辛亥革命、新文化运动、五四运动，以及中国共产党的建立，都被看作伟大的开端。对于中国进步知识分子和革命家来说，最为迫切的任务是在中国历史中构想、建立、重置一个全新的开端。青春与这种对开端的迷恋关系密切：青年是人生的开端，在象征的意义上，少年中国的理想激发起的想象，也是中国走向进步的新开端。

倪焕之作为一个成长在清末民初的中国青年，也不例外地被"开端"的念头吸引。对他来说,开端的意义既关乎个人,也有关国家命运。他渴望开始新的生活,希望最终能在中国历史上参与撰写新的一页。倪焕之人生故事的叙述,从这样一种双重的痴迷而开始:个人的开端也被当作全新历史时代的开端。然而,叙述中"开端"的意义被接下来的描写复杂化了。第一个信号就出现在小说的开端,作者描写主人公憧憬新的人生:"他感觉烦闷的生活完全过去了,眼前闷坐在小舱里,行那逆风的水程,就是完篇的结笔。"[1]对于倪焕之来说,开端是在他人生前一个篇章结束后才出现的。这一段描写传达的含义是"开端"本身并不具有价值,它只有在对照被视为过去的终结时才有意义。

此外,在第一章描绘了倪焕之对人生新开端的渴望之后,接下来两章呈现的是他已成过往的早期生活,而非立即跟着他的脚步去往新的人生。倪焕之的教育始于科举考试的最后几年,他的家人期待他在十岁那年去参加科举考试,因此,他的人生开端本来是要按照传统轨迹让他变成一名中国的秀才。但清政府不久即于1905年宣布废除科举考试。像成千上万的中国学子一样,倪焕之必须找寻新路去接受教育并让自己脱颖而出。如同鲁迅、胡适、郭沫若,也如同叶圣陶一样,他在一所新式学堂求学,深深着迷于现代科学和社会理想。倪焕之目睹了辛亥革命的爆发,感到年轻的力量注入身体——焕之"觉得与往日不同,仿佛有一股新鲜强烈的力量袭进身体,遍布到四肢百骸,急于要发散出来"[2]。

然而辛亥革命之后,倪焕之很快陷入失望。民国的建立并没有造

---

[1] 叶圣陶:《倪焕之》,第6页。
[2] 同上书,第23页。

成任何有意义的改变。倪焕之从公立学校毕业后,连一份满意的工作都找不到。在接下来的几年里,他因不满政治现状以及青春的苦闷而身心经受折磨。在某些时刻,他已经感觉不到自己还是青年,青春的气概都消逝了。因此,这个年轻人的生活态度开始变得悲观:"他开始感觉人生的悲哀。他想一个人来到世间,只是悲角登场,捧心,皱眉,哀啼,甚而至于泣血,到末了深黑的幕落下,什么事情都完了。"〔1〕就在这样一种低落的情绪中,倪焕之收到好友金树伯的邀约,聘请他去新建立的实验学校执教。

在勾勒倪焕之到此为止的人生轨迹——到他找到人生新的开端,去甪直的实验学校教书——的过程中,很容易看出来,在他来说,对"开端"的热情并不完全是一种新的体验。在任何一次他认为之前的篇章完篇结笔的时候,他都会有这样的感觉。在这个意义上,《倪焕之》这部小说的"开端"被赋予前所未有的意义,正是因为这个"开端"包含着之前篇章的结束,而之前的篇章已经写到理想的沦落,人生的落寞,国家的无望——一切事物的终结。就是这样一种强有力的终结,才迸发出倪焕之人生中一个崭新的开端。显然,这个开端不仅关系未来,也作为一个转折点,开启与先前截然不同的人生。因而,这个开端并不是凭空而来,而是来自过往的终结。

然而,我们若更进一步在历史的长远背景下观察有关倪焕之人生的叙述,便会发现终结的感觉不仅存在于已经结束的过去,也同样在未来的终结之中。作者是在和他自己一样的"新青年"主人公死去的历史时刻写下这个故事,或者说,倪焕之的人生故事唯有在抵达终局后,

---

〔1〕 叶圣陶:《倪焕之》,第25页。

才具有叙事的形式。即使是在小说的开头，当倪焕之即将踏上充满期许和兴奋的旅途，打开人生新的一页时，终结的感觉已经是开始的感觉之所以存在的先决条件。在此，结束的意义不仅可被理解为过去的终结，也暗示着未来的收场。

彼得·布鲁克斯（Peter Brooks）曾指出结局在叙述过程中的决定性意义，认为所有的叙述"本质上都是讣告"[1]。"讣告"这个词用在对叶圣陶的分析中十分恰当，因为是倪焕之的死使其人生故事成为可叙述的情节。终结给予叙述以一种彻底迥异于开端的意义：开端是概念性的，朝向未来，许诺着希望以及理想的实现；终结则将叙述收束为对过去的回顾，停止了时间的流动，结束了青年的自我发展。

倘若我们将对开端的迷恋看作对历史加以理想化的关键，那么终结则意味着可预期的线性历史时间的断裂和崩溃。然而，也正是终结以回顾的方式重构了一个时刻，将之置于一切发生之前，因此可以让叙述获得完整的形式，换言之，正是在终结中产生了找寻开端的欲望。开端不断地被重新构造，重新命名，正如倪焕之的人生故事所体现的那样。在《倪焕之》的叙述框架中，历史呈现为无穷尽的时间轮回，周而复始地回到起点，每个起点都产生于许许多多的结尾中，而所有的结尾都标志着起点所蕴含的远大前程的夭折。

发生于开端与终结之间的，用布鲁克斯的话说，是"一种分叉或者偏离，一种延宕，一种剥离，回到没有生命的状态"。布鲁克斯运用弗洛伊德（Sigmund Freud）死亡本能的理论，将叙述的母体情节总

---

[1] Peter Brooks（彼得·布鲁克斯），*Reading for the Plot*（《为情节而阅读》），Alfred A. Knopf, 1984, p.95.

结为:"至少是有一些复杂的迂回,一种故意制造的偏离。"[1]在《倪焕之》中,这个情节造成了开端与终结的循环往复,亦是这两者之间的连接,而这也不断地推迟着最终结局的到来,即青年死亡的时刻。

在这部小说中,很容易发现循环往复的情节结构:一系列的沮丧与幻灭总是跟随在向前向上的奋斗之后,因而促使主人公通过确认并重置过去的终结,去找寻另一个新的开端。倪焕之被描述成一个游离于希望和绝望之间的青年,他的人生故事在从理想到幻灭的轮回中展开。理想是可变的,但是现实却总是残酷而陌生。理想本应影响着他的人生,但他的生活却是一成不变的:由此产生的迂回的情节,以叙述的形式,连接起标志着理想的开端和表现理想丧失的终结。

无论有多沮丧、失望和幻灭,青年还是会一次又一次地召唤信念,重获青春的动力。他的旅途仍在继续。在讨论小说的内在形式是有问题的个体走向自我认知的旅行之后,卢卡奇也说过:"在获取了这样的自我认知后,由此形成的理想会作为一种内在的意义,让个体人生活跃起来;然而实际发生和应该发生之间的冲突却没有消除,也在这种种事件发生的环境中不能消除。"[2]卢卡奇有关欧洲成长小说的观念,背后有着一种乌托邦式的信念,即相信理想与复杂人生之间的统一可以在成长的过程中实现。然而,就像他随即指出的那样,这样的统一也是极其矛盾的,皆因主观与客观、自我与世界,以及在他年轻的黑格尔式的话语中提到的灵魂与形式——这些范畴之间永恒的不可兼得。

---

[1] Peter Brooks(彼得·布鲁克斯), *Reading for the Plot*(《为情节而阅读》), Alfred A. Knopf, 1984, pp.102-103.

[2] Georg Lukács(卢卡奇), *The Theory of the Novel*(《小说理论》), The MIT Press, 1971, p.80.

《倪焕之》是最早一部在形式上与欧洲成长小说具有高度相似性的现代中国小说，这些相似性表现在自传叙述、心理上的问题性，以及展现主人公成长过程的情节等许多方面。但倪焕之的理想及他自己的成长，不能仅仅用统合理想和现实的个人信念来理解。正如茅盾所诠释的那样，倪焕之人生的动力，也来自追求"新的历史方向"的渴望；他的人生并不是开始于清晰的自我认识，而是始于他获得一种历史意识。卢卡奇曾指出，法国革命"首次将历史变成了大众的经历"[1]；如同叶圣陶在小说第二章所示，辛亥革命没能完成政治变革，以及接踵而来的灾难性战争，也让许多敏感的中国知识分子们明白，自己的存在是受历史限制的。在《倪焕之》中，正是辛亥革命让主人公有了比自我认知更远大的理想，那便是关心历史进步的宏大想象。因此，在《倪焕之》中理想与现实之间的裂隙也更为深不可测。

正如萨义德所述，"开端其实是一种暗示着折返和重复的活动，而非简单的线性圆满"[2]。在有关倪焕之人生故事的整个叙述中，每当有必要打破理想的僵局，重新开启人生的新篇章，开端和终结的轮回便如此循环出现。在小说中，辛亥革命后的几年里，倪焕之经历对政治的幻灭，继而在一个较小的意义上，开始因教育改革而重获希望，但随即也以失败而告终，进而陷入更悲凉的绝望。后来，他相继对爱情和社会改革滋生新的理想，却再次因日常生活的无意义而感到受挫，

---

[1] Georg Lukács（卢卡奇），*The Historical Novel*（《历史小说》），University of Nebraska Press，1983, p23.

[2] Edward Said（萨义德），*Beginnings: Intention and Method*（《开端：意图与方法》），Columbia University Press, 1985, p.xvii.

并中断了为自己和国家的理想而做的努力。我们将在下一节讨论情节发展中这些具体的起起伏伏。

作为教育小说的《倪焕之》

《倪焕之》的叙述焦点是教育主题,教育是启蒙的具体形式,也是主人公在五四运动之前及之中,在新文化整体趋势影响下实现其理想的途径。与新文化运动的倡导者一样,倪焕之在对政治感到幻灭后,也开始把教育当作一个严肃的理想。他与好友金树伯辩论道:"教育事业是培养人的,——人应该培养成什么样子?人应该怎样培养?——这非有理想不可。"[1]

倪焕之将金树伯所建议的教书机会看作他人生的新开端。他钦佩这所实验学校的校长蒋冰如,蒋的实验教育理想激起倪焕之心中的理想和热情,也正是这些理想,让他将教育视为严肃的事业,而非仅仅是"弄着玩"。到达学校后,当听蒋先生解释他对教育目标的理解与主体人格的养成密切相关,倪焕之立刻发现自己与蒋先生志同道合。因为他们都反对将教育当作工具的流行见解,后者将教育简化为纯粹的知识和学术,这让他们之间的共鸣更进了一步。倪焕之受到鼓舞后,颇有感触:

> 他相信中国总有好起来的一天;就是全世界,也总有

---

[1] 叶圣陶:《倪焕之》,第8—9页。

一天彼此不以枪炮相见，而以谅解与同情来代替。这自然在各个人懂得了怎样做个正当的人以后。养成正当的人，除了教育还有什么事业能够担当？一切的希望在教育。所以他不管别的，只愿对教育尽力。[1]

倪焕之在教育生涯中获得的新理想也是在历史条件下产生的：他的教育改革目标让人想到梁启超为"少年中国"培育新国民的计划，也与陈独秀鼓励青年为个体自决而努力的启蒙方案相一致。在更广阔的语境里，他对教育改革的构想也是中国寻求现代化过程中的关键部分。想要救国并使之现代化，有赖于培养健康的国民性与合格的公民。对倪焕之来说，在这一刻，教育是推动历史前行的力量。接着，随着情节展开，他进一步将其教育理想拓展到普遍使用的层面，作为对第一次世界大战的理性回应，对中国而言，这场欧洲的战争既带来危机，也带来希望。

当《倪焕之》最初在《教育杂志》上连载时，它被命名为"教育小说"，用杂志的原话来说，意味着这部小说阐释了作者的教育思想。叶圣陶在成为一个职业作家之前，当了十多年的小学教师。[2]即使在他成为作家之后，他依然在高中和大学担任着兼职教师的工作。倪焕之在新式学校的经历，部分也是基于作者自己在甪直五高的教学经历。[3]

---

[1] 叶圣陶：《倪焕之》，第50—51页。
[2] 关于倪焕之教育家身份对其事业的影响，见梅家玲：《孩童，还是青年？——叶圣陶教育小说与二〇年代青春/启蒙论述的折变》，《台湾文学研究集刊》2006年第2期，第79—104页。
[3] 刘增人、冯光廉编：《叶圣陶研究资料》，北京十月文艺出版社，1988年，第16—17页。

除了作为一个重要的小说家,叶圣陶也被视为中国教育改革的主要贡献者。他的教育理论核心,是现代教育应该将学生培养成健康、幸福的人。他从未将教育看作实现部分或单方意图的工具,正如当倪焕之的父亲试图强迫他放弃公立学校而去做电报局学徒时,他对职业培训所采取的负面态度。根据叶圣陶的理论,教育的目标就是让人获得健康和理性的人生。他在1919年写的一篇文章中提出,只有这样,一个人才会对社会和国家有用处,而且不是单方面为社会奉献自己,而是社会与个人互有裨益:"因为社会进步了,自己便能成为更高尚、更合理、更幸福的人。……社会永永进步,人类方始可以得到圆满的、普遍的、永久的快乐。"[1] 在此可以察知对自我和社会统合的信仰,但两者之间并不单单偏向后者,如后来占据中国思想界的有关集体主义的流行观点所宣扬的那样。叶圣陶的教育理论主要强调要达至个人生命的完满,这意味着一个人应该尽其所能去发展主体人格,从而才能成为一个对国家有用的合格的新国民。

叶圣陶的教育思想显然受到席勒及其他欧洲现代思想家的影响,同时也出自新文化传统中对个体自决的主张。他的教育理论既反对传统儒家教育,也反对机械化的现代教育体制,在叶圣陶看来,这两者都缺乏对个人主观性的培养。通过彰显保持青年的天真及赤诚在培养有自我决断力的人格方面具有的根本意义,叶圣陶认为前述的两种教育都不会有结果,因为两者只会磨灭青年的天真和赤诚。

在《倪焕之》中,叶圣陶以虚构的方式呈现他的教育经历,用来批判传统观念,并在一个更大背景下,宣扬他对现代人格的主张。主

---

[1] 叶圣陶:《小学教育的改造》,《叶圣陶集》第十一卷,第25—42页。

观在对抗外界干预的方面，获得积极的意义，这一点构成叶圣陶小说叙述的基本主题。但与此同时，由于青年主观理想和社会现实之间的直接冲突，《倪焕之》的小说叙事也变得问题化了，将情节发展引向一个黑暗的结局。

与很多晚清成长小说不同，叶圣陶的文学感性不允许他把《倪焕之》完全变成对教育观念的图解。小说把教育当作叙述结构中的重要元素，通过让主人公参与教育改革来呈现一个全面发展的个体人格。但另一方面，在文学类型的意义上，成长小说具有说教的性质，因其致力于通过描绘成长经历来呈现一个完美的青年形象。倪焕之的人生旅途被表现为一个不断自我教育的过程，在教育事业、爱情和革命这些不同的领域，去发展和完善自己的人格。同时，这也是一个将他的主观性投射到外部世界的过程。一个人的青春因按照自己的理想去完善自我、改变世界而变得富有意义。

倪焕之人生的另外两个竞技场，即爱情和政治，也与其教学实践紧密关联。他的爱情故事不仅仅是一场"情感教育"，在更深层面上，也是测试他教育和启蒙异性的能力的一种方式。投身政治斗争则指向教育被升华的意义，即教育大众、启蒙民众、传播理想。

虽然倪焕之的教育冲动每次都带来一个充满希望的新开端，但最终总是归于徒劳。正如安敏成（Marston Anderson）所言："在叶圣陶小说情节的核心……是想调和个人主观性与外部世界需要的欲望。"[1]然而，倪焕之的悲剧便在于他的主观性与外部世界的不平衡。虽然莫

---

[1] Marston Anderson（安敏成），*The Limits of Realism*（《现实主义的限制》），University of California Press, 1990, p.117.

瑞蒂针对欧洲"成长小说"曾提出:"这种小说不是一种社会批判,而是日常生活的文化。"〔1〕但叶圣陶的小说,至少在表层意义上,从未表现出任何想要直面日常生活的意图。倪焕之被描绘成一个诗意的英雄,拒绝舒适的平凡生活,而这样的平凡生活在莫瑞蒂看来正居于歌德小说世界的核心。小说中的倪焕之总是试图通过教育的努力,将他的主观性投射到世俗世界。但是在叙述结构的层面上,小说却无法轻视平凡世界势不可挡的力量。因此,安敏成总结道:"对叶圣陶写实主义叙事构成道德阻碍的,是主观意图总想将意义写进现实之中,却从未直面来自客观现实的抵抗。"〔2〕

在《倪焕之》中,主观性与现实之间的冲突有三个连续阶段:教育、情感和革命。首先,为了实现其教育理想,倪焕之将所有的希望都寄托在蒋冰如实验学校所主张的教育改革上。在那里,他为了给青年的健康发展提供必要的养料,打算用知行合一的方式将学习与生活结合在一起。但是,他很快便失望地发现,年轻学生们的天真和赤诚无法保证他们对他的理想感兴趣。小说描写了两件事,说明他完美的理想如何在实践中被大打折扣。第一件事是他原本以为在农场劳动可以让学生们更好地学会怎样观察自然,但当他在学生们的农场日记中只看到"今日与昨日同,无新鲜景象"后,他意识到:

> 他们热烈的兴致衰退了,恳切的期望松懈了……兴奋以后的倦怠与熟习以后的玩忽终于出现了,像在完美的文

---

〔1〕 Franco Moretti(莫瑞蒂),*The Way of the World*(《世界之道》),Verso, 2000, p.35.

〔2〕 Marston Anderson(安敏成),*The Limits of Realism*(《现实主义的限制》),pp.117-118.

章里添上讨厌的不可爱的句子,那是何等怅惘的事情!![1]

第二件事则是演剧。倪焕之首次带领学生们排演改编自莫泊桑小说的爱国剧时,他被学生们真挚的情感深深打动,"但是就只有那一回;此外都平平淡淡,不感很深的兴趣"[2]。

让倪焕之感到失望的不只是学生们日益见长的倦怠和玩忽,还有他自己无法通过教育的方式让他们对自己的改革感兴趣。更为糟糕的是,倪焕之发现自己也有了同样的倦怠和玩忽。在沉默而又阻滞的日常生活面前,青春无尽的自新能量不能见于客观现实,而只能是主观想象的产物。倪焕之将理想投射到教育实践中,以期让青春理想活过来,但最终却暴露了主观性的脆弱。

正当倪焕之对教育感到幻灭的时候,他在与金树伯的妹妹金佩璋的恋爱关系中,看到了一个新的开端。事实上,他将自己的教育理想又投射到了爱情之中,不仅是因为金小姐对于教育改革有同样的热情——这也是二人相互吸引的起因,更是因为倪焕之将恋爱视为培养金小姐人格的方式,就像他对学生所做的那样,让她成为一个有个体自决能力的人。然而,他又一次发现,他的恋爱理想也受到生活中的世俗需求的挑战。

第一件给倪焕之与金小姐爱情蒙上阴影的事件,在"五四"时期的文化氛围中具有典型意义。他用白话文给她写了一封情书,这在当时仍算是一种大胆的举动,然而得到金小姐用文言写的回信后,他不

---

[1] 叶圣陶:《倪焕之》,第179—180页。
[2] 同上书,第181页。

禁感到失望。白话文与文言文的对立所产生的张力，让人想到叶圣陶是从传统文言作家转变成现代白话小说家的最初一批代表人物之一。叶圣陶曾在20世纪10年代中期用文言文撰写并发表了十九篇短篇小说，[1] 此后他受到《新青年》的启蒙，认识到《礼拜六》杂志上那些"才子佳人"故事在文化立场上的"落后"，而他以前也曾连续数年向这本杂志投稿。他急切地回应文学革命的主张，并紧跟鲁迅的脚步，很快就写出他最早的白话短篇小说《一生》，发表在"五四"时期另一家流行的期刊《新潮》上。对于叶圣陶来说，决定用白话文写作，标志着他摒弃传统，与进步的新青年们站在一起。

对"新青年"一代而言，白话与文言之间的对抗，是他们参与的文化政治中最基本的二元结构。倪焕之从一开始向金小姐求爱起，便看到了她一个无法容忍的缺点，立志要帮其改正。从这一刻起，他与金小姐之间的恋爱关系，从本质上就变成了教学关系。当倪焕之沉浸在恋爱的甜蜜中时，他开始审视她的反应和行为是否符合他自己"正确的"新思想。不仅他们的性别角色成了权力游戏的催化剂，当这两个年轻的恋人开始将快乐建立在教育理想之上时，他们之间的浪漫冲动也开始被说教所取代。他们结婚以后，爱情和教育之间的张力变得无法忍受。倪焕之对婚姻感到失望，他发现自己的妻子彻底沉沦在日常世俗生活之中：

> 他得到一个结论：他现在有了一个妻子，但失去了一个恋人，一个同志！幻灭的悲凉网住他的心，比较去年感

---

[1] 其中十五篇文言短篇小说都收录在《叶圣陶集》第一卷中。

觉学生倦怠玩忽的时候，别有一种难受的况味。[1]

这个结局不免让人想起鲁迅的《伤逝》（1925年）。《倪焕之》在这一部分情节中同样写出平淡的日常生活让理想主义的年轻丈夫疏远了现实主义的妻子，但叶圣陶的描写又不同于鲁迅。鲁迅写出涓生对于爱情逝去的后悔和内疚，创造了一个真正的悲剧，从中体现出青春理想在面对平凡人生时暴露出来的脆弱和虚荣。[2]但在《倪焕之》中，主人公从未反省自己的梦想，而只是对妻子无法自拔于枯燥生活感到厌恶和疏离。倪焕之再一次体验到幻灭的感觉，对妻子放弃了希望，准备好去找寻下一个新的开端。

在小说的主体部分中，主人公的理想在教育和爱情中双双失利：他的教育计划因为当地流氓的破坏而失败；看到他的爱人向日常生活低头，他的恋爱经历只让他更加感到幻灭。在小说后面的章节中，倪焕之又开始在社会革命中找寻希望，并将革命看作是教育人民和改革社会更为激进、有效的方法。他前往上海参加五卅运动。但是就像茅盾所说的那样，历史先生的巨轮最后一次碾碎了他的理想：在目睹1927年反革命政变后的残忍屠杀之后，倪焕之彻底绝望了。此后，他沉沦于酗酒并最终死于伤寒。在叶圣陶笔下主人公生命的最后一刻，他完全孤立，坠入恐怖的幻觉之中。当最终的结局来临时，生活的内在（从卢卡奇那里借来的词语）向这位年轻的英雄揭示了它最为冷酷无情的脸孔——无意义。

---

[1] 叶圣陶：《倪焕之》，第246页。
[2] 鲁迅：《伤逝》，《鲁迅全集》第二卷，第113—134页。

因此，倪焕之这个不断回到开端的人生故事，终于到达了最后的绝对终点。小说叙述起始于为"新青年"创造一个积极意义的愿望，试图把青年成长融入历史进程之中，但最终引向一个无意义的结局，这是时光无情流逝的摧毁力带来的结果，将那些理想幻灭的"老少年"都抛在时光之外。外在的历史力量战胜了青年的自主性，"无论是英雄还是坏蛋，革命压倒了所有感伤的理想，向着一个乌托邦的愿景迈进"[1]。

然而，《倪焕之》依然在两种意义上保留了青年最关键的精神。第一是年轻英雄在历史时空中变"老"的瞬间，他宁愿耗尽自己的理想而死，也不愿意流放到隔膜的生活世界中；第二是小说的叙述动力正来自找回青春的欲望。青年的成长故事设定在一个回顾的叙述中，这个形象中保留着新青年的关键价值，在变成了过去的、关闭起来的时空中，理想得以凝结。

在此，我们还需提及"新青年"理想幻灭的另一个问题，而它使"新青年"从超负荷的各种象征中解放出来。当青春在"五四"时期被赋予重要意义时，它不可避免地转变成了一种理想化、难以转化为现实的喻体。但当"新青年"变成"老少年"，这一个造型过程发生在真实历史经验之中，揭示出青春被过度强调，以至这种文化象征意义阻碍了青年形成真实的人格。由此引发的问题是，如何呈现"新青年"一代在现实中的生活经验。倪焕之作为青年的形象承担着过度的理想主义，同时，他的生活经验也被其主观理想所遮盖。

主观与客观、理想与现实、叙述与时间之间的龃龉，在倪焕之徒劳对抗历史现实的教育经历中表现殆尽。按照理想来呈现的永恒青春

---

[1] Marston Anderson（安敏成），*The Limits of Realism*（《现实主义的限制》），p.116.

和不安顿的青年无法进入完整的叙述,对此造成的形式阻碍,来自充满紧张对立的外部世界,以及青春的意志所承担的过度的主观性。从这个意义上来说,青春本身就是一种负担。新青年由内开始黑暗。

尾声:茅盾的新希望

茅盾在对叶圣陶小说的评论中,讨论了如何在小说中表现历史。他毫无保留地赞美叶圣陶在小说第一部分中表现出的文学造诣、他对"时代性"的表达,以及小说内容与形式之间的均衡:[1]对一个热衷于在教师生涯中追寻高尚理想的青年人物,以及他在中国历史背景下不断失败的描写都十分扎实、动人。但茅盾认为小说的后半部分是失败的:

> 在前半部,我们看见倪焕之是在定型的环境中活动;在后半部,我们便觉得倪焕之只在一张彩色的布景前移动,常常要起空浮的不很实在的印象。……便连主人公倪焕之也成为平面的纸片一样的人物,匆匆地在布景前移动罢了。因此后半部的故事的性质虽然紧张得多,但反不及前半部那样能够给我们以深厚的印象。[2]

---

[1] 茅盾:《读〈倪焕之〉》,p.301。
[2] 同上书,p.229。

茅盾所说的小说的后半部分，主要是写主人公的革命生涯，他如何去参与有组织的政治活动。茅盾的评论特别指出，尽管政治正确，对主人公的政治行动的描写却是失败的。茅盾进一步将批判延展至作者对小说中唯一一个职业革命家的描写上，这个人很可能是一名共产党员，他最早启蒙倪焕之接受共产主义思想，而后在1927年"清党"屠杀中被残忍杀害。茅盾认为这个角色写得很模糊。这一批判的理由很简单而实在：当情节即刻转到正在进行的革命斗争时，主人公的主观性便成了呈现"历史性"时的阻碍。

我们可以从他的文章中明白，茅盾所赞美的是《倪焕之》第一部分里明确定义的形式，其中青年的发展与已成"过去"的历史相辅相成，从而让这一部分的叙述有了一个确定、总结性的结尾。然而，茅盾对第二部分的批判更为重要。他对叶圣陶在实验中摸索写作的现代小说，以及他自己的小说《蚀》，做出了文学形式层面的反思，这使茅盾意识到主观性与不断变幻的历史条件所形成的客观环境之间无法达成平衡。在此前形成的主观性，当被"客观"发展的革命形势压倒时，在变幻莫测的、在当下的时间中展开的历史事件中遭遇了灭亡。茅盾作为一个小说家，解决这个矛盾的唯一办法，便是重新建立对于历史进程的文学想象，将其作为一个联系起过去和未来的连续运动，把历史看作在当下发生的事件。

正如本章分析的那样，叙述青年成长的必要性，是由于"新青年"一代已经老去，因而获得了成为"过去"的成长经历；但对茅盾来说，更加急迫的任务是认清当下历史变化中青年多变的面貌。下一章将探索茅盾早期作品中的青年形象，以此认知茅盾心中的历史的意义不仅关乎过去或未来,更是关联当下,这一历史意义来自正在经历的变幻中的此时此刻。茅盾否定倪焕之那样的结局,同时他渴求一种打破开端和终结循环往复的途径,目的是照亮当下本身。虽然茅盾赞扬叶圣陶将过去的历史阶段(五四运动时期)融入小说形式的努力,但他准备在自己的小说中,表现从"新青年"变老的那一刻起历史应有的样子。在他的小说《虹》中,茅盾将青年重置在连接过去与未来的当下历史现实之中,"虹"也是桥,以此为正在进行的历史运动重新贡献青春的活力,重新定义作为中国革命象征的青年的英雄地位。

第四章

把青年写进历史:茅盾的早期小说

与《倪焕之》类似,茅盾的小说《虹》(1930年)开篇也描述了年轻主人公顺水而下的旅程。梅行素第一次离开故乡四川,乘船沿长江前往上海。她通过阅读《新青年》,接受女性解放和自主的进步思想,是一位有意识要把自己培养成"新女性"的外省青年。随着汽轮在险峻而壮美的巫峡中行驶,梅行素为在自己眼前展开的壮阔景色而激动:峭壁直冲云霄,无尽的江水在山崖对峙的峡谷里艰难前行。对刚刚逃脱了一潭死水般的家庭生活的梅行素来说,"长江就好像是她过去生活的象征"[1]。但在穿行过几座高崖峭壁之后,浩瀚的江水展开在她面前,江面宽阔,看不见岸边。梅行素大受感动,满怀希望地说:"从此也就离开了曲折的窄狭的多险的谜一样的路,从此是进入了广大,空阔,自由的世间!"[2]

和叶圣陶塑造的倪焕之相比——他渴望在自己的教育事业中找到一个新的开端——茅盾为梅行素的人生故事设置了一个气魄宏大如史

---

[1] 茅盾:《虹》,《茅盾全集》第二卷,第4页。
[2] 同上书,第12页。

诗一般的开端。正如王德威所总结的:"梅的长江之旅正是由旧封建的压迫航向自由与革命的美丽新世界。这也是一趟时间之旅,由静态的神话境界,航向历史领域。"[1]陈建华认为,《虹》是个人成长小说和史诗小说的结合体,凸显了现代中国小说叙事的历史性和现代性。[2]茅盾的这本小说或有回应《倪焕之》透露出的问题,试图从意识形态上修正有关新青年一代的成长小说,其方法是给女主人公的精神成长加上目的论的修辞结构,在这一成长之旅中呈现历史进步的线性转变。

《虹》写于20世纪20年代,正值茅盾的《蚀》三部曲(1927—1928年)被一群年轻左翼批评家猛烈批判之时。三部曲描写的是大革命(1927年)的动荡岁月及其血腥失败给革命青年的心理造成的巨大影响。《蚀》三部曲有着一个高度象征化的标题,以酸楚而直击要害的方式,揭露出人物对于时间之蚀的焦虑,但这个三部曲缺乏对于历史进步的想象或对任何持久改变的希望。钱杏邨(1900—1977年)批评《蚀》三部曲"满是感伤"和"病态":"病态的人物,病态的思想,病态的行动,一切都是病态,一切都是不健全。"[3]在包括《读〈倪焕之〉》在内的一系列文章中,茅盾试图为自己辩护,认为揭示创伤经历是写实主义文学的正当手法。但是当他在写作《虹》时,可以看出他并不是没有接受对他的批评,或感受到他们的批评所代表的政治压力。《虹》

---

[1] David Der-Wei Wang(王德威):*Fictional Realism in Twentieth-Century China: Mao Dun, Lao She, Shen Congwen*(《写实主义小说的虚构:茅盾、老舍、沈从文》),Columbia University Press, 1992, p.41.
[2] 陈建华:《革命与形式:茅盾早期小说的现代性展开》,复旦大学出版社,2007年,第168—219页。
[3] 钱杏邨:《从东京回到武汉》,《阿英全集》第一卷,第258页。

毫无疑问标志着茅盾的左翼转向。

"'虹'是一座桥，便是春之女神由此以出冥国，重到世间的那一座桥。"[1]通过这样的表达，茅盾摆明了他的这部小说新作的核心意象——虹——在象征意义上将希望带回给幻灭的新青年们，这是一条通路，为了让他们能够跨越创伤的过去和理想化的未来之间的鸿沟。在《虹》这部小说里，他回到五四运动，从头开始重写新青年一代的成长经历，回述他们的成长故事；他重构之后的事件，建立一种线性史观，召唤一种不停歇进步的历史意识，其最终目的是让共产主义革命在中国变得可能。这样做的意图是将青年从《倪焕之》和《蚀》三部曲中无法摆脱的"开端和终结"的恶性循环中解救出来，在《虹》这部小说中，茅盾在时间之流中寻找历史的意义，并创造一种叙事形式来给看似混乱的历史事件赋予理性的意义。因此《虹》对茅盾来说是建构历史意识的工具，而它的情节发展借成长小说的形式将青年写入历史。

虽然茅盾明确地希望用《虹》的叙述来修正有关新青年的成长小说，这本小说却仍然半途而废。他也没能写出续篇《霞》——他原计划在续篇中抵达目的论终点，见证梅行素转变成一个合格的共产主义革命者，以此完成成长小说叙事。[2]《虹》的叙事到梅行素参加五卅运动时戛然而止，这是首个暗示她投身共产主义群众运动的重要时刻。成长小说的情节被打断了，同时主人公的行动凝固在历史之中。即便从这部小说中可以清晰读出茅盾的目的论愿景，他试图将更早的事件重新整合到朝向五卅运动这一高潮前进的线性进步运动之中，但发生

---

[1] 茅盾：《亡命生活》，《茅盾全集》第三十四卷，第421页。
[2] 同上书，第422—423页。

在小说高潮时刻的事件却依旧是意义含混的。

事实上,紧接在《虹》的时间线之后的历史时代,正是某些悲剧事件的前奏,而正是这些事件造成《蚀》三部曲所描绘的混乱历史局面。如果我们按照这两本小说所基于的历史事件的先后顺序来阅读它们,我们不可避免地得出这么一个印象,那就是茅盾揭示的是一个正在崩溃的历史愿景,而不是从混沌中建构出秩序——虽然他明显是想要这么做的。另外,因为《蚀》三部曲作为时间错置的"前奏",《虹》的叙事中也不乏可疑时刻,对于作者试图在成长小说叙述中予以具象呈现的历史进步观,这些时刻提出的质疑大于确认。

在茅盾的全部作品中,他最早的两部小说《蚀》和《虹》仍然是最有争议的。通过小说叙事将青年的人格建构成历史意识的化身,两者提供了一次探索青年难题的机会。一方面,茅盾试图将青年为了历史进步而进行的斗争整合成结构清楚的历史景观,其终点是投身革命;另一方面,他又几乎无法避免地揭露颓废、审美化的青春感受与革命的意识形态律令之间的一系列碰撞。

本章探讨茅盾在中国现代小说中创造历史意识的方法,重点是他对青年的小说叙述再现中的四个相关方面。第一部分讨论《蚀》的叙事中一种事件在不断重复的幻觉,以及这种感受对塑造青年形象的影响;第二部分则探讨《蚀》所描写的青年对当下的痴迷如何生成了一种现代的美学模式;第三部分探究茅盾用来将时间历史化的北欧女神神话;而第四部分则聚焦于《虹》这一性别化的革命成长小说的叙事结构中的复杂性和含混性。

青春之"蚀"

《蚀》常常被认定有两个特点：一是它和当下现实的紧密联系，用普实克（Jaroslav Průšek）的话说，这一联系揭示了茅盾意图"在现实还没有成为历史之前，立即捕捉并将它以最大限度的准确性表现出来"[1]；二是它对一个幻灭、颓废以及虚无的混乱世界的狂欢化展示[2]。第二个特点可能是由第一个导致的；这三部曲呈现的混乱视野可能是，或者根本就是，当茅盾开始创作这些小说时所面对的当下现实。从马克思主义的角度，普实克认为从《蚀》开始，茅盾就在试图呈现中国革命最近事件的编年史[3]，意在对当下现实做出一种科学的、马克思主义的理解，并将当下现实描绘成历史的理想图景的一部分，预示着中国革命未来理想世界的到来。换言之，茅盾作为小说家的野心是通过赋予当下现实目的论上的意义从而将其政治化和历史化。现实事件，即使最糟糕的情况，都应该全部被描绘成实现某种政治议程的线性历史进步中的一环。

如果我们考虑到茅盾后来的作品《子夜》和"农村三部曲"，其中确实建立起一种遵照马克思主义历史分析来描绘中国社会转变的现实主义话语，但普实克的这种观点很可能是基于历史的"后见之明"。然而，回到《蚀》，当下的政治之所以成为问题，是因为小说叙述当

---

[1] Jaroslav Průšek（普实克）, *The Lyrical and the Epic: Studies of Modern Chinese Literature*（《抒情与史诗》）, Indiana University Press, 1980, p.122.

[2] 王晓明：《惊涛骇浪里的自救之舟》，《二十世纪中国文学史论》第二卷，东方出版中心，1998年，第264—301页。

[3] Jaroslav Průšek（普实克）, *The Lyrical and the Epic*（《抒情与史诗》）, p.122.

下经验的方式威胁到历史进步这一观点本身。

在出版于1981年的回忆录中,茅盾公开了一些与创作《蚀》的历史背景有关的鲜为人知的事实。其中一个秘密被党和茅盾保守了六十年之久,即茅盾早在1921年就加入了共产党,此后还积极参加了革命活动。[1]当时他的名字还是沈雁冰,他的身份是文学批评家和著名文学杂志《小说月报》的编辑。在上海从事文学事业的同时,他也在暗中为共产主义事业奔走。1927年国民党开始"清党",随后在上海发生屠杀事件。在上千的共产党员被捕遇害后,革命看起来彻底失败了。沈雁冰逃到避暑胜地庐山上,在那里躲了三周。这个时刻是中国共产主义革命的转折点,也是沈雁冰个人历史的转折点。据说他随即与党失去了联络,随后被开除党籍。直到临死之前,才满足他的愿望,恢复了他的党籍。

1927年8月,沈雁冰设法逃回上海,并在自己公寓的阁楼里躲藏了十个月。正是在这段漫长的隐居时光里,他写成三部中篇小说,并统一命名为《蚀》。王晓明认为此时转向小说写作之于茅盾,如同"自救之舟",将茅盾从政治灾难的惊涛骇浪中拯救出来[2],换言之,《蚀》的写作就是革命者沈雁冰对革命失败之后的政治混乱所做出的个人反应。陈幼石仔细查阅《蚀》文本内外的有价值信息,构想出政治寓言式的解读,将这部小说严格读作一种理性的政治分析,针对的是革命中一些不容置疑的事实。陈幼石因此坚称,《蚀》揭露的是党的内部冲突,以及不同意识形态之间的斗争,每一个人物都代表了实际上彼

---

[1] 茅盾:《复杂而紧张的生活、学习与斗争》,《茅盾全集》第三十四卷,第189—216页。

[2] 王晓明:《惊涛骇浪里的自救之舟》。

此冲突的政治力量。[1]虽然陈幼石的分析看起来过于实证主义，但的确说明《蚀》有追寻真相的实用功能：茅盾试图寻找可以理解中国革命困境的方法。

然而即便是真相本身，也不是作者的首要目的；它让位于一个更高的需求，那就是重获对"真相"的信仰。在《蚀》三部曲中，大革命失败对书中青年人物心理的深远影响被描绘成幻灭、动摇、颓废和自我放纵的复杂组合。显而易见的是，《蚀》的写作直接来自当下经验，这个经验与线性、进步的革命史观相比，则是无比混乱的，极大挑战了作者的革命信仰。然而，当真相除了政治混乱之外一无所有时——正像《蚀》所揭露的那样——它要怎样与信仰相匹配呢？更别提这一信仰首先要求的就是整齐有序的历史进步史观。

当这三部曲的第一篇要在《小说月报》上发表时，沈雁冰还是一个被通缉的名字，于是作者决定用一个笔名——茅盾，字面意义上就是"矛盾"的意思，这个词似乎浓缩了他对自己革命经历的印象。茅盾作品揭示的政治真相指向一次意识形态危机，他则在"矛盾"这一形式中找到它的完美体现。矛盾是回响在整个三部曲中的主题。第一部的主要人物静女士在参加革命活动时不由自主地喊道："矛盾哪，普遍的矛盾。在这样的矛盾中革命就前进了么？"[2]

更重要的是，《蚀》的小说结构也指向了一个更深层的矛盾，即茅盾的意识形态意图和他的叙事设置之间的矛盾。在他的散文《从牯

---

[1] Yu-shih Chen（陈幼石），*Realism and Allegory in the Early Fiction of Mao Tun*（《茅盾早期小说中的现实主义及其寓意》），Indiana University Press, 1986.

[2] 茅盾：《幻灭》，《茅盾全集》第一卷，第72页。

岭到东京》中,茅盾说他计划在《蚀》中描写"现代青年在革命壮潮中所经过的三个时期:(1)革命前夕的亢昂兴奋和革命既到面前时的幻灭;(2)革命斗争剧烈时的动摇;(3)幻灭动摇后不甘寂寞尚思作最后之追求"。茅盾继续解释他原本有两种安排小说结构的选择:把这三个阶段整合为一部连贯的长篇小说,或者写成三个中篇小说。[1]

茅盾的第一个方案预设了目的论的史观,将历史事件看作逐渐进步的历程,这一历程的终点明确承诺可以恢复对革命的信念。然而茅盾最终选择的却是第二个方案,而《蚀》的叙事结构也就变成三部独立存在的中篇组成的三部曲:《幻灭》、《动摇》[2]和《追求》。当做出这个选择时,茅盾在他的叙事中注入了意料不到的意义。他起初计划的是将青年革命经验的三个阶段整合成一个连贯的发展过程,由此呈现线性进步的历史行动,但将这一经验分成三个不连续的部分所产生的结果,却是完全不同的历史观。《蚀》非但没能呈现历史的进步,其叙事体现的反倒是"不断重复的幻觉",如王德威所说:"书中的三部曲之间有某些人物及情节是重叠的,但是故事之间的真正的联系,或者像茅盾说的,从革命的一阶段到另一阶段之间的联系,却付诸阙如……如果我们将三部曲中表明的时间轴拿掉,不免觉得茅盾其实是把青年革命者的欲望与失望的故事重复讲述了三次。"[3]

第一部中篇小说《幻灭》为《蚀》三个部分的情节发展奠定了基

---

[1] 茅盾:《从牯岭到东京》,《茅盾全集》第十九卷,第179页。

[2] 大卫·霍尔(David Hull)翻译的《动摇》的英文版 *Waverings* 于2014年出版。

[3] David Der-Wei Wang(王德威), *Fictional Realism in Twentieth-Century China: Mao Dun, Lao She, Shen Congwen*(《写实主义小说的虚构:茅盾、老舍、沈从文》), p.36。

础：在城市青年的革命信念瓜熟蒂落之前，其发展就中断了。换言之，这种发展其实是种幻觉，用来遮掩个人成长中的停滞，尽管这种个人成长是发生在快速变化的外部环境中的。《幻灭》通过两位年轻女性在革命高潮时期的经历，描写了对爱与革命的徒劳追求。小说对诸如"五卅"、北伐，还有南昌起义等重要政治事件，不是有直接提及，就是借用譬喻有所暗指，这些事件也构成青年历险的背景。然而小说虽有革命话语的遮掩，其中真正写出来的历险只有情爱的那一种。叙事遵循流行的"革命加恋爱"模式，这种模式于20世纪20年代晚期在左翼作家中间盛行。个人情爱看似可用革命热情来合理化，但在《幻灭》中，前者依然与后者发生矛盾，甚至削弱了后者。

　　小说里的两位主人公之间有着天真与世故的对称结构。静女士对成年生活的秘密怀有青春期的焦虑，而她的朋友慧女士早已是一个享乐主义者，生活得自由自在。故事描写静女士从天真到世故的精神发展。她最初爱上的是被慧女士抛弃的一个年轻人，却很快发现他是军阀政府雇的密探。从这里开始，失败的恋爱开始具有政治色彩，突出了静女士对压抑的政治气氛的焦虑。当北伐军打到武汉时，静女士也去了那里，希望借用政治来激活自己乏善可陈、毫无意义的生活。然而她再次发现一切都是矛盾的，感到一片茫然。她的革命热情最后又都转向爱情，她爱上了一位自称未来主义者的受伤军官——强惟力。静女士和强惟力经历了短暂的感官狂欢之后，当她的恋人再次回到前线时，静女士又被抛回到焦虑与忧伤中。

　　在《幻灭》的叙事中，一方面，不论发生多么有重大历史意义的事件，即使是那些革命黄金时代的标志性事件，也都没能给两位青年的精神成长留下任何痕迹，只不过"偶尔惹起她们狂热与幻灭的交错罢了"[1]。另一方面，这两位女青年的精神发展从一开始就是被多种因素过度决定的。对静女士而言，她成长的经历延长了她对性因为天真而有的焦虑，这些经历不断向她证实已有的感受：焦虑和烦闷。对慧女士而言，她一直游离于历史之外，因为她在所有历史事件之中的经历除了重复印证她对男人的不屑之外，什么影响都没留下。静女士的焦虑和慧女士的愤世似乎完全不受小说中历史事件的影响。无论是从内部还是外部的视角来看，历史在她们的生活里变得毫无重量。这些年轻主人公没有对历史事件进行回应与反思，也没有在历史中扮演任何有意义的角色。历史发生了，而青年没有改变，于是，《幻灭》把历史变成幻景。

第二部《动摇》展示了一个比《幻灭》还要残酷的世界。主公人方罗兰发现自己身边都是反革命恶棍，他们伪装成激进的革命者，但实际上意在破坏革命事业。同时，他还困在一段令他不知如何是好的三角恋当中，一边是他的妻子梅丽，一边是女同志孙舞阳。当方罗兰在政治上左右摇摆的同时，他也在爱情上因为犹豫不决而备受折磨，他痴迷于孙舞阳婀娜的青春肉身之美，但对于是否抛弃妻子又举棋不定。孙舞阳替他做了决定，直接告诉方罗兰让他回到梅丽身边，她表现出自己是一个残酷无情的享乐主义者。当方罗兰在两种困境中都不能采取任何行动的时候，城里爆发了反革命暴动，反动派对革命者们做出暴力而非理性的报复。茅盾描写革命失败的最令人不安的意象就是三具残破的女尸，直观地展示出革命事业和浪漫爱情所遭受的残忍

---

[1] David Der-Wei Wang（王德威），*Fictional Realism in Twentieth-Century China: Mao Dun, Lao She, Shen Congwen*（《写实主义小说的虚构：茅盾、老舍、沈从文》），p.37。

破坏。方罗兰和他的妻子一起逃到一座庙里，并再次遇到了孙舞阳。时间突然在这里停止了：此时已经发现了丈夫和孙舞阳之间暧昧关系的梅丽惊恐地陷入了超现实的幻觉中，在那里暴动中的所有悲惨事件都变成了鬼怪般的画面。

孙舞阳这个人物可以看作是慧女士在《幻灭》结束之后变成的样子，她的性格里表现出类似的愤世和冷漠。通过方罗兰，《动摇》在塑造这个女性人物时表现出更强烈的男性意识。在方罗兰眼中，孙舞阳是男性欲望对象和革命的神秘力量的结合。小说通过方罗兰的凝视和幻想，一次又一次地聚焦孙舞阳的肉体之美，这种美作为活力四射的革命象征令他神魂颠倒，暴露的女性之美这一感官形式成为解放的化身。但正因为如此诱人的美，方罗兰延宕了自己在真实的历史剧情中的行动。"动摇"这个词总结了方罗兰的个性，同时也展示了孙舞阳的女性身体在小说中扮演的矛盾角色，既是历史进步的象征，也是叙述中阻滞历史的力量。同时，真正在历史中发生的事件只出现在梅丽的幻觉中，化作无可辨认的牛头马面犹如鬼怪一般的记忆碎片。

在三部曲最后一部《追求》中，茅盾似乎意图为年轻的主人公们召唤希望，此时这些幻灭的理想主义者已经回到上海。但是在这部中篇中，青年生活中的希望却又变成虚妄。《追求》的相互交叉的三条主要故事线，全都有着残忍和讽刺的收场。王仲昭追求的是最平常不过的梦想，将他主编的报纸改版，向他爱的女孩求婚。结果，他不得不在上层权威的压力下，全盘放弃自己的改革计划，而在小说结尾，他得知自己美貌的爱人在车祸中毁容。张曼青在革命失败后幸存下来，变得成熟了很多，他追求的是非常实际的目标——推广小学教育并娶一个好女人。然而他的教育改革没有结果，而他的好女人在婚后表现出平庸的品质。作为新女性的章秋柳追求的是重新点燃青春的激情，她试图通过让一位悲观厌世的朋友爱上自己来实现这个目的。她成功地让这个人深深爱上了她青春的美而放弃了自杀的念头。但讽刺的是，此人却正是在他真心想要活下去的关头患病而死，而章秋柳还从他那里染上了梅毒。

在这三部小说中，《追求》最明显地展现了造化弄人一般的历史偶然性，这与茅盾想要记述历史进步运动的意图是相冲突的。按照茅盾的原计划，在幻灭和动摇之后，革命应该进入第三个阶段，在那里新的希望会将青年从革命失败的创伤回忆中解放出来，并重振他们的革命信仰。然而章秋柳和她的朋友们面对的是一个革命失败之后更为凶险的局面，从中，他们只能看到希望的虚妄。他们的追求只会带来因革命梦想破碎而变得更加深切的绝望，这一绝望也蔓延到日常生活之中，笼罩着家庭、事业、爱情与两性关系。原来希望只不过是一个虚幻的、挂在脸上诱人的微笑。这样一种虚妄的希望镌刻在革命的废墟之上，揭示出理想主义的虚无缥缈。追求理想的人，最后无路可走，历史本身的呈现是发生过的事件周期性的循环往复。因此《蚀》的最后一部揭示出历史进步的愿景不过是个幻觉，而青年困在延长的创伤时刻中，失去了梦想中的未来，困于颓废的当下。

难怪《蚀》受到左翼批评家的激烈批判。就意识形态议程而言，三部曲的叙事只会让情节发展的方向变得愈加模糊。此外，茅盾力图捕获当下现实的叙事设计，只会更加强化创伤经验循环出现的重复感。当这种持续的重复被呈现出来，当下现实就不能从当前毁灭性的历史语境中解放出来，而这种延续的、重复的再现，更加凸显当下现实无法纳入想象中的理想历史的时间流，此时此刻却是最无处栖身的。在这样的历史叙述中，青年扮演的角色是模糊的。"新青年"的激进文化所定义的重生力量，在理想中毫无疑问是与历史的前行脚步相一致的。但在《蚀》的循环往复的情节中，青年被排斥在历史进步运动之外，而真实的历史则变成掏空青年象征意义的未知力量。

处在革命血腥失败的创伤时刻，青春和历史在茅盾的小说中当然有可能被描写成同等的混乱。混乱的世界可以是混乱的灵魂的来由，但被剥夺了象征力量的青年，又被理想化的历史拒之门外。正如孙舞阳的肉体一样，青春的魅力被笼罩在革命者"色情化"的男性凝视之下，而同时又被描写成威胁革命主体的陷阱。于是在历史混乱的地图上，青年迷失于双重的错误表征：作为失效的历史主体，以及作为虚假希望的象征。然而，正是从这里开始，茅盾直接面对从象征的假象背后走出来的赤裸裸的青年形象。

"现在的教徒"

在某种意义上，茅盾在《蚀》中试图将当代生活历史化的努力被他对当下经验的痴迷冲垮了。他笔下的青年主人公们是所谓的"现在教徒"[1]，他们认为过去和未来都不一定和现在有必要的相关性，而且只在此时此刻这个当下、偶然又易逝的瞬间当中寻找生命的意义，

---

[1] 这个词在《虹》中用来指代主人公梅行素。茅盾：《虹》，《茅盾全集》第二卷，第12页。

这种行为又被定义成唯一可以辨认的时间经验形式。虽然茅盾批评了《倪焕之》的主观主义，[1]他自己的小说并没能摆脱类似的主观倾向，而当他的人物在历史无常的时间流逝中一无所获之时，他们的心理焦虑又进一步加大了这一倾向。在茅盾关于中国当代史叙事的开端中，历史的巨大身躯化作主观印象的万千碎片，而占据《蚀》的青年人物内心的，是一种漫长的痛苦，这种痛苦源自时间无意义、快速地流动，青春和历史均被溶蚀。

青年所承受的精神折磨，尤其体现在茅盾对女性内心生活的细致描写中。对他的女性主人公而言，对青春之蚀的尖锐感知造成她们对时间飞逝的极度敏感，这也凸显她们对青春本质的自觉，此时青春早已失去崇高的象征意义，变得难以琢磨、稍纵即逝。例如，这段《幻灭》中的心理描述写出慧女士焦虑地想到自己青春年华的易逝：

> "已是二十四了！"她的兴奋的脑筋无理由地顽强地只管这么想着。真的，"二十四"像一支尖针，刺入她的头壳，直到头盖骨痛的像要炸裂；"二十四"又像一个飞轮，在她头里旋，直到她发昏。冷汗从她额上透出来，自己干了，又从新透出来。胸口胀闷的像有人压着。她无助地仰躺着，张着嘴喘气，她不能再想了！[2]

慧女士内心的不安或许映照出革命溃败之时混乱的历史局面；换

---

[1] 茅盾：《读〈倪焕之〉》，pp.299-300。
[2] 茅盾：《幻灭》，《茅盾全集》第一卷，第29页。

言之，她的烦躁正是三部曲中提到的所谓"时代病"的症状。在更广泛的语境里，这样的痛苦在当时对青年的小说描写中比比皆是，那时新文化运动的高潮已落，"新青年"褪去了光环，崇高的理想主义败给了越来越黑暗的现实。茅盾的描写突出了青年的自我意识，此时他们已经把自身从"永远前进的历史进步"这一崇高愿景中分离出来。折磨慧女士的是一种强烈的感觉，她觉得自己的青春被浪费了，失去了意义。对此刻的她而言，青春不一定意味着对未来成长的期许；相反，意识到青春的稍纵即逝，指向由当下的短暂性造成的孤立存在。她无法把握自己的青春生命在时间流逝中的意义，只能在她生活的每一个稍纵即逝的瞬间里，去感悟青春当下的形态。随着故事的展开，慧女士对自己年龄的焦虑让她下决心要"好好利用她的青春"：成为一个享乐主义者，好好享受青春生命的每一刻，并把青春瞬息万变的活力当作毁灭性武器来征服他人——那些拜倒在她青春诱惑力之下的男人们。

青春于是困在关于自身的持续焦虑中。当焦虑累积到不可忍受的程度之时，青春变成自己的敌人。在茅盾的三部曲中，青年主人公会表现出无名怒火，映现出他们内心中正在发生的危机。以下这段《幻灭》中的场景就描述了这样的时刻，此时静小姐困在一阵无名的烦躁中：

> 从早晨起，静女士又生气。
>
> 她近来常常生气；说她是恼着谁罢，她实在没有被任何人得罪过，说她并不恼着谁罢，她却见着人就不高兴，听着人声就讨厌……
>
> 一头苍蝇撞在西窗的玻璃片上，依着它的向光明的本

能，固执地硬钻那不可通的路径，发出短促而焦急的嘤嘤的鸣声……静觉得一切声响，一切景象，都是可厌的；她的纷乱的思想，毫无理由地迁怒似的向四面放射。[1]

就像这只苍蝇一样，静女士找不到逃离自己危机的出路。她把怒火投射到周遭的环境上，这是一种想要毁灭尤其是自我毁灭的非理性冲动。在更有攻击性的人物身上——例如《追求》中的章秋柳——这样绝望的痛苦会带来一种更明显的对自身和世界的敌对态度。章秋柳很容易就陷入憎恨周遭一切的狂怒中，而在这样的时刻，她只会想毁掉什么东西：

> 章秋柳回到自己的寓处后，心里的怅闷略好了几分，但还是无端地憎恨着什么，觉得坐立都不安。似乎全世界，甚至全宇宙，都成为她的敌人；先前她憎恶太阳光耀眼，现在薄暗的暮色渐渐掩上来，她又感得凄凉了。她暴躁地脱下单旗袍，坐在窗口吹着，却还是浑身热剌剌的。她在房里团团地走了一个圈子，眼光闪闪地看着房里的什物，觉得都是异样地可厌，异样地对她露出嘲笑的神气。像一只正待攫噬的怪兽，她皱了眉头站着，心里充满了破坏的念头。忽然她疾电似的抓住一个茶杯，下死劲摔在楼板上；茶杯碎成三块，她抢进一步，踹成了细片，又用皮鞋的后跟拼命地研研着。这使她心头略为轻松些，像是已经战胜

---

[1] 茅盾：《幻灭》，《茅盾全集》第一卷，第37—38页。

了仇敌;但烦躁随即又反攻过来。她慢慢地走到梳洗台边,拿起她的卵圆形的铜质肥皂盒来,悯然想:"这如果是一个炸弹,够多么好呀!只要轻轻地抛出去,便可以把一切憎恨的化作埃尘!"她这么想着,右手托定那肥皂盒,左手平举起来,把腰肢一扭,摹仿运动员的掷铁饼的姿势;她正要把这想象中的炸弹向不知什么地方掷出去,猛然一回头,看见平贴在墙壁的一扇玻璃窗中很分明地映出了自己的可笑的形态,她不由地心里一震,便不知不觉将两手垂了下去。

——呸!扮演的什么丑戏呀![1]

以上两段对心理焦虑的描写,都将人物描绘成处于精神崩溃边缘的状态,但是这两位年轻女性的痛苦在茅盾的叙事中还被赋予了更加暧昧的重要性。与茅盾想要把当下现实作为更大的、连续的历史进程的一个阶段来描写的叙事意图相反,他对年轻女性内心细致感性的描绘将当下的时间孤立出来,变成他笔下人物唯一自觉的心理焦点。她们的烦躁与憎恨表明青年人非但没有获得可以将他们从痛苦的现在解救出来的历史意识,反倒成了在"此刻"漫游的冒险者,他们就停留在短暂、易逝、偶然的"现在"。从这里开始——当历史被偶然颠覆,信仰笼罩在非理性的阴影中,而行动也被焦虑消解之时——茅盾的文学想象指出一个新的方向。尽管茅盾打的是现实主义和历史意识的旗号,但是通过传达他的青年主人公们对转瞬即逝的当下及其破坏力的

---

[1] 茅盾:《追求》,《茅盾全集》第一卷,第375—376页。

痴迷，茅盾不断靠近一种颓废的青年形象，这一形象展现的是现代性的审美特质。

学者陈建华在对章秋柳这个人物的深入分析中，指出茅盾文学想象的现代主义活力，并将茅盾早期小说置于上海20世纪20年代繁华都市文化的语境中。[1] 按照陈建华的分析，章秋柳在小说中最后一次跳的查尔斯顿摇摆舞，是一种奢华颓废风格的姿态，而这种风格标志着上海的文化现代性日渐成熟，同时给"她的美脸上增添了一些稚气，闪射着浪漫和幻想的色彩"[2]，这一描写也体现了作为精神上困于当下的青年其自我意识的奇妙转变。此时，章秋柳已经意识到，因为身染性病，自己的生命很快就要终结，当人生终点近在眼前时，青春时光的骤然缩短让生命力突然又一次爆发，转瞬即逝的当下遂变成审美欢愉的来源。

卡林内斯库在讨论波德莱尔的作品时，这样解释现代性的文化动力："现代性最显著的特点是它对某种当下性的偏向，是它试图认同一种基于其本身的易逝性而理解的感官化的当下。"按照卡林内斯库的阐释，波德莱尔对现代性的理解是"现在在其'现在性'中，即纯粹在当下转瞬即逝的即时性中。于是现代性就可以被定义为一种矛盾的可能，即通过意识到历史性最具体的呈现，即当下性和现在性，来超越历史的流逝"。[3] "颓废"言简意赅地表明一种文化上的冷淡，

---

[1] 陈建华：《革命与形式：茅盾早期小说的现代性展开》，复旦大学出版社，2007年，第144—151页。

[2] 茅盾：《追求》，《茅盾全集》第一卷，第420页。

[3] Matei Calinescu（卡林内斯库），*Five Faces of Modernity*（《现代性的五张面孔》），Duke University Press, 1987, pp.48–50.

对工业化和社会革命塑造的历史进步愿景不感兴趣,而颓废体现出来的对稍纵即逝的此时此刻的痴迷,这本身也意味着一场在文化和审美层面上的革命。它将现代的时间体验定义为一种充满风险和困难的英雄历险。它是尚未被主流意识形态收编和建制的历险,它保留着永远开放和未完成的状态,这正像从传统重担下解放出来的青春一样,或者回到茅盾对青年女性内心躁动描述的这一语境中,像从革命意识形态下解放出来的青春一样。如此描述之下,当下现实体现了历史性并不是因为它是历史进步的一个阶段,而是因为它包含了还没有被既有体制的观念定义的历史活力。

波德莱尔现代性理论的核心是一种审美的转化,将当下时刻变为对当下快感的艺术表现。现代主义者既抗拒传统的慰藉,也排斥被预先设计好的未来,他直面现在,将其作为纯粹的审美经验。当茅盾急于寻找走出意识形态危机的办法时,他在《蚀》中描绘青年们对当下迷恋,他本人对此表现出的巨大热情催生了一种反历史的审美意识,这一意识并没有像他所希望的那样,令人回忆起托尔斯泰式的神谕,反而召唤来了波德莱尔的颓废美学。在《蚀》的青年主人公的心理活动中,特别是在年轻女性——慧小姐、孙舞阳和章秋柳——的心中,对青春短暂的敏感,导向了对当下的迷恋,而当这种倾向变得如此激进时,它甚至让人物沉溺于即时的感官快乐中,而这样的快感对青年在历史运动中被赋予的政治能动性起到了反作用。

在茅盾早期小说中,"现在"的美学或许就体现在他所描绘的"致命女人"(femme fatale)身上,她们有着不可抵抗的迷人魅力。[1] 用

---

1 陈建华:《革命的"现代性":中国革命话语考论》,第310页。

茅盾自己的话来说，她们是"时代女性"，而通过对她们的内心躁动和肉体诱惑的文学再现，茅盾成功地表达了自己对历史混乱的回应。对女性享乐主义的感官描写使得人物可以逃离历史的重压，并允许肆意享受当下。

茅盾本人大致将《蚀》中的女性人物分为两类：静女士（《幻灭》）和方太太（《动摇》）是一类；慧女士（《幻灭》）、孙舞阳（《动摇》）和章秋柳（《追求》）是另一类。[1] 静女士和方太太看起来更被动，或者按照静女士名字的字面意思来说，她们更"安静贤淑"。慧女士、孙舞阳和章秋柳都有攻击性的人格和诱人的体貌，而且她们还都标榜自己是享乐主义者；在她们的男同志眼中，她们处处都发散出"致命女人"的诱惑。尽管茅盾如此分类，静女士还是从一个天真的少女变成了在感官之爱的欢愉中放纵的女子，当时她和自己的爱人一起从政治上一片混乱的武汉逃到天堂般的庐山，在那里她获得片刻的"纯粹"的快乐。到《幻灭》的结尾，静女士已经变得更像慧女士了。当面对革命失败的灾难结局出现的黑暗深渊时，两位年轻女士都被短暂易逝的青春之爱的感官快感所俘获了。茅盾描写静女士的狂喜，就像其他女主人公的性爱历险一样，其中刻意显示出将女性身体作为时代性（也可以理解为现代性）喻体的建构。

正如陈建华所论，在茅盾的早期小说中，女体作为当下、短暂、偶然的"现在"的化身，凝聚着现代性的美学。[2] 对女主人公们高度性感化的具有性别意味的描写在茅盾的叙事中起到多重作用，可以激

---

[1] 茅盾：《从牯岭到东京》，《茅盾全集》第十九卷，第179页。
[2] 陈建华：《革命的"现代性"：中国革命话语考论》，第312页。

发欲望,确证人在革命中的能动性,以及让代表着现代性活力的人物更具超凡的诱惑。例如在孙舞阳的身上,她的身体经常是男性凝视的焦点,也一直是欲望的焦点,她的身体不仅指向性欲,也指向对解放的乌托邦式的欲求。当动摇中的革命者方罗兰在渴念她的肉体时,他对她不仅是有肉体上的欲望,她的吸引力也缓解了正在发生的困境带给他的焦虑,即他在孙舞阳身上看到一个永恒的、近乎神圣的美的形象。这发生在《动摇》最具有戏剧性的一个时刻:虽然方罗兰一直因为自己潜意识中渴念孙舞阳的美丽肉体而感到紧张,有一天他发现自己对爱人的凝望是超越感官的:

> 现在方罗兰正背着明亮而坐,看到站在光线较暗处的孙舞阳,穿了一身浅色的衣裙,凝眸而立,飘飘然犹如梦中神女……[1]

这不光是方罗兰,也是作者茅盾感到顿悟的时刻。性欲的干扰似乎被超越了,而对当下的短暂易逝的焦虑也得到暂时的缓解,这是通过将时代性(现代性)的结晶——充满活力又诱人的女体——转变为纯粹的审美观察对象来实现的。

在《追求》的高潮也有一处类似但更加暧昧的场景。悲观主义者史循的求生意志终于被章秋柳的肉体之美所唤醒。正当他们准备做爱时,一个意外的转折出现了。在章秋柳丰腴健康的青春肉体面前,史循瞥见自己在镜中形销骨立的枯瘦病体,两者形成强烈的反差。这

---

[1] 茅盾:《动摇》,《茅盾全集》第一卷,第197页。

个场景将男性人物移至观察女性身体的同一画框中。通过暴露自己身体的了无生气，男性凝视就此臣服于女性身体丰沛的生命力。在这里，男性凝视一如在描述女性身体时永远在场，象征的是一种站在制高点做出历史观察的主体性，但他视作可憎的客体的，却正是他自己的存在，而在《追求》中，这个存在呈现为一个其生命能量被革命失败引发的精神危机消耗殆尽的失败理想主义者。与此相对的，凝望章秋柳青春肉体的诱人之美，表现出审美化的、可以获得快感的现在体验。

在这里，通过方罗兰和史循的凝视，茅盾呈现出年轻而富有朝气的女性身体的清晰形象。他似乎捕捉到从历史的废墟中诞生的新愿景——这是一位有着不可抗拒的魅力的女神，她生活在"现在"，体现出"现在"所有的生命活力。在《蚀》中，茅盾主要是通过外部的男性视角来揭示这一女神的存在，但是在他的下一部小说《虹》当中，他给了女神一个成长故事，借此建构一个青年革命者的理想化形象。

北欧女神

在写作《动摇》和《追求》的中间，茅盾写了一系列关于中国和欧洲古代神话的散文。大约就在此时，茅盾受到一组北欧神话人物的吸引，即"命运三女神"。这个名字首次出现在《追求》的最后一章里。怀着幻想未来的美梦，王仲昭称自己的爱人为"北欧的勇敢的运命女神的化身"。[1]在《蚀》三部曲完成之后，茅盾为了躲避国民党警探

---

[1] 茅盾：《追求》，《茅盾全集》第一卷，第415页。

的追捕，逃到了东京，在那里生活了将近两年。他在东京写了著名的《从牯岭到东京》一文，作为对《蚀》受到的左翼攻讦的自我辩护。他再次提到了北欧的命运三女神："《追求》中间的悲观苦闷是被海风吹得干干净净了，现在是北欧的勇敢的运命女神做我精神上的前导。"[1] 茅盾曾解释说北欧命运三女神暗指苏联革命政权，亦即表明他最终找到正确的理念，将自己从意识形态危机中解救出来。[2] 然而当把这一意象置于茅盾的生活经历和写作事业的语境中时，它的象征意义看起来要含混得多，并非单纯的政治符号。

在命运三女神中，长姐乌尔德（Urd）代表过去，二姐贝璐丹迪（Verdandi）代表现在，小妹诗蔻蒂（Skuld）代表的是尚不为人知的未来。茅盾认为乌尔德和诗蔻蒂不是太老就是太小，而他着重赞美贝璐丹迪是三者中最有精力、最有活力也是最勇敢的。他把贝璐丹迪——现在的象征——称为真正的救赎者。当身处于衰老和幼稚之间时，贝璐丹迪很容易让人联想到青年的形象，而在茅盾的描写中，她也被赋予了最诱人的女性特征。[3] 茅盾膜拜女神，必定是为了重振自己的革命信仰，但这一形象的寓意却因与女性身体的关联而变得复杂，后者在茅盾的小说中已经演变成"当下"的喻体。

更有意思的是，当茅盾书写自己对女神贝璐丹迪的爱慕之时，他所指的并不只是她的象征意义，在他心中真有这样一个形象。在茅盾流亡东京过去六十年后，秦德君（1905—1999年）首次在她的回忆

---

[1] 茅盾：《从牯岭到东京》，《茅盾全集》第十九卷，第194页。
[2] 秦德君、刘淮：《火凤凰：秦德君和她的一个世纪》，中央编译出版社，1999年，第67页。
[3] 茅盾：《写在〈野蔷薇〉的前面》，《茅盾专集》第一卷，福建人民出版社，1983年，第812—823页。

录中披露了一件鲜为人知的往事，当时也是共产党员和革命活动家的她，是茅盾生活在东京期间的情人。茅盾和孔德沚的婚姻是父母包办的，而在和革命同志——也是"时代女性"——秦德君的恋爱中，茅盾或许实现了自己的小说所推崇的一个理想：自由恋爱。更有戏剧性的则是秦德君非常认同章秋柳。她发表的第一篇文学作品正是对茅盾《追求》的评论，其中表达了对章秋柳的强烈同情。她也在事实上扮演着章秋柳的角色，努力用自己的年轻生命力，让茅盾的生命重获活力，就像章秋柳唤醒悲观主义者史循的生命意志那样。虽然秦德君的回忆录引用茅盾自己的话来确认北欧女神暗指苏联，其中也记录了他们恋爱中的如下场面：茅盾热情地将秦德君称作自己生命的救星，称她是挽救了自己的命运女神。朗诵着自己的散文《从牯岭到东京》，茅盾向自己的情人表白，做了他精神向导的勇敢的命运女神并非旁人，正是秦德君本人，她就是三女神中间的那个，象征着现在的贝璐丹迪。[1]

1929年春，受到秦德君好友胡兰畦（1901—1994年）的经历启发[2]——两人皆是从四川来参加革命的"时代女性"——茅盾开始创作一本新的小说。在这本小说里，他让女神贝璐丹迪化身为一位积极投身历史洪流的正在成长中的青年。这部小说的题目是《虹》——这象征着茅盾在克服了"蚀"的黑暗时刻之后，对革命重获信心。彩虹只在天空中短暂出现，但是它预示着乌云散尽，连接着茅盾的两部小说，彩虹照亮时间之蚀所留下的空白。它是一道出现在现在，连接过去与

---

[1] 秦德君、刘淮：《火凤凰：秦德君和她的一个世纪》，第67页。
[2] 胡兰畦：《胡兰畦回忆录》，四川人民出版社，1985年。

未来的桥梁。

在小说开始,《虹》的女主人公梅行素让人想到孙舞阳或者章秋柳这样的"致命女人"形象,尤其是当她出现在旁人的凝视中时:

> 梅女士站在走道中,将两手交握着衬在脑后,很潇洒地摇晃她的肩膀;短袖管褪卸到肩际了,露出两条白臂膊在头的两旁构成了相等的一对三角形。许多视线都被吸引了过来。梅女士咬着嘴唇微笑,露出旁若无人的气概。[1]

在整部小说中,茅盾描写梅行素的身体的方式,与他在《蚀》中所做的相类似。慧女士不动声色的颓废欢愉,孙舞阳诱人的美和不计后果的大胆,还有章秋柳面对命运发出的微笑,这些闪光的女性魅力在梅行素的青春美貌和坚强个性里合而为一了。也正是在《虹》当中,茅盾第一次直接写出人物对此时此刻的痴迷,他将梅行素称为"现在教徒",这一称呼同样也可以用在慧女士、孙舞阳和章秋柳身上。然而,梅行素和其他人物有一个重大的区别;茅盾在她的人生故事里实现了自己没能在《蚀》中做到的,他写出来一本将当下时间历史化的成长小说。正如陈建华在研究《虹》中的女性身体的象征意义时所指出的,当女体在象征的层面上融入历史时刻,因此也成为正在浮现的新历史意识的鲜活化身之时,梅行素的身体转化成为历史的"副本"。[2]从一开始,梅行素的人生故事就被目的论式的情节发展所限定。这在小

---

[1] 茅盾:《虹》,《茅盾全集》第二卷,第11页。
[2] 陈建华:《革命的"现代性":中国革命话语考论》,第339页。

说开场的地方就显现出来——梅行素看着汽轮驶过险峻的巫峡：

> 这巫峡的奇景，确也感动了她。想到自己的过去，何尝不是诡谲多变，也曾几番绝路逢生；光明和黑暗交织成的生命之丝，她已经勇敢地抽过了一半了。以后怎样呢？这谜的"将来"呀！她没有空想，也没有悲观；她只是静静地等着，像一个老拳师摆好了步位等待敌手那样的等着。[1]

《虹》的叙事是在梅行素人生旅途的中段开始的，它创造了一个过去和未来汇聚于"现在"时刻的时空体（chronotope），这个时空体是历史前进的一部分。从此时此刻开始，小说会向后重述她过去的故事，也会向前铺陈她未来的经历，将梅行素不同的心理成长阶段连接起来，创造一个连贯的成长叙事。面对自己的过去和未来犹如天启的一刻过后，梅行素作为一个革命青年的学习时代开始了。

革命女青年的学习时代

《蚀》的青年主人公们都活在当下，没有过去，也没有未来，但梅行素的人生故事被呈现为一种历史化的叙事，将个人成长与现代中国的重大历史事件紧密结合在一起。正如王德威所总结的："《虹》通过聚焦女主人公梅行素朝向性与意识形态启蒙的朝圣之旅，描写了

---

[1] 茅盾：《虹》，《茅盾全集》第二卷，第3页。

从五四运动到五卅事件的现代中国历史。"[1]《虹》可以被读作一本将个人成长经历与民族国家经验相融合的历史小说,而梅行素的女性身体则将个人感性体验与革命的象征联系在一起。

茅盾将梅行素描写成女神贝璐丹迪的化身,赋予她活泼、勇敢的性格,这样的性格特征让她保持着奋斗向前的进步位置:"她是虹一样的人物……她的特性是'往前冲'!"[2]在第三章里,我分析过《倪焕之》是如何揭示了理想主义的失败并将青年禁锢在伤逝的悔恨中;与之相较,《虹》开篇写到主人公的自我回顾,就让她抛弃了这样的悔恨。小说开始,梅行素看着长江滚滚向前奔流的景象,她在这一刻顿悟,这个瞬间终结了她满是创伤的过去,用意在于她理解了进步的历史观,这将使她摆脱过去,去往一个新世界。

《虹》被设计成一本革命成长小说,追索主人公自我觉醒、追求理想并发现自己在历史进程中所起的作用的完整过程。《虹》的叙事基础是一种目的论修辞(teleological rhetoric),这一修辞体现了被莫瑞蒂定义为古典成长小说核心修辞模式的"分类原则"(classification principle)。按照这一定义,莫瑞蒂传达了一种黑格尔式的概念,即"只有当导向一个特别清楚无误的结局时,叙事转变才有意义:这一结局确立一种与最初不同的类别"[3]。

在《虹》中,这一分类原则将梅行素的学习时代定义成一步接一

---

[1] David Der-Wei Wang(王德威),*Fictional Realism in Twentieth-Century China: Mao Dun, Lao She, Shen Congwen*(《写实主义小说的虚构:茅盾,老舍,沈从文》),p.83.

[2] 茅盾:《虹》,《茅盾全集》第二卷,第4页。

[3] Franco Moretti(莫瑞蒂),*The Way of the World: The Bildungsroman in European Culture*(《世界之道》),p.7.

步的逐渐转变，最终导向她接受共产主义信仰。因此茅盾的这部成长小说的结构，是相当具有意识形态性质的。在这部小说中，来自当前革命危机的创伤经验不再像在《蚀》里那样将青年困于其中，而是作为一系列的考验，进而推动主人公的自我意识不断成长。基于这样的叙事设置，将有一系列事件来逐步引导梅行素参与政治革命，这一系列事件同时又会将她的个人成长建构为一个连贯的叙述：反抗父权体系，逃离包办婚姻，接受新文化运动的影响，接受并调整个人主义道德观，并最终抛弃"资产阶级习性"，响应号召投身革命。

然而在实际写作中，这一目的论修辞从以下两方面激化了《虹》的叙事中的形式张力。首先，对青春的感性描写及其政治象征之间出现冲突，这引发了梅行素作为女性的自我意识和意识形态召唤之间的明显矛盾。其次，梅行素对个体自决的追求与革命的集体主义相冲突，后者正是要求放弃个人主义才能实现的。

如前所述，《虹》构思的核心是试图让进步史观化身为女神的身体。当汽轮穿越巫峡，梅行素站在甲板过道上时，她并非没有意识到自己身体无法抵抗的美，这种自觉显示了她对自己在成长的岁月——从青春期到成年，从天真到富有经验，从脆弱到坚韧——永远向前冲而感到的自豪。虽然茅盾从未停止描述梅行素外在的美，他也为自己对女性之美的赞颂找到一个新的矛盾，即梅行素决心要克服自己的女性特质："几年来她唯一的目的是克制自己的浓郁的女性和更浓郁的母性！"[1]

梅行素第一次意识到自己的女性特质和追求更大的目标之间存有

---

[1] 茅盾：《虹》，《茅盾全集》第二卷，第4页。

冲突,是当她以有别于当时流行观点的视角来阅读易卜生的《玩偶之家》时,当时流行的是以胡适发表在《新青年》上的《易卜生主义》为代表的观点,明确支持娜拉追求女性自立。[1]梅行素明显受到这种女性主义观念的影响,但与此同时,她也欣赏林敦夫人的牺牲精神,认为她有着超越自己性别的伟大之处,而为自己的女性意识所限制的娜拉则是平凡的:

> 她本来是崇拜娜拉的,但现在却觉得娜拉也很平常……,娜拉曾经想靠自己的女性美去讨点便宜,她装出许多柔情蜜意的举动,打算向蓝医生秘密借钱,但当她的逗情的游戏将要变成严重的事件,她又退缩了,她全心灵地意识到自己是"女性",虽然为了救人,还是不能将"性"作为交换条件。反之,林敦夫人却截然不同;她两次为了别人将"性"作为交换条件,毫不感到困难,她是忘记了自己是"女性"的女人![2]

梅行素在林敦夫人的牺牲中看到一种将性提高到无私水准的办法,并将娜拉对身为女性的自觉视作软弱的标志。在梅行素自己的生活中,她决定不效仿娜拉。这一幕的发生正值她被迫接受包办婚姻之时。受到林敦夫人为更高目标牺牲自己的启发,梅行素决定不保护自己的贞操,而是将包办婚姻看作帮助自己父亲摆脱经济危机的办法。她试着

---

[1] 胡适:《易卜生主义》,《胡适全集》第一卷,安徽教育出版社,2003年,第599—617页。
[2] 茅盾:《虹》,《茅盾全集》第二卷,第38页。

将婚姻本身视作无关紧要，并准备牺牲自己的女性意识，为了献身更高的目的。此时，这个更高的目的在梅行素心中还只是一种非常朦胧的念头，但重要的是，她从林敦夫人身上学到关键一课：要削弱自己的女性特质被赋予的意义，为的是献身于更高目标。

梅行素马上要遭遇的折磨，是她未料到的作为已婚女性的性生活。这里茅盾在梅行素的女性自觉中增添了另一重转折。虽然她功利地把性视作讨价还价的工具，用来控制自己的丈夫柳遇春——一个样貌就让她作呕的表亲，她仍不免有时因为他的挑逗而感到快感。茅盾特别写出梅行素在这个被动的婚姻关系中偶然的官能愉快。此外，柳遇春用一次忏悔赢得了她的同情，这次忏悔表明尽管他成长环境恶劣，生活方式腐化，他的性格中也有真诚的一面。这时她发现自己作为女性的同情心被激发了：

> 对于柳遇春这种殷勤，梅女士却感得害怕，比怒色厉声的高压手段更害怕些；尤其是当她看出柳遇春似乎有几分真心，不是哄骗，她的思想便陷入了惶惑徘徊。她觉得这是些无形的韧丝，渐渐地要将她的破壁飞去的心缠住。可是她又无法解脱这些韧丝的包围。她是个女子。她有数千年来传统的女性的缺点：易为感情所动。[1]

这里梅行素对女性特质有意识的抵抗与她的身体感觉——以及女性的同情心——之间产生了张力。这或许揭示出茅盾本人的困惑，他试图

---

[1] 茅盾：《虹》，《茅盾全集》第二卷，第67页。

融入女性身体形象的互相矛盾的价值之间发生冲突。充满活力的青春肉体——它象征稍纵即逝的现在——被置于精神进步的对立面。茅盾纵然意图将女性身体转变为革命的崇高喻体,他在叙事中却不得不迫使梅行素克服她"作为女性"的自我意识。梅行素与自己的欲望和同情心斗争的部分,是小说中最具戏剧性的描写。她不光需要摈除自己的感官享乐,还要抛弃自己的感伤倾向,这一倾向因为她对另一位表亲——性格脆弱的韦玉——的柔情而愈发强烈。梅行素拼尽全力将两位表亲从心中赶出去,这让她逐渐意识到,只有克服自己对生理和感情冲动的盲从,她才能变成自己命运真正的主人。

在她从柳遇春身边逃走的前夜,梅行素觉得自己心中"突又矛盾地酝酿起对于柳遇春的好感来了"[1]。不过这是她最后一次暴露出自己内心的软弱。一旦她获得自由之后,她似乎就彻底从心理上和生理上克服了自己的女性特质。梅行素个人成长的转折点,就是她将自己对女性特质的自觉从内心体验转化为对象化的外在表现。也就是说,在她内心生活中,她不再被恋爱和官能欢愉控制,但与此同时,她靓丽的青春肉体成为不断吸引男性凝视的对象,而她借助自己的肉体成为征服者。在她后来的历险中,她先后遇到一个后来参军当了上尉的矫健少年,一个后来变成了法西斯分子的悲观教师,还有一个想让她当情人的有权有势的军阀。当这三人都焦急地渴求梅行素的肉体与爱情之时,她对他们的追求不为所动。虽然她的性欲偶尔会重新露头,却总是在她真正陷入爱河之前就消失了。她征服了所有那些沉迷于她美色的男人。

---

[1] 茅盾:《虹》,《茅盾全集》第二卷,第84页。

在这个意义上,梅行素真正变成了茅盾设想的女神般的人物:一位有着诱人的美丽身体和强大自决能力的女性。女性身体和梅行素的自我意识分割开了,作为欲望的对象,它成了梅行素用来征服世界的武器,同时她对来自身体的那些迷惑性的官能欢愉不为所动。表面上,梅行素和慧小姐、孙舞阳、章秋柳一样同属"致命女人"这一范畴。但和她们不同的是,她选择不要沉溺于当下的快感。在梅行素的人生故事里,茅盾强调了一种与众不同的有意识的个人选择:她获得一种发展中的人格,在超越个人的革命领域里,她追求更高的目标。

小说将近结尾时暗示梅行素对共产主义革命者梁刚夫产生爱慕。然而这感情主要是用来表明她将献身于他领导的革命事业。因此,此处的恋爱关系引发的内心活动被描述成政治的,而不是情爱的。在参加"五卅"抗议之前,梅行素宣布她决心献身给她所谓的"第三个爱人",而这指的其实就是马克思主义。[1]

吊诡的是,正当梅行素的政治觉悟逐渐成熟之时,她的肉体在茅盾的自然主义"客观"描写之下却变得越来越婀娜迷人。就在宣布了马克思主义是她的爱人之后,梅行素穿得像一个裸体模型一样参加一次革命会议,而这吸引了她的同志们的目光。[2] 在小说的最后,当参加群众示威时,警察用自来水龙头驱散人群,被淋得浑身湿透的梅行素意外地遇到那位痴迷于她的年轻上尉。她被邀请到他的酒店房间去换衣服,梅行素的肉体之美再次呈现在男性的凝视中。[3] 虽然梅行素

---

[1] 茅盾:《虹》,《茅盾全集》第二卷,第219页。
[2] 同上书,第220页。
[3] 同上书,第232页。

对他逃避革命斗争的懦弱表示不齿,以此坚决回绝了他,这个面对着梅行素裸露的肉体的青年说了这样的话:"但是,梅,你不知道你自己太迷人。不想来看看的,才不是人!"[1]

以这一场景结尾,《虹》的叙事暴露出女性身体象征意义的深层暧昧。在女性身体的迷人感性及其被赋予的意识形态含义之间,仍然有一个裂隙在溶蚀着两者的象征联系。虽然梅行素的身体应该与革命的大众躯体融为一体,但是在小说的最后关头,梅行素的身体却在革命的洪流中停止前行,并独异地呈现出自身的存在——暴露在梅行素的同志们、那位不革命的青年,以及作为作家的茅盾本人的凝视中。从这个意义上说,梅行素克服自己女性特质的决心,虽然在主观层面让她最终投身革命事业,但当小说进一步浓墨重彩地描写她的青春肉体时,依然导致含混暧昧的结局。茅盾的目的论修辞,是要把女神描绘成富有魅力的历史象征符号,以此宣传革命的意识形态,但是政治和身体之间预设的和谐,却最终被证明是一种幻觉。在这个意义上,梅行素革命人格的成长出现问题,其首要原因就是因为她自己性感的身体。虽然意识形态借用身体来创造符号,茅盾却做不到无视身体本身的存在。

《虹》的目的论修辞实践的第二个问题,出现在从梅行素的性格中逐渐祛除个人主义倾向的过程中。克服个人主义是获得正确革命觉悟所必需的步骤,这在茅盾的历史进步观中有清楚的表达:"由于人们的集团的活动而及早实现了历史的必然。"[2]虽然茅盾赞美"五四"

---

[1] 茅盾:《虹》,《茅盾全集》第二卷,第232页。
[2] 茅盾:《读〈倪焕之〉》,pp.299—300。

发动中国青年用个人主义来反抗封建父权，但他将五卅运动起始的社会革命视作一个新的历史阶段，其中集体主义才是中国革命的新方向。这一观念支撑着《虹》的叙事中的分类原则，这一原则也决定梅行素需要从个人主义者转变成集体主义者。个人转变被描写成历史进程中的一步，从启蒙时代走向社会革命的纪元。因此，按照小说的叙事设置，梅行素逐渐意识到个人主义的问题，这一情节是用来纠正"五四"价值观的，茅盾在评论《倪焕之》的文章中公开批评过后者。

在小说开篇描写梅行素看着汽船驶过巫峡之后，叙事回溯到五四运动的消息传到梅行素耳中的时刻，当时她还是四川的一个年轻学生。作为《新青年》的忠实读者，梅行素并非没有接受新文化的道德观，这一道德观以自决为核心，用"易卜生主义"作为它最具冲击力的口号之一。但正如梅行素欣赏林敦夫人而不是娜拉，这暗示着，小说从她个人成长的一开始，她就已经在提防个人主义的软弱性了。作为一个从生活里学习而不是死读书的青年，梅行素领悟到，为了实现更高的目标，人应该要自愿为他人做出牺牲，而不仅仅是满足自己的欲望。接下来几个章节呈现一系列同样有解释力的时刻，表达梅行素对流行观念的冷漠或者批评，包括胡适提议的"少谈些主义""性解放"的概念，或者是对西方风俗的盲目模仿，这些都与"五四"时期盛行的个人主义思潮紧密相关。

《虹》的叙事意图很明显，要重写自五四运动以来的中国思想与社会史，目的是为了宣传在五卅运动时期产生影响的革命理论。叙事适时地终结在梅行素于1925年5月30日参加示威时，因而按照"分类原则"，它应该在形式上实现叙事修辞效果，将梅行素从个人主义知识分子转变成与群众融为一体的革命者。只有当她出现在上海街头时，梅行素才能成为北欧命运三女神的真正化身，或者说成为革命女神。这一时刻体现茅盾对重获政治信念的渴望，即相信共产主义革命是实现民族重获青春的正确道路。

然而，更细致的观察揭示出，在茅盾的叙事中，梅行素之所以参加革命活动，主要仍是由青年叛逆的天性所驱动，也因此她依然在坚持不懈地追求个人自决。来到上海之后，梅行素迫切想要加入地下革命组织，但是被党的领导人梁刚夫粗暴地拒绝了。梅行素因为梁刚夫的骄傲而感到受了伤害，她决定要独立地找出一条革命道路。在这里，当她与梁刚夫竞争，要看看"谁能做得更好"时，她投身于自己创立的"革命道路"这件事，明显违背了组织纪律。

在她最终参与革命组织时，梅行素强烈的自主精神进一步与党的集体主义要求之间发生冲突。她被命令和另一个女同志合作组织妇女会，但是她立刻感到"群"的压迫。接着她回忆起过去不愉快的时刻：当她在当地的一所学校工作时，她被自己的女同事孤立了。她明白自己从来不能从"群"这个字里找到正面的意义。此外，她开始意识到自己突然生出的革命热情其实来自一刹那的骄傲，驱使她去和低估她个人的能力的那些人去竞争——尤其是梁刚夫。

因为她的独立精神导致与其他组织者之间的不合，梅行素很快退出妇女会的工作。此时，看起来她从个人主义者向合格革命者的转变就要半途而废了，一个叫黄因明的姑娘意外给她带来真正的启蒙。黄因明在小说前半部分曾经出现过，最初因为她和自己堂兄的暧昧关系引起梅行素的注意。当她重又出现在小说最后时，她已经神奇地变成经验丰富的革命者。梅行素和黄因明住到了一起，她们的关系充满同性爱的暗示。黄因明的假小子气和梅行素的女性气质形成鲜明的对比，甚至连用人都误以为她们是一对夫妻。通过这种含混的关系，梅行素开始接受她的革命教育，黄因明的革命书籍引导梅行素进入一个全新的宇宙：马克思主义理论。梅行素接受革命启蒙的偶然性证明："只有神秘的天启才能真正让人超越时间经验，刹那顿悟。"[1]更重要的是，这一启蒙被描述成一件孤立的事件，它本身就是偶然且不寻常的，尤其是当这个时间置于梅行素与黄因明的复杂关系之中时。

在描述梅行素贪婪地阅读革命书籍之后，小说叙事并没有暗示她和黄因明或者梁刚夫有过任何交流，而是直接跳到五卅运动这一高潮时刻。因此，小说也就没有解释梅行素最终参加运动的原因，是在组织的引导之下，还是自发的决定。此外，在梅行素个人成长的这个最终阶段，即应该要完成从个人主义向集体主义转变的关头，茅盾的叙事再次暴露出他的目的论意图和自然主义人物描写之间的罅隙。虽然他意图通过将梅行素的个人融入集体之中，让她成为进步史观的化身，他最终也需要同时将她呈现为独一无二的女主人公。于是对梅行素在群众运动中的描写，也就不停地在个人和群体之间转换焦点，因此叙述变得高度紧张。最吊诡的场面发生在梅行素突然遇到那位年轻上尉时。此时，就在革命斗争的顶点，梅行素却退出了真正的历史场景。当街头在进行集团的斗争、在创造历史时，她的被书写为历史象征形象的身体却退到一间酒店的房间，在那里，她作为女性个体的魅力，

---

[1] David Der-Wei Wang（王德威），*Fictional Realism in Twentieth-Century China: Mao Dun, Lao She, Shen Congwen*（《写实主义小说的虚构：茅盾、老舍、沈从文》），p.42.

展现在另一个人眼前。

作为第一部中国革命成长小说,《虹》因其复杂和含混而变得特别。尽管有一个整齐的叙事设计,小说中却充满矛盾的时刻,这些时刻丰富了梅行素的人物形象,也把青年在中国革命历史中的能动性变得复杂起来。看起来时间之蚀依旧缠绕着历史之虹不放。女神般的形象不能消解现在教徒内心的不安,也不能摆脱人物保留自我决断力的强烈欲求,而充满魅力的女性身体也不能被象征的意义所定义。虽然并未能实现计划,《虹》所建构的革命人格朝向目的论终点前进的成长故事,却奠定了革命成长小说叙事模式的基础。对革命女学徒的塑造,她的自我意识的去性别化,由恋爱关系带来的顿悟,还有试图纠正个人主义倾向的努力——所有这些元素都成为有关革命时代青年成长的宏大叙事的必要元素。

《虹》确立了一种信仰,即青春不能如"老少年"那样被浪费,或者像在失败的理想主义者倪焕之的故事里那样变得无意义。相反,青春应该被提升到革命的崇高领域。在现代中国小说的发展史中,通过让她成为历史进步的象征力量的化身,梅行素是将青春转变为历史崇高形象的第一次尝试。[1]然而,更饱满、更完整的有关青年女性革命者的成长小说,还要再等将近三十年才通过它最完美的化身林道静再出现在文坛上,她是杨沫1958年的小说《青春之歌》的女主人公,本书的最后一章将详细分析这部作品。

---

[1] 在此我借用了王斑《历史的崇高形象》中表达的概念,这一概念暗示了个体和国家等更大存在的融合,这是一个教化和提升的过程,它凸显了美学与政治之间相互作用。Ban Wang(王斑), *The Sublime Figure of History: Aesthetics and Politics in Twentieth-Century China*(《历史的崇高形象》), Stanford University Press, 1997, pp.2–4.

第五章

生命的开花：巴金无政府主义小说中的青春

所有中国现代作家中，巴金可能是对青年人最有责任感的代言人。"青春是美丽的"——这句简单但又决绝的宣言，在巴金的作品中一以贯之。与其他中国现代小说的主人公相比，巴金最受欢迎的作品《家》所塑造的叛逆青年高觉慧的形象，或许更为家喻户晓、受人喜爱，也更受推崇。觉慧读着《新青年》长大，与旧家庭决裂，作为一个情感充沛、富有理想主义精神的年轻人，他是那个时代最典型的青年英雄。他决心对抗封建家长制度，在青年与家长之间发起战争，这也等于是对当时整个社会制度的宣战。与倪焕之或梅行素相比，觉慧的人物塑造缺乏心理深度，但也恰恰因此更清晰地透露出现代青年的关键特质：充满幻想，满腔热忱，胆大无畏，从不屈服。在小说结尾，觉慧告别家乡，远去上海，踏上追寻社会革命的理想之路。文学史家王瑶说过，在那个时代，每一个青年都想成为高觉慧[1]。可以说，在20世纪三四十年代，巴金小说对中国青年的思想情感有着最为重要的影响。

　　与巴金同时代的批评家刘西渭（1906—1982年）曾说："他本能

---

[1] 王瑶：《中国新文学史稿》上卷，开明书店，1951年，第234页。

地永生在青春的原野。"[1]这一说法尽管委婉地批评了巴金的文学创作过于热情，却将"青春"毫无疑义地定义为巴金小说的核心形象。夏志清则以更不客气的讽刺语调评论说："他从没有脱离过少年成长期。"[2]如果我们暂且不考虑巴金步入中年以后写出的更为复杂的作品，如《秋》、《憩园》和《寒夜》等，纯粹看他早期的作品，刘和夏的批评都恰如其分地点明了巴金作为一个年轻作家的不成熟，例如：缺乏圆熟的艺术手法，对于人性理想化的表现中带有的天真心态，以及他对人物心理缺乏洞察力的描写。然而，正是这些不成熟之处，也使得他笔下的青春形象更加透明、平易、令人着迷。更重要的是，巴金在青年时期主要是一个无政府主义作家，他很可能从未想脱离他"少年成长期"的信仰，自始至终，他一生都希望用最清晰、最简单的方式向读者传递他的理想。

从文学生涯的最初时刻开始，巴金便将他所尊敬的精神导师、意大利裔美国无政府主义革命家凡宰特（Bartolomeo Vanzetti，1891-1927）的告诫奉为珍宝。1927年，萨珂和凡宰特案震撼世界。在被不公正地执行死刑的前夕，凡宰特曾给巴金回信说："青年是人类的希望。"[3]此后漫长的一生，巴金都将凡宰特这句遗言视为信念，铭记于心。对他来说，青春的无邪、活力和热情有着近乎宗教的性质，

---

[1] 刘西渭：《〈雾〉、〈雨〉与〈电〉——巴金的〈爱情的三部曲〉》，《巴金全集》第六卷，人民文学出版社，1988年，第457页。有关论述参见宋曰家《巴金：永生在青春的原野》，山东文艺出版社，1997年。

[2] 夏志清：《中国现代小说史》，香港中文大学出版社，2001年，第204页。

[3] Marion Denman Frankfurter（马里恩·登曼·法兰克福）and Jackson Frankfurter（杰克逊·法兰克福），*The Letters of Sacco and Vanzetti*（《萨珂和凡宰特书信选》），Viking，1928，p.307.

青春比任何事物都更能体现生命的根本形态。巴金曾翻译过在伦理和美学上对他影响重大的法国哲学家居友（Jean-Marie Guyau，1854-1888）的一个概念——在此可借用说明——青春可谓是"生命的开花"的完美体现。[1] 这一隐喻暗含着巴金对于人性的终极理念，也为他描述青年的成长小说奠定了最根本的情节展开方式。"开花"的情节是一场生命力繁盛展示的过程。这绝非是自我膨胀的过程；相反，"开花"意味着通过奉献、消费和牺牲自我，来造福于人类。更进一步，这一道德信念所要求的个人贡献，并非出于义务或制裁。也就是说，一切完全出于自愿。

在巴金看来，唯有青年有着让生命开花的能动力。通过青年的自愿牺牲，巴金将一种神秘的道德意味注入小说情节。这不是单纯描述一个人格逐渐发展的情节，而是点明一个道德启悟的瞬间；这个情节并不强调循序渐进的成长，而是着眼在皈依或确立信仰的决绝时刻。由"生命的开花"所定义的"成长"，是青春的生命力在自我牺牲的形式中燃烧时所达到的高峰时刻，这个时刻也同时终结了成长的过程，换言之，是以其自我燃烧殆尽的方式来完成了青春的嬗变。

从体例上来说，巴金的《家》最多可算是一部未完成的成长小说——觉慧的成长经历才刚刚开头，对他的叙述终止在与家庭决裂的那个时刻。在最后一章，觉慧顺长江而下，在旅途中渴望人生的崭新起点。"他

---

[1] Jean-Marie Guyau（居友），*Esquisse d'une morale sans obligation ni sanction*（《无义务无制裁的道德论》），F Alcan, 1884；本书参阅的是1903年第六版。巴金在1933年发表的文章《谈心会》中首次提及此概念。参见《巴金全集》第十二卷，第135—136页。更多关于此概念的讨论以及居友对于巴金的影响，参见周立民《生命的开花》，《生命的开花：巴金研究年刊卷一》，文汇出版社，2005年，第102—114页。

的眼前是连接不断的绿水。这水只是不停地向前面流去，它会把他载到一个未知的大城市去。在那里新的一切正在成长。"[1]这个时刻终结了巴金的小说，但同样的这一时刻在倪焕之和梅行素的"成长史"中却是故事的起点。巴金的小说仅仅写出了年轻主人公自我觉悟的第一步。对于觉慧来说，旅途才刚刚开始。

巴金本意要写《家》的续集《群》，继续追随高觉慧的人生历程[2]，但他并未完成这个计划。相反，他创作了《春》与《秋》。和《家》一起，这三部小说构成作为家族史的"激流三部曲"。三部曲详细描写了高家的衰亡过程，很容易让人联想到中国古典名著《红楼梦》，或是巴金自己宣称的对其创作影响更直接的左拉《卢贡–马卡尔家族》（*Les Rougon-Macquart*）。最后一部《秋》，肃穆而凄惨的描写或许标志着巴金的文学创作更趋成熟，但《秋》里面的青春已经凋零。奥尔加·朗（Olga Lang）提出，巴金早期小说中的另外一些主要人物，或许本该就是巴金原定的"三部曲"计划中的主人公们，"他们离开家乡后，积极地参与劳工运动，并试图用他们的理想改变世界"[3]。朗所指的那些主人公，出现在巴金的处女作《灭亡》及其续集《新生》中。我认为还应该再加上另外三部中篇小说《雾》《雨》《电》的主要人物。这三部中篇小说被巴金命名为"爱情的三部曲"。与《家》及其续作相比，《灭亡》、《新生》、"爱情的三部曲"可以更为准确地被称为"无

---

[1] 巴金：《家》，《巴金全集》第一卷，第427页。

[2] 巴金：《出版后记》，《巴金全集》第一卷，第435页。

[3] Olga Lang（奥尔加·朗），*Pa Chin and His Writings: Chinese Youth Between the Two Revolutions*（《巴金及其作品：两次革命之间的中国青年》），Harvard University Press，1967，p.105.

政府主义小说",因为它们都更注重宣扬无政府主义的政治和道德观念。

巴金在成为职业小说家之前,曾是一个热情的无政府主义革命者,这一点在今天已毋庸讳言。[1]就如同觉慧一样,他在少年时期离开家乡(1923年),而后在中国无政府主义运动的最后阶段积极地参与政治运动。然而,当巴金在20年代末期开始其文学生涯的时候,无政府主义运动在全世界范围内都已濒临灭亡。《灭亡》是巴金在面临革命事业破灭的时候,将情感诉诸笔端创作的一系列作品中的第一部。就像陈思和所指出的,巴金文学上的成功,同时也证明了他作为职业革命家的失败,他最初的文学灵感正来自他那濒临破灭的政治理想。[2]几年之后,当他写作"爱情的三部曲"最后一卷时,也正是中国无政府主义运动面临灭亡的关键时刻,巴金必须在文学事业和政治理想之间做出选择。他选择继续做一个文学家,但当运动失败之后,这个选择也使他的信念继续通过文学的想象长存于世。

巴金"无政府主义小说"的主人公大多如同觉慧那样,远离故乡,到上海这样的大都市里从事革命运动。30年代初,巴金开始为青年革命家觉慧构思他的"成长史诗"——然而,即便这样一部作品有可能问世,在这个构思尚未形成之际,事实上,故事的结局却已经在几年之前就体现在他早期作品中那些复杂的人生体验中了。从《灭亡》到《新生》,再到"爱情的三部曲",巴金为中国的无政府主义英雄塑造出

---

[1] 巴金作为无政府主义作家所获得的国际声誉,在他逝世不久之后,就为目前仍活跃在西方的无政府主义者所特别强调。如国际无政府主义研究会的地下出版物《无政府理论论丛》(*Perspectives on Anarchist Theory*)即发表了一篇关于他的长篇纪念文章,即伯顿-罗斯(Burton-Rose)的《巴金的世纪》("Ba Jin's Century"),*Perspectives on Anarchist Theory*, 11.3(2007), pp.15-39。

[2] 陈思和:《人格的发展:巴金传》,上海人民出版社,1992年,第118页。

一系列群像。这些作品有着对于中国无政府主义运动最为直接的描述,巴金自己也曾说,作品中的许多人物原型都是来自一些他所熟识的朋友。但他讲述这些故事的目的,尚不在于刻画一个个有血有肉的人物,而是为了把一个个面对死亡的青年无政府主义者所经历的一系列重要的启悟时刻呈现出来。这样的呈现,使得即将到来的灭亡变成一种自我牺牲,也使灭亡变成一种仪式,在其中将革命与个人的问题都予以最终的全面解决,并为之赋予光荣的道德意味。巴金最终所成就的,是将历史的错综复杂有意转化为一种神秘的情节剧式(melodramatic)两极冲突。在这场情节剧中,善与恶、光明与黑暗、理想与现实之间有着一场殊死搏斗。自我牺牲作为高潮用在小说情节中,既是用来救赎理想,也是为了模糊现实。

这些小说常被批评过于感情直露,表达过度,从而阻碍了它们在形式上的完整与连贯。然而,刘西渭曾指出:"巴金是幸福的,因为他的人物属于一群真实的青年,而他的读者也属于一群真实的青年。他的心燃起他们的心。"[1]巴金对于青年人物的描写中所体现的透明与直白,仿佛让他们挣脱了所有形式意义与文学成规上的束缚。在这个意义上,巴金笔下的"成长小说"是一种不能被形式化的变体,他投入在描写青年的文学形式中的,也正是无政府主义的摆脱一切制度束缚的解放力量。当巴金写《家》的时候,他笔下的情节剧式冲突已经完全是一组势均力敌的力量之间的搏斗:青年与老人,以及在隐喻的意义上,光明与黑暗、天真与腐朽。青春成为一种天性本善的生命形象,对抗衰朽的封建礼教。

---

[1] 刘西渭:《〈雾〉、〈雨〉与〈电〉——巴金的〈爱情的三部曲〉》,《巴金全集》第六卷,453页。

在这一章里,我将着重讨论巴金的无政府主义小说,厘清无政府主义信念和他在小说中表现的青春形象之间的种种关联。我从考察无政府主义思想对于巴金文学想象的影响出发,来解析巴金小说中的形式特点,这些特点如何既彰显也扭曲了他的政治信仰,最后会讨论他如何以情节剧的手法,将牺牲变为"成长小说"中的高峰时刻,从而塑造出他心目中理想的青年形象。这一形象最终在《家》里回溯其源,巴金在此基础上塑造出了他最单纯,也最热血的青年反叛者——觉慧。

一个中国无政府主义青年的成长

1920年冬,青年李芾甘阅读了一本名为《告少年》的书。作者是俄国的克鲁泡特金亲王(Prince Peter Kropotkin,1841-1921)。这是一本广为流传的无政府主义宣传书籍,作者忠告青年读者们如何去过一种完整、高尚、合理的生活。他对青年的忠告是劝说他们为人世间的真理、公正以及平等而斗争,将自己献身于社会革命。[1]对于李芾甘这样一个富家子弟,克鲁泡特金的话让他热血沸腾。他被这本小小的书深深打动:"那种带煽动性的笔调简直要把一个十五岁的孩子的心烧成灰了。我把这本小册子放在床头,每夜都拿出来,读了流泪,流过泪又笑。"[2]就是在这一时刻,这个青年有了最初的政治信仰的启

---

[1] Roger N. Baldwin(罗杰·鲍德温),*Kropotkin's Revolutionary Pamphlets*(《克鲁泡特金革命宣传手册》),Benjamin Brom, 1927, pp.278-279.

[2] 巴金:《我的幼年》,《巴金全集》第十三卷,人民文学出版社,1990年,第8页。

悟;他后来说:"从十五岁起直到现在我就让那信仰指引着我。"[1]1929年,当他完成了他的第一部小说时,他采用了"巴金"这个笔名,以表达他对国际上两位最伟大的无政府主义者巴枯宁(Mikhail Bakunin, 1814-1876)和克鲁泡特金深深的敬意。[2]

巴金阅读的中文版《告少年》为中国第一代无政府主义活动家李石曾(1881—1973年)所译。到巴金被无政府主义思想吸引的时候,通过李石曾及其同志们的不懈努力,无政府主义已经在中国知识界蔚然成风。如德里克所言:"从1907年到20世纪20年代,在所有进入中国的那些互相竞争的激进哲学理论中,唯有无政府主义得到了全面的普及,并在公众的阅读中得到广泛的传播。"[3]当时,无政府主义是中国激进思想的主要来源。即使在它衰败之后,无政府主义仍然对于中国思想界有着长远的影响:它体现着致力于去除一切专制权力,将个人从压迫性的体制中解放出来的乌托邦想象。

中国无政府主义的初期阶段,它快速广泛地传播,得益于激进知识分子普遍反清的政治立场。无政府主义所提倡的个人对抗政府,在反清革命者们的心中引起共鸣。以提倡和应用"直接手段"(direct action)的俄国虚无党人为榜样,中国革命者通过一系列针对清朝官员的暗杀行动,将无政府主义运动转变为震惊全民的民族战争。从一开

---

[1] 巴金:《新年试笔》,《巴金全集》第十二卷,人民文学出版社,1989年,第264页。

[2] 巴金在1958年否认了这种说法。他称"巴"是为了纪念一位姓巴的朋友,然而他仍然承认了"金"是来自克鲁泡特金。但巴金的否认是在中国的无政府主义受到批判之后做出的,所以其真实性存疑。参见巴金《谈〈灭亡〉》,《巴金论创作》,上海文艺出版社,1983年,第182页。

[3] Arif Dirlik(德里克), *Anarchism in the Chinese Revolution*(《中国革命中的无政府主义》), University of California Press, 1991, p.27.

始,中国无政府主义就伴随着恐怖主义,这种情形延续到清帝逊位之后,甚至在运动失败之后,仍活跃在巴金的文学想象中。中国最著名的无政府主义者之一师复(1884—1915年)创立了东方暗杀团,宣扬"独一无二之敢死精神"。这种通过自杀性恐怖行动体现的英勇献身,成为无政府主义道德精神中不可或缺的元素,[1]后来也特别体现在巴金对于暗杀的描述中,尤其是"爱情的三部曲"最后一部的情节中。

在很短的时间内,从1907年到1927年,无政府主义在晚清民初占据了知识界的主流,出现了上百个无政府主义团体,和难以计数的无政府主义报刊及出版物。[2]刘师培创办的《天义报》、李石曾和吴稚晖主编的《新世纪》,以及师复主笔的《民声》,是当时宣传无政府主义最具影响力的三份期刊。相应的三个无政府主义社团,也由刊物编者各自组织起来,它们分别是社会主义讲习会、世界社和心社。各种来自欧洲和日本的无政府主义理论,便是透过这些组织和出版物传入中国的。一个与正统儒学理念相悖的、致力于创造"完人"的新的理想被投入实践之中。

以师复的心社为例。它有一套为成员设计的严格的纪律准则。无政府主义的生活方式,被认为应该使中国人抛弃惯有的服从体制的旧习,将他们从体制干预中解放出来,充分发展个体的人格。对于无政府主义青年最关键的要求,便是一种与传统习俗及社会体制决裂的决

---

[1] Edward S. Krebs(爱德华·克雷布斯),*Shifu, Soul of Chinese Anarchism*(《师复:中国无政府主义的灵魂》),Rowman & Littlefield, 1998, p.6.

[2] 关于中国无政府主义组织、期刊以及出版物的资料,参见徐善广、柳剑平:《中国无政府主义史》,湖北人民出版社,1989年,第307—382页。

心。师复以身作则，引导心社成员过一种道德纯净的生活，纲领为"破除现代社会之伪道德、恶制度，而以吾人良心上之新道德代之"。有十二条社约：不食肉；不饮酒；不吸烟；不用仆役；不坐轿及人力车；不婚姻；不称族姓；不做官吏；不做议员；不入政党；不做陆海军人；不奉宗教。[1] 1915年，师复由于过劳而去世，他被包括巴金在内的几代中国无政府主义者奉为道德楷模。师复的道德禁忌在高觉慧的伦理关怀中也清晰地体现出来。身为大家族的少爷，觉慧就如同巴金自己一样，同情受欺压的仆人，不肯乘轿子，痛恨对于人力的任何剥削形式，他追求一个崭新、平等的社会，以此拯救被父权制度扼杀的人性。

巴金加入无政府主义运动时，正值它在中国得到最广泛的推崇之际。他的家乡成都，是自民国建立以来无政府主义运动最为活跃的中心城市之一。就在巴金阅读克鲁泡特金的《告少年》之后不久，他开始秘密参加当地无政府主义小组的活动。他对运动的贡献，更多以思想形式体现。他在十六岁时写的第一篇政论《怎样建设真正自由平等的社会》[2]，号召终结任何政府的存在，由此为起点，他开始了作为一个无政府主义作家的写作生涯。在接下来的十年里，巴金写作了至少九本书和近百篇文章，其中涉及无政府主义理论、国际无政府主义运动、恐怖主义、俄国虚无党和劳工运动等一系列的广泛主题。他也参与到无政府主义者和共产主义者之间的辩论之中。出于想要阅读无政

---

[1] 参阅Edward S. Krebs（爱德华·克雷布斯），*Shifu, Soul of Chinese Anarchism*（《师复：中国无政府主义的灵魂》）有关记述。十二条社约见《师复文存》，革新书局，1927年，第4页。

[2] 巴金：《怎样建设真正自由平等的社会》最初发表在1921年4月《半月》杂志第十七号，收入《巴金全集》，第十八卷，人民文学出版社，1993年，第1—3页。

府主义原版作品的愿望，巴金学习并掌握了英语、法语、俄语和世界语。他系统研究了一些主要无政府主义者的思想，包括蒲鲁东（Pierre-Joseph Proudhon，1809-1865）、巴枯宁、克鲁泡特金、司特普尼克（Sergey Stepniak，1851-1885）、薇娜·妃格念尔（Vera Figner，1852-1942）、爱玛·高德曼（Emma Goldman，1869-1940）、亚历山大·伯克曼（Alexander Berkman，1870-1936），以及萨珂和凡宰特，他翻译为中文的书籍和宣传手册至少有二十种。[1]

在巴金的一生中，克鲁泡特金是他最为敬佩的无政府主义理论家。这位俄国贵族出身的革命家，是20世纪初期人们熟知的世界公民，他在科学和人文两方面的博学、传奇一般的革命生涯，以及高尚的人格，都被世人称颂。到了20世纪40年代，巴金为中国读者译出了许多本克鲁泡特金的著作，包括其最重要的著作如《伦理学》《面包与自由》《一个革命者的回忆》（后来再版时更名为《我的自传》），巴金还重译了他的启蒙读物，更名为《告青年》。青年时代的巴金特别被克鲁泡特金伦理学中的互助论所吸引。通过系统化的科学理论，克鲁泡特金建立了一种高度理想化的伦理观念，他希望能够以此"让人类为了共同的目的一同努力"[2]。互助论所传达的信念是无政府主义针对社会达尔文主义的一剂解药。克鲁泡特金设想物种的成功，包括人类的进化，在生物学上都是建立于互助合作而非相互竞争。他相信所有的个体生命都有

---

[1] 关于巴金对西方无政府主义作家的介绍和翻译。参见艾晓明《青年巴金及其文学视界》，四川文艺出版社，1989年，第28—54页。这些翻译中有一些收入《巴金译文全集》中，人民文学出版社，1997年。

[2] Peter Kropotkin（克鲁泡特金），*Ethics: Origin and Development*（《伦理学的起源和发展》），Benjamin Brom, 1968, p.22.

互助的本能冲动，从而使进化演变导向将所有生命融入一个完整的生命机体。不用说，当应用于人类身上的时候，这个理论就像所有的无政府主义理论一样，建立在对人性善的不可动摇的信念上。

互助论对于"社群"而非"个体"存在的强调，似乎使它显得更偏向于共产主义，但是其基本原理仍然建基于对个体能动性的道德信念之上。为了解这一理论，我们有必要讨论居友所提出的无义务与无制裁的道德，居友的观点被克鲁泡特金纳入其《伦理学》的最后一章[1]，也被巴金无保留地接受。居友认为，每个独立个体的道德意识与任何外在的义务与制裁无关；它仅仅出于人类本能地想要帮助他人的道德热忱。"世上有某种不能与生存分离的宽宏大度，要是没有它我们就会死亡，我们就会从内部枯萎。我们必须开花；道德、无私心是人生之花。"[2] 正是通过接受居友的伦理观，克鲁泡特金才能够构想出一个建立在互助基础上的无政府主义社会，而互助是个体生命中自觉的道德呈现，因此这样的社会不需要倚靠任何形式的政府机构。

巴金发自内心地被"生命之花"（la fleur de la vie humaine）这个意象打动，在他的眼里，应该由此展开个人生活最完满的发展蓝图，同时也服务于人类共同的利益。与此同时，巴金全身心地接受居友的道德信念，他对于自我牺牲有了新的理解，在自我牺牲中体现了人类最无私、最无利益的互助精神。克鲁泡特金引用居友的原话："自我

---

[1] 克鲁泡特金的《伦理学》没有写完，他在介绍居友的"生命的开花"道德观点那一章以后还未来得及再写下去，便去世了，所以我们似乎可以把居友的道德思想看作是克氏梳理世界道德历史发展的总结性的章节。

[2] Peter Kropotkin（克鲁泡特金），*Ethics: Origin and Development*（《伦理学的起源和发展》），p. 324. 此处中文采用巴金的译文，《巴金译文全集》第十卷，第412页。

牺牲在生命的一般法则中有它的位置，……大无畏精神或者自我牺牲不是自己及个人生命的单纯的否定；它是这个生命升华到最高度的表现。"[1]尽管克鲁泡特金立即追加了一段议论，以区分道德的"自我牺牲"与冒险的"自我毁灭"，巴金却不得不面对当这两种情形合二为一的情况。他在中国无政府主义运动惨败之后写作的无政府主义小说中，让所描绘的生气勃勃的"生命开花"的画面，与师复号召"独一无二之敢死精神"的自我牺牲的惨烈景象，叠合为惊心动魄的情节。

除了克鲁泡特金之外，爱玛·高德曼是另一位对巴金有着深刻影响的国际无政府主义者。事实上，巴金是在阅读高德曼的书时，第一次见到"安那其主义"（anarchism，无政府主义的中文音译）这个词，并且开始理解其含义。[2]他称高德曼"是我的精神上的母亲，她是第一个使我窥见了安那其主义的美丽的人"[3]。如果我们说克鲁泡特金启迪巴金通过理论获得伦理自觉，那么高德曼的影响则是通过唤起他内心深处的情感回应，从而巩固了他的信念。在1923年，他开始直接与高德曼通信。远在美国的高德曼似乎也深深被这个中国青年热情的书信所打动；她在回信中写道："我常常梦想着我的著作会帮助许多真挚的，热烈的男女青年倾向着安那其主义的理想，这理想在我看来是一切理想中最美丽的一个。"[4]最后这句话在巴金的散文和回忆录

---

[1] Peter Kropotkin（克鲁泡特金），*Ethics: Origin and Development*（《伦理学的起源和发展》），p.328. 此处中文采取巴金的译文，《巴金译文全集》第十卷，第417页。

[2] 朗认为巴金所阅读的文章是发表在中国无政府主义期刊《实社自由录》中的爱玛·高德曼的著名论文《无政府主义》。参见 Lang（朗），*Pa Chin and His Writings*（《巴金及其作品》），p.293。

[3] 巴金：《信仰与活动》，《巴金全集》第十二卷，第404页。

[4] 同上书。

中被重复了很多次。

巴金和高德曼通信的一个直接结果,便是她帮助他克服了他由于出身上层社会所造成的自卑感。高德曼向他介绍了屠格涅夫的散文诗《门槛》(*The Threshold*)——后来被巴金翻译成中文。这首诗描绘了一个贵族出身的俄罗斯少女决定宣誓为革命理想奉献的瞬间。女孩站在一个大而充满暗雾的建筑前,她被告知里面等着她的是种种艰辛,甚至死亡,她跨过门槛后注定只有白白浪费了她年轻的生命,将在无名的牺牲中灭亡。这女孩说"我知道",然后跨过了门槛。[1]屠格涅夫创作这首诗,用来表达他对那些青年民粹主义者或虚无主义者的敬意,从19世纪60—80年代,俄罗斯几代知识青年自愿放弃优越的生活,走向民间,在最贫穷的人民中间安家,来实现帮助他们脱离黑暗和悲惨生活的愿望。在"门槛上的女孩"这一形象中,巴金找到了他的楷模:一个出生于显赫家庭,却牺牲了自己的利益去为信仰而生活的19世纪俄国青年的代表。

很多俄国民粹主义者在亚历山大二世统治后期变为职业的无政府主义革命家,他们对沙皇的成功暗杀使他们名声远扬,甚至传至晚清中国。第一本介绍无政府主义运动的中文书籍《俄罗斯大风潮》(马君武著,1902年),实际上是对托马斯·柯卡普(Thomas Kirkup)所细致描述的俄国民粹党人转变为革命者的历史记载的部分译文。[2]在这些革命者之中,苏菲亚·柏罗夫斯加亚(Sophia Perovskaya,1853-1881)甚至成为1902年问世的中国最早的"新小说"之一《东欧女豪杰》

---

[1] 屠格涅夫《门槛》,巴金的译文收入《巴金译文全集》第二卷。
[2] 葛懋春、蒋俊、李兴芝编:《无政府主义思想资料选》上卷,北京大学出版社,1984年,第1—2页。

的主人公。[1]她的名字在晚清到民初的中国革命青年中几乎无人不知,她是一个让他们争相模仿的女英雄。在巴金十一岁的时候,他已阅读了关于她的三部中文出版物。他很熟悉她的人生故事:她如何宣誓自己宁可被绞死也不做贵族,如何策划对于沙皇的暗杀,之后在二十七岁被处死。为她的牺牲,巴金曾经哭泣。[2]

薇娜·妃格念尔是另一位令巴金深深仰慕的杰出的俄国无政府主义女英雄。在巴金的青少年时期,她和苏菲亚是他心中最亲的两个名字。他竭尽可能地通过阅读回忆录和文件,去了解她们的个性、相貌、理想与事迹。他以人物传记、散文,甚至小说的不同形式,一次又一次地让她们复活在他的笔下。他热爱苏菲亚·柏罗夫斯加亚,以至于他把自己最心爱的小说人物称作"中国的苏菲亚"。而对于妃格念尔,他不仅翻译了她的人物传记,还以她的生平为原型写了一部中篇小说《利娜》。[3]在《俄罗斯十女杰》中,巴金对这两位俄国女革命家都有篇幅较长的传记,她们被描述成有着美丽外貌与心灵的女子。[4]两个女子都出自俄国最高贵的家庭,她们分别有过面对门槛的时刻,并勇敢地跨越过去。最终她们两人都以自我牺牲的形式,身体力行地实

---

[1] 岭南羽衣女士《东欧女豪杰》,共存五回,刊于梁启超主编的《新小说》第一号至第五号,为梁启超倡导"新小说"之后最早问世的作品之一。

[2] 巴金:《苏菲亚·柏罗夫斯加亚》,《巴金全集》第二十一卷,人民文学出版社,1993年,第302页。

[3] 这部中篇小说《利娜》描述了一个放弃上流社会的生活而与穷人们生活、而后被捕流放到西伯利亚的俄国贵族女孩。参见《巴金全集》第五卷,人民文学出版社,1987年,第427—494页。

[4] 这两部人物传记,以及另外八个短篇被收集在《俄罗斯十女杰》,太平洋书店,1930年。现收入《巴金全集》第二十一卷,第261—514页。

践了自己的政治信仰：柏罗夫斯加亚英年早逝，而妃格念尔则度过了长达二十年的牢狱生活。

"门槛上的女孩"这一形象被深深印刻在巴金的文学想象中，成为出于信仰而自我牺牲的青年的生动化身。对于巴金来说，在门槛的那一刻，照亮了作为一个革命者的真正意义所在：一个人需要自我牺牲，甚至奉献他（她）的生命，来身体力行地恪守信念。另一个无政府主义革命者，苏菲亚的同志司特普尼克，对跨过"门槛"时刻的意义有着更清晰的表达："每个革命家一生中都会有这样的一瞬间，当时某些情况尽管本身并不重要，却使他立誓要献身于革命事业。"[1]这样一个时刻，在巴金的生活和写作中都尤为重要。对于他来说，跨过门槛的时刻真正激活了克鲁泡特金和居友的道德理想——"生命的开花"。为了人类的共同福祉而奉献一个人的青春活力，在为人类的服务中让这青春燃烧。在牺牲的那一刻，青春获得了永恒的无限的美丽。

从《灭亡》开始

1923年5月，十八岁的巴金离开成都前往上海。他乘舟顺长江而下，此时他对未来有着美好的憧憬："一个理想在前面向我招手，我的眼前是一片光明。"[2]他的理想，大致也是觉慧离家时的理想：投

---

[1] 引自Peter Kropotkin（克鲁泡特金），*Memoirs of a Revolutionist*（《一个革命者的回忆》），Black Rose, 1989, pp.258-259。此处的译文采用巴金本人的翻译，《巴金译文全集》第一卷，第275页。

[2] 巴金：《家庭的环境》，《巴金全集》第十二卷，第401页。

身于社会运动，为信仰而活。四年以后，当巴金抵达国际无政府主义运动中心——巴黎时，他已经被视为中国第二代无政府主义者中最活跃的理论家和活动家之一。然而在法国的两年里，他的事业却发生了意想不到的改变。倘若我们能根据巴金自身的经历来揣测觉慧离家以后可能经历的故事，其结果或许不会如小说结尾所预期的那样令人神往。巴金并未按计划续写觉慧的成长史中关于他离家以后的第二部小说，其原因或许是他自己在离家之后亲身经历了革命坠入低谷的阶段，他的人生旅途不仅遭遇挫折，而且引他来到了"灭亡"的时刻。

巴金在法国创作期间，写出第一部小说《灭亡》，我们从中可以辨识出觉慧到达上海之后可能会有的经历。小说中人物的精神成长阶段以及故事情节所发生的时代，都恰与那部他未动笔写的续集相契合。主人公杜大心与觉慧有相似的家庭背景、社会理想，以及同样的冲动情绪。但《灭亡》却展现了同《家》中几乎完全相反的青年成长轨迹。就像小说第一章的题目所表明的那样，这部作品里的声音是"无边的黑暗中一个灵魂底呻吟"[1]。"黑暗"这个词为全书奠定基调，贯穿于整部小说，既是对于现实的隐喻，又是对人物主观经验的一种简化的描述。杜大心被描写成一个躁动不安的诗人，内心绝望的革命者，病入膏肓的结核病人，和一个至少表面看上去愤世嫉俗的厌世者。他在上海参与劳工运动，这恰是觉慧梦寐以求的事业。但尽管仍是一个青年，杜大心却同时被身心两方面的痛苦所折磨。他身患在当时被视为绝症的肺结核，又为革命工作的无望而苦闷。他最终成了一名恐怖主义暗杀者，但唯一被杀死的人是他自己。

---

[1] 巴金：《灭亡》，《巴金全集》第四卷，人民文学出版社，1987年，第16页。

巴金曾说,《灭亡》是一部他在忧郁寂寞的心情中开始无意识写作的作品,最初的几个片段来源于他随手记下的印象式速写[1],这部小说的文本真实地反映出作者在创作时经历的情绪波澜。为了倾吐他的情感,巴金甚至直接把几段他自己的日记用于杜大心的自白。小说前四章基于他初到巴黎、满腹乡愁时随手写下的一些文字。在巴金眼中,巴黎是一个阴郁的"不日之城"[2],而在政治意义上,他所了解的"整个的西方世界似乎都沉沦在反动的深渊里了"[3]。20年代见证了无政府主义运动在全世界范围内的瓦解。彼时来自中国的消息同样糟糕:大逮捕,大屠杀,各种叛变,这一切都发生在新的国民政府成立之际,工人运动遭到镇压,而包括吴稚晖与李石曾在内的许多中国无政府主义元老级人物选择与蒋介石合作,革命被出卖了[4]。更加雪上加霜的是,在到达巴黎后不久,巴金于1925年就已罹患的肺结核病情加重了。

在寂寞和病重之时,巴金选择以写作来表达他的绝望与愤慨。在一篇印象派式的速写中,他描绘一个人在车祸中头颅崩裂的惨象。这一幕场景是血淋淋的,下笔残酷、阴森、暴戾。文字引发恐怖的感受,一位美丽的女人面带不安地坐在驾车的富绅身边。她看到此情此景,眼中并无怜悯,而是畏惧。那名绅士的表现则是轻蔑与高傲。警察不但不惩罚他们,反倒向他们行礼。这场事故或许是巴金在国内时亲眼

---

[1] 巴金:《谈〈灭亡〉》,《巴金论创作》,第180页。关于巴金写作时的一些心理和历史情景,参阅陈思和:《人格的发展:巴金传》,第80—92、102—105页。

[2] 巴金:《我的眼泪》,《巴金全集》第九卷,人民文学出版社,1989年,第259页。

[3] 巴金:《亚丽安娜·渥柏尔格》,《巴金全集》第十二卷,第220页。

[4] 1927年7月5日,巴金在一封信中向高德曼描述了中国无政府主义者的现况,参见巴金:《佚简新编》,大象出版社,2003年,第7—10页。

所见，现在浮现在他的脑海里，成为文学创作热情的一个燃点，由此展现出的不仅是对于死亡的恐惧，更是对那个死亡场景所体现的社会不公正的抨击。这个段落被改写成《灭亡》的开头，从而为整部小说奠定了叙述的基调：黑暗、愤怒、悲观。

巴金后来听从医生的建议，搬去了一个名为沙多-吉里（Château-Thierry）的小镇。此地风景优美，在这里他消沉的情绪得到缓和，病情也有所好转。但很快又一个打击到来了。1927年8月22日，萨珂和凡宰特被执行死刑，这一事件标志着无政府主义在美国不再是一个可以施展影响的政治力量[1]。萨珂和凡宰特在六年前即已被判决死刑，在巴金初到法国时，全世界范围的援救行动正如火如荼地进行。两位被告人的道德品质和勇气深深打动了巴金，他给死囚牢中的凡宰特写了一封长信，寄到波士顿请援救委员会转交。凡宰特随即给巴金寄来两封语气感人的长信，其中第二封信中有着那句令巴金一生铭记的话："青年是人类的希望。"这句话是凡宰特在看到巴金随信寄去的照片后所发出的感慨。尽管巴金同世界上许多人一起都在期盼美国麻省政府会给两人减刑，但1927年8月24日，处决的消息传到了沙多-吉里。巴金的心中为绝望所拥塞，并再一次将他的情感借助文字来表达。他度过数个不眠之夜，写出了更多的片段，这些片段开始连缀成一个故事。[2]

巴金写就的一个新的片段——随后成为小说中的关键章节——是

---

[1] James Joll（詹姆斯·约尔），*The Anarchists*（《无政府主义者》），Eyre and Spottiswoode, 1964, p.222.

[2] 巴金：《谈〈灭亡〉》，《巴金论创作》，第180—184页。

图5：巴金寄给凡宰特的照片（图片由上海市巴金故居提供）

"立誓献身的一瞬间"[1]。在这一章中，巴金用他笔下的人物道出了他为革命奉献一生的宣言，这正是巴金本人跨越"门槛"的时刻。在《灭亡》的情节发展中，这个"门槛"时刻发生在两个次要人物身上，却都表达出清醒的自我牺牲的意识。而巴金笔下的无政府主义英雄杜大心，立誓牺牲自己来拯救人类，却为一种死亡意志驱动。在更大的语境中来看，在无政府主义运动行将消亡之时写下的这段文字，也具备自我"灭亡"的意义。进而言之，当时认为自己随时都会死于肺病的

---

[1] 在陈思和的巴金传记中，他认为这是巴金人格发展中最重要的瞬间。参见《人格的发展：巴金传》，第89—90页。

巴金，也同时将自己死于华年的命运投射到了主人公的悲剧人生之中，充满死亡气息的性格塑造与炽烈的理想主义交织在一起。巴金为他第一部小说的命名恰如其分，《灭亡》的写作引起的联想，既是象征意义上的革命的灭亡，也是青春的讣告。

小说没有明晰的故事背景，但发生在革命者与政权之间的激烈冲突，强烈暗示了30年代的政治气氛；在国际舞台上，小说阴暗的氛围暗示着萨珂和凡宰特被处死后革命的低谷情形。小说中用力过度地描写了一系列残酷血腥的死亡景象，叙事中阴影重重，历史的黑暗背景隐现其后，但穿透这些场面的是杜大心愤怒的声音，他的绝望和复仇的意志使他的情感表达更为激烈。

愤怒是杜大心性格塑造中首先展露出来的情感。在小说开头，目睹乘车的富人对死亡的冷漠时，我们第一次听到了杜大心发自内心的声音："这东西？你还不如叫他做狗还好些！"[1]这尖锐而异样的声音，瞬间就压过了其他旁观者的窃窃私语。愤怒使他与群众区分开来，强化了他的个性，突显出他与周围环境的对立感受，以及他表达自己观点的激烈方式。这声音也显示出他对那些在社会中肆虐的不公与道德沦丧分外敏感。像杜大心这样的愤怒声音，在五四运动的主导情感模式中占有核心的位置：对政府腐败无能的全民愤慨，伴随着对传统的不满，形成一种全国性的狂热气氛，促使青年人义无反顾地投身于抗议与革命行为。《灭亡》的开篇也很容易与"五四"文学的流行套路联系在一起：平凡的场景成为一个舞台，展现群众、统治者和启蒙知识分子各有区别的主体之间发生的冲突，其中知识分子被描写成唯一

---

[1] 巴金：《灭亡》，《巴金全集》第四卷，第9页。

对发生的事件感到愤怒的人。由此,文学作品产生了一种批评既成秩序、开启民智,以及凸显知识分子觉悟的政治意识。至少从表面上看,《灭亡》的开篇可以和鲁迅在短篇小说《示众》里那段著名的对看客冷漠围观的描述相提并论。当群众/旁观者为特权阶层展示的强权而感到畏惧或事不关己时,只有知识分子将事件视为不公正的表现,心头升起熊熊怒火。

但巴金的叙述中缺少的是主体和他所看到的场景之间的距离界定,而在鲁迅的小说中,作者的创作情绪并不会脱离对于现实的理智分析,以及对于社会革命的必要性、有用或徒劳结果的清醒考量。巴金小说中愤怒的声音显得更为直白、本能和自恋,它倾向于超越现实场景而提升为自我界定的主体意识。在展示了杜大心愤怒地面对社会不公的开篇章节之后,一个意义相反的例子出现在《灭亡》的第二章中:杜大心对居住在他阁楼下一对夫妻之间的打情骂俏,以及争吵哭闹这样的世俗之音深感厌烦。将这一幕与《威廉·迈斯特的学习时代》中青年主人公面对日常琐事的欣然态度相比较是很有意思的。莫瑞蒂认为,歌德的描写是对中产阶级"平静的热情"(calm passion)的展示[1],这是使主观与现实,或是青年与社会融合的关键元素。巴金的写作达到了相反的效果:由于缺乏对于世俗细节观察和融入其间的意愿,他笔下年轻的主人公只会因为生活的烦琐而在精神上感到受冒犯,并试图通过抽象和理想的方式寻求自我提升。在接下来的两章里,杜大心对于现实的阴郁情绪,让位给内心生活的梦幻般的描写。记忆与幻象在他居住的阁楼里投洒下来如同天国般的光辉。他借倾听自己心底的

---

[1] Franco Moretti(莫瑞蒂),*The Way of the World*(《世界之道》).pp.v-vi.

声音,来抗拒尘世的杂音。

杜大心性格中最鲜明的特点是对社会不公拒绝妥协,而在更广泛的意义上,这是一种与整个现实社会所有世俗细节的对抗,在他的眼中,所有这些都是权力社会阴谋的一部分。他只向内心中追求自由。在故事中,他那过度的愤怒、悲伤和愤世嫉俗的态度吸引了李冷,后者观察和探索着这个不安的灵魂。李冷眼中杜大心那极度敏感、伤感,甚至神经质的人格,令人联想到19世纪俄国文学作品中的"恶魔"形象,如陀思妥耶夫斯基作品中的"地下人"和米哈伊尔·阿尔志跋绥夫笔下愤世嫉俗的萨宁(Sanin)。[1]在杜大心与李冷和他妹妹的对话中,他的人生哲学清晰地表达为对仇恨的宣扬,他将憎恨定义为整个世界的核心力量。憎恨激励他去发起为了毁灭现存整个社会的血腥革命。但他同时也已把灭亡看作像他这样的革命者的归宿。他赞扬视死如归的17世纪俄国农民暴动领袖拉金(Stenka Razin),在小说里他写了一首诗,开头两句是:"对于最先起来反抗压迫的人,灭亡一定会降临到他底一身。"[2]

在小说中,杜大心注定在两个层面上自我毁灭。在革命的层面上,他孤军奋战,徒劳地以一身对抗整个体制。一个被他启蒙并参加运动的工人遭到公开处决,一场杀人的盛典被巴金以令人战栗的恐怖风格加以呈现,死亡的恐惧生动地体现在斩首过程的每一个细节之中。在

---

[1] 关于俄国文学对于巴金的影响,参见Lang(朗),*Pa Chin and His Writings*(《巴金及其作品:两次革命之间的中国青年》),pp.231–245。

[2] 巴金:《灭亡》,《巴金全集》第四卷,第60页。这两句话实际上是巴金译自俄国十二月党人雷列叶夫(K.F. Releieff)的作品。他在1825年的十二月党人起义失败后被尼古拉一世绞死。

目睹了这场处决之后,杜大心决定暗杀当地戒严司令为他的同志复仇。但他失败的暗杀更像是自杀式行动。司令没被杀死,杜大心拒捕举枪自尽。他的首级被悬挂示众,最终化为臭水。

杜大心最终的惨状在他的同志那里有不同反应。他们其中一些人看到了隐藏在他那憎恨哲学下的爱;另一些人则怀疑他失心疯狂。多年以后,当巴金解释自己作品何以有着这样浓重的"忧郁性"时,他特意强调了杜大心——如同当时的自己一样——是一名肺病患者。他强调正是因为患有肺结核,主人公才如此地忧郁和绝望。[1]

在《灭亡》以及巴金其他作品中,肺结核的出现都值得特别注意。这绝症从叙述的一开始便决定了情节的发展。作为一个肺病患者,杜大心预知死亡是他的宿命,而巴金通过牺牲的方式赋予这宿命一个不同的意义:为革命而献身,而不是在病床上郁郁而终。巴金后来写的"爱情的三部曲"中的一位核心人物,勤奋的革命活动家陈真也做出了同样的选择。

在巴金的第一部小说中,说肺病这个元素对于塑造人物、设定叙述结构,甚至于决定巴金的写作构架有着重要的作用,或许并非夸大其词。杜大心的疾病并不仅仅在生理上是致命的,同时也是非常具有象征性的符号,使人想起浪漫主义作家在文学中表现出来的对于肺结核的迷恋。当柄谷行人追溯日本现代文学的起源时,他发现肺结核最初被明治时代作家用于隐喻,而后转变为一种社会性和文化性的症状。[2]在20世纪

---

[1] 巴金:《谈〈灭亡〉》,《巴金论创作》,第188页。

[2] Karatani Kōjin(柄谷行人),*The Origin of Modern Japanese Literature*(《日本现代文学的起源》), Duke University Press, 1993, pp.97-113.

初期的中国文学中,肺病从"致命"疾病的概念转向文化隐喻,这是文学现代转型过程中的一个关键坐标。在文学表现中,肺结核病菌使患者与他人有所区别,并与人群隔离。并且,由于其本身的传染性和"可怕的症状",病人在他人眼中变得"危险"而又"引人注目"。就如同苏珊·桑塔格(Susan Sontag)所说,肺结核呈现出来的是一种"意志,它通过身体发声,是一种将精神生活戏剧化的语言:一种自我表达的形式"[1]。肺病与浪漫性情之间建立了联想关系,肺病患者被认为具有非凡的能力,他们以疾病的形式表达出内在的生命力和自主性。"五四"以后的中国小说中,肺病患者的出现标志着一种新的人物性格类型的出现,其疾病时常被赋予反叛和革命的意义。在丁玲、蒋光慈及其他20年代左翼作家的作品中可以发现,肺病患者通常是青年,他的病加重了其自我孤立的意识,强化了内心的躁动不安,这使他濒临颓废的边缘,但也同时使他们有资格成为挑战既有秩序的浪漫英雄。

杜大心无疑是这样一个浪漫英雄,肺结核使他的绝望和痛苦具象化,并且将他的革命气质夸张地展现为一种强迫性的心理狂躁,而在理念上,使他将"灭亡"看作所有社会和个人问题的最终解决方式。用巴金自己的话说,"因为孤独,因为绝望,他的肺病就不断地加重。他的肺病加重,他更容易激动,更容易愤怒……用灭亡来消灭矛盾"[2]。很显然,巴金在小说中将生理上的疾病转变为一种同样致命的精神疾病。

这种面向死亡的病态性格作为基本动力,推动叙事中那些重要事

---

[1] Susan Sontag(桑塔格), *Illness as Metaphor and AIDS and Its Metaphors*(《疾病的隐喻》), Double Day, 1990, p.44.

[2] 巴金:《谈〈灭亡〉》,《巴金论创作》,第189页。

件的发生，同时奠定了人物思想信仰的基础，也重新界定了什么是无政府主义革命。犹如癫狂的先知能够看透世间一切真相那样，杜大心眼中的世界的真相，便是人类社会已经病入膏肓，而他所提倡的革命是为了除去人类的恶疾。但与周围人群格格不入的杜大心，对于人类社会终将灭亡的预言，就如同他"邪恶的"肺结核一样，吓坏了他身边的人们。就像他身染的传染病一样，他革命的想法是他思想上的病症。因此，杜大心的肺病在心理和文化层面都有象征性的灭亡意义，这也最终指出无政府主义的最终形式是灭亡。

杜大心所倡导的革命理念，在无政府主义的历史中有迹可循。最著名的无政府主义运动领袖之一——米哈伊尔·巴枯宁即倡导激进的革命行为。这位伟大的俄国革命家曾与一位青年恐怖分子谢尔盖·奈其亚叶夫（Sergey Nechaev，1847-1882）关系密切。巴金为奈其亚叶夫写过传记速写，在巴金的描述中，他是一个危险的人物，但也是一个圣徒，一个殉道者。[1]据同时代的人回忆，奈其亚叶夫对杀戮抱有冷静的热情，他对巴枯宁的影响导致国际无政府主义恐怖运动的出现，促使伟大导师巴枯宁发表有关恐怖行为的论述："我们除了灭绝的工作，别无所为。"[2]这个19世纪宣言的余音在杜大心的思绪中有着明显的回响[3]。对他来说，人类社会垂垂欲灭，除了一场天启式的灭亡，

---

[1]　巴金：《俄国社会运动史话》，《巴金全集》第二十一卷，第621—637页。

[2]　James Joll（詹姆斯·约尔），*The Anarchists*（《无政府主义者》），p.95.

[3]　有关巴金对于恐怖主义的见解，参见巴金《无政府主义与恐怖主义》，《巴金全集》第二十一卷，第248—257页。与他笔下的主人公相比，巴金对待恐怖主义的态度有所保留，他并不将恐怖主义行动视作无政府主义革命的正确选择，然而他还是对恐怖主义革命家的勇气和牺牲精神有着高度的评价。

革命将没有其他意义,而这场灭亡将使病体和病症被一起除掉,即社会和革命一起灭亡。革命同绝症一样,其目的就是要除灭朽坏的社会。革命本身即是一场疾病,在恐怖中繁衍发生。而借由杜大心向死而生的心理所展现的恐怖力量,使得神经质一般的精神折磨,成为投身于此事业的人所无法逃避的诅咒。这名无政府主义青年愤怒的声音,成了自我灭亡式的主体表达。

在文本的层次上来说,杜大心的革命气质与行动所体现的病态,借由《灭亡》的叙述方式展现出隐喻性的症候。对于巴金而言,选择小说的写作形式本身,就证明了他作为无政府主义革命家的事业的终结。借用卢卡奇的话来说,小说文本形式本身,是"在认知与行为、灵魂与创造、自我与世界之间无法逾越的鸿沟"[1]。就《灭亡》而言,小说写作是内心感受的主观表达方式,而倾吐心声的文本形式却更突现出主体的隔绝,切断了它在外部世界中实现理想的可能。在情节构成上,如茅国权(Nathan Mao)针对《灭亡》的文本特点所说的那样:"巴金并没有对它有一个整体计划;相反,他写得很零碎……没有努力去把片段凝聚为整体。"[2]《灭亡》的叙事不具有发展的结构,而是显示出主观意识碎片式的表达,这些主观意识是自我循环的,而没有对自我在现实中位置的认知能力。杜大心的主观中有过度的愤怒和哀伤,这加重了他的孤立感,也将他的精神折磨变成横亘在他自己与世界之间一条险恶的鸿沟。

但更进一步来说,《灭亡》的写作形式也很奇异地体现出巴金无

---

[1] Georg Lukács(卢卡奇), *The Theory of the Novel*(《小说理论》), p.34.

[2] Nathan Mao(茅国权), *Pa Chin*(《巴金》), Twayne, 1978, p.44.

政府主义信仰的性质。就像杜大心的诗题所暗示的那样，写作最初的意图是表达"无边的黑暗中一个灵魂底呻吟"。杜大心的呻吟通过心理描写、诗、讲故事、日记、对话和独白等不同形式，自由地分散在整部小说叙事之中，这种袒露内心的文本形式指向无政府主义信仰给心灵所带来的挑战和不安。如此的散漫和绝望或许会使一场革命行为陷入绝境，但与此同时，也正是这种躁动不安、无法定型的主体经验启示着在人的心灵中有着无政府主义自由力量的源泉。如陈思和在对巴金人格发展的透彻分析中所指出的，巴金从革命者转变成作家，是分裂的人格现象，"巴金的痛苦就是巴金的魅力，巴金的失败就是巴金的成功"[1]；从《灭亡》开始的写作，既标志着巴金革命事业的灭亡，但也给他以机会，用另一种形式恪守其政治信念。《灭亡》之后，巴金的革命生活趋于停滞，而他作为文学家的生活即将开始。《灭亡》不自觉而自由散漫的叙事形式，在文本政治隐喻的层面上成为连接巴金两种生活之间的纽带。《灭亡》结构上的破碎、不连贯，以及对于主体情绪的过度、无节制的宣泄，在形式上等同于无政府主义革命对任何制度限制的拒绝和破坏。意料之外的是，《灭亡》在无政府主义运动衰落之后，赐予其新生的想象形式。《灭亡》的写作制造了中国文学中新的文类。"无政府主义小说"是在运动存亡关键时刻必要的文学形式，巴金既通过文本来使"最美丽的理想"继续存在，而混乱的叙事也延续了无政府主义革命令人心颤的魔力。

《灭亡》写的是一个青年的灭亡。这与巴金后来塑造的青年偶像之间，看似有着深深的鸿沟。但《灭亡》中的青春，也为巴金后来对于

---

[1] 陈思和：《人格的发展：巴金传》，第118页。

青春永恒的美丽想象奠定了基础。杜大心的"病"是一把双刃剑。如桑塔格在分析肺病意象的文学魅力时所指出的:"结核病是时间的疾病;它加速了人生,强调了它,也使它变成纯粹精神的存在。"[1] 从这层意义上说,被肺结核所毁灭的青春也确定了青春的绝对形象。一方面,死于华年更容易引发对于"青春"的自我意识,强调出青春的短暂、稍纵即逝与脆弱的特性。另一方面,它又将青春凝聚为一个永恒的形象,割断了青年继续成长、成熟的机会。青年之死,不可避免地引发对人生的哀悼,而如此众多青年的死亡,使得巴金的作品情感泛滥。从《灭亡》开始,巴金的作品便难以抑制地流动着溢出形式的感伤与情绪洪流。无所节制的主观表达,让青年人的内在情感得到自然展示:哀伤、愤怒、绝望、对强权的敏感,以及对不义的抗争。但《灭亡》中过度的情感,在导致文本破碎的代价下,也使青春无法驯服、难以安定下来的形象得到高度的彰显。

牺牲的神秘剧场

1929年,《灭亡》在著名文学期刊《小说月报》上连载。当巴金在同年回到中国时,他发现自己已被誉为一位冉冉升起的文坛新秀。在接下来的四年里,他逐渐获得中国文坛巨子的美誉。他的文学声望随着他接连不断发表的一系列小说而迅速提升:其中包括许多短篇小说,《灭亡》的续集《新生》,以及后来构成"爱情的三部曲"的系

---

[1] Susan Sontag(桑塔格), *Illness as Metaphor and AIDS and Its Metaphors*(《疾病的隐喻》), p.14.

列中篇小说，随着《家》在1931年开始连载到1933年作为单行本发行而畅销全国，他的声誉达到顶峰。然而，就算在这个时期，巴金仍旧在革命和文学之间摇摆不定。1935年，他在反思自己的写作生涯时，认为一本非文学书籍《从资本主义到安那其主义》是唯一令他感到差强人意的作品[1]。很明显，巴金仍旧不能忘怀他那失败的政治梦想，但也正是这失败的梦想为他的文学想象确定了方向。

完成《灭亡》后，巴金曾计划将杜大心的故事改写为一部多卷本小说，分为五个部分：《春梦》《一生》《灭亡》《新生》《黎明》。[2]这个当时在左拉《卢贡-马卡尔家族》影响下产生的、雄心勃勃的计划虽然最终未能实现，但依旧奠定了巴金在接下来十多年时间中的创作主题：家庭与青年。最近发现的一些残稿被确认是《春梦》的某些章节，有可能完成于巴金自法兰西归国途中。主人公的名字仍旧是杜大心，在残稿中被描绘成一个在传统家庭中有着悲惨遭遇的敏感的年轻人。该手稿的风格接近《灭亡》，以碎片化的叙事方式，以理想和现实的强烈对比为主线，凸显了在无边黑暗的现实感受中主人公的精神焦虑。如陈思和的判断所示，对这些手稿最佳的定位，是它们可以被看作巴金后来有意识写出的文学作品的准备。[3]对于家庭和青年更加清晰的描绘，从这些与《灭亡》相关的故事和人物中蜕生而出。巴金最终从原计划中发展出两个系列作品：在《灭亡》情节之前发生在家庭中的

---

[1] 陈思和：《人格的发展：巴金传》，第116页。
[2] 巴金：《谈〈新生〉及其他》，《巴金论创作》，第197—200页。
[3] 这些残稿发表于《现代中文学刊》2010年第2期。有关这些残稿整理的批评及其与巴金其他小说之间的联系的分析，参阅陈思和《关于巴金〈春梦〉残稿的整理和读解》，《复旦学报》2010年第6期。

故事，演变为"激流三部曲"，青年人步入社会之后发生的故事，则演变成为他的那些无政府主义小说。原计划的其余四卷里，巴金只完成了《灭亡》的续集《新生》。起先计划中最后一部《黎明》，将展现一个乌托邦式的理想未来，但在30年代更为严酷的政治环境中，很可能这乌托邦的想法也难以再落诸笔端。然而，"爱情的三部曲"最后一部《电》或许可以代替《黎明》，作为点亮黑暗的一道光芒，尽管这光芒注定迅忽即逝，但足以令人目眩神迷。从《新生》到《电》，巴金创造出了他的青年英雄形象，这个形象也回溯进入他的家族史诗，重生为巴金笔下最受人爱慕的青年偶像高觉慧。

巴金的这些无政府主义小说，没有一部是完整的成长小说，但巴金在这些小说中逐渐写出一个理想化的人格成长过程，也可以说这些作品所体现出的，是中国无政府主义青年群体的成长历程。以觉慧为例，他的人格成长与新青年时代普遍的青年觉悟过程息息相关，而"五四"时期青年的自觉是中国早期成长小说最典型的情节起点。《家》所讲述的青年人的故事不再如《灭亡》那样是笼罩在悲观绝望之中，而是像一部经典成长小说的开端一样，预示着远大前程，充满了美好的理想和愿景。巴金在他的无政府主义小说中塑造的所有那些理想的青年形象，都或多或少有着觉慧的影子，只不过他们处于更为成熟的人生阶段。如果我们将这些青年形象视作同一个人，我们会发现若按照这些小说写作的先后顺序来看，这个人物逐渐变得越来越不像杜大心，杜大心可以说是觉慧成长的反面模式，而在巴金对青年形象持续的改写中——从杜大心到觉慧再到《电》里的人物，这个形象越来越接近理想化的人格。

故而可以说巴金的成长小说，是通过描绘一系列从绝望到新生的无政府主义青年形象，将一个人格发展的过程重新组合。这个重构的过程从《灭亡》开始，到《家》和《电》里趋于完成，显示巴金对青年成长史的虚构表现是逆时空发展的，甚至是逆历史发展的。这个过程表现的更多是他对历史"应然"的构想，而不是他的"真实"历史经验。或许正是在这个意义上，巴金终于完成了他向作家身份的转变。他那明显倾向于理想主义而偏离写实的文学想象，使他用重构的时空为在现实中死去的无政府主义之梦，提供了一个使理想延续的叙事话语载体。

如前所述，杜大心的个性塑造中有着巴金的自传色彩，他也很有可能就是逃离旧家庭数年后陷入绝望的觉慧。觉慧（或巴金的理想青年）的成长史，如果存在的话，在杜大心的灭亡中也会以悲剧收场。但是巴金的青年革命者的故事并未结束。在三年后巴金为《灭亡》写的续集《新生》里，他试图为杜大心的死亡赋予积极的意义：他的灭亡是个体为群体做出的牺牲。这也正是《新生》主人公李冷在小说结尾时所做出的选择。小说结尾只有《新约》福音书的一句话："一粒麦子不落在地里死了，仍旧是一粒；若是死了，就结出许多子粒来。"从灭亡到新生的道路就此展开，它由死亡通向牺牲，而最后通向未来的新人类。李冷为了理想而勇敢面对死亡，正如小说第一部分的标题，是迈过了完成"一个人格底成长"的"门槛"时刻，也以此将情节导向了"生命的开花"。

《新生》的开头甚至比《灭亡》还要压抑，日记体叙事中的李冷，起初看上去更像一个愤世嫉俗的悲观主义者。被杜大心的死所影响着的李冷似乎继承了前者的性格,然而他又缺乏杜大心对无政府主义的笃信。他只是以一种冷漠而厌世的态度对待所有事情,鄙视一切道德与社会价值。小说的叙事结构分为三个部分,巴金很明显借此设计一个发展的情节,展现李冷建立理想和信仰的心路历程。但在小说中,这个转变的过程却是迅速而突兀的。

在第一部分,故事为李冷之后的转变埋下了一些伏笔。他的妹妹和他的爱人比他的意志更坚定,是两个像苏菲亚一样的女青年,她们不断地批评他狭隘的个人主义,试图为他指出革命的道路。在他的日记里记录下了她们的话,例如"没有信仰的人是不能够生活的"和"我记着这样的话:为了人类,牺牲自己"[1]。但李冷其实认为这些革命信条大都太空泛和理想化了。如茅国权所言,李冷所寻求的是痛苦:"他希望通过写日记折磨自己,尽管他同时借由承认伤口的本性来安慰自己。"[2]他自虐般地沉溺于绝望之中,而且总会用虚无主义的借口来抵消希望、理想和革命的念想。但是到了第二部分,李冷已经转变为一个积极的革命者了。在监禁和狱警的折磨中,他静静地等待被处决。小说的最后一句话,是暗示了李冷之死的《圣经》箴言。以殉道者的身份死去,是一种唤醒希望而非表明灭亡的自我选择的行为。

令人感到迷惑的是,在从悲观主义者到理想主义者的转换之间,李冷的人格发展透露出道德神秘感,这个转变更多建立在天启一般的瞬间顿悟,而非依托于情节的渐次展开。尽管朗认为"关于李冷的绝望和动摇,以及他的朋友将他从这种情绪中解救出来的努力的描述冗

---

[1] 巴金:《新生》,《巴金全集》第四卷,第176、216页。
[2] Nathan Mao(茅国权),*Pa Chin*(《巴金》),Twayne, 1978, p.47.

长而啰唆得令人难以忍受"[1]；在小说的第一部分和第二部分之间，本该交代他情绪变化的过程却是空白。读者只能看到在他生命的最后一个阶段，缠绕在他心头的虚无主义和厌世情绪已经消隐无踪。他完全将自己从绝望的深渊中提升出来，并以最决绝的姿态殉难。在这两部分之间，李冷的人格获得新生。这个转变的结果过于清楚，却也有可能更加鲜明地反衬出转变本身的暧昧。

这种暧昧、隐而不语的情形，从具体的历史语境中可以得到解释。巴金创作《新生》的时候，正如他写作《灭亡》时一样，无政府主义已经遭到镇压。他构筑的情节无法全面展现他真实面对的历史情境。小说第一部分故事发生的地点明显可看出是上海，而第二部分的背景已经换到南方某城市，那很有可能是巴金在30年代初期访问过的厦门——小说背景是厦门工会的罢工运动。巴金此时在上海的出版物中，已然不能将这个背景全盘托出。但他为此而设计的替代情节却更为耐人寻味，而且更为直接地引向了他最为重要的文学启示。

《新生》的情节结构特点是它以光明和黑暗为两极对立的天启式修辞。这在《灭亡》中已经有所暗示。《灭亡》第一章的题目"无边的黑暗中一个灵魂底呻吟"以高度简化的方式概括出杜大心的主观感受，而在第二章中，叙事进入杜大心的内心世界，展示出他内心中散发出的天国般的光芒，和他于眼中看到的无边黑暗之间的强烈对照。光明与黑暗之间的冲突在《新生》中更变成情节的主导线索。在第一部分中，李冷不断重复地表达他对世界的简单而抽象的描述——"黑暗"，就像他在第一篇日记中写的："依旧是黑暗与恐怖……我底名

---

[1] Lang（朗），*Pa Chin and His Writings*（《巴金及其作品：两次革命之间的中国青年》），p.142.

字叫李冷，我底心是冷的，我底周围是黑暗与恐怖。"[1]李冷随后参与创办了一本叫作《光明》的革命杂志。它被政府查禁后，编辑们立即改头换面继续出版，并为之起了一个完全相反的新名字《黑暗》。从"光明"到"黑暗"，或反之，没有任何渐进式的过渡；叙事从一个极端跳到另一个极端，这引发的是一种看似人人相识却又莫名诡异的感觉，这与表面的现实无关，而是作为一种瞬间启示降临到人物的心中。

这种感觉不仅体现在情节中，它更以清晰的话语方式出现在小说最后的段落中。以一种宗教般的语言，李冷的最后遗言被写成革命的福音书：

> 没有留恋，没有恐怖，没有悲哀，没有痛苦。有的只是死。死是冠，是荆棘的冠。让我来戴上这荆棘的冠昂然地走上牺牲底十字架罢。
>
> 也许今天晚上我底血就会溅在山崖，我底身体就会埋在土里。我底名字就会被人忘记。但是我绝不会灭亡，我底死反会给我带来新生，在人类底向上繁荣中我会找出我底新生来。[2]

研究无政府主义的历史学家认为它的乌托邦和末日审判式的信仰，

---

[1] 巴金：《新生》，《巴金全集》第四卷，第171—172页。
[2] 同上书，第323页。

起源于基督教的早期异端分支[1],而同样重要的是它绝对化的道德神圣感,这与基督受难中所蕴含的为人类而牺牲的意象息息相关。李冷自称为"人类底儿子"[2],自比基督,并以《圣经》引文作为结尾,这为《新生》赋予了崇高的意义。通过将主人公人格发展的高潮与神圣的基督受难相映衬,巴金的叙事以清晰的语言启示了一种"道德神秘主义"(moral occult),这个启示使主人公思想转变中那看似相识而又诡异莫名的感觉,上升到精神的域界,在那里终极救赎不证自明:正义战胜邪恶、希望战胜绝望、生命战胜死亡是"牺牲"所带来的必然结果。

在布鲁克斯的定义中,"道德神秘主义""并非一个形而上学的系统;倒不如说它是储藏庄严的神话遗留下来的那些碎片化和世俗化遗物的容器"。道德神秘主义在小说叙事中的出现,有赖于一种情节剧的想象(melodramatic imagination),这想象"被光明与黑暗、救赎与诅咒间的冲突所强化,在这里人们的命运和人生的选择与表面上看上去的现实状况几乎毫无关系,却与内心的矛盾冲突紧密相连。在这个冲突中,意识必须自我净化,并承担神圣道德所带来的重负"[3]。这样的情节剧最早为卢梭所创造,在法国大革命之后兴盛于欧洲,并进入现代小说的情节构成;从雨果、巴尔扎克到哈代、亨利·詹姆斯,乃至纠结于善恶问题的当代西方通俗小说,它不仅是基督教的世俗碎片,而且也是大革命在文学中的倒影。在一个失去了神性传统的世界中,

---

[1] James Joll(詹姆斯·约尔),*The Anarchists*(《无政府主义者》), pp.17-27.

[2] 巴金:《新生》,《巴金全集》第四卷,第321页。

[3] Peter Brooks(布鲁克斯),*The Melodramatic Imagination*(《情节剧想象》), Yale University Press, 1995, p.5.

情节剧写善与恶的激烈冲突，或写主人公须得在善恶之间做出生死抉择，这样惊悚的故事被过度地表现，目的就是唤醒关于善恶之间绝对冲突的最为基本的伦理意识。布鲁克斯对现代小说中情节剧想象的理论分析，更多是基于他对巴尔扎克和詹姆斯的研究。巴金在早期的创作中既缺乏巴尔扎克那样对社会错综情形的洞察力，也没有詹姆斯那样对心理深度的兴趣。但是他的小说叙事由于其语言的透明和直白，也更为直接地上演了道德神秘主义的情节剧。

虽然巴金引用《圣经》里的语言和意象，但他的小说仍主要是建立在世俗语境中。他作品里的道德神秘主义出现在革命崩塌成碎片后令人难捱的虚空中。这个革命，首先是法国大革命。上文刚说过正是法国大革命导致了情节剧作为一个有活力的艺术形式出现在欧洲舞台上，巴金并不一定熟悉这个文类本身，但他对于法国大革命的痴迷，使他熟知革命期间那些历史和传说中善恶对峙的"情节剧"时刻。巴金写过许多有关法国大革命的作品，除了散文和历史记叙以外，他还创作了三篇关于大革命的短篇小说，分别以马拉、丹东和罗伯斯庇尔为主人公，三部作品都具有强烈的戏剧感。[1] 巴金笔下描述的法国大革命，特别着眼于其中关键人物所面临的伦理困境。他对法国大革命的迷恋，既隐秘地揭示出无政府主义运动的现代起源，也影射了他对无政府主义革命在中国，乃至国际舞台上没落前景的忧虑。正如法国大革命之后的情节剧中所经常表现的那样，巴金在《新生》中，将革命的碎片从幽灵般的历史虚空中拯救出来，将它们织就一个善恶分明

---

[1] 巴金：《马拉的死》、《丹东的悲哀》和《罗伯斯庇尔的秘密》，《巴金全集》第十卷，人民文学出版社，1989年，第172—222页。

的情节剧，引向天启式的伦理启悟，从而昭示理想战胜现实的信念。

大约在巴金开始文学生涯的时期，他着手翻译克鲁泡特金的《伦理学》，从中他接触到了居友这个早逝的青年哲学家的思想。从30年代初起，巴金在文章中开始提及居友的"生命之花"的伦理意象。也是在这段时间，巴金在刚刚起步的文学生涯中面临两个挑战。其一是怎样在文学形式和政治理想之间建立起美学的联系，使二者融合为一体，或者说在前者中使后者重生；其二是在革命遭遇"灭亡"的时刻后，为之设计继续发展的情节轨迹，使其理想延至后世。这两个挑战紧密相关，而他的艺术解决方案即是在作品中开始逐渐成形的"牺牲的情节剧"（the melodrama of sacrifice），这也是他为"生命的开花"所设计的叙事形式。在《新生》中首次出现，并继而成为巴金后来许多小说叙事中核心元素的，是一种伦理启示。李冷的人格转变中那神秘的缺失环节，被个体人格可以为集体牺牲而由此获得永恒价值的信念所填补，如果说李冷的人格转变在情节线索上令人难以理解，但他对于牺牲的自觉而大胆的姿态，已经将情节升华到纯粹精神域界的层面。在这个层面，情节变成抽象的善恶对峙，而所有的神圣都会回归，化身为世俗的英雄。

居友将伦理的最高境界命名为"生命的花"，巴金后来将居友的原话改成有着动态感的短语"生命的开花"。在《新生》中，牺牲是角色自主选择的动作，以自己生命的终结，将理想的光明洒向黑暗的世界。定义为牺牲的死亡并不是终点，而变成人格成长的高峰。这样的情节在牺牲的剧场里，展现出人格达至完善的理想状态。这个情节模式在《新生》中被明确地展示出来，随后在《电》中得到更充分的表现。牺牲的情节剧给予巴金的政治信仰以激情的文学表达,将他的政治信仰和文学想象融为一体。

《新生》结尾那一句引自福音书的话,高度浓缩地表现出牺牲的意义,而对这意义更为饱满的演绎,则发生在1931—1933年间巴金创作的"爱情的三部曲"中。这个阶段正值政府愈加严酷地镇压无政府主义运动,迫使其转入地下,乃至从中国政治舞台上最终消亡。1935年,巴金为"爱情的三部曲"撰写总序时,突然改变过去对自己的文学创作总是感到不满意的态度,称这个系列是他自己最喜欢的作品。[1]因为报刊审查制度,他并没有解释这么说的真正原因:这一系列小说其实与中国无政府主义运动的最后阶段紧密相关。被茅国权称为"个人行为指导手册"[2]的"爱情的三部曲"有着明显的教育意义:它向青年读者展示怎样为了理想而生、为了理想而死,并以塑造青年偶像的方式,给予青年效仿的对象。可以说巴金的政治理念,以一系列有关"牺牲"的情节在这个三部曲中得到了文学的生动展现。

巴金为三部曲的合集撰写了长达五十页的总序,他的强烈感情溢于言表。在这个序言中,他不断挑选出自己亲笔描述的那些青年人牺牲的场景,并不断告诉读者们他在重读这些段落时流下了眼泪。我在这里转抄巴金在总序里引用的使他潸然泪下的《电》里的几个片段,其中描绘了一个叫作敏的青年革命者殉难的情景:

敏热烈地一把握住她的手,感激似地说:"你们原谅

---

[1] 巴金:《爱情的三部曲》,《巴金全集》第六卷,第3页。

[2] Nathan Mao(茅国权), *Pa Chin*(《巴金》), p.49.

我……我真不愿意离开你们。"他的眼泪滴到佩珠的手腕上。

……………

佩珠还立在路口,痴痴地望着他的逐渐消失在阴暗里的黑影。她心里痛苦地叫着:"他哭了。"

……………

一些人围着尸首看。她们也挤进去。无疑地这是敏的脸,虽然是被血染污了,但是脸部的轮廓却能够被她们认出来。身上全是血。一只脚离开了大腿,飞到汽车旁边。

"敏,这就是你的轮值吧",慧想说这句话,话没有说出口,她又流出眼泪了。她的心从没有像现在这样厉害地痛过。她仿佛看见那张血脸把口张开,说出话来:"你会常常记着我吗?"[1]

与《新生》里占据主要篇幅的主人公内心独白相比,这些场景主要是以旁观者的视角展现出来的:李佩珠看着敏离去,去进行自杀式暗杀;而慧则目睹了他的死亡。旁观者的视角,正透露出巴金当时在中国无政府主义运动日趋终止时自己所处的位置。在30年代早期,巴金曾经三次前往中国南方的一个小城,即中国无政府主义运动的最后基地——泉州。[2] 巴金在后来的岁月里,直到晚年写作《随想录》,不断回忆和描述去南方的经历。泉州的无政府主义运动最终在1933年

---

[1] 巴金:《爱情的三部曲》,《巴金全集》第六卷,第7—10页。
[2] 有关巴金在泉州的资料,参见方航仙、蒋刚主编《巴金与泉州》,泉州黎明大学巴金研究所,1993年;陈思和:《人格的发展:巴金传》,第137—147页。

"闽变"之后被摧毁。在蔡廷锴等领导的十九路军的起事失败后，蒋介石政权的中央军进占福建，无政府主义者办的平民学校陆续遭到封闭，而许多革命者受到迫害。[1] 1939 年，巴金为他在南国的朋友们写了一篇纪念文章："我本来应该留在他们中间工作，但是另一些事情把我拉开了。我可以说是有着两个'自己'。另一个自己却鼓舞我在文学上消磨生命。我服从了他，我写下一本一本的小说。但是我也有悔恨的时候。"[2]

选择成为运动的旁观者而没参与其中的巴金，借助于文学的想象，在"爱情的三部曲"里为中国无政府主义运动构建了一座纪念碑。他对于运动最后阶段的虚构描述，既是为了给革命建立一个永恒的形象，也是为了将革命的福音广为传播。这个纪念碑具体地体现在青年偶像的塑造中，可以说这组三部曲完成了从觉慧离家开始的无政府主义者的成长历程，它清晰地展现了一个革命者人格的发展，而这个发展的最高阶段体现在个人为人类整体付出的牺牲中。这样崇高的牺牲，其情节展示是一个非常简洁、干净的剧情，它最终解决一切的冲突。在小说中，最主要的冲突发生在个体和群体价值之间，这尤其体现在革命与爱情之间的矛盾上。这个冲突是将三部小说连接起来最重要的元素，也因此可以说这部小说的主题是"革命"与"爱情"，两者的关系既是对立的，也互为映照。为爱情献身和为革命献身的两难选择，深刻地反映出巴金对于生命与死亡互斥的伦理焦虑。从居友哲学里借来的"生命的开花"这一伦理意识最生机勃勃的体现应当是爱的延伸，

---

[1] 陈思和：《人格的发展：巴金传》，第137—150页。
[2] 巴金：《黑土》，《巴金全集》第十三卷，第282页。

但在巴金写作的小说及其语境中，死亡却成为虔诚的革命者在伦理上可以选择去做的唯一有价值的事。在"爱情的三部曲"中，这样一种两极化的冲突，在巴金对牺牲的高度美学化的表现中得到和解。牺牲的情节剧化，展现出内心中关乎生与死的个人选择，通过自愿的牺牲为死亡赋予爱的意义，而失去的爱情升华成为超越个体的精神启悟的契机。在如此的情节演绎中，叙事的高潮便发生在牺牲的瞬间，革命者的牺牲在现实的阴影下召回神圣的精神。

"爱情的三部曲"具有自己的体系，它特别集中地描写了牺牲的不同表现：不同人物在面对冲突价值时所做出的不同抉择，以及这不同的抉择所印证的不同价值。这些内容贯穿整个三部曲，构建起关于牺牲价值的伦理诠释：从最低级、无意、世俗、做作的牺牲，到最高级、自愿、理想和神圣的牺牲。在这个牺牲的意义变化上升的过程中，也展开了人格发展的过程。

三部曲的第一部《雾》，将其焦点放在一种无意义的牺牲上。小说以爱情和孝道的冲突为主要情节线索。主人公周如水是一个软弱的无政府主义作家，他与新女性张若兰恋爱，却陷入了一个令他左右为难的境况。他的难处在于，他离家留学之前，已经由家庭做主订婚。周如水不愿忤逆他的父母，他的爱人却决定要做一个"斯拉夫女性"[1]，这明显是指巴金所崇敬的那些俄国女无政府主义革命青年。她已经做好准备为爱情牺牲一切。周如水尽管明显被她的热情所感动，他却想做出完全不同的另一种牺牲。他宁愿牺牲爱情，以成全孝道，因为他发现自己完全无力反抗他的家庭。到最后，他痛苦地结束了这段关系。

---

[1] 巴金：《爱情的三部曲》，《巴金全集》第六卷，第90页。

富有讽刺意味的是，在小说结尾处，读者会发现周如水的牺牲是完全没有意义的，因为他的未婚妻早在他回国之前就去世了，他爱上张若兰的时候，他其实已经是自由身了。这个爱情故事与其说是悲剧，不如说更像是带有些许伤感色调的一场情节剧。其中描绘的牺牲，是因为懦弱和盲从而做出的错误的选择。周如水牺牲爱情的决定，不是出于自愿，而是反映出他不能去掌控自己的命运。

然而正是这类错误的牺牲，促使巴金开始一场史诗般的文学事业，他在其中探索真正有革命意义的牺牲。在《雾》里，通过对比张若兰的坚定和周如水的犹豫，巴金无疑已经指出了纠正这种错误牺牲的方法。张若兰被描写成一个更加坚强和勇敢的女性，她不惜一切代价去爱，这正是有着积极意义的牺牲最初始的伦理觉悟。在第二部小说《雨》中，一种更加具有戏剧张力的牺牲出现了。《雨》描写了另一个女性角色，患有肺结核的熊智君，为了保护她真正的爱人——无政府主义革命者吴仁民，而自愿将自己交给一个恶棍。起初熊智君的性格被描绘成脆弱而感伤的。她很容易为好莱坞电影感动而掉泪，并且执着地相信爱是她生命的全部。她为了保护她的爱人而做出的牺牲，虽然被描述为出自女性的本能，但成为《雨》的故事线中一个最关键的转折点。在此之前，吴仁民沉浸在与熊智君的爱情中，以此逃避他屡遭挫折的政治事业。他经常被那些有着坚定意志的同志批评，说他选择了爱情，放下了信仰，但吴仁民也在他的事业和感情之间摇摆不定。熊智君为他做出的牺牲，将他从爱情的梦中唤醒。在小说最后一个场景中，吴仁民站在窗边，面对沉睡中黑暗的都市，脑中出现了一幕激烈的幻象。他看到黑暗的世界中有着邪恶的本性，而他与之搏斗，并想到所有那些被奴役的人群，被伤害的受难者。他在想象中看到光明战胜黑暗：

> 这幻象使他很感动。他仿佛得到了他所追求的东西。他突然被一阵激情抓住了。他伸出两只手向着远处，好像要去拥抱那个幻象。这时候他嘴里祷告般地喃喃说了几句话。话是不成句的，意思是他以后甘愿牺牲一切个人的享受去追求那光明的将来。他不再要求爱情的陶醉，他不再把时间白白地浪费在爱情的悲喜剧上面了。[1]

熊智君的牺牲惊醒了吴仁民，使他决定献身于信念，而非爱情。通过这一牺牲，在三部曲中起了承上启下作用的吴仁民具备了作为一个革命者的伦理觉悟。《雨》结束于一个"门槛"上的时刻，吴仁民立誓献身，重获新生。这里值得注意的是，熊智君的牺牲和吴仁民转变的缘由都是过度充盈的情感：对熊智君而言，她的牺牲来自她的热恋；对于吴仁民而言，他的力量来自由于失去挚爱的愤慨。

"爱情的三部曲"前两部中另一个有着重要地位的角色是陈真。他最初出现在《雾》中，作为软弱的周如水的对照。陈真被描写成一个工作狂和奋不顾身的革命者。他也是一个肺病患者，这让人想到杜大心，但不同于杜大心的是，他并非是一个悲观主义者，而患有结核病的事实在积极的意义上促使他更加决绝地献身于革命。在周如水的眼中看来：

---

[1] 巴金：《爱情的三部曲》，《巴金全集》第六卷，第273页。

这个人和他一样也牺牲了自己的青春和幸福，却不是为了少数人，是为了大众。而且更超过他的是这个人整日劳苦地工作，从事社会运动，以致得了肺病，病虽然轻，但是他在得了病以后反而工作得更勤苦。别人劝他休息，他却只说："因为我活着的时间不久了，所以不得不加劲地工作。"如果不是一种更大的爱在鼓舞他，他能够贡献这样大的牺牲吗？[1]

在陈真和周如水的谈话中，陈真说他在十四岁时就已经决定为革命献身了，这与巴金自己的经历相同。在巴金重构无政府主义青年的成长历程，由此创造出的理想化的英雄系列里，陈真是非常关键的人物，他既纠正了与他相似的杜大心的人格缺点，也预示着觉慧精神成长、瓜熟蒂落的形象。他第一次在《雾》中出现时，就已经是一个成熟的革命家了，而早在《雨》的第一章中，他就在一场车祸中意外地死去了。因此，巴金真正最理想的青年偶像仍未在陈真身上体现出来，这要等到三部曲的最后一部《电》里，通过一系列为信仰而牺牲、前仆后继毫无畏惧的无政府主义青年群像的描写才得以实现。

在三部曲的所有角色中，陈真和《电》里的革命青年们是被偶像化的人物。他们的牺牲代表了道德呈现的最高贵的形式，这些青年英雄也是巴金心中的"道德模范"。朗认为陈真的原型是师复[2]，而《电》里的青年则更像是俄国民粹主义者们和巴金在泉州的同志们结合的再

---

[1] 巴金：《爱情的三部曲》，《巴金全集》第六卷，第43—44页。

[2] Lang（朗），*Pa Chin and His Writings*（《巴金及其作品：两次革命之间的中国青年》），p.181.

现。《电》的开场写这是一群自我放逐到偏远地区的青年。当政府对运动的镇压越来越严酷时,这些青年相继选择了自我牺牲,勇敢赴死。这部小说仍将一些篇幅用于爱情和信仰的冲突上,但它真正的戏剧性情节集中表现革命者面临生死抉择时的心理。

小说中刻画的许多殉难者中,敏是最为坚定的战士。[1]在《电》之前作为独立作品发表的小说《雷》里,敏也如吴仁民那样陷入爱情与革命的冲突。他爱着慧,但慧相信自由爱情,因此她与敏最好的朋友德也保持着关系。尽管德认为革命者是不应该陷入情网的(这又让人想到陈真),但他还是难以抗拒热情的慧。这样一来,两个男人处在尴尬的位置,友谊受到三角关系的挑战。他们的问题在突然到来的情节高潮段落里得到解决。敏携带着重要秘密文件时,遭遇巡逻的军警,德救了他,但自己却被杀死了。

敏在《电》中重新登场后,作者暗示他一直没有从德的死亡所带来的悲伤中解脱出来,他因此做出与慧分手的决定。《电》里的敏被刻画为一个精神紧张却意志坚定的年轻人。他坚定地相信牺牲是他的归宿:"我只希望早一天得到一个机会把生命献出去。死并不是一件难事。"[2]他最终在暗杀当地驻军长官失败后,英勇赴死。与《灭亡》相比,《电》中相应的死亡场景,并无过多恐怖的暗示。在敏昔日的爱人——慧眼中,他死去的面孔张口说出了他的遗言。他迎接自己的轮值,献出了生命,但他的理想永存。

---

[1] 陈思和认为敏是《电》里的主要英雄,陈思和:《中国现当代文学名篇十五讲》,北京大学出版社,2003年,第123—125页。

[2] 巴金:《爱情的三部曲》,《巴金全集》第六卷,第324页。

《电》是一部激情澎湃的小说，一个接一个的青年英雄从容赴死，他们的群体面临致命的威胁，在日益缩小，但共同的理想让他们互相温暖，彼此激励。这个群像中第一个被呼唤的名字是李佩珠（小说开始时一个青年学生在低唤她的名字），她也是整个"爱情的三部曲"中最为光辉的青年形象。巴金说李佩珠在生活中没有原型，她是一个高度理想化的青年形象，巴金称为妃格念尔型的女性，其中也凝聚了他对各国女革命家的印象。[1]李佩珠的名字第一次被提起，是在《雾》里陈真和周如水等朋友的对话中。[2]陈真称她是"小资产阶级的女性"。但在《雨》的开端，佩珠来到了自己跨越"门槛"的时刻。她在读妃格念尔的回忆录时，其中一个段落引起她的共鸣：妃格念尔小的时候，被人嘲笑是除了长得好看其余一无是处的玩偶，她为此哭了。李佩珠同样哭了。她受到妃格念尔的启发，决心重塑自己，绝不做一个脆弱的女性，而是要活出一个更有意义的人生。在李佩珠跨越"门槛"的时刻，巴金有意地在她的形象里突出了居友的伦理意象："生命的开花"。美丽、活泼、乐观的年轻女孩李佩珠，在经历了她的伦理觉醒后，整个身心都成为信仰的载体，她犹如经历开花的时刻，情感和信念几乎要溢出她的身体：

> 她的身体内潜伏着的过多的生活力鼓动着她。她的精力开始在她的身体内漫溢起来，需要放散了。她到了这个时候已经不能够单拿为自己努力的事满足了。她有着更多

---

[1] 巴金：《爱情的三部曲》，《巴金全集》第六卷，第38页。
[2] 同上书，第51页。

的眼泪,更多的欢乐,更多的同情,更多的爱,需要用来为别人放散。[1]

在李佩珠的成长过程中,最关键的觉悟是她意识到自己的本性,那是一种希望将她的善良与同情放散出来的本性,她以播散自己的能量和热情来影响周围的人,并由于这样的影响而感到快乐。李佩珠是巴金的无政府主义理想最为生动而具象的体现:人格的发展被真正描写成为"生命的开花",在向他人传播爱的过程中,展现出一个青年人惊人的活力。

当李佩珠在《电》中重新登场时,她几乎可以说是运动的灵魂人物。她有着天使般的性格,时刻准备去鼓舞那些陷入绝望的同志,安慰那些遭遇挫折的同志,和鼓励那些坚强的战士。流淌在她性格中的充沛的感情,是她道德意识的自然表露。她也是整部"爱情的三部曲"中唯一没有被爱情与革命的冲突所困扰的人物。小说暗示了她爱上了吴仁民。但是,不像其他那些必须在爱和信仰之间做出抉择的革命者们,她在爱情中看到更积极的意义,并且找到了爱与信仰和谐共处的方式:"爱并不是罪过,也不是可羞耻的事情。我爱他,他爱我。这样两个人的心会更快乐一点。也许我们明天就会同归于尽,今天你就不许我们过得更幸福吗?爱情只会增加我们的勇气。"[2]李佩珠是最完美的理想化的青年,比"爱情的三部曲"中任何其他的角色都更加完美,通过她的人格发展,个人与集体的利益达到了美好的平衡。

---

[1] 巴金:《爱情的三部曲》,《巴金全集》第六卷,第136页。

[2] 同上书,第412页。

巴金说："李佩珠这个近乎健全的性格要在结尾的一章里面才能够把她的长处完全显露出来。然而结尾的一章一时却没有机会动笔了。"[1]小说在一个令人提心挂念的时刻戛然而止：李佩珠走出了革命者们躲藏的地方。接下来发生在她身上的，很有可能是被捕甚至被杀害。巴金没有机会动笔写出的，正是李佩珠自己的牺牲。替代这个结尾出现的，是他在小说开端连续引用的一系列《新约》启示录中的段落，如这一段描绘新世界诞生的天启文字：

> 我又看见一个新天新地，因为先前的天地已经过去了，海也不再有了。我又看见圣城新耶路撒冷由神那里从天而降，预备好了，就如新妇妆饰整齐，等候丈夫。我听见有大声音从宝座出来说：看哪，神的帐幕在人间。他要与人同住，他们要作他的子民；神要亲自与他们同在，作他们的神。神要擦去他们一切的眼泪，不再有死亡，也不再有悲哀、哭号、疼痛，因为以前的事都过去了。坐宝座的说：看哪，我将一切都更新了。又说：你要写上，因这些话是可信的，是真实的。（启示录21：1-5）[2]

启示录是在神召唤下的"写作"，它赋予文字以无与伦比的神性。这段引文在小说完成之时，或是在它不可能完成的时候被放进文本之中，以填补情节发展的空白。巴金没有去写他最喜爱的人物的结局，却以

---

[1] 巴金：《爱情的三部曲》，《巴金全集》第六卷，第38页。
[2] 同上书，第31页。

一个新千年的幻景替代它。这样的安排最终引发了道德的神秘意味，这个激励人心的感受为三部曲的牺牲剧场画上句号：通过牺牲，人类将迎来一个新的宗教；新的天地从大毁灭中诞生；新的历史从彻底的灭亡中重生。它最终在幻境一般的精神域界里，宣告了理想对现实的必胜，用实际上是宗教的语言来突现理想主义的神圣性。但同样重要的是，它用神示的话语来突现不容置疑的理念，历史事件变得不再重要，取而代之的是更宏大的神曲。

在此为"爱情的三部曲"的讨论做一个总结，可以说巴金对青年形象的偶像化塑造和他创制的无政府主义成长小说有三个最重要的特点。第一，无法控制的充沛感情，如我们在熊智君、吴仁民，特别是李佩珠身上所看到的那样，是巴金借以构筑理想化青年形象的动力。巴金的"爱情的三部曲"和其他无政府主义小说中那充沛的感性气息或许在某些批评家看来难以接受，但正是如此才使得巴金的小说叙事可以将无政府主义的自由理念激活，使之生动地活在人物身上。这些充盈的感性色彩对一个无政府主义青年的人格塑造而言，有着至关重要的作用，因为只有在道德情感溢出自身之外时，青年才得以实现人格的发展。过多的情感对于文学也许会造成损害，但它赋予青年以积极的意义，就像李佩珠的青春犹如"生命的开花"，外溢的能量和热情养育了对于巴金来说最为高贵的道德。他笔下的青年所发散出的不可阻挡的道德热情，基于他对人性善的坚定信念，而这个信念也定义了巴金笔下人生的意义，那些青年们以将他们那过度澎湃的感情发扬、传播给他人的方式，见证了有伦理意义的生活。

第二，"爱情的三部曲"通过牺牲的剧场，将牺牲的情节演绎为近于宗教启示一般的崇高的悲喜剧。牺牲是决定人格成型的时刻,以这种方式,牺牲使青春以最纯粹和最绝对的形象出现。当青年为了信仰而从容赴死,步入中年的成熟或革命失败后的幻灭,都不再成为可能。牺牲使对青年的形象塑造归结为永恒的"青春"本身,就如刘西渭的精确描述一样,巴金小说中的人物们"永生在青春的原野"。对于小说家巴金而言,牺牲的情节剧将青春升华到一个精神国度中,在那里,被牺牲的青春获得神性的存在,被重塑成作为革命家巴金心目中理想主义永远不灭的标志。

最后,通过一系列青年形象,巴金逐渐创造出如李佩珠这样的理想人格。从这个角度来说,巴金在"爱情的三部曲"中完成了他的无政府主义成长小说。但问题也在于,巴金的小说叙事更像是理念的集合展示,虽然创造出完美的人格,却是以放弃对心理和历史复杂情形的描写为代价的。《电》的风格一清如水,透彻明晰,并不像叶绍钧的《倪焕之》或茅盾的《虹》,也不像歌德的《迈斯特》或司汤达的《红与黑》。巴金的无政府主义成长小说显然并不符合成长小说这一文类的经典模式。巴金的小说中,缺乏的是青年面对历史、拷问现实、与日常生活融合的文本层面,而在一个几乎是空白的背景中,巴金笔下的青年在天启式的伦理感悟中完成自我转变。他们自愿地跨过"门槛",这门槛上的一刻既是道德神秘主义的体现,也标志着自我的觉悟。这样的成长模式,将人格发展定义为内在生活的戏剧,伴随着道德自我的理想化过程而展开其剧情。我们可以说巴金的小说受到历史的限制,但显然他的作品也强烈地抵制了历史决定论。

巴金小说中强烈的理想主义色彩使他的风格和许多同代作家全然

不同。他的作品以一种清晰、明确的和刻不容缓的叙述，在伦理层面上呼唤中国的青年人去追逐他们自己的理想。"你要写上，因这些话是可信的，是真实的"——这是文学的最高律令。在完成"爱情的三部曲"时，虚构写作给了革命家巴金以一种最为有效的方式，来传播那些他认为在无政府主义陨落之后的时代里对于青年的精神成长至关重要的道德观念。巴金作为作家最大的成功，正是在"爱情的三部曲"最后一部里完成了政治与文学的融合。少女李佩珠是巴金的伦理热情的化身，她其实比《家》中更为著名的反抗者高觉慧更能代表巴金的理想，而后者成为许多代中国读者心中最令人喜欢的青年偶像。

《家》在文学上不见得比《电》更丰富，但它是巴金最为有名的作品。这部著名的小说为新青年一代和他们的长辈之间的冲突赋予情节剧的形式。对传统大家庭系统的攻击，体现在对于家长恶行的夸张描述中。这些长者要么被刻画成因循守旧的卫道士，要么就是伪善而堕落的小人。巴金将他们写成吃人社会的统治者——这当然是从新文化运动借鉴而来的流行观念，而在这个社会中，青年如果不挺身反抗，就会沦为受害者。在《家》《春》《秋》这三部小说里，"家"的所在几乎是屠宰场，众多美好的年轻男女一个接着一个被父权社会折磨致死。[1]

在这个黑暗的背景之上，巴金对觉慧的刻画，犹如一道闪电划破夜空。《家》是空前成功的现代小说，这部小说对于"五四"之后青年崇拜的贡献，超过了任何一部其他作品。这种成功的部分原因，可能是因为《家》的主要情节发生于"家"的内部，其间青年们的反抗

---

[1] 关于巴金如何对于青年和家庭之间戏剧化的冲突进行文学重构，参阅刘志荣《文学的〈家〉与历史的"家"》，《一股奔腾的激流：巴金研究集刊卷四》，上海三联书店，2009年，第54—96页。

精神由于对家长制度的攻击而引发普遍共鸣，这是所有渴望夷平传统重负的年轻人所共有的感受。社会的邪恶，在《家》里被简化为父权的无情压制，而红日初升一般的青春，与日落西山腐朽不堪的"旧世界"形成强烈对比。《家》与巴金的无政府主义小说不同，在于它写出了一个更为普遍性的青年主题，可以帮助青年更为清楚地建立自我意识。正是《家》的成功，奠定了巴金在年轻人心中最受欢迎的作家地位，巴金的文学事业凭借《家》而真正起步。

但《家》与《电》之间的关系其实更为耐人寻味。《家》里面不断发生的死亡、光明与黑暗的终极交锋、青年的伦理追求——这类情节脱胎于巴金在革命将要失败时创作的无政府主义小说之中。只是在《家》里，光明与黑暗之间的戏剧性冲突被改写为青年与父辈之间的冲突。觉慧和家庭之间的对抗，使得光明与黑暗之间的情节冲突被置放在一个可以言说的环境里，在这个环境中，年轻人对于家庭体系的愤怒抵抗，撼动了中国社会的根基。也可以说，《家》以一种更为基本的方式，落实了中国无政府主义运动的目标。

从《家》中走出的高觉慧，是一个更为年轻时候的陈真，也是一个更为单纯质朴的杜大心，他也是一个同样被理想化的李佩珠。他重蹈巴金追寻信仰之路，并将这启示带给了数以百万计的读者。他们或许不知道从灭亡到新生要经历多少苦难，也不一定了解巴金在无政府主义小说中所描写的那些革命者的牺牲有多么高贵和崇高，但他们一定会被如生命之花一般绽放的青春的美丽所深深陶醉。

第六章 走向内面的旅途:主观主义与抒情自我

在关于青年成长的现代中国小说中,旅途无论是从叙事结构还是从文化政治的角度,都是一个重要的行动。倪焕之沿吴淞江顺流而下时,他对人生一个新阶段怀抱着远大的希望;觉慧与家庭决裂,离家出走,这个姿态就是反抗传统的封建家长制;梅行素乘船穿越巫峡,离开内陆的四川省,从此趋近大都市,进入中国革命的中心。在有关"新青年"一代的成长小说中,年轻主人公的旅途是一个核心主题。旅途是一个充满象征意义的叙事设计,它拓宽了青年的视野,同时也导向自我认知。这是独一无二的动作,结合了发现自我以外的世界的过程和将自我融入这个世界的努力。小说中所描绘的总是从外省到都市、从家庭到社会、从旧世界到新天地的单向旅行。旅途成为一个启蒙的情节,将青年人物引入小说塑造的时空体(chronotope),将青年的自我塑造置于现代化的社会历史背景之中。[1]

---

[1] "时空体",根据米哈伊尔·巴赫金的说法,指的是"文学中已经艺术地把握了的时间关系和空间关系相互间的重要联系"。我在这里借用了这个概念,在这个意义上,时空体显示了人在一个充满历史意义的时空交接点上的位置。见 M. M. Bakhtin(巴赫金),*The Dialogical Imagination*(《对话的想象》),Austin: University of Texas Press, 1981, pp.84–85。

1937年夏，全面抗战爆发后，中国青年的旅途被设定在一个截然不同的时空体。在几个月内，中国首都南京，以及包括平沪在内的大部分东部主要城市相继沦陷。数以千万计的中国人沦为难民。他们跟随国民政府一路西迁到内地，从都市撤退到了那些以前被认为是落后、原始的外省乡间。中国青年的战时旅途是一次流亡，一次被迫的迁徙：他们的旅行不再是前往一直被誉为现代启蒙和文化圣地的大都市，而是在地理和意识形态双重意义上的背道而驰。

正如卢卡奇在讨论拿破仑战争后民族主义情感的觉醒，以及在欧洲小说中的呈现时所观察到的，如此大规模的战争联系着"民族的发展的整个生活和可能性"[1]。战争让人们直接在日常生活见证历史，唤醒了个人的历史意识，并将此意识聚焦于为民族救亡而努力的个人义务。陈思和指出抗战在中国促生了一种新的文化规范，在很大程度上放弃了"五四"时代的现代性愿景（欧化、启蒙、知识分子的自主性），旨在以军事化的方式利用文化来动员群众。[2]民族存亡是战时最重要的文学主题。因此，前往中国内地的旅途使中国青年的价值观得以扭转。在爱国主义的名义下，这段旅途更被窄化为使自我让步于国家使命的过程，它不再被设想为个人实现自决，而是为集体利益牺牲个人目标的途径。

然而，本章所分析的两部小说——路翎（1923—1994年）的《财

---

[1] Georg Lukács（卢卡奇），*The Historical Novel*（《小说理论》），University of Nebraska Press, p.24.

[2] 陈思和：《当代文学观念中的战争文化心理》，《陈思和自选集》，广西师范大学出版社，1997年，第182—199页。

主底儿女们》和鹿桥（1919—2002年）的《未央歌》——与上述战时文学范式相悖。这两部小说都渗透了个人主体性的复杂和含混，并将青年的旅途引向内面——不仅在地理上引向中国的腹地，而且在心理上引向一个具有问题性的自我所无法安定的内部。《财主底儿女们》通过一个雄心勃勃的叙事设计，展开了一个丰富的文本空间，创造出一幅战时社会的全景图，在此背景下，年轻主人公为追求个体自决而进行的狂热斗争被生动地描绘出来。《未央歌》的叙事格局虽然在规模上小得多，但明显侧重于人文学术环境中青年的自我形塑。小说情节的展开所围绕的是独立个人自发的真情流露，而小说用这一点来达成一个矛盾的效果，即用自发的独立精神，来证明自由主义教育通过反抗自身的权威性，破除墨守成规的限制而获得成功。

乍看上去，这两部小说在风格、人物塑造和世界观方面形成鲜明的对比。《财主底儿女们》以其快速转换的视角、内心痛苦的人物塑造和夸张的修辞，对年轻主人公在成长经历中体现的心理复杂性做出挑战成规的描述。《未央歌》则有一个全知全能的抒情化的叙述者，有着一种田园诗般的风格，与小说中的年轻人在一个由知识和感情构成的世界中所具有一览无余的道德透明性相呼应。然而，这两部迥然不同的作品殊途同归，都有着一个或多或少彼此相似的主题：青年在对抗体制干预情况下的自我塑造。两部小说都把青年的个人成长写成一个在内心寻求超凡自我的旅途，同时让这些青年人物保持着对外在世界居高临下的位置。就叙事风格而言，这两部明显不同的小说都倾向于突出一种能够表达青春内在躁动与活力的抒情声音。

《财主底儿女们》和《未央歌》都可被视为战时主流文化之外的

文学作品。虽然民族主义的情感充斥于这两部小说，但两者对战时民族主义和集体主义的向心凝聚力都表现出抵抗。两部小说的重点是个人的心理深度而非战时国家的政治景观。与战时中国主要作家的大多数小说——包括巴金的《火》和老舍（1899—1966年）的《四世同堂》在内——相比较，路翎和鹿桥的文学想象更关注将青年的个人成长描绘成一个开放式结局的形成（becoming）过程。在战时，正如上述两位资深作家的作品所体现的那样，青春的意义为民族主义政治所用，青年的成长很容易被简化为一个将自我奉献给国家的过程。《财主底儿女们》和《未央歌》这两部小说并没有以这些现成的意义结束。左翼评论家胡风（1902—1985年）称《财主底儿女们》为"青春底诗"[1]，这也可以用来形容《未央歌》。"诗"或"歌"拒绝为青年提供一个结论性的意义，也并不为成长小说设置一个明确的结局。

这两部小说都是作者非常年轻时写的。路翎在完成这部长达一千三百页的小说时只有二十一岁，而他是从十七岁开始写作的；鹿桥则在二十六岁时完成了他的小说。战后立即出版的《财主底儿女们》在1949年之前就受到青年读者的喜爱，其主人公蒋纯祖被比作约翰·克利斯朵夫[2]——当时青年最钦佩的欧洲文学英雄。[3]《未央歌》直到20世纪50年代末才得以在台湾出版，是台湾几代青年读者喜爱的永恒经典。文学评论家司马长风称为中国战后文学的"四大巨峰"之

---

[1] 见胡风的序言，载于路翎：《财主底儿女们》第一卷，人民文学出版社，1985年，第7页。
[2] 约翰·克里斯朵夫是罗曼·罗兰十卷本小说《约翰·克里斯朵夫》（1904—1912年）的主人公，该小说在抗战期间被傅雷翻译成中文。傅雷翻译的前四卷在1937—1941年期间出版。
[3] 野艾：《对一个熟悉的陌生人的问候》，张业松编《路翎印象》，学林出版社，1997年，第67页。

一，[1]其对台湾青年文化的持久影响，至今仍可在模仿其风格描述大学校园爱情故事的言情小说中找到。《未央歌》的主题和人物甚至通过黄舒骏（1966年生）创作的歌曲进入当代流行音乐，这首歌属于"校园民谣"，曾经红极一时。[2]

要理解这两部小说，还需要考虑到直接影响作者个人成长的两个知识分子团体：于路翎而言，是七月派；于鹿桥而言，是联大（即国立西南联合大学）。七月派包括约二十位年轻诗人、评论家、散文家、小说家，他们都通过在胡风主编的战时期刊《七月》发表作品登上文坛。1955年胡风及其追随者被宣布为"反革命集团"后，包括路翎在内，这些作者几乎全都遭到迫害。胡风的主要"罪过"在于他坚持不懈地提倡文学自律，这与共和国主流文化范式矛盾。胡风关于批判现实主义的构想，尤其是主观战斗精神，大多形成于抗战时期，而路翎奉胡风为师，两人这种亲密友谊激励这位年轻的小说家在探索主观性的复杂内面世界方面保持着强烈的兴趣。路翎通过他的小说构思不仅将胡风的理论变成了一种动态的创作视野，而且丰富了胡风提倡的民主的现实主义，使之成为一种表现个人主体性的文学方法。[3]

1937年，日军占领北平，三所中国最顶尖的大学不得不内迁西南省份，创立联大。北京大学、清华大学和南开大学合并了院系和学生，先在长沙，然后在昆明重新开学。在中国高等教育史上，这次全国性

---

[1]　朴月：《鹿桥歌未央》，台湾商务印书馆，2006年，第29页。

[2]　这首名为《未央歌》的歌曲创作于20世纪80年代，歌词脱胎于鹿桥小说内容。

[3]　Kirk Denton（邓腾克），"The Hu Feng Group: Genealogy of a Literary School."（《胡风集团：一个文学社团的谱系》），*Literary Societies of Republican China*, edited by Kirk Denton and Michel Hockx, Lexington Books, 2008, pp.413-466.

危机下的迁徙出人意外地使一所规模空前的人文教育机构横空出世。虽然在1949年后的叙述中，联大的左派教师和学生的政治活动长期以来被神圣化，归入正统的革命历史，但自20世纪90年代以来，学者对联大自由氛围的关注，使得这所战时大学看起来正是学术自治的象征。[1]正如易社强（John Israel）在他有关联大历史的详细叙述的结尾部分所言，"在中国自由讲学的历史上，西南联大既是其成就的高峰，又是它急剧衰落的预兆"[2]。在中国自由派知识分子心中，联大几乎成为神话。鹿桥1942年毕业于联大，他唯一的小说《未央歌》就是献给他的母校的，这是从一个人的角度出发对联大历史的描述，由此证明联大的确在那些青年学子的成长经历中扮演着至关重要的角色。

在此语境下阅读《财主底儿女们》和《未央歌》，可以了解到中国现代性的两条另类道路：胡风及其追随者参与的左翼文化批评，以及联大师生实践的自由人文主义传统。我在本章将细读这两部小说，与胡风理论和联大人文教育比较，理解他们自我塑造的不同方式的文化意义。借用卢卡奇的话，我把这两部小说所描画的走向内面的旅途看作是"聚焦于自我认识的'小说的内部形式'的表现"[3]。

---

[1] 谢泳：《西南联大与中国现代知识分子》，湖南文艺出版社，1998年。

[2] John Israel（易社强），*Lianda, a Chinese University in War and Revolution*（《战争与革命中的西南联大》），Stanford University Press, 1998, p.381. 此处据饶佳荣译，九州出版社，2012年，第316页。

[3] Georg Lukács（卢卡奇），*The Theory of the Novel*（《小说理论》），The MIT Press, 1971, pp.70–83.

主观主义及其论争

20世纪40年代末，七月派和另一个后被称为"九叶诗人"的青年诗人群体围绕中国新诗的未来发生了一场激烈论争。左翼的七月诗派提出"人民诗"的概念，攻击另一个群体的主观主义和唯美主义倾向。[1]九叶诗人中有三位毕业于联大外国语文学系：穆旦（1918—1977年）、杜运燮（1915—2002年）、袁可嘉（1921—2008年）；还有一位毕业于联大哲学系：郑敏（1920—2022年）。20世纪80年代初，他们和另外五位诗人作为"文革"后仍然健在的现代主义诗人，因为一本《九叶集》（1981年）的出版而获得"九叶"这样一个集体命名。在40年代的语境中，更准确的命名应该是现代主义诗群，近来研究这一批诗人的文学实践的学者倾向于使用这个名称，有时甚至更具体地指涉其中几位联大毕业生，只用"西南联大现代主义诗群"这个名字，以便清楚表明他们与联大的密切关系。他们和七月诗人如鲁藜（1914—1999年）、绿原（1922—2009年）和牛汉（1923—2013年）是同辈，都是在抗战期间崭露头角的年轻作者。在这两派间发生的唯一争论，被参与者定性为现实主义和现代主义这两种不同的诗歌理想之间的冲突。

将这场论争置于共产党接管中国内地前夕的文学文化语境下，我认为这是一个很好的用来说明皮埃尔·布尔迪厄（Pierre Bourdieu）提出的"文化生产场域"（the field of cultural production）概念的例子，即可以清楚地将每个文化代理人在某一场域中的定位放在错综复杂的

---

[1] 游友基：《九叶诗派研究》，福建教育出版社，1997年，第40—52页。

关系网络中。[1]七月派和九叶诗人的对立看似源于意识形态冲突，但他们在文化政治上的立场选择可能掩盖了他们的共同趣味。讽刺的是，几乎就在他们的论争激化的同时，正统马克思主义批评家对七月派进行了无情的批评，与这些左翼诗人（七月派）攻击九叶诗人的理由非常相似：代表文化正统的党内批评家认为，在胡风的影响下，他们的写作体现了主观主义和唯美主义的"错误"倾向。[2]这一轮强烈的批评发生在胡风的学生舒芜（1922—2009年）发表《论主观》之后，该文系统地介绍了胡风关于主观对于政治生活和文学创作的作用的观点。

正如邓腾克（Kirk Denton）所言，"它（《论主观》）用马克思

---

[1] Pierre Bourdieu（布尔迪厄），*The Field of Cultural Production*（《文化生产场域》），Columbia University Press, 1993, p.30.

[2] 关于左翼批评家对胡风和舒芜的批评，以及他们的回应，见蔡仪主编：《中国抗日战争时期大后方文学书系》第2卷理论·论争第1集"'主观论'和'生活态度'问题"部分，重庆出版社，第609—817页，包括胡风《一个要点的备忘录》（1941年3月20日《抗战文艺》第7卷第2、3期合刊），嘉梨（陈家康）《人民不是一本书》（1943年3月17日《新华日报》副刊），项黎（胡绳）《感性生活与理性生活》、于潮（乔冠华）《论生活态度与现实主义》、蔡仪《艺术的主观性与客观性》（以上三篇见1943年6月《中原》创刊号），茅盾《论所谓生活的三度》（1943年9月《中原》第1卷第2期），胡风《现实主义在今天》（1944年1月1日《时事新报》），于潮《方生未死之间》、项黎《论艺术态度和生活态度》（以上两篇见1944年3月《中原》第1卷第3期），胡风《置身在为民主的斗争里面》、舒芜《论主观》（以上两篇见1945年1月《希望》第1卷第1期），《〈清明前后〉与〈芳草天涯〉两个话剧的座谈》（1945年11月28日《新华日报》），荃麟《略论文艺的政治倾向》（1945年12月26日《新华日报》），《伸向黑土深处》（1945年《文艺杂志》新1卷第1期），王戎《"主观精神"和"政治倾向"》（1946年1月9日《新华日报》），雪峰《论民主革命的文艺运动——过去与现在的检查及今后的工作》（1946年1—2月《中原》《文艺杂志》《希望》《文哨》联合特刊第1卷第1、2期合刊），何其芳《关于现实主义》（1946年2月13日《新华日报》），黄药眠《论约瑟夫的外套》（1946年3月1日《文艺生活》光复版第3期），吕荧、傅履冰（何其芳）《关于"客观主义"的讨论》（1946年11月15日《萌芽》第1卷第4期）。另见胡风：《置身在为民主的斗争里面》，又见《胡风全集》第三卷，湖北人民出版社，1999年，第185—191页。

主义修辞提供了一种对于历史转变的另类想象"[1]。换言之,胡风通过提出主观论,主张"置身在为民主的斗争里面"发挥主观能动性,而主观能动性指向的显然是个体性。在这一框架下理解的话,七月诗派关于"人民诗"的主张虽基于左翼大众观念,却包含唤起激发民众主体性的倾向。在这一层意义上,正是对"主观"的强调将左翼的"人民诗"和现代主义的"中国新诗"联系在一起,而"中国新诗"是九叶诗人创造的名词,用来指涉他们渴望发起的现代主义文学运动。论争双方所代表的左翼现实主义和自由现代主义对于主观的作用有着共同的兴趣和信念。

胡风文学理论的关键概念是"主观战斗精神"。这一概念的源头可以追溯到鲁迅,他在1907年写下文言论文《摩罗诗力说》,呼唤尼采式的"精神界战士",所战斗的对象正是被物质主义和客观主义淹没的世界的平庸性。[2]胡风将鲁迅的文学观更加理论化,并在这样的哲学论述中表达了他对"主观战斗精神"的理解:

> 对于血肉的现实人生的搏斗,是体现对象的摄取过程,但也是克服对象的批判过程……这就一方面要求主观力量的坚强,坚强到能够和血肉的对象搏斗,能够对血肉的对象进行批判,由这得到可能,创造出包含有比个别的对象更高的真实性的艺术世界,另一方面要求作家向感性的对

---

[1] Kirk Denton(邓腾克),"The Hu Feng Group: Genealogy of a Literary School"(《胡风集团:一个文学社团的谱系》),p.432.
[2] 鲁迅:《摩罗诗力说》,《鲁迅全集》第一卷,人民文学出版社,2005年,第65—120页。

> 象深入，深入到和对象的感性表现结为一体，不致自得其乐地离开对象飞去或不关痛痒地站在对象旁边……[1]

对胡风来说，"主观战斗精神"标志着对于那种自封真理的一元化唯物主义话语绝不妥协的对抗态度，正是这种唯物主义话语构成现代中国主流文学范式的基础，这种范式就是假定文学再现的客观性的现实主义。胡风认为人对世界的认知及其文学创作是主观精神不断发展和扩张的过程。胡风的理论把主观能动性夸大到这样的程度：现实不应被理解为被动的客观，而只应通过与主观精神的密切互动而变得有意义。换言之，在文学创作中，客观性如果不是在摄入作家的主观之后得到再现的话，就是没有意义的。

这使得胡风的现实主义理论与当时的正统现实主义版本，也是1948年对胡风发起批判的理论家们的主张有着本质的不同。实际上，胡风并不掩饰他对"社会主义现实主义"这一教条主义概念的异议，他批评说这是对文学创作的主要威胁。胡风在1948年的专著《论现实主义的路》声称"黑格尔底鬼影"已使当代作家和艺术家们失去人的自主精神。在现实主义的名义下，黑格尔底鬼影通过把看似客观化的"绝对理念"强加于作家头脑，从而磨灭了他们的主观创造力。在同时代文学中，胡风认为"黑格尔底鬼影"体现在各种主观公式主义和客观主义的趋势上，这些趋势留给作家保持主观创造力的空间很小，而将一些看似政治正确，但实际上只是让作家作为意识形态建设的工

---

[1] 胡风：《置身在为民主的斗争里面》，《胡风全集》第三卷，湖北人民出版社，1999年，第187页。

具而屈从的原则强加给他们。[1]胡风批判黑格尔哲学的直接语境无疑是1942年毛泽东发表《在延安文艺座谈会上的讲话》后，日益强化对文学艺术创作的控制。胡风对"主观战斗精神"的强调，表明最终他仍然不满于"文艺为工农兵服务"的政策。正如革命文学的正统理论那样，毛泽东思想把文艺工作者定义为服务于革命机器的"齿轮和螺丝钉"。[2]这种情况与胡风所期待的繁荣的文学景象相反，在他的期待里，文艺工作者的主体性应该"置身在为民主的斗争里面"。[3]

无怪乎胡风被比作卢卡奇。[4]显然，同为马克思主义理论家，这两位思想家都对强加给文艺工作者的意识形态要求保持警惕。而且，胡风对所谓"精神奴役创伤"的批判与卢卡奇的"物化"（reification）概念相类似。通过"物化"，卢卡奇试图解释资本主义社会的一个普遍现象：商品拜物教通过掩盖社会生活的实际内容来制约人的感情、欲望和思想。物化在剥夺人性的同时，创造了一种"幽灵似的客观性"（phantom objectivity），使社会生活中所有事物的商品化变得合理。[5]胡风从生活在几千年封建统治下的中国人身上观察到的一个类似情况是，他们的思想带有"精神奴役创伤"。在被奴役了这么久之后，人们有了精神上的"创伤"，使他们失去了精神上的自主权。他们成为没有思想的"奴

---

[1] 胡风：《论现实主义的路》，《胡风全集》第三卷，第471—577页。

[2] 毛泽东：《在延安文艺座谈会上的讲话》，《毛泽东选集》第三卷，人民出版社，1991年，第866页。

[3] 胡风：《置身在为民主的斗争里面》，《胡风全集》第三卷，第185—191页。

[4] 艾晓明：《胡风与卢卡奇》；又见戴光中《胡风传》，第215—237页。

[5] 卢卡奇：《物化现象》，《历史与阶级意识》，中译本第143—177页。

隶"，不能看到、理解或表达自己的生活现实。这一想法显然与鲁迅对"国民性"的批判有关，这意味着需要不断努力来将启蒙进行到底。但在胡风的语境中，这个想法获得了更激进的含义，可以进一步指的是：对文艺教条的屈服也是一种新型的"精神奴役创伤"。

对"精神奴役创伤"的发现，使得坚持"主观战斗精神"的必要性，具有高度的历史意义。有别于"五四"一代，胡风除了向西方科学民主寻求启蒙之外，还呼吁唤起内心的本能力量来抵抗"精神奴役"。从胡风的哲学思想中，出现了有关自我的非理性和超验维度的理解，这进一步使他的主观论摆脱了客观主义和唯物主义的桎梏。胡风的这一思想特别体现在他支持自己的门徒路翎做出实验性的文学努力，从无产阶级人物的内面生命中释放出他所称的"原始的强力"，以作为治疗"精神奴役创伤"的一剂强药。

路翎的第一部中篇小说《饥饿的郭素娥》（1943 年）的女主人公，一个来自社会最底层的具有反抗精神的年轻女性，可以被视为最能体现"原始的强力"的人物。郭素娥的性格中最大胆的部分是，她以不屈不挠的意志力与残酷的虐待做斗争，由于她的激烈斗争，她不仅从传统的一位只知服从的农民的概念化形象中脱颖而出，而且还从社会主义现实主义发明的新的概念化形象——被启蒙的无产阶级的革命化描写——中脱颖而出。郭素娥的"饥饿"不能简单地用"阶级意识"的逻辑来解释，而是充分张扬其不屈不挠的"原始的强力"，这引向了在性欲方面的暴动、非理性的狂喜、身体对暴力折磨的忍受，以及对爱和自由的不可遏制的渴求。[1]

"原始的强力"这一概念打开了非理性的大门。它使神秘的、原始的、本能的人的动力活跃起来。在胡风对这个概念的理论化中,我们可以发现弗洛伊德和柏格森(Henri Bergson)的综合影响。[2]不难看出弗洛伊德的理论如何使胡风形成对无意识的积极理解,将其作为能量的源泉,用于抵抗社会约束的文明形式所强制实施的"精神奴役"。柏格森主义对胡风的影响可能更微妙,但实际上更深刻。柏格森哲学的核心概念"生命冲动"(élan vital)将人的生命定义为生命冲动的"绵延"(duration)。在胡风的主观论中,"原始的强力"具有与"生命冲动"相同的作用:使主观的自我能够在不断的形成过程中"活下去"。此外,胡风认为"原始的强力"是一种超越社会约束的人的生活形式,因此,由"原始的强力"赋予的主体性变得无法成形,只能凭直觉而不是凭概念出现。

在"原始的强力"中,胡风主观论描绘的这幅非理性的超验自我的景观最好通过直觉来接近。尽管胡风作为现实主义理论家从未试图将"原始的强力"概念置于其哲学核心,但这一想法促进了他对艺术的独立性和个人主体性的强调。在这最后的分析中,胡风的主观论可以是现代主义的,也可以是现实主义的。胡风的追随者中没有人比路翎更深入地探究内在的主体性,我们将在讨论他的巨著《财主底儿女们》

---

[1] 有关分析,见David Der-wei Wang(王德威),*The Monster That Is History: History, Violence, and Fictional Writing in Twentieth-Century China*(《历史与怪兽》),University of California Press, 2004, pp.119–131.

[2] 胡风通过阅读鲁迅翻译的日本作家厨川白村的著作《苦闷的象征》,接受了弗洛伊德和柏格森的理论。

的主人公蒋纯祖的心理发展时看到这一点。

《财主底儿女们》：精神界的青年战士

在 1945 年为《财主底儿女们》第一部所作序言中，胡风以最大热情推荐这部小说。他不但认为这部小说是中国自战争以来出现的最宏大的史诗，还预言《财主底儿女们》的出版将是"中国新文学史上一个重大的事件"[1]。但历史几乎证明胡风的预言是错误的，因为中国文学史将在长达三十年的时间里不提路翎的名字。1955 年，路翎因与胡风关系密切而被监禁，其著作也完全从公众视野中消失。直到 20 世纪 80 年代，新一代文学评论家才开始重新认真评价路翎作品，钱理群和赵园等学者开始给予《财主底儿女们》最高的评价，称其为表现现代中国青年精神追求的最宏伟、最真实的编年史。[2]

路翎在政治混乱的年代坚持理想主义的艰苦努力，这与胡风的思想影响密切相关。胡风和路翎的师生关系是中国现代文学史上一个引人注目的现象。没有其他作家与理论家有如此亲密深刻的互动，两人彼此丰富对方的思想。路翎十七岁开始写这部小说，不久前他与胡风第一次见面。随后四年，他们就各种话题，信件往还百余通，从胡风对文学理论的思考，到路翎在写作中不得不面对的技术问题，可谓无

---

[1] 路翎：《财主底儿女们》第一部，第1页。
[2] 见钱理群：《精神界战士的大悲剧》，张业松编《路翎印象》，第266—271页；赵园：《艰难的选择》，上海文艺出版社，1986年。

所不谈。胡风的理论影响在《财主底儿女们》的创作和艺术风格中是显而易见的,他们对"主观战斗精神""精神奴役创伤""原始的强力"等概念的讨论,贯穿了路翎创作这部小说的全过程。[1]也是在胡风的推荐下,路翎阅读了傅雷(1908—1966年)对罗曼·罗兰《约翰·克利斯朵夫》的精妙翻译,并为之着迷。罗兰的小说是一部浪漫的成长小说,探讨了一位贝多芬式作曲家的精神成长,这部书极大地影响了路翎,他在1942年决定在小说第二部专注于一个人物的心理发展。路翎历时四年辛勤写作的结果,是一部在规模和艺术上都前所未有的中国成长小说。

小说由两卷组成,其庞大的篇幅将家族传奇与成长小说结合在一起。[2]第一部以从1932年日本空袭上海到1937年战争全面爆发的历史为背景,描写了一个资产阶级权贵家族——蒋家的衰落。第二部以战争为背景,着重描写蒋家最小的儿子蒋纯祖的个人成长。小说第二部主要讲述蒋纯祖在战争初期社会空间各个层面的"历险",突出了他在与情感、意识形态和组织的约束及自我的脆弱面不断斗争时的痛苦和狂喜。

我同意批评家张新颖的观点,小说最精彩的部分在第一部:长子蒋蔚祖的疯狂;他沦为乞丐,在南京和苏州间游荡;他对不忠的妻子金素痕的疯狂爱欲;金素痕对蒋家财富的无可救药的迷恋,以及她为

---

[1] 晓风编:《胡风路翎文学书简》,第5—88页。

[2] Kang Liu(刘康),"Mixed Style in Lu Ling's Novel *Children of the Rich:* Family Chronicle and *Bildungsroman.*"(《路翎的小说〈财主底儿女们〉的混杂风格:家族编年史与成长小说》),*Modern Chinese Literature* 7.1(1991),pp.61-87。

夺取财富采取的极端措施，最终导致家族崩溃。[1]也是在第一部，作者描绘了次子蒋少祖从一个理想主义者堕落为保守主义者的过程。少祖在内心中的孤独、对传统的怀念、与父亲的复杂关系、在通奸中同时表现出的真诚和虚伪，以及他对自我内心脆弱的无能为力——所有这些被描绘得微妙而又清晰。但小说中"家族传奇"部分所有高强度的人物描写，都是为了塑造一个负面的形象，即由于这些人物缺乏主观能动性而导致心理脆弱。从小说情节结构来看，整个第一部可以被看作是小说真正的主人公蒋纯祖出现之前的一个漫长的序曲。

我的讨论将主要集中在小说的"成长小说"部分。事实上，没有任何一部中国现代小说在题材上比《财主底儿女们》更受评论界关注，因为它是典型的成长小说。[2]这部小说清楚地显示了"成长小说"的结构，情节的焦点是主人公的精神成长。但与此同时，许多学者也指出蒋纯祖人格成长的开放式或未完成的问题。他的成长被表述为一个永久的形成过程，没有明确、结论性的终点。邓腾克通过暗指尼采的"超人"，阐明蒋纯祖性格中不断的内心挣扎："他的奋斗，不仅仅是关乎向庸俗的社会宣布一个完全实在的自我以及对尼采所谓的'可悲悯的安慰'的迫切渴望，同时也是向自己的虚假和伪善宣战的过程，不断地改造和创造自我的过程。"[3]正如舒允中所分析的，这个人物

---

[1] 张新颖:《20世纪上半期中国文学的现代意识》，生活·读书·新知三联书店，2001年，第185—186页。

[2] 邓腾克、刘康及许多中国评论家都将这部小说定义为成长小说。

[3] Kirk Denton（邓腾克），*The Problematic of Self in Modern Chinese Literature: Hu Feng and Lu Ling*（《现代中国文学中的有问题性的自我：胡风与路翎》），Stanford University Press, 1998, p.201. 译文据姚晓昕译邓腾克《路翎笔下的蒋纯祖与浪漫个人主义话语》，《南京师范大学文学院学报》2010年第4期。

的爆炸性情绪"来源于一种不定型并充满自发精神和动力的自我感觉,而这种自我感觉在拒绝遵循任何固定方向的同时也为蒋纯祖这个人物定下了基调。在这种以叛逆性为特点的自我感觉的驱动下,蒋纯祖的个人历程一直处于一种发展状态"。[1]即使在临终的时候,蒋纯祖那颗扰攘不宁的心也没有安静下来,他不相信对自我的所有问题有明确的解决办法。[2]换言之,小说没有为蒋纯祖对主体性的成长和扩张所做的无休止的斗争设定一个结论性的解决方案。

因此,路翎的小说不能放在经典意义上的"成长小说"典型框架内理解,它缺乏"五四"作家——如叶圣陶和茅盾——叙述新青年一代成长经历时依据的那种逐渐转变的线性情节。蒋纯祖的个人成长不以某种理想的预测实现为导向;相反,他不断否定自己先前的理想,与自己争论,在自我形象不断转变的每一瞬间探索自我的内在流动性。路翎可能一直试图创造"精神界战士"的正面形象,借用胡风的概念,这个精神界战士的成长可以说是围绕他的"主观战斗精神"的持续增强而变化。在这里,为他的主体性而战本身就是目的,而非为外部目的服务。蒋纯祖与各种各样的约束斗争,由此推动他的个人成长,而这种扰攘不宁的情绪对于防止自我陷入任何形式的停滞、退化或妥协是必要的。在这个意义上,路翎的成长小说的开放式、未完成的形式是一个征候,指向一种似乎用之不竭的主体自我的内在机制,拒绝屈

---

[1] Shu, Yunzhong(舒允中),*Buglers on the Home Front: The Wartime Practice of the Qiyue School*(《内线号手:七月派的战时文学活动》),State University of New York Press, 2000, pp. 146-147. 中文版,上海三联书店,2010年,第157—158页。

[2] 张新颖:《20世纪上半期中国文学的现代意识》,第186页。

从于任何限制。

整个第一部中,蒋纯祖不过是一个边缘人物。而他在少年时的偶尔露面已表明他与其他人物的根本不同。蒋纯祖对依附财富、家族、爱情或抽象概念感到不适,他从很小的时候就强烈地倾向于把他的主观自我与外部世界分开。他作为一个"兴奋而粗野的少年"第一次被引入叙述,看着他的哥哥和姐姐们,毫无理由地怀着"敌意"。他坚持向贫穷的大表哥的漂亮女儿示爱,沉浸于想象中的浪漫,不太在乎女孩的感受。他观察嫂子金素痕在他父亲去世后如何与他的哥哥姐姐争斗,他对素痕奸诈但强大的个性感到着迷而非害怕。预感到蒋家行将崩溃,他第一次审视自己内心,悲伤地与自己"争吵",问自己的心是"好"还是"坏"。然后,他摆出浪漫英雄的姿态,对他的第一个崇拜者——一个年轻的侄子表现出年轻的傲慢、骄傲和残忍。走在乡间,他被夕阳的威严之美深深打动,但同时觉得他个人感情的纯洁和神圣被侄子的出现侵犯。他对自己说,这巨大的激荡之美不仅引起快乐,也引起凄凉的感受,这种凄凉不能与别人分享。陨星突然闪过,落在南京方向,预示大战的到来(显然是对《战争与和平》的模仿),他人在远处的呼喊所表达的巨大兴奋使纯祖平静下来。

> 他下意识地掩藏着自己心里的最神异的、最美的东西……感到陨星底红光所激发的自己底最好的、最美的东西,是别人所不能明了,并且是任何表情都不能传达的。他神圣地,带着一种奇特的冷静站着不动,好像表示他早

就知道这个,并且他所等待的就是这个。[1]

正值青春期的蒋纯祖有着不稳定的性格,但又是极其活跃的,他本能地保持警惕以捍卫自己的个性,反对外来的干预,不管这些干预是出于爱还是敌意。他的第一个叛逆举动是与家族决裂,这似是现代青年的典型举动,令人想起高觉慧与旧家族的告别。但两个人与家族分裂的决定有很大区别。觉慧离家出走的目的很明确,就是要进入社会,用他的理想改变社会,但蒋纯祖离家出走的要求却不同,更个人,他要把自己心中"最美最强大的东西"从家庭生活的停滞和平庸中拯救出来。[2] 在这个意义上,路翎把一个主要是带有强烈社会意义的启蒙的流行情节改写成一个纯粹的个人故事。将关注点从社会义务转到自我意识,路翎的叙述中预示着对个人主体的自主性的强调。

蒋纯祖去上海学习音乐后不久,全面抗战就爆发了。然后他痛苦的精神之旅开始了。第二部以三章漫无边际、密度极强的心理描述开篇,描述蒋纯祖在与一群散兵游勇在旷野流浪期间内心的无法安顿。这是蒋纯祖自我意识成长中的关键情节。在"广阔而空旷"的旷野上的旅途,使他直面人性的残酷,这种残酷体现在战争的可怕影响和难民之间的无情搏斗中。蒋纯祖现在与他的家族和社会阶层完全隔绝,被迫进入一段险恶的旅途,走向"内心的黑暗"。

虽然邓腾克试图在路翎的"旷野"意象和道教宇宙论之间建立一

---

[1] 路翎:《财主底儿女们》第一部,第484页。

[2] 小说中的一个小人物陆明栋离家出走参军。据朱珩青说,在小说的早期草稿中,主人公也因同样的原因离家出走。朱珩青:《路翎:未完成的天才》,山东文艺出版社,1997年,第11页。

种象征性的联系，但"旷野"的奇怪诱惑也可能对应于"原始的强力"的吸引力。"旷野"使人失去文明的舒适，并重申了人作为自然界的有机部分的地位。在小说的这一部分，"旷野"似乎是"原始的强力"的空间表现，或者也可以说它是内心深处发出的非理性力量的外部化。因此，当蒋纯祖看向野蛮的"旷野"时，实际上是看向他内心最黑暗的深处。在旷野上，他开始走向内面的"旅途"。

"旷野"首先似乎是他者的形象——对蒋纯祖来说是完全陌生和可怕的东西。它出现在他看向那些绝望的败兵的视野中，士兵们仅靠求生避死的本能而活着，他们互相争斗不休，带有一种原始的冲动，都想成王，而不愿做奴隶。这种野蛮的道德混淆，使蒋纯祖抛弃了先前所接受的教育在他头脑中留下的有关善恶的伦理假设。士兵朱谷良是一个不道德的人，外表可怕，性情急躁，成为他在旷野中的导师。朱谷良的强大自我既让蒋纯祖害怕，但也吸引着他，这个士兵被明确写成了"原始的强力"的化身。朱谷良心绪不宁、野蛮暴力，一直在欺负他人，把自己的意志强加给周围的人和事，他强大的主观自我占据旷野的中心地位。蒋纯祖跟随他的导师的脚步，被带入一个非理性和非道德的野蛮世界，这个世界逐渐变成他内在自我的镜像。蒋纯祖的"旷野"经历的胜利结果是他能够带着一个优越的自我离开旷野。起初，朱谷良和他的追随者是旷野的绝对统治者，蒋纯祖实际上不得不屈服于他们的胁迫。只有在朱谷良被杀之后，蒋纯祖才有机会克服内心的脆弱。他决心为导师报仇，他没有服从旷野上的新王——"坏"士兵石华贵，而是鼓动其他士兵一起谋杀石华贵。这个严肃的时刻唤起了蒋纯祖来自"良心上的不安"的痛苦感受，但通过面对"旷野"，然后认同其野蛮的本质，他最终摄取并内化了原始的强力。我将这一情节解读为蒋纯祖个人成长中最关键的时刻，这标志着他失去纯真，同时也获得更强大的自我。

与"旷野"的遭遇是蒋纯祖的真正教育。这段经历塑造了他的主体性，使他不得不激活自己的所有本能，不断调整自己的思想和情感，以对抗外部的胁迫和内心的脆弱。走出旷野后，蒋纯祖不再愿意服从任何形式的约束。他在武汉与他的兄弟姐妹团聚，但家庭团聚只会引起他不愉快的感觉。他发现自己与他人的关系非常疏远，现在作为一个"旷野"的幸存者和征服者，他对上层社会的虚伪和浮华更加蔑视。萦绕在他的脑海中的那些艰难的争斗和自我挣扎的记忆与文明世界的精神空虚形成对比。在接下来的小说叙述中，蒋纯祖在自己身上保持着与"旷野"斗争时获得的"原始的强力"，同时对来自外部的任何形式的阴谋性权威保持警惕——这包括家族、爱情、组织、意识形态等等。

蒋纯祖为自己的主体性而战的一个例子，是他结束一段恋爱关系的方式。他在音乐剧团中遇到一个女孩，他先是陶醉在一次想象的恋爱中。这段恋情的高潮纯粹是在他的想象中完成的。他和那个女孩彼此并不认识。他们与整个剧团一起都被邀请去听贝多芬的《第九交响曲》，蒋纯祖凝视着那个女孩，体验着被音乐激起的强烈情感。在这一时刻，他的自我意识随着音乐的辉煌起伏，将他所想象的爱情放大和增强了。但仅仅几个小时后，蒋纯祖就因为一时冲动，与他的十几岁的侄女发生了不经意的亲密关系。当天晚上，"旷野"出现在他的梦中，他看到自己的两个情人和朱谷良。他赞美一个情人的美丽，然后他看到自己变成了她。另一个情人同意他的观点,他也变成了她。只有朱谷良与他争论。当蒋纯祖说春雨落下时,朱谷良愤怒地说现在是冬天。从梦中醒来,痛苦和恼怒的蒋纯祖突然决定与两个女孩分开。在故事的这一部分,"旷野"外化了他欲望的搅动力量,但同时通过重现他争斗和自我挣扎的时刻,"旷野"的梦也暗示出因浪漫关系的甜蜜诱惑而失去主体性的危险。

蒋纯祖与组织约束的斗争,更让人联想到路翎和胡风对战时"精神奴役"的批评。当蒋纯祖加入一个很可能是共产党组织的剧团时,他被政治领导人批评为"小资产阶级个人主义"。蒋纯祖被旨在迫使他服从组织权威的"批判大会"激怒了,他用雄辩的演说指责领导和组织用"最高原则"、"教条主义"和"机械纪律"的束缚,限制了艺术和个人自由。在这一点上,路翎明白无误地使他的主人公成为"主观战斗精神"的代言人:蒋纯祖以一种让人想起胡风对"黑格尔底幽灵"的不妥协态度的姿态,宣布他"从不承认人是历史底奴隶和生活的奴隶"[1]。

与左派组织的斗争使蒋纯祖对自己的情爱关系形成了新的看法,这种关系被一位政治领袖谴责为他的错误行为之一。既然他意识到他的恋情违背了道德权威,他在其中看到了一个新的战场,他可以在此与社会抗争。在重庆,他开始公开地与他的情人过着"堕落的"生活,他故意用沉沦于性放纵来抵制社会道德规范强加给他的羞耻感。他用尼采的话语风格,把道德说成是弱者发明的,进一步显示他对既定道德惯例的蔑视:"这些弱者们,明白了自己底无力,抓住了任何一种

---

[1] 路翎:《财主底儿女们》第二部,第1113页。

人生教条，装出道德的相貌来。"[1]这样，蒋纯祖把他的爱情变成了与外部社会约束做"主观斗争"的行为。

然而，正如他的朋友孙松鹤所指出的，在向社会发动全面战争的同时，蒋纯祖也在与自己开战。在小说第二部的最后三分之一，尽管他与社会的斗争仍然构成了叙事的主要动力，但更突出的是他内心的挣扎。在与社会斗争时，他与可见的和可定义的东西做斗争；在与自己斗争时，他展开了一场不明确的和歧义丛生的搏斗。蒋纯祖正在接近他自我的阴暗面，最内在的比外部的约束更加变化多端、难以捉摸、不可预测。在小说的结尾，叙述方式也变得更加复杂和含混，而蒋纯祖的内心则呈现出所有的晦暗和矛盾。

这一部分的叙述非常复杂，由主人公多层次的自我审视组成。当蒋纯祖意识到他对性快感的沉溺已经成为一种精神牢笼时，他内心冲突的第一个迹象出现了。当他的女友表面上的赤诚和纯真不能再掩盖她的虚荣和精神上的庸俗时，蒋纯祖开始意识到他们对生活有不同的看法，而他们之间只有一个共同点：他们对情爱关系的服从。但在他看来不可理解的是，他不能离开她，即使在他们的共同生活变得难以忍受的时候，而且此时她已经和另一个男人结婚。原因其实很简单：他无法克服对她身体的渴望。经过一系列艰难的自我斗争，蒋纯祖唤醒自身的精神自豪感，当她最后一次在他面前脱衣时，他转身离开了她。在这一刻，他感觉到他们之间出现了巨大的空隙。但故事在这里发生了一个意想不到的转折。情人离开后，蒋纯祖又想到了"旷野"。他一手拿着朱谷良的带血的裤子——这是来自旷野的纪念品，一手拿

---

[1] 路翎：《财主底儿女们》第二部，第950页。

着情人的照片,他看清了自己的虚情假意,意识到试图通过伤害或打击别人来挽回自己的主体精神,这是虚伪的,因为他真正需要打击的正是控制着他自己的虚荣心:

> 他意识到自己,因而向监督着他的这个时代做了一个夸张的动作;但他即刻便忘记了自己,走到这个他久已遗忘的世界里面去了。于是他明白他底错失是怎样深了。
>
> 立刻他又有矫饰的感情起来,因为,当他意识到自己的时候,他是不自由的:这个时代监督着他;这种监督,刺激虚荣心。[1]

蒋纯祖夸张的自我批评具有丰富而矛盾的含义。当他的自我斗争加剧到一定程度,开始意识到他的主要敌人不是别人,而是他自己的时候,一个关键转折出现了。虽然他一直意识到自己在屈从于性欲从而被束缚在一种关系中的脆弱性,但他现在对这种自我意识有了更深刻的理解。意识到自己被性欲束缚并不意味着自由;相反,他抵制自己的脆弱性的决心是一种更凶险的自我精神奴役的表现,这种奴役源于他想扮演一个更强大的自我的角色。他意识到这是一种矫饰,因为他现在才明白,他一直想当然地自认为担当了"精神界战士"的角色,现在他知道,他要作为一个能够对抗时代的强大"战士"的强烈的自我愿望,才是他控制性欲冲动的真正动机。突然间,在这个顿悟的时刻,他建立一个超越性的、不可战胜的自我的努力,导致了一个意外的转折,

---

[1] 路翎:《财主底儿女们》第二部,第1003页。

这竟然与他保持自主性的愿望相抵牾。

但什么是"自主性"(autonomy)？什么是"主体性"(subjectivity)？法国的文学研究者勒内·基拉尔(René Girard)提出，自我的自主性和主体性其实都是浪漫主义的幻觉，是通过我们所渴望的事物或人作为中介(mediator)来构建的，而"自我"实际上只是中介的回声，通过"欺骗"我们，使我们相信自己是在遵循自己的意愿来控制我们的欲望。[1]基拉尔的理论适用于对蒋纯祖的自我认识的心理分析。他所经历的顿悟表明，他与对手（社会、家族和女友）的对立关系使他能够自认为具有精神上的自主性和自发性，但让自我成为战士的愿望实际上是由对手赋予和定义的，对手才是他的欲望的中介者。因此，虽然他竭力抵制外部约束，并且通过这个过程，他自认为已经实现自主性，但这样塑造的主体性不过是一种自命不凡的愿景，只是因为他要成为他人眼中的英雄。在这个意义上，他所渴望的主体性变成一个虚幻的实体，禁锢了他的自我。

在这一刻，蒋纯祖的人生变得黑暗，他处在陷入虚无主义的边缘。但这个顿悟并没有将蒋纯祖的自我意识引向对其个人主体性的否定，叙事也没有将他的成长引向对外部权威的服从。走向内面的旅途还在继续，他在艰难而痛苦地行进。蒋纯祖继续撤退到更边缘的内地，撤退到他的内心深处，将自己与世界其他地方隔离开来。现在他的自我被分为两个彼此重合的实体：经验的自我和超验的自我。经验的自我

---

[1] René Girard（基拉尔）, *Deceit, Desire and the Novel: Self and Other in Literary Structure*（《浪漫的谎言与小说的真实》）, Translated by Yvonne Freccero, Johns Hopkins University Press, 1984, pp.1-52.

可以说是在与社会规约的斗争中形成和壮大的。虽然自我已经意识到自己在社会中的作用,但蒋纯祖现在看穿了它的矫揉造作。超验的自我在自我搏斗的废墟中出现,并继续深入内部,抵达无可名状和不可驯服的人的原始欲求的动力之中。此后,蒋纯祖与自己的战争就在这两个实体的冲突中进行。

在人生旅程的最后阶段,蒋纯祖开始接近超验的自我。当时他在四川一个偏远角落的石桥场过着平静的教师生活。他患上肺结核,倦于与社会做"虚假的"斗争,住在石桥场的这一选择相当于自我放逐到另一片旷野。他做出这一举动也是为了远离战争,在这场战争中,每个人现在都应该在民族动员的旗帜下团结起来。石桥场远离战斗,远离虚伪的政治和现代社会,对他来说,这里就是空荡而广阔的旷野,他可以在此对抗自我,摧毁其"固定的、完成的"形式,并认识到自己真实的面目。

小说的这最后一部分很容易让人想起《倪焕之》。在类似的模式中,蒋纯祖在教育、情感和社会改革这三个领域受到挑战、考验和挫折。和倪焕之一样,他也到达幻灭的最后阶段,幻灭伴随着他直到死亡。然而,蒋纯祖的故事也与倪焕之不同,因为他的幻灭与其说是由险恶的现实造成的,不如说是由他自己的意志造成的。虽然他对石桥场的落后感到不满,并准备重新开始斗争,但他作为自命的精神界战士,对自己的英雄主义的矫揉造作感到厌倦和厌恶。甚至当他再次坠入爱河时,他也不由自主地感到自己心中的虚荣、自私和冷漠。当所有的外部戏剧性事件远去时,蒋纯祖在石桥场再次接近"旷野"。这一次旷野的出现是令人迷醉的,小说以抒情的风格将之描述为一个人物觉醒的过程：

> 特别是在夏季人们觉得有一种力量在自己身上觉醒，这种力量不能在实际的生活和日常的事务里面得到启示，满足，和完成，它是超越的，它常常是可怕的。在这种力量底支配下，人们大半的时间觉得阴郁，苦闷，觉得都会快乐，少数的时间在心里发生了突然的闪光，在无边的昏倦里发生了突然的清醒，人们觉得没有道德，没有理论，没有服从，只是自己底生命是美丽的，它将冲出去，并且已经冲出去了：破坏一切和完成一切。[1]

每天早上和晚上都体验到这股激荡的内在力量，蒋纯祖逐渐与它建立了亲密的关系，并热情地来称呼它："我亲爱的克力！"小说从未解释过这个名字的确切含义，但它显然被表述为女性化的："她大概是一个美丽的，智慧的，纯洁的，最善的女子，像吉诃德先生底达茜尼亚一样。"[2]"克力"被表述为一种纯粹的抒情，超越了道德和意识形态的理性，全靠人的直觉感知来接近。它很可能象征着蒋纯祖在努力将他内心"旷野"的活力、永恒的"原始的强力"，或他在内心深处唤醒的超验自我变成一个人格。将之看作一个情人，与其亲昵，他将"克力"从他的经验的自我中分离出来，它变成一种可见的力量，受到他的膜拜。蒋纯祖对"克力"的诉求使他最终与自己和解，超越

---

[1] 路翎：《财主底儿女们》第二部，第1090页。
[2] 同上书，第1158页。

经验自我的情感和虚荣，并将他的主体性重建为一种完全内在的经验。

蒋纯祖以一种近乎宗教的态度接近"克力"，也是因为他在她身上看到了历史的创造力量。在胡风的理论中，"原始的强力"的概念最初是用来解释主观的，以此唤起人民的力量，将历史运动从"精神奴役"的历史转变为"精神解放"的历史。[1]在路翎的小说中，蒋纯祖意识到许多生活在"旷野"上的普通人就有"原始的强力"。他羡慕石桥场的年轻人赵天知，因为他不受外部影响，"原始的强力"在他的生活中保持着自然形态。这样的历史观无疑是高度理想化的。在胡风和路翎的信念中，"原始的强力"为每个人的主体性的成长开辟了无限的可能性。由这种力量推动的历史不会有任何位置留给预先确定的议程。历史将在每个人的主体性力量的干预下创造出来，而不是被教条和理论所创造，后者以民族、社会甚至宇宙的目的论的名义剥夺个人的主体性。在这个意义上，首次在蒋纯祖的自我追求中展示的迷人的"克力"，将自我的内在力量放在民族历史变革中的重要地位上。

然而，蒋纯祖对超验自我的纯粹精神追求的成功，是以现实生活中的经验自我的消亡为代价的。蒋纯祖沉浸在对他的"克力"的遐想中，开始向同事万同华求爱。当他竭力想把他的爱人提升到他的"克力"的精神层面时，万同华在他眼里和这个普通的世界没什么两样，尽管她非常真诚和有同情心。当蒋纯祖的表达像孩子一样天真时，她可以接受他的爱，但她不能不对他在追求或想象爱情的超越层面时表现出的巨大内心变化感到困惑。正是在蒋纯祖与万同华的关系中，他的内

---

[1] 胡风：《论现实主义的路》，《胡风全集》第三卷，第552—562页。

心冲突最清楚地展现出来。他似乎在经验自我的欲望和对超验自我的渴望间进退失据。然而，从世俗的角度看他们的关系，万同华却能理解蒋纯祖所梦想的超越层面是难以捉摸和无形无迹的。

最后，蒋纯祖的健康突然恶化，似乎他的肉体存在正在屈服于他的精神追求。他被诊断出患有肺结核。正如我们在巴金的《灭亡》等其他小说中看到的那样，在路翎的小说中，肺结核象征着患者使其内心变得纯洁透明。蒋纯祖甚至超过了杜大心，成为一名英雄式的肺结核患者，因为他有意识地从自己身体的恶化中看到接近纯洁的超验精神的最后机会：

> 在昏迷里，蒋纯祖有着恐怖的、厌恶的情绪。他觉得自己是被抛弃在什么肮脏的地方，他厌恶这种肮脏。他觉得他是走在荒野里，荒野上，好像波浪或烟雾，流动着一种混浊的微光，周围的一切都肮脏、腐臭，各处有粪便，毛发，血腥。他怀着厌恶与恐怖，急于逃脱；但他明白，他暂时还不能逃脱，因为，将有一种无比的、纯洁而欢乐的光明要升起来——必须这种光明照耀着他底道路，他才能逃脱。[1]

在他生命的最后时刻，蒋纯祖表现出对死亡的渴望，这可能意味着无休止的自我斗争所导致的内心的疲惫。但与浮士德式的疲惫不同，浮士德式的疲惫标志着将主观能动性赋形以改变外部世界的长期努力的

---

[1] 路翎：《财主底儿女们》第二部，第1309页。

完成，蒋纯祖的精神疲惫则表明他对内在自我的超越形式的持久追求无果而终。

在这个意义上，尽管《财主底儿女们》采用了成长小说的形式，来构建青年的精神旅途，但与之前的成长小说完全不同，因为主人公的主体性成为其自身的目标，并永远阻断了主体完成的过程。因此，路翎的成长小说是开放式的，因为根据叙事设计不可能完成对主人公的形象的塑造。蒋纯祖死前仍然是一个想要认知自我的没有定型、难以捉摸、无法安顿下来的青年。第二部的整个叙述可以被解读为一个延长的内向运动，深入到主人公的心灵内部。蒋纯祖的心灵历险比任何其他现代中国作品都更加突出了将纯粹、超然的自我从经验和社会约束中解放出来的渴望。回顾胡风的"主观战斗精神"理论及其在战时中国文化政治中的意义，我们可以意识到，蒋纯祖竭力去接近超验的自我，是现代中国文学寻求精神超越的最彻底的努力，也是对历史决定论的某种拒绝。

荒原上的抒情自我

现在让我们回到1948年七月派和九叶诗人之间的论争。在七月派看来，九叶诗人的诗学观与中国现实无关，有某种自我沉溺的倾向。因此，有人批评九叶诗人的主观论和唯美主义不适用于中国文学，暗示他们在象牙塔中生活和写作，没有参与中国人民正在进行的民主运动。诚然，大多数九叶诗人，或联大的现代主义诗人，通过大学教育直接接受了西方现代主义文学的影响,他们所谓的"纯诗"更注重自我探索,而不是政治运动。然而,我们不应忘记,联大的成立本身就是战争的结果,战时的经历制约了这些青年作家的现代主义文学实践。[1]此外,正如从上文对胡风和路翎写作的分析中可以看出,尽管七月派和联大作家的文学视野存在差异,但最终都指向了对主体性的强调。与胡风通过实际的民主斗争对"主观战斗精神"的理论追求相比,联大诗人的文学视野被一种相当不同的传统所强调——这就是战争期间在联大校园里盛行的西方现代主义文化。

现代主义文学是联大人文课程的一个重要组成部分。联大的一些文学教授,如叶公超(1904—1981年)、卞之琳(1910—2000年)和冯至,通过文章和讲座,向学生介绍欧洲现代主义的主要作家:夏尔·波德莱尔、保罗·瓦莱里(Paul Valéry,1871-1945)、莱纳·玛丽亚·里尔克(Rainer Maria Rilke,1875-1926)和弗吉尼亚·伍尔芙(Virginia Woolf,1882-1941)。在联大的教师队伍中,还有一位著名的英国诗人和"新批评"派的代表人物——威廉·燕卜荪(William Empson,1906-1984),他在当代英诗课中指导学生细读威廉·巴特勒·叶芝(W. B. Yeats,1865-1939)、T. S. 艾略特(T. S. Eliot,1888-1965)、W. H. 奥登(W. H. Auden,1903-1973)和迪伦·托马斯(Dylan Thomas,1914-1953)的作品,这是一门非常受外语系欢迎的课程。联大的几位毕业生后来回忆,他们如何在燕卜荪的课上第一次读到了《普鲁弗洛克的情歌》(*The Love Song of J. Alfred Prufrock*),或者燕卜荪如何慷慨地借给他们艾略特的《圣木》(*The Sacred Wood*)和埃德蒙·威尔逊(Edmund

---

[1] 张新颖:《20世纪上半期中国文学的现代意识》,第195页。

Wilson, 1895-1972)的《阿克瑟尔的城堡》(*Axel's Castle*),使他们对全盛时期的西方现代主义大开眼界。[1]燕卜荪于1937年来到中国,首先在北京大学任教,然后在联大教了两年。他在联大校园里创作了他最长的一首诗作《南岳之秋》(*Autumn on Nan-Yueh*)。他在诗中描述自己对联大及其学生的印象:

> 课堂上所讲一切题目的内容,
> 都埋在丢在北方的图书馆里,
> 因此人们奇怪地迷惑了,
> 为找线索搜求着自己的记忆。
> 那些珀伽索斯应该培养,
> 就看谁中你的心意。
> 版本的异同不妨讨论,
> 我们讲诗,诗随讲而长成整体。[2]

在他的学生中,燕卜荪很高兴地发现了好几位"珀伽索斯",欣悦于他们表现出的天赋和对写诗的渴望。当时,联大的生存不断受到战争的威胁:校园贫困,图书馆的藏书稀少,空袭从未停止,但尽管如此,暗淡的外部环境与年轻学生中出现的文学文化的蓬勃发展形成鲜明对

---

[1] 王佐良:《怀燕卜荪先生》,《语言之间的恩怨》,天津人民出版社,1998年,第105—112页;周珏良:《穆旦的诗和译诗》,杜运燮、袁可嘉编《一个民族已经起来:怀念诗人、翻译家穆旦》,江苏人民出版社,1987年,第19—29页。

[2] William Empson(燕卜荪),*Collected Poems*(《诗选》),Harcourt, 1949, p. 77,据王佐良译文引,《西南联大现代诗钞》,中国文学出版社,1997年,第84—85页。

图6：联大校园

图7：联大学生在图书馆

比。各种文学社团组织起来，联大校园内出版最长久的文学杂志之一《文聚》展示了中国年轻的现代主义者的成就。在这本杂志中可以看到中国最早的"意识流"写作实验，如汪曾祺（1920—1997年）的小说，以及冯至和穆旦的风格与思想都更成熟的诗歌。

　　现代主义在战时避难的中国大学校园盛行，这似乎令人费解。也是在战争期间，T. S. 艾略特的《荒原》（*The Waste Land*）通过联大师生的翻译、评论和模仿，对中国文学开始产生影响。为了解释战时联大对西方现代主义的接受，张新颖引用了《荒原》的中文译者、外文系的一名年轻讲师赵萝蕤（1912—1998年）的话以表明艾略特的诗直接与中国人的心灵对话。赵萝蕤在1940年的文章《艾略特与〈荒原〉》中说："我翻译《荒原》曾有一种类似的盼望：我们生活在一个不平常的大时代里，这其中的喜怒哀乐，失望与盼望，悲观与信仰，能有谁将活的语言来一泄数百年来我们这民族的灵魂里至痛至深的创伤与不变不屈的信心。"[1] 赵萝蕤期望艾略特的诗能激励中国读者认识到他们内心深处的精神危机并获得救赎的希望。赵萝蕤的话清楚地指出她那一代人接受西方现代主义的一个深刻的心理原因：《荒原》以及其他现代主义杰作如《杜伊诺哀歌》（*Duino Elegies*），《魔山》（*The Magic Mountain*）、《尤利西斯》（*Ulysses*）和《达洛维夫人》（*Mrs. Dalloway*）都是在欧战之后的精神危机中写成的，在又一次世界大战的背景下，这些西方现代主义作品照见了年轻的中国现代主义者们的自身困境。

　　在更深刻的层面上，赵萝蕤的期望表明了一种倾向，即塑造一个

---

[1] 张新颖：《20世纪上半期中国文学的现代意识》，第205页。

抒情的自我，以此表达最内在的痛苦，抵御凶险的现实，超越"荒原"的精神空白。战争危及文明，它对人类心理的灾难性影响加剧了"所有现代文学的主要意图"，正如莱昂内尔·特里林所定义的那样，可以概括为"失去自我直至自我毁灭的想法，不顾自身利益或传统道德而将自己交给经验，完全摆脱社会的束缚"，但与此同时，对抗这种灾难性影响的努力，正具有讽刺性地呼应了阿诺德（Matthew Arnold, 1822-1888）对"精神完美的充实"的期望。[1] 在荒原的废墟上，自我从外部约束中分离出来，直接面对自己的空虚，但同时它也成为自己的目标，并将所有的能量指向丰富和扩大的内部。

联大诗人都很喜欢的一首诗，是奥登在战时中国行期间写的一首十四行诗。这首诗或许最能说明现代主义对险恶现实的应对：

> 当通讯的一切工具和手段，
> 都证实我们的敌人的胜利；
> 我们的堡垒被突破，大军已后撤，
> 暴力流行好似一场新的瘟疫，
> 而虐政这个魔术师到处受欢迎；
> 当我们懊悔何必出生的时候，
> 让我们记起所有似乎被遗弃的。
> 今晚在中国，让我想着一个朋友：
> 他默默工作和等待了十年，
> 直到他的一切才能体现于米索，

---

[1] Lionel Trilling（特里林）, *Beyond Culture*（《超越文化》）, Harcourt, 1979, pp.26–27.

> 于是一举把他的整个奉献，
> 怀着完成者的感激之情，
> 他在冬夜里走出，像一个巨兽，
> 去抚摸了那小小的钟楼。[1]

奥登在这样一个绝望的时刻"想着"的"一个朋友"是莱纳·玛利亚·里尔克，里尔克的《杜伊诺哀歌》是在"他默默工作和等待了十年"之后、在他死于"米索""那小小的钟楼"之前几个月才创作的。诗人为什么要在"敌人的胜利"中"想着"里尔克？一个答案可能是，奥登在对里尔克的怀念中发现的抒情时刻照亮了一个人丰富的内心世界，由此克服近在眼前的灾难性的现实黑暗。

在联大诗人中，穆旦是最有才华的。他对自我的诗学态度可能比他的任何同辈都表现得更加微妙和丰富。正如诗人兼评论家梁秉钧（1949—2013年）所指出的，穆旦的许多诗都在探索"现代自我"的主观体验。通过细读穆旦的《我》，梁说："诗中的'我'是残缺的、孤立的，这是时间也是空间的隔绝，既没法融入历史的整体，也没法汇入群众之中。"[2] 其最后一节写道：

> 幻化的形象，是更深的绝望，
> 永远是自己，锁在荒野里，

---

[1] Auden, "Sonnets from China (XXIII)," in *Collected Poems*, 194, 原注误为第十九首。据穆旦译文。

[2] 梁秉钧：《穆旦与现代的"我"》，王晓明主编《二十世纪中国文学史论》第二卷，东方出版中心，1998年。

仇恨着母亲给分出了梦境。

穆旦对自我的诗意描写，尽管"痛苦"，却是建立在其自身的自主性之上。在另一首诗《在旷野上》中，自我被描述为一个小而有活力的宇宙。即使它是孤独、绝望和困惑的，它也不会不加消化地就接受来自外部世界的任何现成的安慰。而自我绝不是一个固定的形象。对于穆旦的抒情的"我"来说，永远没有一个结论性的人生解决方案，即使来自内部。因此，诗人选择在他的诗中只采取零碎、抒情的形象，无论多么难以捉摸和转瞬即逝，而不是将自我置于现实的僵硬空间中。

同样是外语系的学生，鹿桥不属于联大的现代主义诗人群体，他的小说在自我探索方面可能比不上穆旦诗歌的复杂。然而，正如我在下文中通过细读显示的，他的《未央歌》与现代主义的自我塑造模式有着明显的联系，它夸大了主观的作用，同时对自我和世界都有强烈的抒情性再现。

《未央歌》：自由教育及其不满

1939年3月25日，研究西方经典的学者、著名的中国新人文主义代表吴宓（1894—1978年）在日记中记录了他与一位联大学生间不愉快的遭遇。这位名叫吴讷孙的学生在那天遇到了吴教授，非常无礼地说他要丢掉吴教授的阅读清单，只读自己喜欢的书。吴宓被激怒了。回到教师宿舍后，他立即起草了一封信给外语系主任叶公超，称如不立即将吴讷孙从他班中开除,他将辞去教职。[1]

联大最受尊敬的教授之一吴宓显然把吴讷孙当成联大最无礼的学生之一。尽管吴宓在吴讷孙激怒他的当晚通过重读但丁《神曲》的一些段落平复内心,随后在日记中写下他对人文主义信仰超越历史灾难存在的思考,[2]但他不可能预见到,一个非常类似的想法,也将出现在他心目中的"坏"学生写出的一部小说中。1959年,吴讷孙以笔名"鹿桥"出版《未央歌》。小说描写了联大的几位模范学生,表达出作者对母校的真挚热爱。吴宓教授的人文主义教育确实培养了有坚定人文信仰的年轻学生,显然这样的教育在青年自我塑造中发挥了实质性的作用,鹿桥的小说就不遗余力地将这种信仰写作联大在战争中得以生存的精神。

什么是"联大精神"?早在日本进攻北平后的第一个星期,历史学家陈寅恪(1890—1969年)——当时是清华大学教授,后来是联大教师中最受尊敬的学者之一——已开始认真思考如果中国战败,如何保存中国文化。[3]他的担心让人想起儒家思想者顾炎武(1613—1682年)的话。三个世纪前,当明朝被入关的女真人替代,顾炎武区分了一个国家的灭亡(或更准确地说,在顾炎武的语境中是一个王朝的灭亡)和天下的灭亡(或一般来说是文化传统的灭亡)。他认为,一个民族可能会被另一个民族取代,但如果天下崩溃,人就会变成野兽——

---

[1] 吴宓:《吴宓日记》第七卷,生活·读书·新知三联书店,1998年,第10—11页。
[2] 同上书,第9页。
[3] 陈寅恪与吴宓的谈话被记录在后者1937年7月14日的日记中。《吴宓日记》第六卷,第168—169页。

率兽食人，人将相食。[1] 1937年中国被日本全面入侵时，顾炎武三世纪前的警告在中国知识分子中获得回应。联大的建立可以说是那些在危机时刻有共同信念的人一起努力的结果，在黑暗到来之前，他们需要建立一个文化基地。

原本在北大、清华和南开就读的大部分学生都没有来联大，也有很多年轻学生参加了抗战。联大从1937年建立，到1946年重返京津，在此期间，在联大注册的学生不超过八千人。但即使联大只形成了一个小传统，也对中国此后的知识界产生了巨大影响。联大不仅在战争期间延续了中国自由教育的传统，而且聚齐了中国最重要的人文学者和科学家，培养出新一代的人才——在此，我只列出几个著名的名字：联大教师中有冯友兰（1895—1990年）和金岳霖（1895—1984年）等哲学家、闻一多（1899—1946年）和朱自清（1898—1948年）等文学研究者、陈寅恪和钱穆等史学家、王力（1900—1986年）和罗常培（1899—1958年）等语言学家、张奚若（1889—1973年）和罗隆基（1896—1965年）等政治学家、陈岱孙（1900—1997年）和伍启元（1912—？）等经济学家、潘光旦（1899—1967年）和费孝通（1910—2005年）等社会学家、华罗庚（1910—1985年）和陈省身（1911—2004年）等数学家，以及周培源（1902—1993年）和吴大猷（1907—2000年）等物理学家。联大的毕业生中有作家和学者如汪曾祺、穆旦、郑敏、袁可嘉、王佐良（1916—1995年）、杨周翰（1915—1989年）、王瑶和任继愈（1916—2009年）等，以及首获诺贝尔奖的两位华人物理学家杨振宁（1922年生）

---

[1] 顾炎武：《日知录》，上海古籍出版社，2006年，第756—757页。

和李政道（1926—2024年）。[1]

清华大学校长梅贻琦（1889—1962年）在联大担任领导职务。[2]梅贻琦在建校之初就明确表示，这所大学的目标是在战时为中国学生提供自由教育，把每个人培养成伦理自觉的公民，使他们的知识、情操和意志得到平衡发展。[3]这个理念是为了让学生有机会探索自己的学术兴趣，更重要的是，在没有太多制度限制的情况下发展自己的个性。正如易社强所描述的那样，"对于教员和学生，联大提供最大的空间，使他们最大限度地保持独立。学生可以享用这种自由，在知识的海洋中尽情遨游。在讲授内容、教学方法和学业考评方面，教师几乎拥有全部主动权"。[4]联大教学以梅贻琦的教育理念为核心原则，校园里出现了自蔡元培执掌北大以来在中国高等教育史上极为少见的自由氛围。联大似乎提供了一种理想化的教育模式，使学生的主观自发性和外部环境的制度条件得以平衡。

鹿桥原是南开大学的学生，在1938—1942年间就读于联大外文系。[5]《未央歌》主要是根据鹿桥自己的青春经历写成，呈现这一时期学生看似快乐无忧的生活。鹿桥的叙述已经过滤掉校园以外许多令

---

[1] 关于联大教员和学生的更全面的名单，见西南联大校友会：《国立西南联合大学校史》，北京大学出版社，1996年，第104—434页。

[2] 梅贻琦校长是唯一留在联大校园的校长；其他两位校长（北京大学和南开大学）作为活跃的政治家，整个战争期间都住在重庆。见赵赓飏：《梅贻琦传稿》，邦兴文化咨询公司，1989年。

[3] 姚丹：《西南联大历史情境中的文学活动》，广西师范大学出版社，2000年，第67页。

[4] John Israel（易社强），*Lianda, a Chinese University in War and Revolution*（《战争与革命中的西南联大》），p.133. 此处据饶佳荣译，九州出版社，2012年，第111页。

[5] 赵瑞蕻：《南岳山中，蒙自湖畔》。

人不安的事情,包括战争的威胁和民众的抗争,小说以一种田园牧歌式的宁静语气描绘大学生活,这可能造成一种错觉,即这个故事完全发生在中国历史的动荡之外。然而,尽管小说情节看起来充满纯真的感觉,鹿桥的叙述在塑造青年自我形象的过程中暴露出一个深刻的悖论,这导致一系列错综复杂的情节,否则这部小说可能是真的乏善可陈。这个悖论就是:即使个体人格的培养受到自由教育的保护,但在被培养的过程中,自我是否还能够兼具自主和自发?换言之,个体人格能否同时既被"培养",同时又是自发的?从这些后来导致鹿桥创作《未央歌》的问题来理解,他与吴宓教授的冲突听起来可能比一个顽皮学生对老师不负责任的挑衅更具有一层认真的意味,鹿桥与吴宓冲突的核心,事关联大的基本教育原则。

正如克利福德·格尔茨(Clifford Geertz)所说,"不存在独立于文化之外的人性",自我是由"一套控制机制"形成的。[1] 在联大诗人心目中的现代主义英雄 T. S. 艾略特看来,沉浸在传统之中,也就意味着对自发性的否定。"一个艺术家的进步意味着继续不断的自我牺牲,继续不断的个性消灭。"[2] 然而,在鹿桥的小说中,情况并不是这样解决的。尽管他们充分尊重传统或文化,并将其视作一套可以接受的控制机制,但这些模范生的心理成长仍然陷于自我和教育、个性自发和文化决定之间的一系列裂隙中。

---

[1] Geertz, Clifford(格尔茨), *The Interpretation of Cultures*(《文化的解释》), Basic Books, 1973, p.44.

[2] T. S. Eliot(艾略特), "Tradition and Individual Talent"(《传统与个人才能》), *The Sacred Wood*, Methuen & Co. Ltd., 1964, p.3.

《未央歌》有四位主人公，小说叙事发展主要由他们之间的爱情关系推动。其中两个模范学生是伍宝笙和余孟勤，另外还有两个新生，即蔺燕梅和童孝贤。伍宝笙是整个小说中最端庄得体的女生，她受到所有同学的爱慕。研究生余孟勤则被称为"圣人"，以勤奋博学闻名于校园。在学生的谈话中，两人被称为联大精神的代表人物。他们一言一行都被视为联大精神的体现；两人都非常努力，并且都学有所成，各自找到感兴趣的学术道路。两位新生从一进校起也受到关注，同学们期许他们会追随两位前辈的脚步，也将成为模范学生。小说从一开始就清楚地预示着这两名新生将朝着这样的方向成长，而学院采取的"控制机制"则进一步巩固了这个方向。为了保证和延续学校的良好"精神"，校园里形成一个新生保护人制度。这个制度要求每个新生从道德和学术有口皆碑的前辈中选一个作为"哥哥"或"姐姐"，由他们负责新生的道德和学术进步。在这样一个保护人制度中，蔺燕梅和童孝贤（小说中常称之为小童）的个人成长似乎已有远大前程可期。

然而，小童的无忧无虑的个性最先给校园里制定的完美计划带来挑战。他主修生物学。在联大校友的记忆中，校园里的年轻生物学家就像一群"鲁滨逊·克鲁索"，他们当时远离文明，困居充满异域风情的乡下，在令人兴奋的实地考察中时常可以无拘无束，放纵自己。[1]小童热衷于观察自然，他的兴趣反映出性格中不受约束的特点。在小说的第二章，他决定采取一种"自然"的生活方式，第一步是拒绝穿袜子。他的这个有趣的决定导致他和大宴之间的争论，即一个人的生活是预先设计好的，还是一个人能够遵循自己的主观意愿来生活。在大宴的无神论的想法里，

---

[1] 姚丹：《西南联大历史情境中的文学活动》，第38页。

"上帝"是表达宇宙基本规则的一个能指，在创造世界后从未离开："我们的一切都恰巧与他的定范相合。我们的挫折，与因受挫折而改变的结果也全是他那个大本子上早写好了的。"[1]

大宴被描述为一个艰深的理论家，他把自我的决定解释为由一个更高的实体决定，这个实体可以称为"上帝"，或者在学术语境下更恰当地应该称为伟大的传统。小童没有什么理论能力与大宴争论，他只是坚持个人的自由意志，仍然拒绝穿袜子。他的反驳迫使大宴更认真地思考人类能力的作用，从而在他的哲学中加入一个更灵活的概念。他开始强调情感在人类理解"上帝"意志中的作用，承认"我们从人情中体会出来的道理是履行上帝的旨意最可靠，最捷径的路"。这场辩论，虽然没有结论，但预示了后来的情节发展。虽然校园里的每个人都认为小童和蔺燕梅的自我培养已经被预定了，就像威廉·迈斯特的学习生涯已经被预先写在塔社里的羊皮纸上一样，但他们是否真的会服从高于自我的意志——无论这是上帝的意志，还是通过培养模范学生来保持学校精神面貌的集体意志，在小说中变得不那么确定了。

在四个主人公中，蔺燕梅是核心人物，她的个人成长对联大的文化和教学机制产生了最为严重的挑战。从她第一次出现在校园里开始，她就被描述为最有可能成长为代表联大精神的另一个模范学生。在小说里，她被描述为天真无邪、聪明伶俐，而且还极其美丽。当她在外语系注册成为一名新生时，她立即成为校园里到处谈论的话题，并赢得最受爱慕的两名模范学生伍宝笙和余孟勤的青睐。前者成为蔺燕梅的"姐姐"，后者则的的确确爱上了她。在两位监护人的帮助下，蔺

---

[1] 鹿桥：《未央歌》，台湾商务印书馆，第21页。

燕梅的个人成长似乎有了双重保障。她的爱人余孟勤有意识地要在学术传统发展的巨链中扮演一个重要的角色，在别人看来，他是"圣人"。他出众的品质吸引了蔺燕梅的注意，于是他在两人的关系中注入了一种教育性的内容，他要用他的爱来引导她献身于学术。余孟勤相信，只有通过沉浸在永恒和稳定的学术生涯中，蔺燕梅才能实现她个人的生活价值，并充分发展她的个性。

正如许多同学开玩笑地指出，余孟勤是在"栽培一朵美丽的花"；但在小童眼里，余孟勤这样做，并不能帮助"这朵花"生长得好，反而使它枯萎了。事实是，在余孟勤的建议下，蔺燕梅勤奋地学习越来越多的知识，从尼采哲学到现代语言学，但在这个过程中，她变得越来越经常地昏昏欲睡，无精打采，痛苦不堪。同时，由于人们普遍期望她会成为其他学生的榜样，她从一个活泼、天生就精力充沛的女孩，变成一个了无生趣的书虫。这个转变无形中对校园的气氛产生了深刻的影响。小童特别恼火，并带着一丝讽刺说："现在学校已经不是一个生物的有机体了。而是一个赶工的机器厂。"[1]在蔺燕梅的故事中，鹿桥将教育在个人成长中的作用看得比预期要复杂得多，他显然也在质疑文化决定论的作用，这种决定论在一系列的干预措施中都有所表现，显然对蔺燕梅的心理成长弊大于利。

在小说中，蔺燕梅无法阻挡内心情感的自发溢出，她痛苦到极点，情感的强烈外露最终造成一场叛逆，破坏了她的保护人精心设计的计划。鹿桥的叙述中最激进的部分，是蔺燕梅开始表达自己内心的痛苦。她没有被余孟勤和学校管理层当作一个活生生的个人，而只是作为传

---

[1] 鹿桥：《未央歌》，第321页。

统的"巨链"中的一个环节。她不得不牺牲自己真正的兴趣,以符合学术生活的训练,她开始怀疑自己是否应该继续控制自己的情感,还是干脆释放它们。然后,她的感情的自然流露导致她和爱人之间的争吵。她要求余孟勤审视自己的内心,而不是只遵循抽象的学术原则:

> 你能领导这许多人,你却治不了自己心上的病!我告诉你说,你一天到晚做的事都是依了道理推出来的,有了你的学识就该推出这些道理这不足为奇!这不过是一架计算机的工作罢了。可是你这永远不能安定的心该怎么处理呢?[1]

蔺燕梅的爱情原本是使她听从余孟勤的教导的决定性因素,但现在她已经明白,这种盲目的服从实际上无助于他们的爱情成长。当全知的叙述突然被一整章的意识流打断,小说以第一人称描述她的内心感受时,蔺燕梅的自我挣扎达到了高潮。在小说的第十三章,蔺燕梅对她的情人说出了梦幻般支离破碎的话语,却从中展示了她的真实自我,这原本是一个意志与自发性和谐存在的个人。她承认她追求爱情胜过一切,正是为了爱,她才服从于他的训导,让他像养花一样栽培她。但她现在发现,这只会让她越来越悲哀、越来越枯萎,因为她在这段关系中失去了个人的自主权。在梦中,她对她的爱人说话:

> 可是我不是一朵花,我有心,我也有忧郁。我觉得人生像是一篇散文诗,或是抒情歌。它就在这儿,在我心里。

---

[1] 鹿桥:《未央歌》,第329页。

它不必是什么能感动千古人心的巨作,却一定不可调和。[1]

她在梦中继续说:

> 可是现在我长大了。我已经是个长成的女孩。我却不愿再作精灵或是神仙。我不但要作一个平常人,有一个平常人的快乐,还有一个平常人的愁苦。我不愿展翅凌空,独往独来,我反而要蜷伏在一双坚强的臂膀里。我的音乐也不再是什么天宫的曲调,我的灵魂就是乐曲,身体就是词句,我唱给能懂我的人听,他如果懂了,我便不致空虚,不致寂寞。[2]

蔺燕梅内心情感的爆发不仅使她的人生旅程偏离了预定的轨道——她暂时放弃了学业,试图在一个偏远的天主教堂里平静地生活,而且还使余孟勤的"圣人"身份的矫揉造作暴露无遗。他们分手了。在这次打击之后,余孟勤逐渐明白了文化决定的局限性,也转向自己内心,以释放他自由的灵魂。余孟勤听从自己的心,终于意识到,他实际上爱上的是伍宝笙,而伍宝笙也被蔺燕梅的经历所感动,现在准备接受一个她长期崇拜的"圣人"的爱。事实证明,这两位本应代表人文主义教育传统的保护人,最终被他们应该引导的学妹启发,重新经历了情感的教育。

---

[1] 鹿桥:《未央歌》,第466页。
[2] 同上书,第467页。

事实证明，小童是此前那场辩论的赢家。在小说结尾处，他再次思考人生是上天注定的还是取决于个人的自由意志："这比如上帝在人类才生下世时，每人发了一张纸，大小不同，优劣不同，却要人人尽本领画他最好的画。"[1]小童的总结表明，人文主义教育的普遍原则还是应该根据每个学生的个性来变通。在自我与传统冲突的教育困境中，底线是不应该以自我的自发性为代价来服从文化决定的原则。如果把小童的话看作是鹿桥自己的忏悔，我们就可以理解他为什么与吴宓教授争吵了。毕竟，他在寻求自己的学习方法，不愿意服从一个代表权威的控制机制——即使这是来自一位杰出教授的指示。

然而，鹿桥绝不是一个叛逆者。相反，他认为自己是联大价值观的真正传承者。对他来说，只有当对文化的接受是以自己的意志为基础时，文化在自我塑造中的积极作用才有可能。鹿桥并不打算动摇人文主义传统的基础，而是试图通过将自由教育与人的自主意志及情感自发性联系起来，使教育过程变成自然的潜移默化。他的小说用蔺燕梅的例子阐明教育机制对一个人的人格健康可能发生的危害，但同时，他也描绘了一个真正完美的青年形象——用小童的话说，代表联大精神面貌的"合理的偶像"是伍宝笙。

在伍宝笙平淡的生活中，自我与培养的平衡，自发与修养的平衡，在她内心世界的宁静中完美实现。小说将她描绘成一个勤奋的学生和一个有情感的年轻人，使她既是余孟勤的女性对应者，在心底里做好准备来承续传统，但她也是蔺燕梅真正的姐妹，与她分享同样的内心情感，不会放弃主观的自发性。与蔺燕梅、小童，甚至余孟勤都在转

---

[1] 鹿桥：《未央歌》，第490页。

变的过程相比，伍宝笙的个性似乎从一开始就已经稳定下来。在整部小说中，她始终是那个既理性又自发，既坚定又不做作的人。因此，伍宝笙在小说中被描绘成一个自然而完美的人格，她为其他人物提供了一个他们渴望模仿的自我培养的典范形象。蔺燕梅是中心人物，她的成长推动了故事的展开，而伍宝笙则是小说的灵魂。教育过程中主体性与现行体制的协商，以及自我价值与体制价值冲突又整合的关系，都在伍宝笙的理想化和偶像化人格中得到解决。

最后，我们可以重新思考如何回答前面提出的问题：个体的人格能否同时得到"培养"和自发？《未央歌》给出一个肯定的答案。但这基于一个前提条件，即接受文化和教育不应干扰自我的自由意志。一个人的情感的自发性和对自我培养的应用，应该在内部和外部秩序之间创造一种平衡。从这一点上，我们可以发现鹿桥和吴宓教授之间尽管有争吵，但有着另一个共同倾向，这就是对抒情的信念。据吴宓以前的学生许渊冲（1921—2021年）回忆，吴宓特别喜欢向他的学生解释贝阿特丽采（Beatrice）在《神曲》中的作用，她既是情感能动性的体现，又是神的意志的工具，她的美丽身影引导但丁进入天堂。[1]

尾声：抒情与历史

普实克在中国现代文学的两种传统——抒情和史诗——之间做出的著名区分，被用来指涉文学表现的主观主义和现实主义模式之间

---

[1] 许渊冲：《逝水年华》，生活·读书·新知三联书店，1998年，第78页。

的对比。[1]虽然普实克认为"抒情化"标志着中国文学建立内在主观声音的革命性转变,但长期以来主导现代中国文坛的还是"史诗"或现实主义小说。史诗处理的是推动历史发展的巨大的政治和社会力量,而抒情则可能只被视为"一种社会征候:个人从封建传统中解放出来"。[2]

在普实克将这种区分带入中国研究之前,这种区分实际上已经被其他文化批评家应用于对文学现代性的总体分析。卢卡奇在讨论19世纪欧洲浪漫主义时,描述了这样一种主观抒情的趋势:"某种在自身中或多或少完成了的、内容充实的、纯粹内在的现实——它同外部现实进行竞争,拥有一种自己的、丰富的、活跃的生活,这种生活在自发的自信中,把自己视为唯一真正的现实,视为世界的本质。"[3]卢卡奇作为一个向往"史诗"的整体性的马克思主义理论家,认为这种对内在情感的抒发,是一种天真而绝望的自我放纵的努力:"是对在外部世界为实现心灵的任何斗争——已经先天地被看作无望的且只是被贬低的斗争——的放弃。"[4]

卢卡奇的话与成长小说的讨论有关,因为揭示出主观努力所设想的超验自我的自主性和优越性是过于天真和虚妄的想法。然而,尽管看起来天真和理想化,这种努力在现代中国的历史语境下具有耐人寻

---

[1] Leo Lee's Preface(李欧梵序), Jaroslav Průšek(普实克): *The Lyrical and the Epic: Studies of Modern Chinese Literature*(《抒情与史诗》), Indiana University Press, 1980, pp.viii–x.

[2] Jaroslav Průšek(普实克): *The Lyrical and the Epic: Studies of Modern Chinese Literature*(《抒情与史诗》), pp.1–2.

[3] Georg Lukács(卢卡奇), *The Theory of the Novel*(《小说理论》), The MIT Press, 1971, p.112.

[4] 同上书, p.114.

味的意义,特别是在战争时期,即"史诗"时代,这种主观性的表达使得对抗民族主义和革命主流话语成为可能,这些话语使将集体主义的"律令"强加于每个人,将道德的必要性合法化。在"史诗"时代,抒情无疑是微小的声音,但表明存在着一种无法被席卷一切的外部动荡所吞噬的内在性。

路翎和鹿桥在中国"史诗"时代的鼎盛时期、民族生存斗争的关键时刻写下了他们的小说,但这两部作品都通过在小说叙事中激发内在的主体精神来写出主观和抒情的复杂性。一个"纯粹内在的现实"的瞬间出现——无论是以蒋纯祖的原始、不宁的内在力量的超越形式,他亲切地称为"我的克力";还是以蔺燕梅的自发流露的浪漫情感表述,使她能够寻求属于自己的成长道路——这不仅是一种修辞的实验,也表明了叙述前沿的延伸。

正如王德威所指出的,"抒情话语乃是一种象喻行为,它填充了那些在写实主义和理性思维的地图中,尚属'未知数'(terra incognita)的人性疆域"[1]。他的《史诗时代的抒情声音》一书强调现代中国知识分子和艺术家为了表达"在暴行面前的个人选择"而诉诸或重新创造的"抒情传统"。正如王德威所解释的,"'抒情'之为物,来自诗性自我与历史事变最惊心动魄的碰撞,中国现代性的独特维度亦因此而显现"[2]。《史诗时代的抒情声音》关注的是20世纪中期中国

---

[1] David Der-wei Wang(王德威),*Fictional Realism in Twentieth Century China: Mao Dun, Lao She, Shen Congwen*(《写实主义小说的虚构:茅盾、老舍、沈从文》), p.245.

[2] David Der-wei Wang(王德威),*The Lyrical in Epic Time: Modern Chinese Intellectuals and Artists Through the 1949 Crisis*(《史诗时代的抒情声音》), Columbia University Press, 2015, p.ix.

知识分子在政权更迭时期的政治、道德、文化和个人选择。在更大的语境下，类似的选择也许在20世纪40年代末解放战争之前的抗战期间就必须做出了。当民族主义和爱国主义的主流声音盛行时，抒情的自我和主观的内心声音很容易被震天的战鼓淹没，但路翎和鹿桥都选择去表达来自他们内心的声音。

根据这种应用于现代中国文化研究的新的批评性解释，在启蒙和革命的话语之外，抒情自我的构建和走向内面的"旅途"使中国成长小说的情节发展变得不可预测、令人着迷。在这些作品中，我们发现了一个永远在变化的自我形象，它唤起了个人的内在活力，阐明他们对时代史诗般变化的反应。这些小说中构建的主观化的声音抵抗了战时强制性的主流政治文化。蒋纯祖永远在路上，作为英雄的个体穿越历史变迁，向内心的旷野发声；而联大的青年学生唱着他们永远的歌，在理想和希望中，面对外界的干预绝不妥协。

第七章

规训与狂欢的叙事：社会主义成长小说

1957年11月17日，毛泽东在莫斯科接见中国留苏学生和实习生时发表了一次重要讲话——这也是他针对青年的最著名的讲话，其中的一句在后来的二十年里成为经典语录："世界是你们的，也是我们的，但归根结底是你们的。你们青年人朝气蓬勃，正在兴旺时期，好像早晨八九点钟的太阳，希望寄托在你们身上。"[1]

毛泽东的言词特意强调青年在创造一个全新的中国时的作用。不同于列宁的名言："把握青年就是把握未来"——将青年定义为有待把握或掌控的对象，毛泽东将青年比作"八九点钟的太阳"，这个比喻赋予青年在政治文化中至高无上的先锋性的能动位置，意味着与一切衰老、保守、传统，甚至权威的事物相决裂；而在更微妙的意义上，"八九点钟的太阳"这一比喻，以独特的方式展示出毛泽东与青年之间看似不容置疑的团结。毛泽东正是普照中国的"红太阳"，将青年命名为"八九点钟的太阳"，便包含着继承毛泽东政治理想的叙述策略。

---

[1] 毛泽东：《在莫斯科对中国留学生与实习生的讲话》。这段话最早发表于《人民日报》1957年11月20日。

在中华人民共和国成立之后的二十多年里，毛泽东赞美青春，这保证了青年在中国激烈变动的政治文化背景下挑战传统和权威时的合法性。

当毛泽东在天安门城楼上宣告中国人民从此站起来了时，梁启超在半个世纪之前所梦寐以求的理想，已经化身为这个独立自主的新政权。不仅共产党员，而且中国的普通民众，都为共和国的诞生而欢呼，视之为民族复兴的时刻、一个新时代的开端。可以说，新中国创建初期，弥漫着一种乐观的氛围。

当毛泽东在开国大典上欢呼"中国人民万岁"时，他并没忘记欢呼"青年同志万岁"[1]。正如本文开始时所引毛泽东语录所示，新中国的意识形态明确地将青年定义为国家的主人翁。毛泽东所建立的国家，可以说是名副其实的"少年中国"：根据1961年的人口调查，共和国建立十二年之后，中国人口中超过百分之五十是青年与儿童，包括一点三亿十五至二十四岁的年轻人，即共青团员的适龄候选人；此外，有二亿儿童出生于一九四九年十月之后。[2] 在共和国的政治生活中，青年得到空前的关注与赞美：毛泽东称"青年是整个社会力量中的一部分最积极最有生气的力量"[3]；5月4日被官方确立为"青年节"，以颂扬中国青年的革命精神；在党团组织中，年轻人时常被委以重任，譬如王蒙（1934年生），本书的主人公之一，在十五岁时已是新民主主义青年团北京第三区委中学部负责人，并很快又被提拔进入更重要

---

[1]　参阅陈映芳：《"青年"与中国的社会变迁》，社会科学文献出版社，2007年，第166页。

[2]　参阅E. Stuart Kirby（科比）编，*Youth in China*（《青年在中国》），Dragonfly Books，1965，pp. 73、114. 资料引自《中国青年报》1962年1月1日。

[3]　毛泽东：《毛泽东选集》第五卷，人民出版社，1977年，第247页。

的组织部。[1]

在共和国早期,无数革命口号和歌曲都将青年赞颂为国家建设的生力军,如青年是"革命的新生力量""社会主义建设的突击队""共产主义接班人",以及"新社会的主人翁"。王蒙回忆说,目睹新中国成立的一代人都有一个信念,那就是"没有青年的积极参与就没有革命"[2]。

然而,花环同时带来责任:对青年的赞颂,在实际作用上也是对青年的要求。正如吴运铎写于1953年的自传标题"把一切献给党"所概括的那样,意识形态编织的光芒四射的青年意象不是没有条件的,它要求青年服从于一个更高的原则,对党全心全意。当毛泽东在莫斯科发表讲话时,他看起来是在面对全体中国青年讲话,但无法忽略的事实是,听众是众多个体青年的集合。当毛泽东在讲话中把青年比为"八九点钟的太阳"这个崇高形象时,对青年的召唤也有着一种教育意图,旨在鼓励和指导每一个青年个体永远追随党,将其人生献给共产主义事业,并通过这些行为,将自己转化为新中国的合格公民。

毛泽东的讲话假定每个青年个体都有潜力成为"八九点钟的太阳"。而事实上,个体青年必须具有与崇高青年形象相匹配的资质,否则的话,他们便不得不依循最为繁复、艰巨的程序,来进行自我批评、再教育和思想改造。各级青年团(共青团)组织的建立,以及它们在所有教育机构中日益增长的控制力,再加上青年团员所需遵守的纪律守则的

---

[1] 王蒙:《王蒙自传》第一卷,花城出版社,2006年,第86页。
[2] 同上书,第107页。

建立[1]，这一切都指向一个事实，即为了在新中国成为一个合格的"社会主义新人"，个体青年必须接受改造，并通过一系列的政治考验，以期自我完善。

王蒙曾提到，当他于1949年在中央团校学习时，大部分课程都被用于"批评与自我批评"。他看到许多同学（过于）诚实地从他们的职业与私人生活中挖掘出阻碍他们进步的"弱点"和"不足"，他们立誓要摒弃它们，并成为合格的"新人"。在50年代初期，像王蒙和他的同学们曾有过的这种"课程"，对于大多数希望投身于社会主义建设事业的青年来说，是普遍的教育。这一特殊的"课程"将那些在政治上追求进步的青年的个人成长，界定为一个目的性的自我改造过程，它只能有一个明确无误的结局，即彻底清除私人利益和个人倾向，取而代之的，是自我无条件地献身于集体、国家和革命。

站在个体青年的角度来看毛泽东的"八九点钟的太阳"，我们可能会发现，那令人炫目的灼灼光华无法盖过另一种更为耀眼的光芒，后者正是作为一种"特定权力技术"[2]的革命教育机器在轧轧运作时发出

---

[1] 中国共青团成立于1949年4月，当时名称为中国新民主主义青年团，是组织十五至二十四岁之间——包括中学生和大学生——的中国青年的核心机关。1957年5月，中国新民主主义青年团更名为中国共产主义青年团。共青团的组织机构方式复制共产党的组织机构，严格遵照区、县或自治区、地级、省级和地区级的等级原则工作。团员被要求在团旗，有时是毛主席像前起誓，对共产主义事业永远忠诚。参阅Paul M. Healy（黑利），*The Chinese Communist Youth League, 1949—1979*（《中国共产主义青年团》），Griffith Asian Papers，1982。关于青年在共和国早期的社会转变中的政治角色，参阅Rudolf Wagner（瓦格纳），*Inside a Service Trade: Studies in Contemporary Chinese Prose*（《中国当代散文研究》），Harvard University Press，1992，第一部分。

[2] 这里借用了福柯的术语。Michel Foucault（福柯），*Discipline and Punish*（《规训与惩罚》），Vintage Books，1995，p.194.

的火花。在这个意义上，我们可以说，在新中国成立之后，青年或者青春，这灿烂、崇高的初升太阳，也必须经由最为复杂的规训才能制造出来。社会主义成长小说即是这样一种"特定权力技术"的文学表达。

这一章通过阅读中华人民共和国时期的两部小说，杨沫（1915—1985年）的《青春之歌》和王蒙的《青春万岁》，试图理解共和国早期的青年文化政治。这两部作品均是对共产主义青春话语的回应，但在表现青年的手法上刚好构成对照。《青春之歌》是社会主义的经典文本之一，可以说是社会主义成长小说的典范，即作为共产主义教育机制的一个关键教材，来示范读者如何成为一名合格的共产主义青年。《青春万岁》则挑战文类的成规，以对青春活力的过度表达，凸显出作品的对象与文本自身不可驯服的性质。尽管王蒙的小说本意是为渲染社会主义青年的神圣光环，但其叙述对青年的国家神话既有支撑，也有动摇。在他笔下，青春变成一个永恒的节日，超越了本来的政治意义。在以下篇幅中，我首先探讨杨沫的小说如何将官方的青年话语在情节上进行编织，继而考察王蒙对叙述的实验中，如何至少表达出青年对规训的潜在抵抗。

社会主义成长小说

对于共和国初期的作家来说，新中国的建立提供了一个完美的时空体，由此可以上演新人的成长，他们摒弃封建主义和资产阶级的过去，献身于创造新天新地的事业之中。共和国建立后,欧洲经典成长小说的影响也在消退。然而,苏俄作家奥斯特洛夫斯基(Nicholai Ostrovski)撰写的小说《钢铁是怎样炼成的》(*Kak Zakalialas Stal*, 1934)[1],却为所有想在成长小说这一文类上一试身手的中国作家提供了最好的范例,包括杨沫和王蒙。奥斯特洛夫斯基的主人公:保尔·柯察金,在中国是个家喻户晓的名字,对于五六十年代的读者而言,他很有可能是最为知名的外国文学人物。小说在一个青年个体的成长中体现出各种各样的"政治正确性",比如服从党的权威,不断进行自我批判,摒除"人性的"弱点。保尔·柯察金的人生故事包含一系列考验与挑战,他不断意识到自己的不足,并竭尽所能去依照不断提高的政治与伦理标准来完善自己。为了获得进步的政治意识,他不得不牺牲和放弃许多与个人相关的事物,但正如小说表明的那样,所有的损失都有鲜明的目的性,以使保尔成为一块好钢。当保尔决定为党做最后一次贡献,将自己的人生故事写成一部小说时,他创造了一种意志坚定、完全超越个人情感、超人式的英雄形象,以供青年效仿。

《钢铁是怎样炼成的》在苏联出版不久,就于1937年首次被翻译成中文,当时是由日译本转译,且仅出版第一部。此后在中国大陆通行的版本,是梅益1942年从英译本转译的完整版本。[2]这第二个版本在1949年之前就被生活在国统区和解放区的青年们广泛阅读。当王

---

[1] 《钢铁是怎样炼成的》的俄文版出版于1934年。英译本出版于1937年,书名被译为《一个英雄的成长》(*The Making of a Hero*)。

[2] 《钢铁是怎样炼成的》最初的中译本依据日译本转译,译者为段洛夫、陈非璜,由上海潮锋出版社出版,仅出版第一部(共九章)。第一个全译本从英译本转译,译者为梅益,由上海新知书店发行。这个译本在中华人民共和国成立后由人民文学出版社重排再版,从1952年到1995年,共印刷五十七次,售出二百五十多万册。

蒙在国民党控制下的北平决定加入共产党时,他读到这部小说。被称为中国的"保尔"的吴运铎,在其自传《把一切献给党》中说,阅读保尔·柯察金的故事激励他克服残疾,成长为一个对党有用的人。[1]在1952年到1965年之间,这部小说在中国印了四十六版,共售出一百五十万册。[2]诚如戴锦华所述,这部小说在社会主义中国的历史记忆和文化谱系中被认为是"为数不多的贯穿性文本:不仅在50—70年代,它是确定无疑的红色经典和'人生路标',而且是'文革'期间屈指可数的未遭批判禁绝的书籍之一"[3]。

对于中国读者来说,小说中最著名的段落,是保尔在牺牲的战友墓前对理想人生做出如下的总结性表述:"人最宝贵的是生命。生命人只有一次。人的一生应当这样度过:当回忆往事的时候,他不会因为虚度年华而悔恨,也不会因为碌碌无为而羞耻;在临死的时候,他能够说:'我的整个生命和全部精力,都已经献给了世界上最壮丽的事业——为人类的解放而斗争。'"[4]这段话从其语境中被抽离出来,被众多学生视为"名人名言",认为保尔的"献身"体现出了对于最正确的人生观的完美表述。

青年柯察金,以其光荣而又亲切的形象,在共和国的正统革命教育和文学想象中占据了一个显赫的位置。"向保尔学习",曾经流行

---

[1] 参阅吴运铎《把一切献给党》,工人出版社,1963年,第148页。

[2] 查明建、谢天振:《中国二十世纪外国文学翻译史》,湖北教育出版社,2007年,第596页。

[3] 戴锦华:《重写红色经典》,陈平原、山口守主编《大众传媒与现代文学》,新世界出版社,2003年,第524页。

[4] [苏]尼古拉·奥斯特洛夫斯基:《钢铁是怎样炼成的》,梅益译,人民文学出版社,1983年,第308页。

于中国青年中间的一句口号,将文学引入生活,同时,苏联英雄的成长故事为每个青年都许下了一个机会:从无名小卒成长为一个超级英雄。这不仅为文学表现,也为中国青年的自我塑造,建立起一套牢固的成规。他克服自身"弱点",以及强化革命意志的方法,为社会主义青年的个人发展设定了正确的路径。对于1949年之后的几代中国青年来说,保尔无疑是受到最广泛爱戴的榜样。[1]

1951年9月,杨沫正在构思写作一部自传体小说,她从《钢铁是怎样炼成的》中学到了应该如何结构她的叙事,以及如何创造一个符合青年革命天性的真正的(女)英雄。[2]杨沫最终从奥斯特洛夫斯基那里学来的,是一种结局预设的展现主人公人格成长的情节方式。这种叙述格局具有限定性的目的论意义,其结局意味着主人公以获得一种政治身份而变得成熟。这种如此有意味、奇异万能的政治身份,自然常常是党员资格,但只有当主人公通过了所有艰险的政治考验之后,才能最终获得这一殊荣。

作为中国社会主义成长小说的典范之作,杨沫的《青春之歌》讲述女主人公林道静的成长故事:她从一个孤独、无助、感伤的年轻人发展成为思想坚定的共产主义战士,在小说结局的高潮段落中,她入了党。她的内心生活展现为政治意识的生长过程,这个过程经过不断演绎,直到最后通过将自己纳入国家这一宏大集体,她获得了一个有

---

[1] 关于这部小说对中国青年的影响,参Rudolf Wagner(瓦格纳),"Life as a Quote from a Foreign Book: Love, Pavel, and Rita"(《人生是外国小说中的一句引语:爱情,保尔和丽塔》),Herwig Schmidt-Glintzer ed., *Das andere China* Harrassowitz Verlag, 1995, p.475。

[2] 老鬼:《母亲杨沫》,长江文艺出版社,2005年,第64页。

力的、更为壮大的"自我"。在技术层面上,这种结局预设的叙述——正如我们在《青春之歌》及其样板《钢铁是怎样炼成的》中看到的那样——依赖一种基本的叙事策略,即我在第四章讨论茅盾的《虹》时所引用的莫瑞蒂有关"目的论修辞"（teleological rhetoric）的理论:"这一目的论修辞——事件的意义存在于其结局中——是黑格尔式思想在叙事中的对应物,它们共享着一种强烈的规范性使命:当事件导向且只有唯一一种结局时,它才获得意义。"[1]

根据莫瑞蒂的说法,目的论修辞造就了成长小说的经典形式。莫瑞蒂以《威廉·迈斯特的学习时代》为例阐述道,欧洲经典成长小说将人格成熟的最终实现,限定为自由个体通过社会化而获得的意味深长的确定品质,将"生命之环"（the ring of life）描绘为将社会规范内化到精神生活中的过程,同时也是世界被赋予人性的过程。[2] 通过借用这一叙事成规,社会主义成长小说保留了一种类似的目的论结构:个人的进步完成于"社会化",甚至"革命化"的过程中——或是通过内化革命精神并将其表现在社会斗争中,或是将社会主义规范当作不可或缺的意识形态慰藉来加以全盘接受。毋庸赘言,这两种成长小说之间的区别是明显的:欧洲经典成长小说首先生发于人文主义的乐观精神,以及坚信只有在个人与社会的对称中才能塑造和谐的个性;中国社会主义成长小说引入了革命伦理,意欲将个体青年从太过人性化的现实中抽离,将他或她推向民族主义、集体主义和共产主义的崇

---

[1] Franco Moretti（莫瑞蒂）, *The Way of the World: The Bildungsroman in European Culture*（《世界之道》）, p.7.

[2] 同上书, pp. 15–73。

高界域之中。

在 50 年代社会主义小说中,目的论修辞是一种普遍存在的叙述策略,比如《暴风骤雨》(1949 年)、《保卫延安》(1954 年)和《创业史》(1960 年),以及其他社会主义文学正典,它们无一例外地将叙事引向确定无疑的结局:党、人民解放军或者社会主义事业的完全胜利。作为一部成长小说,《青春之歌》以此来展现主人公人格的线性、循序渐进的转变,直到达到一个预定的结局:她在此前个人发展阶段中所有流露出的"个人弱点"都被矫正。

社会主义成长小说,和其他主流社会主义文类,如"革命历史小说""社会主义现实主义小说"一样,兴起于社会主义改造时期,并在第一个五年计划(1953—1957 年)完成时达到顶峰。然而,我们无法忽略这一时期在政治上是多事之秋。许多次"运动"都发生在这段时间,例如胡适批判(1954 年)、反胡风运动(1955 年)。此外,这一时期下接反右(1957 年),并引发了一波又一波、持续二十年之久的更为广泛的政治运动。当社会主义的政治运动瞬息万变,不断与不同"敌人"交火时,社会主义成长小说也紧随意识形态趋向的转变而转变,使得青年的成长故事成为永无休止的矫正与自我矫正的过程。

《青春之歌》:自我修正的叙事

1958 年 1 月,在读过《青春之歌》后,茅盾很快写了一篇文章来表彰小说的政治和文学成就,他是如此喜欢这部小说,以至他同时针对小说的艺术技巧和意识形态含义写下了上百条评注。[1]茅盾确实有理由喜欢杨沫的小说，因为它的人物性格、故事主线与茅盾自己的第一部长篇小说《虹》（1930年）颇有相像之处。两者同样描述一个原本属于资产阶级的女性青年知识分子成长为共产主义革命家的故事；也同样聚焦于主人公从"幻灭"到"（政治）成熟"的心理发展，并将个人成长融入政治启蒙和浪漫经历交织成的复杂故事线索中。以下引文可以表明，茅盾在阅读杨沫的小说时，心里可能想到了自己的《虹》：

> 小说描写了这样一个青年女子在当时的历史条件（以及林道静自己的小环境）下，所经历的思想改造的过程——亦即从反抗封建家庭走到中国共产党所领导的革命运动的过程。
>
> 这个过程，大体上是这样的三个阶段：反抗封建家庭干涉她的婚姻自由（即逃避她家庭要她嫁给权贵的压迫），找寻个人出路，这是第一阶段；在种种事实的教训下（同时也受到她偶然接触到的共产党员的影响），她渐渐意识到个人奋斗还是没有出路，个人的利益要和人民的利益相结合，这是第二阶段；最后，在党的思想教育的启迪下，她认识到个人利益应当服从于工农大众的利益，坚决献身于革命。[2]

---

[1] 参阅茅盾《茅盾眉批本文库》第一卷，中国国际广播出版社，1996年。
[2] 茅盾：《怎样评价〈青春之歌〉》，《杨沫专集》，沈阳师范学院中文系，1979年，第209页。

然而,《青春之歌》毕竟写于《虹》成书三十年后,此时革命已经胜利,它完成了茅盾事实上并未完成的叙事。《虹》的叙事在主人公梅女士人生历程的关键时刻就中断了:通过参加五卅运动,她第一次登上"历史舞台",但小说并未在这一充满希望的情节转变之际制造一个高潮来完成梅行素的成长。梅行素的故事之所以草草收场,是由于在她的性别和政治意识之间、在她对自我意志的追求和被要求彻底服从革命纪律之间难以调和的冲突所致。简言之,梅行素的人生历程带来许多问题,无法呈现出一幅刻画革命者成长的简明图景。

《青春之歌》结束于一个类似的历史时刻,林道静执行第一次政治任务,帮助党策划并参与"一二·九运动"。相较于《虹》暧昧的结局,这是一个公认的"大团圆"(happy ending)的叙述结局,因为它为社会运动和人物发展同时创造了一个真正的高潮。"一二·九运动"被描述为党的巨大胜利,而在这之前,林道静也已经入党。此外,林道静似乎也已经成功调和了她生命中一系列的矛盾因素——两性与革命、个人与集体、自我意志与政治承诺等等。在这个意义上,林道静完成了经典性的成长历程。

据此而言,当我们认为《虹》由于缺乏一个恰当的结尾而使成长小说的结构产生问题时,《青春之歌》却几乎可被视作运用这一经典形式的范例:它成功引导出一个结论确凿的结局。正如莫瑞蒂所指出的,经典成长小说的典型结构是"一个完美的循环:只有让自己服从于塔社,威廉的转变才告成功——而塔社也只有通过给予威廉以幸福,才能将自己合法化。这是一个美妙的对称,一个完美的比对:用伊丽莎白·班内特的话说,即'各得其所'。一个理想的婚姻:就像《威廉·迈斯特的学习时代》和《傲慢与偏见》的结尾那样"[1]。毋庸赘言,在言谈举止、人物性格和心理韵味上,林道静和莫瑞蒂所讨论的欧洲小说人物之间有着巨大的差别。但《青春之歌》显然符合经典叙事结构将一切情节推向"大团圆"的形式要求:通过献身于党,林道静获得更大的自我价值,而党也认可了她的政治品质;同时,她在与革命导师江华的地下恋情中找到了自己"完美的婚姻"。

这样的"完美结局"不仅在《虹》里没有,在大部分写于1949年之前的中国成长小说中也无法找到——出于各种各样的政治或艺术原因,此前的成长小说常常将故事展开成一个开放的、无结果的叙事,面对意识形态的询唤,更多是摆出挑战的姿态,而非轻易认同,这方面最佳的例子就是路翎的两卷本小说《财主底儿女们》。杨沫达到的成就会使已经变成文化战线领导的茅盾感到兴奋,但这同时也意味着文学对于生活复杂性的丰富、写实的描摹,被降格成为简单化的、看似真理在握的程式化叙述。

《青春之歌》的结尾赋予青年的成长故事以一种特定的、大于人格发展的"崇高"意义,它隐喻着一个国家的成长。它也宣告了这样一种必要性,即"成长"问题的最终解决,是将个人转换为全体中国人民之中的一个无形却不可缺少的成员。这尤其体现在小说的最后一段中:林道静出现在怒吼的人群中,与大家一起为整个中华民族呐喊:"中国人起来救中国呵!"她晕倒了,但很快被和她一起游行的女孩子们有力的臂膀支撑了起来;她隐没在人群中,加入"无穷尽的人流,

---

[1] Franco Moretti(莫瑞蒂), *The Way of the World: The Bildungsroman in European Culture*(《世界之道》), p.22.

鲜明夺目的旗帜,嘶哑而又悲壮的口号,继续沸腾在古老的故都街头和上空,雄健的步伐也继续在不停地前进——不停地前进……"。[1]

小说情节发展居于"九一八事变"和"一二·九"之间,其中包含潜藏在林道静人生故事之下的另一条重要情节线索:毛泽东领导地位的确立,并在抗日战争期间,为党制定出新的政策,即采取联合战线的方式,而非进一步加强在苏联领导下的阶级斗争。毛泽东的这一思路指导了此后的中国革命战争,直到中国共产党独立自主地建立新中国。林道静政治意识的发展主要在这一历史背景下展开。[2]在小说结尾处,她在"救国"的旗帜下,既唤醒了大众的政治激情,也将自己的身份附着于民族整体,从而获得更加壮大的自我。她通过接受并向民众传播新的民族认同,参与"创造"了历史发展的新纪元。借由这样一个结尾,她的成长被改写为"民族寓言"。当林道静重生为一个接受毛泽东思想的民族主义革命家时,她同时见证了一个国家的新生。

杨沫选择以这样的方式结束小说,并不令人感到意外,因为撰写这部小说的最初动机,正是新中国的建立令作者无比兴奋。[3]小说在1958年首次出版之后,随即于第二年便被拍成大型史诗电影,首映于1959年国庆,作为新中国十周年庆典的献礼影片。[4]官方认可的政治

---

[1] 杨沫:《青春之歌》,人民文学出版社,2000年,第636页。

[2] 李杨:《抗争宿命之路:"社会主义现实主义"(1942—1976)研究》,时代文艺出版社,1993年,第55页。

[3] 杨沫:《青春是美好的》,《杨沫专集》,第23—29页。

[4] 这部电影由北京电影制片厂出品,由崔嵬和陈怀皑导演。

声望,及其作为文学正典的地位,无疑都证明这部小说作为一个体现了正统"国家记忆"的文本的政治正确性。

但我们无法忽略一个事实,即杨沫不得不进行多次修订,来从政治上"校正"她的叙述。她花了四年时间完成初稿,在接受来自编辑和领导的修订建议后,不得不又等了四年才使其得以出版。在初版问世之后,与赞扬相伴而来的,还有来自左派批评家和普通读者的汹涌批评,他们认为这部小说过于"资产阶级化"和"个人主义"。杨沫被迫做出一些重大改动,并在1960年出版修订版。1958年版和1960年版之间最明显的区别在于,后者包括了八个新的章节,描述林道静在农村地区的地下政治活动。新补的内容显然意在满足那些批评家的要求,他们认为这部小说并未表现林道静与无产阶级——特别是在中国革命中扮演重要角色的农民——之间的结合。[1]新增的辅助情节表明杨沫更进一步意识到遵从毛泽东思想来描述历史的必要性;林道静到农村去获得更多政治经验的情节,也印证了这样一种政治信念,即新中国崛起于"农村包围城市"这一著名战略。杨沫对林道静个人发展的重写,表明她服从运作于她的文本之外的权力机器。对其小说的持续修改本身,也证明对作者的创造激情和文本本身的规训。

文本的艰难重写反映出主人公同样艰难的挣扎——她不断地自我检讨、追寻更为正确的途径来实现政治进步。如先所述,《青春之歌》的叙事严格依照主人公意识的线性、循序渐进的转变而展开,直到抵达预设的结局。正如茅盾所总结的,这一情节展开于几个不同的层面,它们显然符合于正统的历史观所界定的中国革命史的几个关键步骤:

---

[1] 参金宏宇:《中国现代长篇小说名著版本校评》,人民文学出版社,2004年,第238—275页。

反封建、对民主和自由的追求；学习马克思主义，通过阶级斗争来改变社会；在毛泽东思想的指导下建立新中国。

这些历史阶段的有序轮替，与相应的意识形态范畴一起，决定了叙事进程每一步的推动力，都来自林道静对前一阶段中"错误"意识的克服。这些不同阶段在个人以及历史层面的均衡分布，使《青春之歌》获得一种平稳的叙事结构，它至少包含了林道静人生旅程中的三个判然有别的阶段：自我意识的萌发、对理论马克思主义的迷恋，以及最终转向毛泽东领导的中国革命。这三个阶段同样对应于林道静的三次恋爱，分别是与一位自由主义知识分子、一位马克思主义理论家和一位从事实际工作的政治领导。

林道静的政治进步与她更换爱人是同步的。在这里，小说揭示出性别与政治之间独特的寓意关联。作为一名年轻女性，林道静的性别被呈现为一个"空白的主体"，每次与一位男性导师的爱情关系，都将某种政治话语写入她的意识。[1] 戴锦华和孟悦都注意到性别在这部小说中的意识形态意味，对此有精辟的论述。[2] 此处我将不再深入探

---

[1] 同样应该强调的是，杨沫对性别与性的文学表现看起来与茅盾的《虹》并不一样，在后者中，梅女士的性意识被描述为她革命个性的发展中的阻碍。在《青春之歌》中，林道静的女性特质从未被作为一个"弱点"，相反，它在其与男性导师间的爱情关系中得到强化。她被描述成一个美丽的女人，始终吸引着男性的目光，但作者从未为这一形象抹上任何讽刺色彩，如茅盾在《虹》中所做的那样。林道静的女性特质被严格地定义为一个"空白的主体"，它等待着书写与重写，似乎被当作革命的宏大图景中一个必要的部分而得到合法化。

[2] 参阅戴锦华：《〈青春之歌〉：历史视阈中的重读》，唐小兵编《再解读：大众文艺与意识形态》，北京大学出版社，2007年，第192—207页。Meng Yue（孟悦），"Female Images and National Myth"（《女性意象与国家深化》），Tani Barlow ed., *Gender Politics in Modern China: Writing and Feminism*, Duke University Press, 1993，p.128.

究杨沫小说的性别政治问题,而是重点分析它作为一部成长小说的叙事结构。但在考察林道静个体发展的细节之前,仍需指出的一点是,由于其父母混杂的阶级属性,林道静的阶级身份是一个变数,这在后来的政治气候中是一个极端敏感的问题。

林道静是一个地主的女儿,但她的生母却是一个农民,这颇为反讽地保证了她既能因为父亲的富裕而接受正规的现代教育,又依旧有权宣称自己属于被压迫阶级。用她自己的话说,"我身上有白骨头也有黑骨头"[1]。黑骨头和白骨头的共存,既给予她在个人发展上的有利地位,也标明她"血液"或"阶级"的杂质,并由此迫使她接受一些最为严格的政治考验,她必须通过去除身上所有的"白骨头"来重塑自己的身心。

修订版新增的八个章节详述林道静接受"再教育"的过程:她被派到一户地主家庭去鼓动农民起义。一开始,她禁不住对受过良好教育、举止文明的地主绅士抱有好感,并对农民身上的恶臭和文盲佣工的粗俗感到厌恶。但在经过江华的启迪和指导后,林道静最终意识到自己的虚荣。在这八章的结尾,林道静相信自己能够看清两个阶级的真相了——上层阶级的残酷无情和农民的清白、善良与政治优越性。这一辅助情节的叙写,同样是杨沫自己的再教育过程,正如她在修订版的后记中所告白的:林道静原本是一个充满资产阶级情绪的知识分子,但在她接受了政治教育,特别是在她经历了农村工作的考验之后,

---

[1] 这里,林道静借用了俄国民间故事中的隐喻,其中贵族有白骨头,而农奴有黑骨头。杨沫:《青春之歌》,第257页。

她已克服个性中的小资产阶级缺陷。[1]

一个有趣的例子最好地说明了林道静的政治觉悟过程。她在一次夜间任务中看到乡间的美好景致,起初,她被自然之美强烈吸引,几乎喊出声来:"大自然多美呀!"但当她看见一位衣衫褴褛的老农时,立刻检讨了自己。在将她先前的兴奋贬为"典型的小资产阶级感情"之后,她自问:"你那浪漫的诗人情感要到什么时候才变得和工农一样健康呢?"[2]在小说最后,林道静终于为自己争取到在政治意味上更为健康的红色。这一点通过电影版的两个镜头能够更好地阐明:电影开始时的镜头中,林道静身穿白色,凸显她作为一个政治幼稚的年轻女性的天真;而在她入党并嫁给一位党的领导之后,她身着一件红色毛衣,象征着她已经从混合着白骨头和黑骨头身份的暧昧者,转变成一个成熟的女性革命者,她的自我已然融入党的革命躯体。

林道静经历了一段很长的人生跋涉,才抵达她的政治学徒生涯的终点。她的成长历史必须回溯至她人生中一个极为痛苦的时刻,当时她只有十八岁,被迫接受包办婚姻。如前所述,林道静成长的第一阶段围绕着典型的"五四""反封建"主题而展开。但小说对这一主题的再现也同时包含对"五四"价值体系的质疑,这为情节往下一阶段的发展做出铺垫。

小说的叙述始于一个创伤性的时刻,这个时刻事实上是在质疑,当青年决心与封建主义社会秩序决裂时,是否真有可能保持个体自觉。试图逃脱包办婚姻的林道静无法自立,在故事的开端,她已经处在自

---

[1] 杨沫《青春之歌》,第640—641页。
[2] 同上书,第358页。

杀的边缘。她的无助与绝望可视为"五四"个人主义者的悲剧缩影,正如我们在"五四"时期的一些小说中所看到的那样。林道静在即将自沉于咆哮的大海时哭泣的形象,也让人联想起鲁迅对娜拉出走后的命运的预言。[1] 既然她曾从易卜生的戏剧中得到鼓励,那么,如果我们将林道静视为另一位中国的"娜拉",大概可以认为,设计这个情节来展现林道静无处逃遁时的绝望,正体现出"五四"个人主义的虚妄性所带来的危机。

杨沫承认这部小说带有自传色彩。[2] 特别是在成长的第一阶段,林道静和一位北大学生之间的爱情故事,在现实中实有对应。杨沫在现实生活中的爱人是学者张中行,一位文化保守主义者和政治自由主义者。在小说中,他化身为余永泽,一个深受"五四"新文化影响的小资产阶级知识分子。余永泽在林道静生活中的出现,最终导致她对"五四"生活方式和价值体系的全然幻灭。但在一开始,余永泽阻止了林道静的自杀企图,并通过和她在海边讨论诗歌、文学和女权主义,在她的生活中吹入了"五四"浪漫主义的气息。林道静天真地把余永泽看成自己的"白马王子"。才子佳人式的恋爱故事,几乎可以算是"鸳鸯蝴蝶派"的商标,却颇为反讽地经常被"五四"作家借用来拯救如林道静这样的幻灭青年。余永泽在浪漫的氛围中出场,作为一个爱人,被赋予了现代绅士的一些令人愉悦的品质,譬如良好的教育、浪漫的情感和自由主义的精神。

然而接下来,小说开始逐渐展现余永泽作为一个心胸狭隘的个人主

---

[1] 鲁迅:《娜拉走后怎样》,《鲁迅全集》第一卷,第158—165页。
[2] 杨沫:《青春是美好的》,《杨沫专集》,第23—29页。

义者的懦弱、自私与粗鄙,浪漫幻象开始瓦解。在余永泽把林道静带到北平,把她变成"家庭主妇",将其"囚禁"在凡庸的日常生活中之后,在林道静的眼里,"他那骑士兼诗人的超人的风度在时间面前已渐渐全部消失。他原来是个自私的、平庸的、只注重琐碎生活的男子"[1]。林道静此时已在酝酿改变自己的命运,接受革命启蒙,准备进入她人生发展的第二阶段,她悲哀地发现自己的爱人在政治上是落后的,他不敢面对现实,只安于躲在图书馆里。批评家张闳把小说对余永泽的轻蔑描写归因于50年代的"胡适批判"。这一运动导致那些依旧忠于胡适式"五四"理想的知识分子受到激烈批判,张中行也是其中之一。[2]在小说中,余永泽被描述为胡适博士的学生。在经过爱情与政治间痛苦的角力后,林道静最终决定离开他,这一决定作为故事情节的第一次重大转折,清晰地显示出这位女英雄的浪漫故事的"政治色彩"。在政治层面上,林道静第一次恋爱的终结可以视为对知识分子多元、自由思想的否定。在现实斗争中,那些思想也往往被视为"毒素"。

由此,对"五四"价值观的"虚妄性"的克服,推动叙事发展到林道静成长的下一个阶段。此时,她在一位地下工作者卢嘉川那里开始了真正的"政治学徒生涯"。卢嘉川是一名伪装成北大学生的职业革命家。学者何兆武在自传《上学记》中忆述北京的"职业学生"在"一二·九运动"中的表现,他们年复一年地留在学校里从不毕业,

---

[1] 杨沫:《青春之歌》,第99页。

[2] 参见张闳《灰姑娘·红姑娘:〈青春之歌〉及革命文艺中的爱欲与政治》,《今天》第53期(2001年夏)。

这事实上掩饰了他们的真实身份：共产党员。[1]卢嘉川也是北大这些从不毕业的"老"学生之一。他和林道静相识于一次新年晚会，在那里，他耐心地解释她始终感到焦虑和痛苦的唯一真正的原因：她无法在个体的层面上找到意义和满足，因为她所奋斗的目标无法由个体实现。

> 小林，这么说吧，一个木字是独木，两个木就成了你那个林，三个木变成巨大的森林时，那么，狂风再也吹不倒它们。你一个人孤身奋斗，当然只会碰钉子。可是当你投身到集体的斗争中，当你把个人的命运和广大群众的命运联结在一起的时候，那么，你，你就再也不是小林，而是——而是那巨大的森林啦。[2]

从这一个对马克思主义阶级理论的生动比喻中，林道静获得她的第一次政治启蒙。她在昼夜不舍地饱读从卢嘉川那里借来的马列革命书籍后，发现自己变成了一个新人："她那似乎黯淡下去的青春的生命复活了，她快活的心情，使她常常不自觉地哼着、唱着，好像有多少精力施展不出来似的成天忙碌着。"[3]

此处对革命理论力量的描绘带有一种神奇的、"魔鬼似的"笔触——它似乎发挥着一种浮士德式重获青春的功能。与此同时，在林道静心中，

---

[1] 何兆武：《上学记》，生活·读书·新知三联书店，2008年，第16页。
[2] 杨沫：《青春之歌》，第112—113页。
[3] 同上书，第120页。

这位导师已经悄然成为爱慕和渴望的对象。正如戴锦华借用心理分析术语所指出的，对林道静而言，她的导师，既是欲望的对象，同时也是她欲望的禁区。[1]作为在她生活中出现的第一个共产党员，卢嘉川代表着党的绝对权威，在政治意义上，既以他的思想所体现的意识形态来吸引她，又拒绝她因其肉体而引发的太过人性化的欲望。简言之，卢嘉川是一个过于完美的政治真理的信使，无法成为一位日常生活中的爱人。小说在点破林道静的爱意之后，迅速使卢嘉川从故事中消失：他被杀害于监狱中。在失去导师之后，林道静将她的崇拜之情化为政治行动。她接替了他的任务，化装成妓女，在夜间秘密张贴他留下的传单，由此开始走向革命。

在林道静成长的第三个阶段中，她努力将革命理论用于实践，在这个阶段结束的时候，她开始了第三段恋情。林道静的进一步转变紧随着党的政策的转变：从盲目信仰马列主义教条——这将使中共服从于共产国际的领导——转向与中国现实相结合的毛泽东主义的革命方针。革命斗争的重点由城市转向乡村，这一发生在30年代中期的政策转变，标志着中共开始建立一个独立于西方影响的民族国家。小说新增的八章强烈地暗示出这一历史背景，其中描述了林道静在定县农村的活动。她的新导师江华在这里领导地下工作。江华教导她不要再沉迷于浪漫的个人主义和革命英雄主义，这都是通过西方思想（也即是通过她的前两位爱人）进入她的心中。小说把江华描写为一个本土的中国革命家。与卢嘉川的理论口才和余永泽的知识分子气相比，他看

---

[1] 参阅戴锦华：《〈青春之歌〉：历史视阈中的重读》，唐小兵编《再解读：大众文艺与意识形态》，第204页。

起来相当沉默、务实；此外，江华也总是穿得像一个中国农民，不像卢和余常常身着西装。在帮助林道静认识到自己从未接触过普通民众的事实之后，江华指着她挂在墙上的托尔斯泰的图片说：

> 道静，我看你还是把革命想得太美妙啦，太高超啦。倒挺像一个浪漫派的诗人……所以我很希望你以后能够多和劳动者接触接触，他们柴米油盐、带孩子、过日子的事知道得很多，实际得很。你也很需要这种实际精神呢。[1]

作为执行党的新路线的本土革命家江华，在林道静的学徒生涯中扮演着与卢嘉川不同的角色。他引领林道静接触中国现实，并成长为一个民族主义革命者，并最终被吸收入党。此时，革命故事再次成为"爱情故事"，但林道静在这一关系中保持了长久的被动。当江华第一次直白地问她，他们能否有一种超越同志的更亲密的关系时，林道静在这一瞬间感到锐利的痛苦。她想起已经死去的烈士卢嘉川。这场剧烈的心理斗争展现在下面的段落中：

> 这个坚强的、她久已敬仰的同志，就将要变成她的爱人吗？而她所深深爱着的、几年来时常萦绕梦怀的人，可又并不是他呀……
>
> 可是，她不再犹豫。真的，像江华这样的布尔塞维克同志是值得她深深热爱的，她有什么理由拒绝这个早已深

---

[1] 杨沫：《青春之歌》，第263—264页。

爱自己的人呢?……

道静站起来走到屋外去。听到江华的要求,她霎地感到这样惶乱、这样不安,甚至有些痛苦。屋外是一片洁白,雪很大,还掺杂着凛冽的寒风。屋上、地下、树梢,甚至整个天宇全笼罩在白茫茫的风雪中。道静站在静无人声的院子里,双脚插在冰冷的积雪中,思潮起伏、激动惶惑。在幸福中,她又尝到了意想不到的痛楚。好久以来,刚刚有些淡漠的卢嘉川的影子,想不到今夜竟又闯入她的心头,而且很强烈。她不会忘掉他的,永远不会!可是为什么单在这个时候来扰乱人心呢?她在心里轻轻呼唤着他,眼前浮现了那明亮深湛的眼睛,浮现了阴森的监狱,也浮现了他轧断了两腿还顽强地在地上爬来爬去的景象……她的眼泪流下来了。在扑面的风雪中,她的胸中交织着复杂的矛盾的情绪。站了一会儿,竭力想用清冷的空气驱赶这些杂乱的思绪,但是还没等奏效,她又跑回屋里来——她不忍扔下江华一个人长久地等待她。

一到屋里,她站在他身边,激动地看着他,然后慢慢地低声说:"真的?你——你不走啦?……那、那就不用走啦!……"[1]

这段描写体现的复杂情感真切地透露出林道静在感情与政治抉择上的痛苦挣扎。江华是林道静唯一没有主动产生"爱慕"之情的恋

---

[1] 杨沫:《青春之歌》,第581—582页。

人,她仅把江华当作领导,而在情感上显然还无法忘记卢嘉川。然而,她已经没有选择的余地——当她感到通过情感的选择来解决问题是完全徒劳时,她放弃了,决定顺从于自己作为一个共产党员所培养出的"直觉"——相信江华的布尔什维克品质。在放弃余永泽的"资产阶级人道主义",并超越了卢嘉川的"理论马克思主义"之后,林道静最终选择江华作为伴侣,代表了政治上对"毛泽东思想"的选择。[1]与江华的秘密结婚,完成了林道静在个人与政治层面上的"生命之环"。她被正式接纳入共产主义大家庭,成为革命集体的一个"有机"部分,并且,正如上文所论其在"一二·九运动"中扮演的角色,她的身体融入大众和国家,融入党的身躯,转化为历史的崇高形象的一部分。

在结束对《青春之歌》的讨论之前,我需要指出这部小说同时揭示了在将青年塑造为崇高形象时的另一个黑暗的侧面,也即终极考验——"死亡"。"青春"和"死亡"的结合原本是浪漫主义的发明,它强调青春的暂时性和不可重复的价值。但它在革命话语中的出现,赋予"死亡"一个更为崇高的意义:以不可阻挡的历史进程的名义,革命将"死亡"美化以及理想化了,将其改写成为胜利而必须付出的代价。这样的死亡即"牺牲",是烈士的荣誉,它以青春的消逝为代价促动历史进步,同时也使"青春"在政治象征的意义上永生。这类修辞可以追溯到中国革命早期关于谭嗣同、秋瑾、邹容,以及其他烈士的记述中,它的更具诗意、更为激进的体现,可以在巴金表现无政府主义革命伦理的作品中找到,如他在30年代早期无政府主义运动失

---

[1] 参阅李杨《50—70年代中国文学经典再解读》,山东教育出版社,2003年,第127页。

败之后完成的"爱情的三部曲"。在中国的革命语境中,"死亡"作为对青年的考验,发挥了更实际的"教育"作用。在林道静的成长中,她的政治成熟即是在她见证了许多同志的死亡并准备献出自己的生命之后才得到认可的。

在牢房中度过的时间,成为林道静入党的关键考验期。她在那里目睹了一位狱友牺牲前的沉着与从容。这位特殊的狱友林红,在小说中被描述为一个极其美丽聪慧的年轻女子。当林道静不禁为林红的美而感到目眩时,她也因为林红在死亡面前表现出无所畏惧的勇敢精神而对她更加迷恋。在林红身上,青春的美丽与革命的信念凝聚为一个神圣的图景:一个年轻女子,她的青春光彩夺目,她的生命与躯体却已注定要为革命而牺牲。小说描述在行刑的前夜,林红如何鼓励林道静继续抗争,并努力成为一个坚定的布尔什维克:

> 林红美丽的大眼睛在薄暗的囚房里闪着熠熠耀人的光辉,多么明亮、多么热烈呵。她不像在谈死——在谈她生命中的最后时刻,而仿佛是些令人快乐、令人兴奋和最有意思的事使她激动着。
>
> ……………
>
> 道静不能再说一句话。她流着泪使劲点着头。然后伸过双手紧握住林红雪白的手指,久久不动地凝视着那个大理石雕塑的绝美的面庞……她的血液好像凝滞不流了,这时只有一个朦胧的梦幻似的意象浮在她脑际:"这样的人

也会死吗?……"[1]

林红不会死,[2] 她的"青春"在革命中得到永生与神化。理解了林红殉难的意义后,也经过了面对死亡的"极刑"考验之后,林道静时刻准备着为革命献身,这一信念意味着,只有通过死亡的"洗礼",青年才能进入意识形态纯净的精神领域。在被释放之后,林道静立即被接受入党,由此完成了(女)英雄从试图自杀到准备牺牲的完整循环。她的成长终止于"最残酷"但也最令人敬畏的崇高意象——"青春"因其牺牲而发光,却在历史的庄严图景中被赋予永恒的、象征性的生命。

来自年轻人的挑战

正如王德威所述,《青春之歌》是现代中国小说中处理青春与政治的一系列作品中的一部。这个系列,除了茅盾的《虹》之外,还应包括路翎的《财主底儿女们》(1945—1948年)、张爱玲的《赤地之恋》(1955年),以及台湾作家潘人木所写的《莲漪表妹》(1952年)。[3] 所有这些小说都讲述中国革命历史背景下青年的成长故事,而《青春

---

[1] 杨沫:《青春之歌》,第412页。
[2] 甚至卢嘉川也不会死去。事实上,杨沫在其两部续集《芳菲之歌》(1986年)和《英华之歌》(1990年)中复活了这一人物。
[3] 王德威:《小说中国:晚清到当代的中文小说》,麦田出版公司,1993年,第71—93页。

之歌》是在政治意义上被影响得最充分的文本之一。尽管海峡对岸的《莲漪表妹》显出同样的政治性，但由于缺少教育的有效性，它没有一个革命式的胜利结局。

《青春之歌》成功地重写青年形象，因此成为中国社会主义文学的一部经典之作。就像《钢铁是怎样炼成的》一样，《青春之歌》同样将一整套体现"政治正确"的原则写入青春。由于共青团的推广，这部小说甚至被一些地方机关用作训练团员或党员的手册。它同时是全国范围内的畅销书，仅1958年初版之后的七八个月内就售出了九十四万册。[1]

与《青春之歌》相比，王蒙的《青春万岁》在共和国初期是一部相对无名的作品。两部作品之间的差异，也缘于后者塑造的更为激进的青年形象，它指向更多的"问题"，而非"政治正确"。杨沫不得不大幅修改她的小说，以求符合政治标准，而王蒙的小说有着更为复杂的出版过程。《青春万岁》完稿于1953年，然而作者不得不等了二十多年，才在1979年得以出版全书。1979年版是一个经过作者在60年代做出大量修订后的版本，王蒙的原稿——其中一些段落已经永远遗失了——直到2003年才问世。[2]

尽管王蒙完成他的第一部小说《青春万岁》时只有十九岁，其艺术创造性却表明青年王蒙有着更具活力的文学才能。杨沫的小说布局

---

[1] 金宏宇：《中国现代长篇小说名著版本校评》，第239页。

[2] 这里，我对《青春万岁》出版过程的概述基于以下来源：从王蒙的自传文章到各个小说版本中所列的出版信息，包括王蒙《青春万岁》，人民文学出版社，1979年；《青春万岁》，人民文学出版社，2003年；《青春万岁》，《王蒙文存》第一卷，人民文学出版社，2003年。

精密，并符合政治要求，王蒙的《青春万岁》则相对没有多少陈词滥调，在构思与技巧上也更少陈套。正如我随后的文本分析将要表明的那样，《青春万岁》更为热情地展现了青春的光彩，却潜在地或无意识地照亮了对于青春的政治性中某些具有歧义，甚至逾越规范的因素，这也使得这部小说反而对青年的政治规训产生潜在的抵抗。

王蒙的小说着重描写一群建国初期生活在北京的女中学生的幸福生活。与林道静必须久经考验才能被锻造为一个合格的革命者相比，王蒙笔下，生活在新中国的人物们的"政治正确"是先天赋予的。在王蒙眼里，这些生长在新社会的青年理所当然都是"新人"。《青春之歌》读来像是对青年的细密考察，《青春万岁》却展示出一个由青年主宰的"美丽新世界"。置身于建设新中国的大时代，王蒙小说对"新"青年的生活经验做出大胆的描述，从中揭示出青年人（当然是那些政治进步的青年）内心中活泼泼的躁动能量。他们将自己的"政治纯洁性"视为理所当然，手握革命的令箭，对他们而言，"青春万岁"不仅是一个隐喻，而且是确实体现在他们自己青春的生命中。

作为一个口号，"青春万岁"回应着毛泽东对青年是"八九点钟的太阳"的赞美。这一口号有力地捕捉住青春的气魄、美好和永续的活力。在此，"青春"在范畴意义上不同于"青年"，前者是一个本体论意义上的意象，而后者指的是具体的青年个体，而其"个体性"常常使他或她的政治品质必须接受考验，就像我们在林道静的成长历程中看到的那样。如钟雪萍所说："在毛泽东时代，青春一词悄然占据了舞台中央，伴随且时而使青年一词黯然失色，并负载着为青年所无的意义。"[1]尽管两个词在英语中都被译为"youth",两者之间依旧有着微妙的差别:"青年"主要指年轻的人——常常是一个青年个体,而"青春"则意味着一个时间段落,以及年轻的本性特质。现代中国的青春话语始于青年的独立意象,指向一种民主性的现代图景,它的形象可以说浓缩在青年的个体自决上。毛泽东时代青春话语的转变产生于共和国建立之后现代性想象中的一个范式转换。相较于"青年"的个人主义和成长意义,"青春"是本体论的、集体的,以及启示性的。"青年"聚焦于现代个体在成长中的痛苦和内在焦虑,与之相对,"青春"是一种非个人的意象,将青年超拔出个体的局限,并提升进永远洋溢着生机的崇高界域。随着"青春"被神化并转居青春意象的核心,共和国早期的青春话语造就了一种"青年崇拜",它将青年定义为塑造未来的先锋力量,人们借此希望国家永葆青春活力。

在现实中,王蒙的政治身份也不同于杨沫。作为一名知识分子,杨沫很容易成为批判的对象,而王蒙是一名"青年布尔什维克"。他十四岁入党,在共产党接管北京后,他是这个社会的"新主人"。1949年8月,他被送到中央团校学习,在毕业典礼上,他和他的同学们受到毛泽东的亲自接见。从1950年到1958年间,他在共青团北京市委的多个部门担任区级领导并多次得到提拔。作为共和国早期最引人注目的新作家之一,他的成功在很大程度上归功于他对自己政治地位的自信——尽管有时可能过于自信了;他因此会毫不犹豫地抒发他

---

[1] 参阅Xueping Zhong(钟雪萍),"'Long Live Youth' and the Ironies of Youth and Gender in Chinese Films of the 1950s and 1960s"(《〈青春万岁〉与20世纪50—60年代中国电影中青春和性别的反讽》),*Modern Chinese Literature and Culture*,第11卷,第2期(fall, 1999),p.155。关于50年代政治生活语境中青春的意义,参阅樊国宾:《主体的生成:50年成长小说研究》,中国戏剧出版社,2003年。

对青年的热烈歌颂——尽管他的颂歌或许时而会偏离主调。

王蒙的《青春万岁》及其他早期作品的写作,同样受制于50年代中期动荡的政治气候。根据瓦格纳(Rudolf Wagner)对共和国早期青年社会史的研究,在朝鲜战争和反右运动之间的短暂时期里,由青年主导的文化一度激进化,并产生了所谓"来自年轻人的挑战",鼓动中国青年去"干预生活",反抗和批评僵化教条。[1]一方面,青年依旧被要求接受系统而严格的政治训练;但在另一方面,他们也被鼓励培养一种为新生事物扫清道路的大胆战斗精神。第二个方面特别为那些注重改革的领导(如邓小平和胡耀邦等)所鼓励,它甚至因而短暂地激发了国家政策有弹性转变的趋势。正是在此期间,王蒙成为一名作家。

1956年春天,毛泽东提出"百花齐放、百家争鸣",从而启动了一次短暂的"批判性"文学潮流,其中尤为突出的,是暴露新社会黑暗面的报告文学和接续1949年以前批判现实主义传统的文学作品。[2]这一年夏天,二十二岁的王蒙在共和国最重要的文学杂志《人民文学》上,发表了一篇使他一夜成名的短篇小说,《组织部新来的青年人》。[3]这篇小说引发了激烈辩论,最终上层部门对其点名批评,这标志着中国政治思想生活中的重大转折。[4]与其他"百花时代"的作品相比,

---

[1] 参阅Rudolf Wagner(瓦格纳),*Inside a Service Trade: Studies in Contemporary Chinese Prose*(《中国当代散文研究》),pp.125—145。

[2] 关于"百花时代"文学的讨论,参阅洪子诚:《1956:百花时代》,山东教育出版社,1998年。

[3] 这篇小说原名《组织部来了个年轻人》,并且故事结局与发表的版本不同。关于这篇小说的修订过程,参阅陈思和主编:《中国当代文学史教程》,复旦大学出版社,1999年,第97—100页。

[4] 参阅洪子诚《1956:百花时代》,第92—130页。

这篇小说最鲜明地表现出"年轻人的挑战"。

王蒙这篇小说的构思明显受到一部苏俄小说《拖拉机站站长和总农艺师》(*The Director of the Machine Tractor Station and the Chief Agronomist*, 1954)的影响。这部小说的作者是女作家尼古拉耶娃(Galina Nikolayeva),通过描绘一位异常敏感而英勇的年轻女性知识分子娜斯嘉(Nastya)作为"新来者"的无畏精神,表现出苏俄作家在斯大林死后的反思精神。娜斯嘉当属俄罗斯古典小说中的经典女性形象,她感伤而忧郁,却又聪慧而果断。她并未在令人沮丧的现实面前止步不前,而是凭借顽强的意志纠正了自己的工作单位中存在的种种问题。[1]

当时中国最重要的外国文学杂志《译文》,在1954年8—10月连载了这篇小说的中译本。它受到中国知识分子和读者的广泛欢迎,他们发表了许多文章和小册子来回应小说所指出的敏感话题。如王若望在《向娜斯嘉学习》中,大胆地改写"向保尔学习"的口号,鼓励青年去发扬娜斯嘉的理想主义精神,向那些"清规戒律"开战——在他看来,所有那些条条框框只会腐化他们年轻的头脑。[2] 与娜斯嘉相比,王蒙的小说《组织部新来的青年人》的主人公林震或许显得不够坚定,但他显然将她当作自己的榜样。当他来到组织部报到时,口袋里就装着尼古拉耶娃的书。[3] 林震自觉地"向娜斯嘉学习",通过揭露并批评党的工作中现实存在的僵化的官僚作风,在他的工作单位引发了一场小型"地震"。

这篇小说发表时,王蒙被誉为一颗文坛新星,但仅一年之后,写

---

[1] 我只读过这篇小说的中文译本,题为《拖拉机站站长和总农艺师》,见《译文》1954年。
[2] 王若望:《向娜斯嘉学习》,上海人民出版社,1956年,第30页。
[3] 王蒙:《组织部来了个年轻人》,《王蒙文存》第十一卷,第28页。

作这篇小说成为他最大的罪过,他因此被划为"右派"。1957年春,"百花齐放"的自由风潮陡然中止,政治气候的变化,最终使王蒙下放新疆十二年。然而,王蒙对"来自年轻人的挑战"的文学表达,存留在中国思想史上,作为一份共和国初期"青年崇拜"的见证,将"青年"面对权威时的姿态从被动转为主动。"组织部新来的青年人"的形象浓缩了共和国早期青春话语中最为激进的意义——自我定义、自我肯定的自信力。《青春万岁》中的青年意象或许不如"组织部新来的青年人"那么具有明显的挑战性,但也体现出青年作为一种重塑社会规范的力量,而不仅仅是受到塑造的被动的主体,小说以狂欢的笔墨书写出青春难以被驯服的活力。在这个意义上,《青春万岁》也是激进的。

《青春万岁》:流动的圣节

1949年8月,一个晴朗的下午,十五岁的王蒙正在北京附近一条河里游泳——此时距离开国大典还有不到两个月的时间,解放军已经解放了全国大部分地区,一个新的国家即将出现在地平线上;而王蒙此时已是中共党员,正在位于京郊良乡的中央团校学习。当他愉快地到中流击水时,不禁想起刚刚读过的一本关于毛泽东青年时代的书[1]:毛主席也是一位游泳健将,而在大江大浪中游泳正充分展现了

---

[1] 这本书是萧三的《毛泽东同志的青年时代》。参阅王蒙《倾听着生活的声息》,《王蒙文存》第二十一卷,第40页。

图8：夏令营的青年学生（《幸福的中国青年》，中国青年出版社，1955年）

革命热情与青春活力。王蒙更想起毛主席著名的《沁园春·长沙》——毛泽东年轻时写下这首词,抒发要为中国改天换地的雄伟抱负。此刻,少年王蒙感到一阵狂喜之情占据他的身心,正如他后来描述的,那种感觉如此令人振奋,以至于"我好像忽然睁开了眼睛,第一次感觉到解放了的中国是太美好了,世界是太美好了,生活是太美好了,秋天的良乡是太美好了,做一个团校的学员是太美好了"[1]。

"生活是太美好了!"此后三年中,当王蒙作为一个共青团干部开始更多地接触北京市的青年学生时,他一次次地体验到这样一种美妙的感受。当时王蒙的工作重点都在女校,包括第二、第十一(前身为长老会崇慈中学)和第十四女子中学(前身为竞存中学)。[2]多年以后,王蒙依然生动地记得他当时是多么快乐。生活中处处都会引发那种美妙的狂喜:他惊叹于党的工作的成功;他为国家建设方面的成就而深深感动;他高兴地看到北京的老百姓们舒适而快乐地生活,看到商店里琳琅满目应有尽有;他自己则收入颇丰,月入七十,高于许多老职员的薪水,这让他能想吃什么就吃什么,还可以尽情买下想读的书;在与年轻女孩的工作关系中,一种愉悦的氛围更使他感到兴奋莫名。王蒙深爱着这个新时代,他感到记录下这种狂喜的迫切,因为他似乎本能地知道,这种狂喜之情,正如青春一样,转瞬即逝,不可复制——"这样一代青年人是难以再现的,我要表现他们,描写他们"[3]。

这部小说恰如其分地题名为《青春万岁》。王蒙以它来铭记自己

---

[1] 王蒙:《倾听着生活的声息》,《王蒙文存》第二十一卷,第40页。
[2] 这一信息根据我在2008年7月在北京对王蒙的访谈。
[3] 王蒙:《倾听着生活的声息》,《王蒙文存》第二十一卷,第41页。

的青春岁月,记录下新中国的青年们曾经历过的狂喜。"生活是太美好了"的感受贯穿全书。小说里的故事情节发生在1952年夏至1953年春之间,这正是共和国早期历史中一段较为和平的时期。故事的主线随着一群十八岁女中学生在高中最后一年的活动和经历而展开。对作者而言,要想表现这群年轻女生从生活中感受到的强烈快乐,最好的方法莫过于将她们的生活描绘成一场永不停息的盛宴。

《青春万岁》事实上可以被视为一部"节日小说",情节的主要事件包含了一年中所有主要的节假日,如国庆节、元旦、春节、劳动节和青年节。在作者描述中,年轻人的生活就是不断期待节日,经历节日,然后再回味节日的美好。正如小说中一个人物所声称的,"五一"和"十一"是她们生活中的兴奋剂,没有节日,她们就会老去。[1]同时,节日的氛围也延伸到了平常的日子里,如小说开头所描述的那样:

> 然后太阳升起,新的一天开始。孩子们欢呼野营的每一天,每一天都是青春的无价的节日。所有的一切,都是新发现,所有的一切,都归我们所有。蓝天是为了覆盖我们,云霞是为了炫惑我们,大地是为了给我们奔跑,湖河是为了容我们游水,昆虫雀鸟是为了和我们共享生命的欢欣。从早到晚,大家远足,野餐,捉蜻蜓,钓鱼,划船,采集野草野花,登高望远……直弄得筋疲力尽。天底下快活的事儿好多吆,从前竟没有做过!这些事儿今天来不及做完,时间过得真快!只得等明天了。明天还不快来,时间过得

---

[1] 王蒙:《青春万岁》,第215页。

真慢![1]

这段描写活泼俏皮,却仍能让人联想到青年毛泽东在《长沙》中写下的句子:

> 独立寒秋,湘江北去,橘子洲头。
> 看万山红遍,层林尽染;
> 漫江碧透,百舸争流。
> 鹰击长空,鱼翔浅底,
> 万类霜天竞自由。
> 怅寥廓,问苍茫大地,谁主沉浮?

尽管明显缺少毛泽东的政治抱负,王蒙的小说开头却和毛泽东的诗句有着一种相似的自信,即宣称整个世界理所当然是"我们的"。这一自信心,在女孩们体验到的节日狂欢的氛围衬托之下,使她们得以建立一种信念,即她们优于/强于她们周围的人们,并且她们具有一种能力,可以从围绕她们旋转的整个宇宙中获得快感(对于青年毛泽东,获得的则是力量)。这种狂喜感既来自作者王蒙的个人体验,也来自他想象中毛泽东的青年气象,从而为小说的叙事铺垫出一种无所不在的乐观精神。

这些年轻女孩虽是高中学生,却并没有在学习和政治训练上花费很多精力,相反,她们好像一直沉溺在过节的情绪与气氛里,把每一

---

[1] 王蒙:《青春万岁》,第5页。

规训与狂欢的叙事 | 343

天都当成假日来过。持续的"节日氛围"如同一根活跃的神经，令整个故事充满生气。这当然有着强烈的政治意味，因为"节日"本身就用来传达共和国建立所带给人民的快乐与兴奋。但我宁愿把这部小说里的节日氛围理解为一种"激进"元素，这与小说再现青春时光的独特方式有关。这种激进的节日景象，可以在与巴赫金对狂欢和文学狂欢化的论述的对比中得到更好的理解。巴赫金将"狂欢节"（carnival）定义为一种盛大的仪式，将中世纪"通俗"文学的狂欢化（carnivalization）视为对正统、专制、严肃、等级森严的教会秩序的颠覆与对抗。[1] 王蒙小说中的节日氛围表面上完全隶属于上级部门的世界，因而在根本上不同于巴赫金描述的"狂欢化"的文学景观。然而，通过对王蒙文本更细致的考察，我们会发现，尽管小说中的节日最初都源于政治纪念，但它们经常被参与其中的青年转变成"狂欢"，并使得文本所描绘的节日已趋于"狂欢化"。

"狂欢"一词事实上频繁出现在书中，常被用来指称青年们在天安门广场上的庆祝活动。它在中文字面上意为"疯狂而恣意地欢乐"，与欧洲狂欢节上发生的事情类似，也用来指称激情迸发的表达形式。王蒙笔下的狂欢显然缺乏巴赫金式的颠覆性含义，但它通过宣称青年在节日中的核心地位，依旧微妙地改写了节日的官方含义。在王蒙的叙述最为放纵的时刻，青年同时变成"节日"的根本能量和唯一载体，庆典的大权被青年"篡夺"，并被用作发泄自身兴奋与热情的途径。

在《青春万岁》中，节日的这一激进意义，尤其体现于天安门广

---

[1] 参阅M.M. Bakhtin（巴赫金），*Rabelais and His World*（《拉伯雷和他的世界》），MIT Press, 1968。

场上的庆典。天安门广场上的庆典，无疑具备政治仪式的功能，但在王蒙的描述中，夸张的"节日"氛围有时候会赋予这些庆典一种矛盾的意义：在青年的狂喜中，庆典的政治意图趋于消散，或被置之脑后。在这些场景中，当他笔下的青年人物沉醉在广场上的巨大兴奋中，王蒙用"狂欢"一词来定义他们的所作所为。他们的"狂欢"因其随心所欲、不羁甚至幽默的性质，而逾越了上级部门制定的严肃的庆典意义。

比如在小说所描述的"五一庆典"中，虽然下着大雨，但大约二十万青年学生聚集在天安门广场，他们很快将其变成了一个巨型舞池，并在那里彻夜跳舞、欢笑。舞蹈和笑容可以被视为上级部门设计的庆典的一部分，可在王蒙笔下，舞蹈和笑容也可以变得与政治目的无关。这一场景主要围绕着王蒙最喜欢的主人公杨蔷云而展开。她对服务人员让她留在指定地点的命令不屑一顾，"英勇"地穿过兴奋的人群，去寻找一个她喜欢的男生。她最终找到了他，与他开玩笑，欢笑，跳舞，直到天明。[1]在这一场景的描写中，展现出一个大胆自由的女孩的激情。在这个意义上，这一夜的狂欢显然突破了这一官方节日的政治意味，反而更接近于青年躁动的内心生活。有趣的是，我们知道，这一场景事实上基于王蒙的个人经历：和他笔下的杨蔷云一样，他于1953年劳动节的傍晚来到天安门广场，穿过广场去寻找他的女友，并和她跳舞直到天明。[2]

"狂欢化"的叙事同样渗入到王蒙小说的其他方面。在一个相对次要的层面，它表现在小说人物的说话风格中。在这方面，人物对话

---

[1] 王蒙：《青春万岁》，第231页。
[2] 王蒙：《王蒙自传》，第一卷，第86页。

中不仅几乎毫无同时期社会主义小说（如《青春之歌》）中经常看到的政治套话，反而具有一种高度幽默、滑稽和戏谑的特性。在《青春万岁》中，女孩子们大都以一种愉悦轻松的风格，而非严肃的语调来说话，她们还展现出一种无论是在日常情境还是政治生活中都能发现笑话的惊人的愉快天性。她们的言辞往往天真、机智，甚或是纯粹的扯淡，但以一种惊人或反常的方式改写、抽空了言语中的政治意味，这使她们的话语明显与上级部门话语区别了开来。

为了说明这一点，可以随手举出小说中很多例子：比如第一章，在叙述的开始，女孩子们在夏令营成功地挖出一口泉水，称其为"幸福泉"，在品尝泉水时，她们这样表达自己的幸福："棒死了，能气死卖汽水儿的！"[1]后来当一位女生从北京赶来营地时，她宣告："我从咱们学校带来了一个惊人的消息！"但随即泄气地说："其实也没什么，我只想用'惊人'这词练一练造句。"[2]营地晚会之后，杨蔷云说她不想睡觉，从小她就不爱睡觉，因为"睡觉像掉在一个大黑洞中"。

上述三个例子都包含了一些政治的或准政治的意味：第一例表达了女生们在劳动中得到的喜悦；第二例包括了一个上级部门新闻中常用的夸张的宣传套语；第三例表现出女孩对光明的向往和对黑暗的憎恶。然而，它们在小说中被使用的方式，与其说是政治性的，不如说是更为亲密、荒诞甚或讽刺的，并由此为这些场景增加了一种闹剧色彩，以欢悦消解了隐匿的政治意味的严肃性。这一类话语贯穿全书，甚至出现在描写上级部门会议的场景中。在这一点上，王蒙的语言风格可

---

[1] 王蒙：《青春万岁》，第1页。
[2] 同上书，第6页。

谓领先于王朔在 80 年代创作的"痞子文学",已经展示出对上级部门话语的戏仿。两位作家都善于将崇高化为滑稽。但我们也必须意识到,他们属于两代中国作家。作为一位"文革"后的作家,王朔在戳穿政治话语的严肃性后,呈现出的是一片虚无的视野,而王蒙《青春万岁》中滑稽轻松的语言风格只是在效果上使人物"人性化"。她们的玩笑,闲聊,机智,满口风趣俚语,全都在表明她们的"青春"未被规训——至少在语言层面上。

"狂欢化"在这部小说中更为激进的表现,是王蒙对个体青年性格的刻画。王蒙因"文革"后率先创作"意识流"小说而闻名,但就在他的第一部小说《青春万岁》中,我们已经能够在叙述语言中发现一种强烈的实验倾向:他更喜欢通过对她们感官经验(而非意识层面)的描写来表现人物的感受。这与《青春之歌》截然不同,后者对人物的刻画严格依据政治概念,展示为线性的意识发展。《青春万岁》摒弃了这种教条式的描写方法,将人物从意识形态空间移至感官的世界。小说中对意象和情感的描写多姿多彩,活泼俏皮,令人惊奇,有时也令人心仪,这些具体有形的感受往往消融了青年的政治意识。

对于那些他最喜欢的人物(特别是杨蔷云),王蒙的塑造,似乎不是为了表达某种意义,而是为了能让读者见其所见、感其所感、笑其所笑,她们是作为有形的情感载体,令读者完全沉浸在青年的幸福感受之中。在小说中十多个青年角色里,杨蔷云是最出众的,她是一位在政治上追求进步的学生,但还没有入党。她像一个男孩子,胆大泼辣,但也伤感多情,容易冲动。她的个性中最突出的是在一切事物中发现快乐的强烈欲望。为此,她常常成为作者的"耳目",用来捕捉日常生活中的节日氛围。从她在小说中第一次出场起,在她的可爱个性中被强调的,恰是她的快乐天性和不惜夸张的语言表达方式。举例而言:在夏令营里,有一天晚上她溜出营地(差点一时冲动故意不说口令,为难站岗的小孩),来到湖边,遇到地质学院的男生张世群。两个人的对话颇为调皮:"我想看看天,你呢?"答说:"我想看看地。"但随后,陶醉在强烈的幸福感中的杨蔷云,对身边的男孩说:

> 一切都不可思议,……张世群,你懂吗?当我看着睡下了的帐篷,还有这清明的天空和满池的荷叶,我想起我们的暑假,想起你的已经过去了的,和我的正在其中的中学时代,幸福就好像从四面八方飞来,而我禁不住流泪……[1]

小说中,面对几乎难以承受的幸福感,杨蔷云的感伤表达不断重复出现。如此夸张地表现高度的幸福感,如我们所知,首先意在证明新社会的美好;不过,在小说描绘的许多场合里,这种感受有时又趋于突现出青年内在生活中无以名状的情绪。另一个例子,见于另一个节日(元旦)之前的一个场景:其他学生都去滑冰了,而杨蔷云却不得不在教室里做作业。最终,她无法抵抗诱惑,不顾一切地冲向冰场,到那里后兴奋得想要亲吻冰面。她在那里遇到张世群,并和他开始了一场滑冰比赛,她飞速地滑着,速度越来越快,直到她看到周边的一切都渐渐模糊起来:

---

[1] 王蒙:《青春万岁》,第14页。

众多的，五彩缤纷的印象纷纷掠过杨蔷云的心，虽然朦胧，却十分可爱。"我喜欢的是这样的生活！"她最喜欢的生活不正是这样的吗？杨蔷云飞速地行进，赶过了所有的人，而周围的世界，以其惊人的丰富和魅力充实她，吸引她，激荡她。

……但是，蔷云不知道这究竟是什么，一切都难以述说和难以形容，当蔷云去努力捕捉那些曾经万分实在地激动了她的秘密的时候，一切却又像雾一样地温柔地飘走了。

于是她就觉得自己那小小的身躯，装不下那颗不安分的心、那股烧不完的火。于是她往往激动、焦灼，永远不满足。而现在的这种超乎寻常的拼命飞跑，却使她得到片刻的适宜和平静了。[1]

尽管没有直说，但王蒙悄然揭示出一个正值青春期的女孩情窦初开时的内心世界。随着叙事的推进，杨蔷云内心中的不安分也越来越强。她变得更加随心所欲，容易动怒或发愁。在一个美丽的春日，她为内心深处的莫名冲动所困惑。难以言喻的兴奋，交杂着不可消解的孤独，令她难以自抑。她不去上课，到公园里一直待到晚上，她沉醉于春夜的和风，如杜丽娘般深陷于青春的迷狂。此时此刻，杨蔷云被描写为一个恋爱中的女孩——并非爱上一个特定的对象，而仅仅是满怀恋爱的心绪：

---

[1] 王蒙：《青春万岁》，第108—109页。

>蔷云两手相握，看看只有自己一个人。一个人倒好，任凭感情的奔驰和幻影的重叠，可以想也可以不想，可以说话也可以不说话，可以唱也可以不唱。……
>
>她想起在鲁迅的一篇文章里，说到北京没有春天。……可是，就在现在，在蔷云独坐在夜的太液池边的时候，风如酥，花似火，这不就是不折不扣的春天吗？……
>
>蔷云轻轻哼着，垂下头，她的心纷乱了，溶化了……一缕头发落下来，把丁香的花瓣拂到泥土上。[1]

第二天，老师批评她夜不归宿，她能给的唯一理由是："我受了春天的诱惑。春天诱惑了我。"[2]

批评家曾镇南认为，对读者来说，《青春万岁》最动人的部分，并非是对50年代政治生活的描述，而恰是那些关于初恋的情节。[3]在对杨蔷云内在生活的心理描写中，呈现出一大片未知的独属于青春的域界，大多数社会主义成长小说都在"政治正确"的名义下故意对其视而不见——那是一片由感官体验、欲望、爱情和性意识构成的界域。在《青春之歌》中，这一界域只有被改写为政治寓言时才能出现，而在《青春万岁》中，它坦坦荡荡地浮现出来。王蒙以微妙而轻柔的笔触让它"复活"，显然并未将青春期感伤的情绪或不羁的热情当作"错误"或"政治不正确"，相反，他把这些情感视为青春经验中自然的，甚至是最

---

[1] 王蒙：《青春万岁》，第183页。
[2] 同上书，第185页。
[3] 曾镇南：《王蒙论》，中国社会科学出版社，1989年，第207页。

美丽的部分，理所当然铭刻进他为青春树立的文学纪念碑。这些青春期的情感颤动，打破了严肃的、符号化的政治空间，展现出小说与日常生活、青春期的感受、情感的丰富意味之间的亲密接触。在这些描写中，青春暂时从政治利用中解脱出来，重新获得个人化、人性化的身份。

这样一种暧昧的青春形象，或许能够解释为什么王蒙的小说在50年代难以通过审查。但我们同样必须了解，在这描写之下，有着王蒙的"过度"自信：青年"完全"等同于更高的象征实体——国家、未来，甚至领袖。因为真诚地相信青年之于年轻的共和国的表征功能，王蒙毫不迟疑地将他笔下人物的所有青春冲动都加以合法化的表达。他强调青年将新中国诞生以来的节日氛围永久持续下去的能力，并夸大了青年依据自身意愿重塑社会规范的力量。由此，《青春万岁》创造了共和国早期最为激进的青春形象。通过揭示青年形象中神秘而迷人的青春欲望，小说释放出青春不安分的巨大能量，它打破了官样文章的许多界线，以此写出青春潜在的不可驯服性。

与《青春之歌》相比，《青春万岁》作为成长小说的文类特征并不清晰。林道静的成长按部就班，小说叙述采用人生旅途的形式，引导她向一个确定的结局转变，以期抵达政治意义上的完美结局。但王蒙小说中描述的人生已经被置于完美结局出现之后，她们无须再经历林道静的那种痛苦转型。在《青春万岁》中，只有一些政治落后的次要角色需要接受帮助和考验：如呼玛丽，一位虔诚的基督徒，她需要看穿教会的"残酷"，使自己摆脱宗教的束缚；如苏宁，本是资产阶级家庭的小姐，她必须放弃空虚、颓废的生活方式，才能重获青春的光辉；又比如李春，一位刻苦却自私的学生，在大家的帮助下意识到自私、自负、只看重书本知识的缺点，由此获得正确的政治意识，开始服务于集体。

对于小说中的主要人物，那些政治进步的学生，尤其是杨蔷云，成长已不再是痛苦的演变，因为她们已经处身于社会主义"天堂"中，并且她们已是这个社会合格的主人翁。但也由此，她们的成长缺乏"转变"的情节意义，与身处旅程之中的现代青年不同，王蒙笔下的年轻女孩已达到旅途的终点。在这个意义上，《青春万岁》明显缺少如《青春之歌》那样的成长小说的文类特征，它更像是一个礼赞青春的活泼泼的纪念碑。王蒙曾说，《青春万岁》记录的他们这一代人的青春体验是不可再现的，这一说法确实富有远见。因为那样一种自信的乐观精神，只能托庇于新中国建立之初尚未经受太多政治运动的影响。50年代早期，王蒙这一代年轻人的情绪和心理背后，是整个社会自觉或不自觉参与制造的梦境。

在这个意义上，我们可能会发现，王蒙小说初稿中最"成问题"的部分正是其高潮性的结局，他在其中描画出一个如梦般的美好场景，本意以一种夸张的手法塑造青春的崇高形象，但却由于过于露骨的自信暴露出它的虚幻本质。说这个结局有点过分，是因为毛主席本人出现在女孩子们的面前：[1]凌晨2点，这些年轻的女孩子再次聚集在天安门广场上，这一次是为了庆贺她们的毕业。这时，一辆汽车停在她们身边，从里面走出的，正是毛主席本人。毛主席的出现，使女孩们

---

[1] 这一场景只出现在2003年版的《青春万岁》中，部分地恢复了王蒙1956年的手稿，而在这部小说更早的各个版本中，描写这一场景的六页篇幅都被删去了。参阅王蒙：《青春万岁》，第315—320页。

欣喜若狂。他对广场上的学生们发表了一番热情演讲，鼓励大家为国家的未来而努力工作，并和小说中的几位主要人物亲切交谈。这过分的幸福令学生们迷乱。他们的谈话持续到天明，当毛主席准备离开时，女孩子们激动地互相拥抱。曾是基督徒的呼玛丽，原本因为自己的信仰而从不敢宣称幸福，此刻突然冲向毛主席，她止住眼泪，说："毛主席，您看，我笑了，我是会笑的。"[1]她真的笑了；同时，晨曦照亮天安门城楼的轮廓和正在修建中的人民英雄纪念碑——新的一天就要到来了。小说到此结束。在此结束的，不仅是这一部小说，还是一个更为漫长的旅途：现代中国文学中的青春经验。《青春万岁》光明的结尾，似乎意味着，经历了半个世纪的动荡、伤痛、焦虑、绝望，以及巨大而持久的努力来改造、转变中国，使无论是自己还是整个社会受到启蒙、走向革命，现代中国青年的漫长旅途似乎终于快要终止，一个美好结局已经不远。在这一刻，所有过去的不安和忧愁似乎融化于无形之中，照亮天安门广场的晨曦，也照亮了现代中国青春形象中的所有角落。

　　这个结局令人想到——或者更准确地说，是预示着——毛泽东对青年"八九点钟的太阳"的召唤：朝气蓬勃，充满生机与活力。多少现代中国知识分子所梦寐以求的理想似乎已经出现在这个包括万象、光彩逼人的青春美景之中。小说中毛泽东的亲自出场，以及他对青年的讲话，比什么都更形象地证明了青年王蒙的信念。他坚信青年在为国家创造一个更好的未来，也坚信毛泽东对青年的信任，对青春的无限赞美。这确实是一个完美的结局。

---

[1]　王蒙：《青春万岁》，第320页。

1979年，经过反右、"文革"以后，当王蒙终于能够出版他的小说时，他删去了这一结局，毛泽东的身影从青春万岁的纪念碑中消失了。他为什么这么做？为什么消解了叙述的理想高潮？这或许不是一个容易回答的问题。但有一点可以肯定：从王蒙写下这个结局，到他决定删去之间的二十多年时间里，现实发生了太多的变化：1966年5月，毛主席出现在天安门广场，向百万红卫兵挥手致意。毛泽东鼓励他们发挥年轻的激情，开足青年的能量去向权威挑战。红卫兵的山呼海啸打开了中国青年史的崭新一章，并由此开启中国青年的又一段旅途。

站立在毛泽东面前的杨蔷云和她的同学们，与红卫兵属于不同的时代。但王蒙小说中这些任性而冲动的年轻女孩身上闪现的自我定义、自我肯定的青年形象，在把青春从政治中解放出来的同时，或许已经催生出将会无限增长却无自省能力的狂热。

青春万岁！它闪亮天际，却未明恒星或彗云，亘古常在，而瞬息暗淡。

结语：永恒青春的乌托邦

  1999年，是中国追求富强的20世纪最后的时刻，五四运动八十周年，也是梁启超提出"少年中国"这一词语将近一整个世纪后，在这一年，有一位名叫刘慈欣（1963年生）的科幻小说家，在《微纪元》这篇小说中，讲述了一个看似乌托邦般的故事。[1] 微纪元在两万五千年后。那是一个无忧无虑的世界，只有年轻人的世界，他们不会长大成人。实际上，他们都是一些微小、可爱、漂亮的人，他们是"微人类"，由基因工程改造再生，他们的尺寸大约是正常人类的万亿分之一。这些"微人类"是地球被太阳核闪烤灼地表后唯一幸存的智慧物种。他们微小的尺寸让他们幸免于末日灾变，后来他们成为地球上新的统治者，他们建造小如水滴的城市，并给灭绝的人类建立轻如发丝的纪念碑。他们的纪元是"轻松"和"失重"的，他们的忧患意识随其微小体形而成比例地缩小，以至于他们的生活完全无忧无虑，充满快乐。相应地，他们没有责任和负担，没有过去的记忆，没有历史感，也没有自我发展的需求。"微人类"像是生活在永恒的嘉年华里，沉溺于梦幻般的狂欢中，

---

[1]　刘慈欣：《微纪元》，沈阳出版社，2010年，第108页。

享受着孩子一般,天真和永远年轻的生活。

这篇小说以最后一个人类,被称为"宏人"的视角叙述,他在长达一万七千年的太空中旅行、未能找到另一个宜居星球之后,返回地球。在小说中,他被称为"先行者",他为整个人类的灭绝而悲伤,但他也为他所看到的地球上的新世界感到惊讶:一个微世界,只有年轻人的乌托邦,他们自由地漂浮在地球表面。"先行者"受到"微人类"热情的接待,被当作家长、导师和领袖。一个美丽快乐的年轻女孩,由于这些品质当选为未来乌托邦世界的"最高执政官"——类似于在小说《中国2185》中也被称为"最高执政官"的女性国家元首。她和先行者进行谈话。她告诉先行者,在她的世界中,只有在博物馆中才有忧郁和悲伤。但是当看到先行者眼中的悲伤时,她感动得哭了,她陶醉于对充满悲伤、宏大、崇高的历史事件的旧世界的想象中,她认为这旧日是如此美丽,如田园般浪漫。然而她和她的人民从没有真实地体会过那种悲伤,因为他们的悲伤情绪转瞬即逝,不留痕迹,在他们的一生中,他们只会"越长越幼稚,越长越快乐"[1]。

在一个幽暗的意义上,这个故事让人想起鲁迅关于古代英雄的寓言:"自己背着因袭的重担,肩住了黑暗的闸门,放他们(孩子们)到宽阔光明的地方去,从此幸福的度日,合理的做人。"[2]但是在刘慈欣的小说中,先行者做的工作比古代英雄更简单。他面临两个选择:他是否应该复活储藏在星际方舟中的胚胎细胞,从而重新复活旧世界"人类"文明?或是他平静地接受他这一代(物种)的灭绝,让儿童

---

[1] 刘慈欣:《微纪元》,第100页。
[2] 鲁迅:《我们现在怎样做父亲》,《鲁迅全集》第一卷,第135页。

般的"微人类"继续繁衍,永远不让他们知道"宏人"的悲惨历史?他没有多少迟疑,就选择汽化从旧世界带来的所有人类的胚胎细胞,以免"微纪元"受到威胁。先行者终结了人类的历史,他庆祝永恒青春乌托邦的到来。[1]

将此情景放置于现代中国的思想历史中,微纪元的故事终结了有关发展、进步、自我修养,以及精神成长的青春话语,或是"成长小说"叙述中强调的人文主义传统的核心价值——精神成长的启蒙理念。后人类的青春乌托邦,就如刘慈欣所想象的,是同时通过无限自我膨胀和丧失自我价值而解构了对于青春倾注过度象征意义的当代文化想象。如果说刘慈欣的小说对梁启超在20世纪初《少年中国说》的庄严召唤做出了一个回应,它在21世纪初仍保持了青春的动力,但却在创造了那明快、欢乐的意象时,已经抽空了其中政治询唤的历史意义。

从本书最后一章到这个充满未来感的结局之间,中国青年的故事又经过了"文化大革命"、改革开放、消费主义及商品化的过程,这些变化,再加上在这时期青年形象在文学和文化中的重构,需要另外写一本书的篇幅才能谈透。从青春话语透过中国离散文学的播撒,从"龙的传人"到"香港制造",种种文化现象都需要更深入的研究。在此,通过对刘慈欣《微纪元》的简短讨论,我仅想对于自20世纪50年代末期开始——也正是本书最后一章结束的时候——中国文学中青春主题的不同变奏,提示其中所蕴含的丰富而又矛盾、似曾相识而又陌生诡异、时而冲突时而共鸣的话语织体。

---

[1] Song Mingwei(宋明炜),"*After 1989: The New Wave of Chinese Science Fiction*"(《1989之后:中国科幻新浪潮》),*China Perspectives* 1 (2015): 7–13.

刘慈欣在"文化大革命"中成长，1989年，他创作的第一部至今未发表的科幻小说，充满了"赛博朋克"的气质，[1]体现了我先前讨论过的关于中国青年、国家和现代化的文化及政治话语各种元素的混杂与变调。爱国主义主题的重现、中国对现代化的追求、对中国文化特质问题的新历史主义理解，杂糅着一整套关于权力、思想及社会结构的新兴科学话语，这一切定义了刘慈欣及其他新浪潮科幻小说家的未来主义想象，紧密联系着过去三十年里中国急速变化的社会境况。但刘慈欣对后人类乌托邦的科幻表述，也显然超越了历史的宿命论，将想象力提升到崇高、令人敬畏的感觉。

近年来，新爱国主义在网络兴起，而年轻的网民们重新排演了青春话语的丰富和多义的表达——从梁启超的"少年中国"，到五四"新青年"，再到毛泽东"八九点钟的太阳"，不断地确认青年在中国走向复兴过程中的核心地位。与此同时，自我的成长方式上发生了意味深长的变化，这体现在青春话语及其文学表现中。

本书的真正起点是1999年，那时我写了一篇针对70年代出生（也是我自己出生的年代）的一批年轻作家的小说创作的文学评论。我认为他们作品中描写的成长故事可以命名为"被动成长"。如丁天（1971年生）和周洁茹（1976年生）的小说，充斥着受挫的理想主义和寻常的犬儒主义。与早先一代作家（如在1999年参与发起"断裂事件"的朱文）不同，这些作家没有明确的对抗体制的意图，他们只有嘲讽别人，或是自嘲。这一代作家当时最受欢迎的是卫慧（1973年生）和棉棉（1970

---

[1] 关于这部名为《中国2185》的未发表小说的分析，见Song Mingwei（宋明炜），"After 1989"（《1989之后》）。

年生),她们的作品把一代年轻人描绘为不计后果的消费者。通过首部畅销书《上海宝贝》和《糖》,她们奠定了后来风行的"青春文学"的基本模式,这类小说不同于我在本书论述的成长小说,特别强调享乐、逃避现实的趋势,把个体与社会之间的冲突,转化为私人空间里自我耗竭的过程。焦虑终止,长大成人的过程凸显享乐的"天性",而这"天性"的构建基于政治冷漠和商品时尚。[1]这样一个文化现象的出现,映现出青年政治参与的模式转变。90年代到21世纪初,中国大陆青年一代作家对政治不感兴趣和逃避社会的享乐主义,与刘慈欣在世纪末写的《微纪元》中的描写相似。

刘慈欣1999年有关微纪元的小说,预示了青年作家郭敬明(1983年生)更为晚近的一个并不科幻的电影版"小时代"的到来。[2]这是一个从享乐主义的角度,叙写当代青年的故事。在刘慈欣小说中遗忘"宏人类"的时代,或者在郭敬明的《小时代》中沉溺于自我中心主义的新世代青年,这些或都指向近三十年的文化症候——历史的遗忘在经济发展和政治冷漠双管齐下的情景中称为记忆的真空。刘慈欣对后人类乌托邦的想象在郭敬明《小时代》中变成了"现实"。郭敬明《小时代》电影系列开启了青年拜金潮流的滥觞,夸张地出现在举国往前看、建构"中国梦"的时代。另一位颇受欢迎的青年作家韩寒(1982年生),在他出版于2010年的杂文精选集《青春》中,揭示了当代青年自由的缺乏,以及在以财富为导向的社会中的趋炎附势,和这些没有财富和权力优势的年轻人黯

---

[1] 宋明炜:《终止焦虑与长大成人》,《上海文学》1999年第9期。

[2] 郭敬明,一位主要被年轻读者关注的畅销小说作家,从2013到2015年导演了《小时代》的四部电影,都展示了迷人的年轻偶像。

淡的前景。但韩寒的声音却在拥抱了镀金"小时代"的举国狂热中被边缘化,韩寒和他的畅销书一起也早已成为以消费主义为导向的青年文化的一部分。

在《微纪元》中,人类未来的子孙后代是一代"新人类",这个称谓同样地被用于命名卫慧和棉棉之后的一代,他们不以为耻地享受着愉悦与快乐的人生,但是完全失去了历史意识。这是一个世界末日的故事,却看起来充满了轻松与愉快的时刻。当先行者看到微人类儿童般欢乐的面孔时,他也流下了眼泪——难道我们不希望我们的后代从此以后过着幸福的生活吗?鲁迅在《狂人日记》的结尾呼喊"救救孩子"[1],他对一个世纪以后这样的结局会感到满意吗?这些永远长不大的微人类,会不会比我们这些背负了道德和历史意识的宏人类更符合"适者生存"的生物进化原则?刘慈欣的小说没有回避人类灭绝的恐怖景象——他们是人类历史终结后出生的新一代。对于过去几十年间中国历史变迁的特定环境保持清醒意识的人来说,后人类未来是一种祝福还是背叛?但是我们是谁?我们如何成为"青年"?是"新青年""老少年",还是拥有青春记忆或悔恨的人们?刘慈欣的小说并没有掩盖乌托邦愿景的另一面:乐园建立在对过去如深渊一般的精神创伤和悲剧的彻底遗忘之上。永恒青春的乌托邦变成一面模糊的镜子,让我们看不到少年中国曾经有过的过于拥挤的舞台。每一个乌托邦,实则都掩藏了无数的激流暗涌。

---

[1] 鲁迅:《狂人日记》,《鲁迅全集》第一卷,第455页。

中文版后记

此书原是用英文写成，最初一稿是我在哥伦比亚大学完成的博士论文，当时的题目是 Long Live Youth: National Rejuvenation and the Chinese Bildungsroman，1900-1959。记得开始动笔那天是 2003 年 5 月 4 日。在哥伦比亚大学的五年学习中，我要感谢我的导师王德威，他对我的训练不仅是学术上的，也帮助我戒骄戒躁，能够脚踏实地读书写作。王老师对我的关心，延续到我毕业多年之后，至今我对自己的研究拿不准，还是要找老师帮忙判断。从哥大岁月结下的师生缘分，到老师任教哈佛，而我在哈佛附近的韦尔斯利学院教书，已经二十年过去，老师对我的影响历久弥新。也正是老师在 2010 年前后督促我把博士论文修改成书。当时我已经开始对科幻发生兴趣，因为中国科幻文学兴起在那几年尚未引起关注，我有一阵子觉得自己活像科幻文学的布道者。但老师的催促，让我没有白白蹉跎岁月，在 2010—2012 年期间把博士论文扩充、修改成为一部书稿，即 Young China: National Rejuvenation and the Chinese Bildungsroman，1900-1959。与博士论文最大的不同，是书稿中加强了晚清的内容。此书随后交由哈佛大学亚洲中心，最终在 2014 年出版。

这本书处理的两个关键问题，一是从晚清到民初青春话语的建构，二是"五四"之后新文学中的长篇小说中最为重要的一种类型，也就是用德语命名的成长小说，即 Bildungsroman。有关成长小说的学习，我需要感谢在哥伦比亚大学读书时的另一位老师，大卫·丹穆若什（David Damrosch）。丹老师会二十多种语言，博学而优雅，他对文学性的重视，远过于流行的理论。有两年时间我就按照他开列的书单，遍读西方文学，然后去他办公室逐本书去讨论。他让我读的理论和批评不都是正当红的，反而对我影响至为根本，如精读奥尔巴赫、巴赫金（丹老师自己的老师把巴赫金介绍到美国学术界），以及一些底蕴深广的英美文论家，如威尔逊、特里林、特纳，彼得·布鲁克斯，以及不仅仅作为后殖民理论家而且是英国文学研究学者的萨义德（当时他还在世，在哥伦比亚大学工作）。我庆幸自己在比较重要的一个年龄阶段，除了本雅明、福柯、哈贝马斯、克里斯蒂娃等欧陆时学，还接触到英美文论中属于正典的一脉。

在 2000 年之后的一个阶段里，王德威老师对晚清多样现代性的重视，对文学表现与历史暴力关系的探究，丹老师对传统人文学的强调和比较文学的视野，这些都构成我此后修改书稿的启迪和精神源泉。《少年中国》处理的一个精神现象学问题，是成长的心灵在自由与形式之间的紧张关系，也就是青春的无形和构形。我在《少年中国》每一章都写到一段旅程，整部书也是青春的现代之旅，我大概是尽量做到中规中矩，始终让这个旅途在惊险中仍保持在文学的中线上，在历史压力面前一直让文学的能动性牵引情节。总体来说，《少年中国》探讨的是现代性问题，处理的是现代小说模式，有关于人的主体自觉，有历史意识的建构，有起点有目的，它是一个预设目的的论述，青年人是主人公，但主人公也是民族国家，抽象来说是现代性的精神。我在完成《少年中国》之后，才敢于找到一个思想历险的新起点，即从科幻小说出发，探索"现代性瓦解以后，我们如何面对当代的废墟"，这就写回到当代的时间线索。

《少年中国》的故事在1959年告一段落，我没有写20世纪的60—90年代。但现在回想起来，最早让我开始思考这个主题的，却正是1999年前后中国青春文学的兴起。那时候我写了一篇文学批评，《终止焦虑与长大成人》，我几乎认为，在那前后出现的青春文学带有妥协性，所谓终止焦虑，也就是终止与社会的对抗关系，所谓长大成人，也就是最终变得循规蹈矩。这篇批评文章毫无理论可言，却可算是我预先为《少年中国》写出的20世纪结束时刻的"青春"虚拟化的时刻。

我到美国开始读书后，特别是在王德威老师指导下，回过头去探索20世纪早期青春话语和成长小说蕴含的巨大张力，其实是为妥协了的青春文学寻找前世。曾几何时，青春作为现代性象征，包含主体的理想和追求，百转千回的历史曲折，即便进入至暗时刻，线性叙述遭遇瓦解，但面对世界与自我的裂隙的焦虑，成长的未完成以及不可完成，青春的巨大能量，是永远不能安顿下来的主体。而世纪末开始的青春文学，最终走向郭敬明的《小时代》，以及后来的玫瑰色的岁月静好的幻觉。

中文版略去了致谢辞部分，英文版按照惯例感谢了所有的人，在此不重复。在此要特别感谢的是为此书的中文版努力工作的几位译者。樊佳琪最早开始翻译此书，完成初稿。目前的版本则是经过康凌、肖一之、廖伟杰三位青年学者的重译，具体分工如下：康凌译第一章、

第七章；肖一之译第二章、第四章；廖伟杰译第六章。序幕、第三章、第五章和结语，则由我本人校订。需要说明的是，我对全书都做了订正，有些部分调整文字，因此此书如有内容和文字上的任何问题，都应该由我本人负责。

作为一份作业，它有了一个在中文里的新生命——我也很高兴，我的父母终于能够阅读《少年中国》的中文版了，这是我二十五年读书生涯之后交给他们的一份作业。我把这本书献给我的两位老师——王德威老师和陈思和老师。王老师对这本中文版修订过程，时有过问，让我觉得这本书还没有成为弃儿。陈老师一直对我在海外的学习和工作有很多期许，也有很多鞭策，我想这本书在中文世界的问世，会让他感到高兴。我来不及把它交给已经离开这个人间的贾植芳先生、夏志清先生，我自己的学习时代及这本书的写作都有他们的影响。最后要感谢的是三联书店的卫纯先生，他的耐心让我有时间仔细打磨中文版，同时他的催促也让我在2023年下半年里加紧工作，终于在年底完成此书的修订。最后我把这本书献给中文读者——青春、成长和少年中国都不是简单的符号，在今天的时代，它们的意义理应由勇敢的青年来书写。

2023年12月8日